U0947774

胡平文集
乱世丽人
Luanshi Liren

胡平 著

二十一世纪出版社
21st Century Publishing House
全国百佳出版社

图书在版编目（CIP）数据

乱世丽人 / 胡平著 . -- 南昌 : 二十一世纪出版社 ,2011.10

（胡平文集）

ISBN 978-7-5391-6893-7

Ⅰ . ①乱… Ⅱ . ①胡… Ⅲ . ①报告文学－作品集－中国－当代

Ⅳ . ① I25

中国版本图书馆 CIP 数据核字 (2011) 第 185027 号

乱世丽人 胡平 著

策　　划 张　明
责任编辑 文　欢
出版发行 二十一世纪出版社
（江西省南昌市子安路75号　330009）
www.21cccc.com　cc21@163.net
出 版 人 张秋林
经　　销 全国新华书店
印　　刷 河北环京美印刷有限公司
版　　次 2019年4月第1版第2次印刷
开　　本 720mm×1000mm　1/16
印　　张 22
字　　数 311千
书　　号 ISBN 978-7-5391-6893-7
定　　价 36.00元

赣版权登字—04—2011—469

自 序

当下的年代，颇有些“搞怪”，一个沧桑悠远却又饱经忧患与劫难的民族，现在最有影响的文化消费，不是莎士比亚戏剧、雨果与托尔斯泰小说那般的史诗与悲剧式作品；广为自觉的文化顶礼，亦不是诸子百家与民国年代诸多大师们高山仰止的身影。一幕幕引起大众文化狂欢的是——诸多电视频道里各种版本的“非诚勿扰”，“快男超女”，“达人秀”，以及随时世衍变、野草般冒出来的各色网络俚语与手机段子，还有各种顶级“小品”，造型炫目的浩歌劲舞，不惜巨资营造出的一个个流光溢彩、天上人间的盛世气象……

倘若是前者，还能让我感觉当下社会的诸多脉象，对于后者，我则很难如吃饱了的鸽子一样，纵情兴奋于当代“文化英雄”与时尚潮人们精心拼贴出的宏丽、欢乐之中。相反，老夫常作大不恭地想：倘若这拼贴出的宏丽与欢乐，能麻木掉历史深处仍在纠结的痛楚，湮没去当下油锅炒豆子一样迸射开来的矛盾与困惑，并能征服世界的话，那么，全球恐怕都得进入小品年代了……

毋庸讳言，在最直观的层面，更多的国人还会感觉到当下同时又是个“拆迁年代”。

举国上下，从煌煌大都到偏远县城，几乎无一不在剧烈的拆迁、大兴土木之中：亮化绿化工程，青水蓝天工程，沿街“平改坡”工程，旧城区改造工程，中央商务区工程，地铁工程，高铁工程，过江隧道工程……据说，当今世界上的建筑机械有6成在中国引擎轰鸣，大展雄风。

物质层面，恨不得天天有着奥运会开幕式般的热闹与风光，却无法在精神层面给民众指引方向。1980年代那种锐不可当的改革气势，激情燃烧的理想主义精神，几近消磨殆尽。一度活力四射的中国社会，纷争与抵牾越来越多。可谓怨恚塞于下，歌舞漫于上。

因此，我对历史，尤其是那些与我们——俗称“老三届”这代人的命运十指连心的历史，总是沦肌浃髓，难以释怀。为此，自上世纪九十年代后，我颇为自觉地将自己的生存方式与写作方式，定位于一种渐行渐远于文坛江湖的“游走”状态——

在中国近代以来的历史与时下鲜活的社会现实间游走；在人文学科诸多领域的前沿学理与本人的历史经验、现实感受间游走；在公共知识分子的先知先觉与芸芸众生的悲欢哀乐间游走。企图以可感可触的文字，让一些可能仍在中国社会进程中表现复杂、微妙、敏感和不容置疑的问题，有更多的人知晓它，思索它。

于是，随着我的“游走”，便有了这部时空颇为开阔、内容涉及几代中国人生存方式与生命体验的文选的整体面貌——

第一卷 :《世界大串联》

本卷主体为《世界大串联》、《移民美国》，主要内容反映改革开放初期的出国潮及这批新移民在美国的生活体验。1988 年，《世界大串联》获得全国 108 家刊物共同举办的《中国潮》报告文学征文优秀作品一等奖。本卷另有《秋天的变奏》、《你的秘密并不秘密》两篇章，描绘了上世纪八十年代颇为躁动的中年男女们的婚姻、家庭风景。

第二卷 :《百年误读 : 二十世纪中国之侧影》

本卷辑内有《“湖南农民运动”考》、《南方大山间的小小苏联——“苏维埃运动”侧影》等 9 篇历史纪实性作品，看后读者大概会有这样的印象 : 对于中国而言，1978 年，决非一般里程碑的意义，它从根本上结束了中国未经宣布却实际长期存在的战争状态，从此——人性与人道的全面苏醒，常识与常态的不可扭曲，在这块土地上便是不可阻挡的了。

第三卷 :《千年沉重》

本卷一为作者上世纪九十年代思考地域文化、知识分子命运及社会现象的大文化散文《千年》，二为《今日曾经的驿站》，可谓是上文的进一步发掘。三《不再是秦兵马俑的脸》，以书信的形式，凸现了从民国走来的那代知识分子别具一格的精神谱系与人格力量。四《莫忘沉重》，则是作者二十多年来安之若素于“游走”状态的心路写照。

第四卷：《中国的眸子》

本卷的主体是《中国的眸子》：一个情窦初开的少女李九莲，1968 年因在给男友的信中剖露对“文革”的不满而招来杀身之祸。八十年代初，在胡耀邦亲自关照下获平反。李九莲，现与林昭、遇罗克、张志新等人一样，被誉为当代中国思想解放运动的先驱者。

本文 1992 年获人民文学出版社《当代》文学奖。

第五卷：《乱世丽人》

本卷内容包括三部分：

一、原南京军区歌舞团舞蹈演员张宁卷入林立果“选妃”闹剧的来龙去脉。

二、《芥末沧桑》，写的是上世纪六十年代发生在首都北京的几位青年女子的遭际。

三、《美丽与悲怆——浦熙修与她的年代》，此文 2009 年 12 月获“新中国六十年优秀中短篇报告文学奖”。并收入人民文学出版社出版的《1949——2009 报告文学选》。

第六卷：《一百个理由》

本卷全方位关注中国与日本——在世界范围内，彼此文化的相通性如此强烈、而差异性又如此鲜明的两个国家。

中国能找到 100 个理由谴责日本，中国更能找到 100 个理由与日本和平相处。

作者深深以为：中国欲一扫近代以来的耻辱与颓唐，走向民族的全面复兴，非得通过日本这道心理门槛；在很大程度上，这道门槛将考验中国能否成为一个成熟的现代国家。

本书被《中华读书报》评为2005年非虚构类十大好书之一。

第七卷：《情报日本》

本卷深入剖析了日本文化中一直被国人所忽略的一个强烈特征：以情报立命，视情报为岛国生存、拓展的第一要义；正是因为情报战的出色运用，近代以来的日本人，才给世界炮制了一次次令人震惊的可怕灾难。

《情报日本》被《亚洲周刊》评为2008年全球华人十大好书，名列第三，并获第四届徐迟报告文学优秀奖。

需加说明的是，在今日看来，早期作品中必有多处，或认知难免旁支浅陋，或人事已成明日黄花，但它们已构成我大半生写作的历史，以及我已涉猎的众多历史场景——留下前者，是如同一头孤狼的我，攀行在汉语高原上深深浅浅的思想足印；而保留后者，则因为时间的长河总会淘洗出足够的史实，并浮现其全部的意义。

打心眼里感激二十一世纪出版社社长张秋林、北京人文出版中心主任张明两位先生及责任编辑文欢女士。正是他们深切的人文情怀，历史意识，以及对本人写作生涯的长期关注与理解，才得以此次集中呈现在读者面前。

也许耐心看过这部文集，在"闲坐话玄宗"之余，读者多半会有沉重之感，难免扼腕唏嘘。看看当下排山倒海般的"天天都是好日子"的种种闲适、娱乐的写作，老夫亦愈来愈觉得自己是野狐禅，屡屡起意决绝掷笔，遁去"山林"罢了。可这时，我总会想起上世纪初一位俄罗斯诗人在漫天风雪中所吟诵的句子——

我不能不爱脚下的这块土地，
我不能不恨脚下的这块土地。

2011年8月，"7.23"甬温线动车追尾事故后十天

总目录

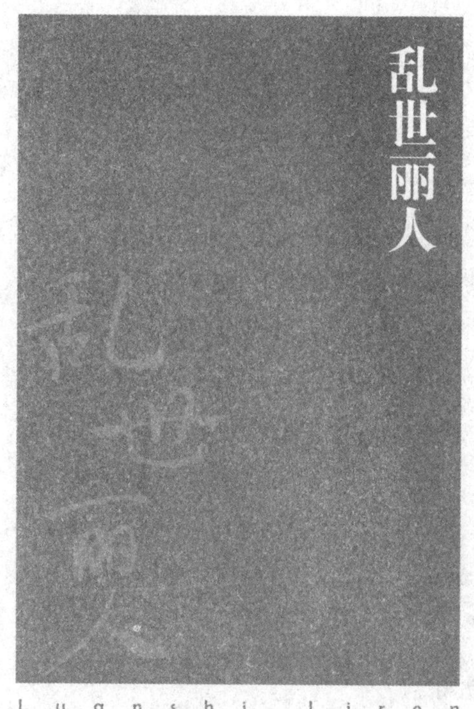

L u a n s h i L i r e n

让后来者去做裁判吧，那些不曾经历过我们的时代和不认识我们所认识的人们的后来者。对于他们，俄国的这一段岁月会是遥远的，难以解释的，就像伊凡雷帝统治时代一样的可怕和奇怪……他们将有他们的发言权。而他们要说的，将是新的、无可反驳的。他们不会做无谓的感叹，而要发出有意义的新观念的声音。他们将以痛苦的心情、悔悟和迷惑不解的心情来阅读他们国家的历史中的这一页。而这种思想感情，将引导他们去过另一种不同的生活。

——斯维特拉娜·阿利卢耶娃《致友人的二十封信》

目录

楔子

——绝非一篇传奇

一

一九八二年。初夏。

曾是六朝圣地、十代名都的南京城。

一条古朴、静谧的小巷，一间古朴、静谧的书斋。

主人是一位耄耋之年的长者。

来客是一位已过而立的女人。

“姑娘，我的眼睛不好，请坐过来些。”

女人搬张椅子，在长者对面坐下……

长者姓姜，南京某学院的副教授，土木建筑专业。但他似乎对本专业兴趣一般，却对看人骨相如痴如醉。

也许是小人物如雪爪鸿泥，在历史的进程里太卑微了，他爱看大人物的骨相，尤其是那些正走红发紫的大人物的骨相。

“江青此人没有好下场。那张嘴是覆船状，这嘴好播弄是非，兴风作浪……”

“林彪战堂骨高，确是一员拥兵百万的战将。可看那扫帚眉，将来下场也很惨……”

“毛主席他老人家该寿终于一九七六年内第二个闰月……”

看了就看了，他却未把它们沤烂于腹里。有人报告了，在“万寿无疆”、“永远健康”如夏日蝉雨般倾泄的时节，他以“恶攻罪”被判处死刑，缓期执行。真是“树欲静而风不止”，进了大牢，他仍作冯妇。

他看了监狱长，又看看守长，诸多的狱卒们也没少要他给自己摸摸骨骼。如果说此时人们尚乍信乍疑，那么“九·一三”事件一出来，人们被震慑了，也动了恻隐之心，向有关方面递了报告，以年高体衰为由，请求让其保外就医。待到天安门城楼上老人家的巨幅画像裹上了一圈黑绸，旋即大街小巷上涌满了手提美酒和三公一母螃蟹的人流，姜公一案也就顿成明日黄花……

这是被他批“死”的，还有被他批“活”的。

他曾给在牛棚里落难的某省两位领导同志看骨相：“两位务请自珍。你们均有东山再起之势，待河清海晏，一位官将做去堂堂京都，一位官将迁至煌煌异域……”

也许当时后者是闷极无聊，不过姑妄听之；可十几年后仕途的变幻确被前者一一言中。

长者一只眼是睁眼瞎，另一只眼视力勉强及零点一。他看了女人半个多钟头，不时还用上了放大镜，俨然这探视的是一幅百万分之一的军事地图，抑或是哪个时代的出土文物。

“姑娘，让我摸摸你的骨骼。”

从脑前额到脑后额。从耳跟到两肩。从胸骨、背骨到肘关节、手关节、指关节。从胯骨、膝盖骨直至脚踝骨。

“姑娘，我有两个印证。我想你这三十几年的命运，逃不出这两个印证。若我有讲得不对之处，听完后你尽管讲，帮助我来研究，好吗？”

女人点点头。

“恕我直说，你很可惜，你的两只耳朵长反了。不然我不能坐在这里同你说话，我也没有机会见到你……”

女人笑道：“我耳朵怎么长反了，不是长得挺好吗？”

“此意差矣。在骨像学上，讲人耳朵长反了，是讲人的命运阴差阳错。我给你的第一个印证便是：你这一生有三次机遇，你已错了两次。第一次是十五六岁，在异国他乡，你有个机遇可以冲上去，若冲上去了，现在你在海外是位荣华富贵之人；第二次不是十七八岁，就是十九岁时，此次机遇本势不可阻，龙虎凤三魁聚首，犹如平地里响起一声炸雷，若冲上去了，你就是国家第一夫人……”

长者唏嘘一声，伸手去女人两眉间的印堂摸道：“你这里有一个不明显的陷洼。它告诉我，这两次机遇你都没能冲上去。岂止是没冲上去，二十四五岁时，你又从天上掉下来，掉在烂泥塘里，有一番在社会底层的曲折遭际。姑娘，这第一个印证说得对吗？”

像个怕火又玩火的孩子，女人带点神经质地追问：“姜教授，请再说第二个印证。”

“你幼年丧父。十岁左右离家出走，自谋生路。你的同胞兄妹中，女孩子仅你一个。”

“我的婚姻呢？”

“不出今年年底，你要与现在的丈夫离婚，他不是你的本命丈夫。我看你是三夫命。”

“我只结过一次婚。真要再婚，也会吸取教训，怎么还会有三夫命呢？”

“不。姑娘你忘了，你前面还有一个要结婚而未结婚的，他死了。他才是你的第一个。”

响在女人耳畔的，不是长者几乎轻如烟岚的话语，而是历史的鼓棰在心头撞击出的阵阵轰鸣……

坐在女人对面的，不是一位颅顶雪峰、仙风道骨的长者，而是影子般紧随女人、又残酷得发出钢青色冷光的命运……

二

心灵不是牛皮鼓，那鼓棰上鲜血淋淋。

你沉埋于心中的一层又一层惨痛被剥露无遗了：从幼年时嚎啕于父亲的灵前，到今天众说纷纭，汗牛充栋，政治色彩之上又蒙一层桃红，没有比这更能刺激人们的肾上腺了！你成了一碟下酒的南京闻名的盐水鸭。你成了一支解闷时高雅的“三五”。百万的文字撕啃你的骨头，泄洪般的传说灼烧你的灵魂……

你榫头般打入心底的一个又一个隐秘，顷刻里雨珠般纷纷弹起。由于种种可以理解的原因，或者难以理解的原因，你打算沉默，或者你必须沉默。历史的恢宏进程常常无视于小人物们的悲哀，又尤其是这类小人物——当他们被舆论划为一个旧时代的殉葬品时，舆论便不时以压路机的肆无忌惮，企图将他们踩入永远的沉默。此刻，当长者挑破了你心头的诸多隐密，甚至挑破了那件当时只有最高层几个人和你本人知道的隐密，这就犹如长夜里亮起了一盏烛焰，浓丽而又温暖，你有了靠近它的欲望，你有了呼应它的冲动……

“姑娘，你看我说得对不？”

“姜教授，您听说过张宁这个人吗？”

“我想想。好像什么时候听说过这个名字……”

“您知道‘文革’中林彪家里在全国挑选女孩子的事吗？”

“这知道。噢，想起来了，听说在南京挑走的女孩叫张宁。”

“我就是张宁，就是最后被林彪家里选中的那个人……”

长者不自禁拍了一下女人的手，“姑娘啊，真有幸见到你。不是你来，茫茫人海里哪去寻你？骨相学就需要你这样的研究对象。现在我能肯定，我说的两个印证都是对的。不过尚存两点疑问，你若不说，我这般凡夫俗子再怎样也揣摩不出。一点是在十五六岁时，你碰到谁了？”

“印度尼西亚总统苏加诺的公子。”

长者伸出二指，“再有一点是龙虎两魁，除去一魁是林立果，还有一魁是谁？”

你清弱苍白的脸上，那含着苦涩的嘴角抿紧了，良久，咬出了三个字：

“毛——远——新”

长者布满梅花斑的脸上，不见半点惊异。像是岭岩上一株枝虬节错的老梅，许是它处于面临八方的博大地势，许是它的根系坚韧地扎进了深深的岩间，地平线上没有什么变幻的风云能让它眩目，没有什么涌动的雨雪能叫它震悚……

三

十九世纪中叶。一个以看骨相为生的人走在桂林街头。放眼看去，挑担的，设摊的，卖草的，卖艺的……满街的三教九流之徒从骨相上看都该是当朝的二三品官。他恍惚了，揉揉眼，依然如此。若说有一个、两个，尚可相信，韩信也有胯下之辱，士别三日，刮目相看，何况日后的前程？可眼前熙熙攘攘这一大片，好似春令时节田垅里窜出的一大片萝卜缨子，二三品官们哪有这般廉价？他愤然了，男子汉大丈夫，活在世上干什么不成，非得干这骗人也骗己的勾当？他改行做了篾匠。

三年后，“太平天国”风起云涌。最早起事的老营便是在桂林附近的紫荆山下。“太平天国”定都南京后，这批人都做了二三品官。他恍然大悟，甩去篾刀，操起了旧营生，并收了一名徒弟，悉心授以真传。

上个世纪四十年代。日寇蹂躏，举国兵荒马乱。徒弟居身重庆，已是银须冉冉的长者，也收了一名徒弟。这是一个有钱人家的子弟，心猿意马，六根难断，一天竟向师傅提出要去英国留学。师傅道：“不要去，你去了便一去无回。”徒弟想，师傅的话不过是恐吓自己，自己虽正生肺病，但依治愈的可能性讲，难道去英国不比留在国内更好？他偷偷买了船票，而且上了船，在起锚前几分钟，师傅气喘咻咻赶到船上，就是降格跪求，也要让徒弟下船。百般无奈，徒弟悻悻然下了船，心里却在盘算下一个航程的日期。两个月后，一封来自英国某家轮船公司的电报，扔下了一个噩耗——此船在太平洋滚滚的浪涛里失踪了……想想就阵阵后怕的徒弟，精神上完完全全匐伏于师傅的门下。此后骨相学一研究就是四十年，并历九死一生而不悔。

此徒弟姓姜，现在是南京某学院的副教授。

女人问：“姜教授，恕我冒昧，街上算命测字的和您看骨相，区别何在呢？”

“他们那一套我也不相信。我这是科学，骨相学在发达国家已是一门公认的学科，可惜在国内认识还没到这一步。往深讲，得有时间和一定知识，我给你打个浅显的比方吧：研究一棵树活了多长，经历了自然界多少磨难，你就得锯开它，看看它年轮的圈数和形状。人也是这个理，世界上数十亿之众，可每个人的命运都不一样，反映在每个人的骨骼和生理磁场上也不一样，这就是我研究每个人命运的依据……”

女人似懂非懂点点头，“那有一双好眼睛对您这一行太重要了。姜教授，我在医学界有些朋友，若您愿意，我可以请位好大夫给您看看眼睛。”

“姑娘，多谢你的好意。治也治不好的，我心里明白，因为洞悉、泄露人间的秘密太多，这是上天对我的警示和惩罚。我的师傅，还有师傅的师傅，我该叫师爷了，老来都成了瞎子。这不，我现在差不多也是瞎子了……”

科学？伪科学？抑或是真理间杂有愚昧？可以断定的只是这是一位颇有传奇色彩的长者。

宿命？非宿命？抑或是偶然却伴生必然？可以断定的只是这是一个颇有传奇色彩的女人。

然而，下面将要记叙的绝非是一篇传奇。

在玫瑰色的故事里

一

抗大毕业后，你父亲来到抗日战争的前线——山东胶东地区。在军区所辖的主力十三团任政治处主任。

在你父亲已经三十好几了的一九四二年，娶了文登县妇联主任田明为妻。

一九四七年，你哥哥呱呱坠地。四九年，你在母腹里躁动了，父亲又盼着是个小子，小子长大了好接老子的班，扛枪打仗保国家。你一下地，他傻眼了，是个丫头不说，还通身的黑毛，从手臂、胸部、背部，直至腰部、小屁股，他开玩笑地说这是个毛猴子。你因此有了个小名，叫“毛猴”。

二

由于张国焘闹分裂，在红四方面军五军团任教导员的你父亲，多次翻越雪山、草地，全营官兵里只有几个人到达延安。长期的军旅生涯，身体垮了，建国时伤病已很严重。从你懂事起，他就常住医院，母亲也整天陪在医院，家里四个孩子，由警卫员、公务员、保姆管着。每到星期天，别的孩子不是坐父亲漂亮的小轿车进城去玩，就是一串串五彩的蝴蝶结摇在一起，结伴上葱郁的紫金山，放飞一颗颗泼剌剌的童心……你一大早却和哥哥、弟弟来到军区总医院，一呆就是一天。

“孩子们，你们这个星期的成绩怎么样？”

1955年夏，全家人合影
（右一为张宁）

总是你甩动两条小辫跑过去，也甩亮两个红扑扑的梨涡：“爸爸，我的成绩最好！”

父亲多少次地搂着你：“还是我的毛猴子将来有出息！”

四岁时，你一身的黑毛奇迹般消失了，皮肤又白又亮，像刚磨出来的豆浆，似花萼上的朝露。父亲对你的爱更加炽烈……

父亲病情恶化了。不能说话，一天二十四小时鼻子里都插有氧气管，消化功能坏得每餐咽不下半两饭，人脱形得几乎只剩下一把骨头。你还听到他在说话，他的眼睛会说话。也是一个星期天，一个盆子里，哥哥在洗父亲的袜子，你在洗父亲的手帕，你看到他哭了，一位即使身处绝境也从不垂泪的将军哭了……

弥留时，四个孩子站在父亲的榻前，依次叫着“爸爸”。听到你的声音，他颤颤地伸出手，摸了摸你的头发，看了一眼妻子，又转向在场的南京军区司、政、后首长，竭力撑开已经有如铁闸般沉重的嗓门：“田明，首长。小毛猴长大后让她学医，我这辈子被病魔缠苦了，我希望她学医，好为人民治病……”最后又对着孩子们说：“别忘了，你爸爸是杀恶霸的。”

军区首长一字一句道："老张，你放心。你的孩子，我一定会负责的。"

三

这位出身贫寒的军区首长是一位身经百战、痴情重义的将军。

当时是如此：追悼会开得很隆重。送葬时，从军区总医院所在的解放路，沿大行宫、新街口，直至中华门，都实行了戒严。开路的是一辆卡车，一车的士兵一律的崭新制服，一律的白手套，一片刺刀的寒锋。再是一卡车的军乐队，一路奏着徐缓、沉郁的哀乐。第三辆是灵车，灵柩放在当中，覆盖着庄严的八一军旗，四周的警卫战士胸膛挺如峭壁。家属们坐的大轿车后，是军区司、政、后各机关首长、干部们的车队，鳞次栉比，宛如长龙……墓地在菊花台的一个山包上，地势雄拔，青松覆盖，右侧一口清凌凌的池塘，左侧一片开阔的草地，放眼望去，能见不尽长江里的点点帆影。这是你父亲选定的，一次打猎，他与军区刘政委在此小憩，他说："这里的风水好呵，我死了就葬在这里。"棺木则是由军区首长特意从四川调来的，厚厚的楠木，漆成油亮的棕红色，棺木外又用水泥垒了个圆形的墓穴。七年过去，直到一九六四年军区在菊花台西面另辟一地集中安葬作古的将军时，打开你父亲的墓穴，棺木还完好如初，抬起来也不闻声响……

日后也是如此：十岁那年，你穿上了军装，在南京军区前线歌舞团开始了专业舞蹈演员的生涯。军区首长得知这一消息，大为光火，他要你母亲立即通知你停止训练，准备转入军医学校学习。母亲有口难言，她并非忘记了丈夫的遗言，当初找上门来几乎是将你"绑架"走的，是前线歌舞团。这回团里的理由更充分了：其时，我国舞蹈艺术的权威学府——上海芭蕾舞学校表示愿以同等学历的五个优秀学员，与前线歌舞团换你。你的归宿被提到军区文化部的议事日程，经过反复权衡，一个意见上报了军区首长，你是团里建国后培养出的第一批演员中的尖子演员，次年春天将在北京举行我军有史以来的第一次全军文艺会演，此时若让你卸甲退阵，无论对歌舞团，还是对你的前程，都将是一个不小的损失……

在少年时代，张宁的不幸与幸运相比，几乎是微不足道的。

将军们的厚爱，军区首长们的喜欢，而且大抵军区司、政、后的部长、政委、主任们都熟悉她，见了面，她都是“叔叔”、“阿姨”地叫着。尽管是文艺团体，见首长的机会不少，但就是首长心境恬适地和你说着俏皮话，中间还是有一堵墙，在那里结结实实地竖着。但她面前却从来没有一堵墙，后面永远跟着一个活泼泼、暖融融的春日，无论是谁一头栽进那春日里，都会拾起早已在严峻的战火硝烟里失落了的童心，都会忘记自己肩上扛有几颗沉甸甸的金星……她要撒个娇，权当是给父亲、母亲撒了，她要办个什么事，也易如反掌。可一个十几岁的女孩子会有什么事要办呢？需要她那天津鸭梨般甜脆的嗓子进出口的，常常是大人们的声音：“小张宁，这件事给首长讲讲，”“你去首长家里，看看首长对我什么印象？”……

优雅的艺术氛围和良好的学习、生活条件。

1960年，张宁（左四）参军入歌舞团时与创作室的同志在一起

南京城东，出中山门，有个卫岗大坡，坡上有座大院，前线歌舞团就在这里。满院的法国梧桐、冬青、雪松，荫硕如盖，下小雨淋不湿地，炎夏拂去暑尘，漫人一身清凉。几乎四季有果香：桃、李、杏、樱桃、葡萄；几乎四季花开：白玉兰、紫玉兰、玫瑰、日本海棠、樱花、

桂花、栀子花……

这里是出童话的地方。四十个学员便是童话里的人物。男孩女孩各一半，大的十六岁，小的十二三岁，个个都有绰号：香瓜头，香烟头，小黑皮，西瓜，鸭子，周大姐，大美人，兜兜，老虎……一个从温州来的男孩，训练时一翻跟斗就常打屁，被冠之以屁老板。张宁因刚进学员队时年纪小个头也小，长相、嗓音甜甜的，被冠之以葡萄干。每到晚上，男孩女孩们穿上定做的小军装、锃亮的小皮鞋，排好队，唱起《三大纪律八项注意》、《我是一个兵》，去外面的学校上文化课，沿路上的行人没有不停足观望的，那眼里溢出的羡慕与感叹，在他们齐刷刷的脚步里纷纷弹落……

训练是苦的。给学员们上形体课、古典课、芭蕾课的，是李首珠老师。第一次见面时，她脸上严肃得没有一点笑容，她以此向孩子们表明，在训练时她没有七情六欲，而只是一台机器。靠墙倒立，李老师的锣不敲，就不能把腿放下来，十分钟，十五分钟，二十分钟……腰在发软，腿在颤抖，血脉往小脑袋里压得几乎要爆炸，两条手臂则酸麻得似乎即刻要在关节处断开。几十双倒看、圆睁的小眼睛，一忽儿向李老师发出乞丐般的兮兮可怜之色，一忽儿向李老师掷射咬牙切齿般的愤怒……半个小时，终于锣响了，几个孩子似地狱里跑出来的饿鬼，急切切早那么几秒，不行，李老师下令他们重新来过，一来又是半个小时。不论三伏苦夏，还是数九寒冬，都得如此不折不扣地训练，每回训练下来，孩子们都像是刚从水池里打捞上来的鸭子，连咻咻喘气的力气都没有……张宁害怕了，与“鸭子”结伴逃跑回家，她在家里装肚子痛，但终归跑得了和尚跑不了庙，躲得过初一躲不过十五。

有苦，更有孩提时代的欢乐。苦被欢乐化解开来，而且随着对舞蹈事业的日益挚爱，这苦又成了欢乐的一个源泉。

上完课以后，临睡觉之前，一个个鬼的幽灵在孩子们惴惴怯怯的眼里飘进飘出，甚至走到梦里来。折腾，呓语，窒闷，惊醒，直到窗外又是一个清新、明丽的早晨，脑中的铅坠之感才顿然脱落。可是第二天，又照旧说鬼，听鬼……

走廊里，花园里。人影憧憧，窸窸窣窣，踩碎夜露，撞下花粉，天上的星星看见了孩子们藏身的处所，可它们默默清明，不忍心道破孩子们的秘密。捉迷藏的结果常常是，三个五个、男男女女，撞在了一起，滚做了一堆，那纯净得如星光般清明的笑声、闹声，划破了卫岗大院里温馨的天籁……

初夏时节，星期天。学员们常骑自行车去城里玩。中间两个大坡，除卫岗大坡，还有一个是中山门大坡，坡很陡、很长，车队哗地一片下去，犹如从天上倾泄而下的彩河。风呼呼地扑面而来，辫子飘飘拂拂，裙子鼓鼓荡荡，被鼓荡的还有生命的愉悦，青春的自豪……这一景观似乎与不远处紫金山主峰上雄伟、肃穆的中山陵不太协调，但往深想，却是极为和谐的。

生活上也同样富足。就是国民经济最困难的那三年，每个学员每月还保证有一斤白糖的供应……

他们不知道此时一场空前的大饥饿正在中原大地上徘徊。

他们也不曾关心：一九六二年，毛泽东主席亲自主持召开了中国共产党的八届十中全会，并在会上做了《关于阶级、形势、矛盾和党内团结问题》的报告，向全党、全军和全国人民发出了“千万不要忘记阶级斗争”的号召。他们更不曾去想想：由此自己的未来将会受到怎样的影响……

中国，始终在向他们说着一个玫瑰色的故事。

最关键的一条，是张宁有着极为优越的形体条件。

上起芭蕾课，二十个女孩子一色的小胸衣、小裤头，手臂、肩膀、大腿全裸在外面，那春柳扶风般的款款身段，粼粼水波似的生动曲线，个个叫人眼睛发亮。即使如此，在这些女孩子里，张宁还是最出众的。她的腰和腿韧带的柔软度，曾让有关部门列为专门课题进行研究，也让李首珠老师心里赞叹不已，就是二十年之后，也记忆犹新，做了这样的评价：“张宁，像你当年那样的形体条件，就是在当今的全国舞蹈界，也找不出几个来。”

也许花儿因为身边总少不了一群营营嗡嗡的蜂儿，才知道了自己的芬芳。她也因为几乎整日里被一群营营嗡嗡的“蜂儿”所包围，才知道了自己的容貌——

少女时代，每次她上街，总有人尾随几条街不舍离去。有人走过去了，又调过头，再与她面对面地走一遭。有人扶着自行车，车子撞翻了路边的水果摊，可摊主的责骂仍未能把他几乎是焊上去的视线给剥落下来……

难怪已婚的异性们“立场不稳”，更难怪未婚的男人们身不由己，像是冥冥之中神差鬼使。就是女人们也打破了那条主宰阴阳世界的铁律——异性相吸，同性相斥。一位女友恨自己为啥不投胎成个男人，好与她结婚。在公共浴室里，一个老同志呆呆地看着她，良久，说了这么一句：“张宁啊，你长得这么漂亮的身子，将来不知是哪个有福之人来娶你。”

对待美，张宁远不如对待自己的青春那般爽朗，她表现为某种病态——一种在东方这块古老的大地上红颜女子们大都会有的病态：精神上她感觉到一种丑，一种被人打量、被人评价的丑，乃至在生理上产生厌恶，好似厌恶水田里老爱粘乎乎、滑腻腻地爬上人腿的蚂蝗……于是，她很早就有了低头走路的习惯，眼睛只盯着脚尖前的一点地方。眼界是深山古刹般清静了，耳朵里又不太平了。“走到跟前都不理人，”不少人背后嘀咕她“自命清高”……

也许这便是少女时代张宁的全部困惑，全部苦恼。与同时代的少男少女们比起来，这只是蜗牛壳里的困惑，蜗牛壳里的苦恼。

因为诸多的幸运附加一身，她更享受到了同时代的少男少女们常常做梦也难以企及的殊荣——

她成了团里的主要演员。而那几年正是前线歌舞团的全盛时期，无论就水平，还是论影响，都是全国第一流的。在一九六四年的全军文艺会演时，成绩名列前茅。地方文艺团体更是难以匹敌。

她参加了大型音乐舞蹈史诗《东方红》的演出。序幕里跳葵花舞，第二场打土豪、分田地里跳分粮舞，第五场百万雄师过大江里跳女民兵舞，第七场欢庆胜利时跳纺织工人舞。

一九六五年元旦前夕，《东方红》在人民大会堂进行最后彩排。当毛泽东主席以及其他中央领导同志在前排就坐后，大厅里响起了铃声，旋即，灿若星河的灯光渐渐暗弱，只剩下一束追光投射在绛紫色

1964年，北京全军文艺汇演中，表演贝壳舞（张宁是中间领舞）

的绸绒大幕。此时，她就站在大幕旁边，幸福感，紧张感，犹如两根紧紧相缠的绳子，缠得她几乎透不过气来。然而大幕一旦拉开，她就像突然受了某股神奇力量的点拨，心明如泉，身轻似燕，一下进入一种从未有过的自由、纵情的境界。她举着一朵硕大的葵花向天幕上一轮辉煌的太阳舞去，她感到了太阳的热力，感到了那灿灿的金汁正随自己的血脉汹涌地漫过全身，她双眼晶晶润润，喉间热热辣辣，她渴望着呼喊些什么，切盼着台下的中央首长能在群舞的演员里注视起自己，因为自己是红军的后代，自己是党哺育大的女儿……

毛泽东主席难注意到她，多年来他已司空见惯了这样的场面，何况这时他正在进行某种思考。就在这前后，他指示将用来批判资产阶级权威的三十九个文学艺术资料发到全党县一级单位，其中包括吴晗的《海瑞罢官》和北京市委文教书记邓拓等人的《燕山夜话》。也许就在这万人大会堂里，他还触景生思，怎样把《东方红》里已经记录下的革命推向更深刻、更纯洁、更壮阔的境地。

也有中央领导同志注意到她。

全军文艺会演期间，一次演出完后谢幕，周恩来总理，陈毅、贺龙副总理，在总政文化部陈其通部长陪同下走上台来接见演员。

周总理和演员们依次握手，握到她时，总理说："听说你是全团年龄最小的一个。"说完，又慈父般拍拍她的肩……

贺龙副总理握手时问："小鬼，你叫什么名字？"

"我叫张宁。"

"你的腰可真软，你有没有腰哦？"

她演贝壳舞的领舞，里面有一个难度很高的腰部控制动作——腰向后仰，右腿抬起来，而且不是一瞬间，得定格住。会演期间，其他军区的舞蹈演员来团里学贝壳舞，一到这个动作，便都囫囵吞枣，做不到位……

1964年，在全军文艺汇演中，表演贝壳舞的张宁

听贺龙副总理这么一说，已走过去的陈毅副总理回过头来，看了她一眼，那张烙满中国革命历次伟大历史事件的脸膛此时无比谐趣、生动，他爽朗地笑了，"姑娘，羡慕你呀！我们都是一把老骨头了……"

还是这次全军文艺会演期间。一天晚上，在军事博物馆顶楼举行露天舞会，刚开始不久，团长沈亚威叫住她："罗总长要和你谈话，你去陪他跳个舞……"刚说完，罗瑞卿同志已经走到南京军区代表团这里，并在她的那张桌子边坐下。

罗总长问："你叫什么名字？"

沈团长主动介绍说："她叫张宁，是我们团里年纪最小的一个。他父亲去世早，她是红军烈士子弟。"

"你的舞蹈条件很好，年纪又轻，要为部队文艺工作做贡献。培养出你这样一个人才不容易，你有没有决心在部队干到底？"

"我有决心。"

"好，有志气。部队文艺工作者，不但要面向部队，还要面向中国，面向世界，你们的前途远大得很哩！”

罗总长站起来，伸出大手，请她跳舞。

舞时，他问：“你爸爸是哪里人？”

“江西兴国人。”

“哦，兴国，那可是一个赫赫有名的将军县。几方面军的？”

“四方面军的。”

“你妈妈哪里人？”

“胶东人。抗日战争时期的兵。”

“好呀，一个革命家庭。你可不要忘了他们。今后你有什么事到北京，到我家里玩去，看看我这个革命家庭……”

“好。”

两人转到了正坐着的李先念副总理身旁，罗总长停了下来，“老李啊，你看看，我给你领来个小同乡……”

后者站起来，问张宁：“你哪个县？”

“我兴国县。”

李先念副总理稍愣了一下，“那是江西的。”继而哈哈笑道：“罗总，你怎么到现在还没弄清我李先念的老家在哪里？”

像是一个小小的惩罚，副总理随即挽起总长舞伴的腰部，踩着《步步高》的曲子，进了舞池……

“你是江西老俵，我是湖北佬。有句话听过吗？天上九头鸟，地下湖北佬。”

她摇摇头。

副总理笑了。又问：“你多大了？”

“十五岁。”

“嗬，十五岁长得像十八岁的大姑娘。你爸爸呢？”

“爸爸去世了……”

“哦，孩儿可怜。你什么时候当的兵？”

“十岁时当兵。”

“这么小就离家，你妈妈舍得你……”

跳的是中四步，旋律并不快。可她一个舞蹈演员却刚刚学会交际舞，再加上得不时注意首长问话的紧张，她常踩到罗总长和李副总理的脚。他们丝毫未减兴致，挽着颇为笨拙的她跳舞，宛如长辈看见一个刚会走步的孩子趔趔趄趄上路，笑纹里舒展着宽容，目光里溢满了鼓励。尤其是罗总长，高大、挺拔的身材，舞姿却依然轻柔，一路飘飘逸逸，一路潇潇洒洒，好似大将军的神思常常纵横驰骋在祖国千道兵阵、万座军营的辽阔版图……

如众星拱月，露天舞场上的男男女女们都注视着这旋舞的一老一少。一角昏冥中，却露出了命运的冷峻之色，它已经感觉到历史愈逼近、愈厚重的寒意。此刻，只有它知道：一二年之后，这一老一少将不能再跳舞了，也许眼前就是他们的最后一场交际舞。他们得同一个权势跃上顶端的人打交道，他们的头上将会悬着同一柄克利达摩斯之剑……

一九六五年，对于张宁来说，是“大串连”的一年。和次年令举世震惊的红卫兵大串连迥然不同，她没有去挤连行李架上、厕所里也塞满了人、膨胀得好似一条断了脊梁的狗在艰难前行的列车，更不会餐风露宿，徒步千里，做“苦不苦，想想红军二万五；累不累，想想革命老前辈”的旅行。她是以贵宾的资格，在世界“大串连”:上半年，基本以前线歌舞团为班底，再加上著名歌唱家胡松华、马玉涛、著名舞蹈家张钧、阿依吐娜等人组成中国青年艺术家代表团，随周总理为团长、陈毅副总理为副团长的中国政府代表团，出访了印度尼西亚、柬埔寨。下半年，按照文化交流协议，全团原班人马又正式访问了阿尔巴尼亚、波兰。为候车待机，还在苏联、匈牙利、蒙古做了停留。

飞机，真是个不可思议的怪物。巨翼之下，湛蓝的海水再无际，也不过似一方轻绸被谁遗失在那里；雪凝的冰峰再巍峨，也不过如几颗泥丸被孩子掷弃在那里……

遥远的世界一下小了，变成了一盏走马灯。那些罩在一圈神秘的光环里、平日只能从广播、报纸上听见与看到名字的大人物，暂时搁置了各自都颇为动人的政治，各自都少不了的忡忡忧心，也许还有某个韬晦之计，某种怪僻之处，以温文尔雅的微笑，彬彬有礼的举止，一位位从走马灯里走了出来。

大厅里，一圈茶几，上面放满五光十色的糖果、点心。中国青年艺术家代表团的成员们围茶几而坐，拘谨战胜不了眼前这异国风味的糖果、点心的挑逗，从小爱吃零食的张宁更是如此。她尝尝这，品品那，嚯，阿尔巴尼亚也有瓜子，她拿了一颗丢进嘴里。这时，阿尔巴尼亚劳动党总书记霍查、部长会议主席谢胡走进了大厅。热烈、由衷的一片掌声，“海内存知己，天涯若比邻”，人们同时想起的还有毛泽东主席崇高的评价：“欧洲的一盏社会主义明灯”。中国人即刻虔诚了，中国人即刻严肃了。一种集体潜意识铁钳般钳制着每一个人，此时别说吃，就是有吃的念头，也是对这一庄严、幸福时刻的亵渎。张宁却想到了吃，那番由一张口里说出来又由另一张口里译出来的话，吸引不了一个十五岁姑娘的注意力，她的注意力蹲在自己嘴里的那颗瓜子上：吐出来，用手帕一掩，挺自然的，她舍不得，刚知其表不知其里，她要品出“阿尔巴尼亚特色”。上下牙床一磕，“咯”的一声，那嘎崩清脆的声响，竟让静谧的大厅几乎为之一震！所有人的目光都准确无异地投向她，聚成一道墙似地压向她，其严厉，其愤懑，似乎从那瓜子壳里蹦出来的不是小小的仁儿，而是大大的“国耻”。只有霍查、谢胡朝着满脸红潮的她笑了，那笑静静地，暖暖地，雍容大度地，直到把那红湖拽下去，将她从困窘里拖上来……

政治家们，即使是心坚如铁的政治家，在这种场合，总是表现有芊芊春草般的温柔。

遥远的世界一下小了，还变成一个色彩斑斓的魔方，每日里都在向被某种公式塑造大的中国少男少女们旋出新奇，旋出困惑，乃至旋出震惊——

车至乌兰巴托车站，大家下来遛腿，谁都觉得有一股羊膻味扑鼻而来，不是极力克制，几个姑娘都想呕了。换上蒙古的餐车，列车继续北上后，餐车里的味儿更重了，重得张宁宁可连着饿几顿肚子。待进入苏联国境，换上了苏联的餐车，那味儿倏然消失了，一进餐车，一股道道地地的西餐味，令人顷刻间脾胃大振……

翻译对姑娘们说：“你们说在蒙古哪里都有一股羊膻味，蒙古人却说中国人身上都有股青草味哩！”

在匈牙利，波兰，无论走去哪座城市，都有数不清的街心公园。鸟鸣在你耳边流转，松鼠在你头上腾挪，哗哗的喷泉在怒放的花丛里殷勤地架起一道又一道彩虹。空气总是清新的，像是夏日刚从雪柜里拿出来的一瓶橙汁；鞋面总是洁爽的，宛如你走过的不是古色古香、带有中世纪风格的大街小巷，而是一幅长长的、总也走不完的高级地毯……在这里，张宁隐隐觉得人生来就该在这样的氛围里生活，人与大自然的和谐，会使人更加热爱生命，更加执著地创造生活。面对街上涂了口红、抹了蓝眼影、打扮颇为“西方化”的时髦姑娘，还有精巧似奶油蛋糕，进去一次得几个钟头的美容院，橱窗里染成金色、白色、紫罗兰色、深紫色的发型……她又有了另一类的感叹：“怎么东欧社会主义集团会是这样？”

在阿尔巴尼亚，走在街上，她感到异常熟悉，就像走在北京、上海或是南京的街头。什么样的人民产生什么样的领袖，什么样的领袖又影响了什么样的人民。毛泽东和霍查，都是放眼四海的人物，都有天降大任于斯人之感，在他们宏伟抱负的指引下，他们的人民不是尚顾及不到自己的生态环境，就是认为：世界上仍有三分之二的人民处于水深火热之中，奢谈街心公园与喷泉，无异是卑琐，无异是背叛。但另外三分之一的人民总得吃饱肚子，张宁看到就是在这里受国家照顾的大学生们，一天也只能吃两顿饭，每顿一个面包，一串葡萄。而百姓家里，连面粉也吃不上，饼子是玉米面做的，面包也是玉米面做的，她咬一口，粗粗涩涩，好似咽进去一把锯屑……她心里又嘀咕开了：“欧洲的一盏社会主义明灯怎么混成这样？”

一九六五年的两度出国之行，真正被冥冥中刻进张宁命运年轮上的，只有一个人和一片地方。

四

他一忽儿西装革履，一忽儿一身戎装，红色贝雷帽，绿呢将校服。他一忽儿送来水果点心，一忽儿又献上一束清露欲滴的白丁香，并插进你床前的花瓶。他魁梧的身子，似一座火焰呼啸的炉膛，整日里向你透射青春勃勃的活力。他明彻的眼睛，打见你第一眼起，就如一台永不疲倦的发报机，在向你发出人类心灵里一串串古老而又新鲜的密码。终于捱到了这一刻，他不能不自己译出这密码，他在陪同四十天学会的几句简单的中国话里，挑了一句因为心里说过多少遍而显得分外流利的话语，那就是“张宁，我爱你！”终于捱到了这一刻，你不能再以浑沌未凿、不解风情来抵挡异国公子垂下高贵头颅后的表白，可凭你的那般小小年纪，你又说不清楚、道不明白在那个年代超越国界、还超越阶级（一个是无产阶级的后代，一个是资产阶级的子孙）的爱情无非是在流沙上垒塔……

1965年，出访印度尼西亚，在各界人士欢迎会上（座中扎长辫者为张宁）

顾不得必须有的礼仪，你陷于死湖般的沉默。

践踏着少女特有的纤心，你表现了朔风似的冷漠。

总统公子的尊严抬头了，陆军少校的慓悍爆发了。雅加达机场，他大步流星走进贵宾休息室，身后跟着几个同样风度翩翩的年轻人。他邀请你去参观装饰华丽的机场大厅，未容你答应，年轻人便簇拥你出了贵宾休息室。他一一殷勤地指点，渐渐地，你被引去大厅的一个侧门，门口停了一辆小轿车。就在这一刻，随团负责保卫的干部领着几个男演员迅速赶到了这里，刀一般插进了你的周围，脸上却是佯作不知什么的寒暄……

临上飞机之前，他取下随身带的一柄银刀，拿出一条白色丝巾，放在你手上，又说了一句中国话，不过这次颇为生硬："张宁，你，纪念。"

你不知为什么没有拒绝，收下了这在印度尼西亚民间象征矢志不移的纯洁爱情的信物……

过了一个星期，代表团在柬埔寨访问。传来了天边椰林掩映下的千岛之国的消息——苏加诺总统苦心维持的"纳萨贡"终于解体了，苏哈托将军发动了军事政变！总统遭软禁。艾地总书记被逮捕。总统卫队被击毙不少人。他正是在卫队里任职。

震骇之余，你一遍遍地在心里祈祷。

为他的平安而祈祷。

为善良、热情的印度尼西亚人民的和平生活而祈祷。

五

经蒙古回国时，列车驶过乌兰巴托不久，便进了一片广袤的荒原，不见人烟，难见树木，偶尔一两株无精打采的胡杨。只有骆驼草，趴根草，狗尾巴草……伏在一个又一个半沙半土的小丘上枯枯瑟瑟，默默叙说深秋的寥廓。云是铅灰色的，草是铅灰色的，整个天地似乎全凝固在铅灰里。人被一种莫名的情绪困扰，经过如诗如画的贝加尔湖时的如痴如醉，经过长满松树、橡树、桦树的西伯利亚大森林时领悟到的博大的雄奇，恍如上个世纪的事了！直至进入内蒙的腹地，整整两天一夜，就是列车也受了人们情绪的感染，那一声声汽笛，在这片原始的凝固里撞下的只是如水的苍凉……

多年后，你在日记里写道——

六九年秋天，又得一梦。到新街口新华书店，许多人围着门口瞧。我也挤到门边一看，正对门口墙上挂一幅山水画：右一丛参天修竹，枝叶下，露珠迎朝霞，晶莹五彩无比。竹下还有一丛幽香四溢的兰草，门口能闻到；左满天大雪，雪花飘在一株生在峭壁上的紫梅上，梅花瓣上堆着粉妆般的雪，又闻梅香……从未见过如此美妙的画，为什么众人不进去？低头一看，满地皆象牙雕刻的器皿，无下脚之处，我像跳芭蕾似地从器皿的空隙间穿插过去，到画前，再一抬头，吓得惊叫捂着脸，一转身栽到一个陌生男人怀里。他拍拍我肩，"你怎么啦？"我惊魂未定，"那画多可怕！"他说："有什么可怕，你再仔细看。"我胆战心惊地回过头，画面上是一个丘岭间的大荒冢，冢上茅草在西北风里抖抖哀号。茅草深处几行隐隐的绿色小隶字，"生于×年×月"，"卒于×年×月，"给人一种毛骨耸然之感……梦醒了，翻个身又睡了，当时以为是荒诞之梦，哪知两年之后，林家正应了这个结局。

与同时代的少男少女们相比，张宁还是过早地掉进了爱河。

砥石不过，刀锋不亮。春风不度，江南不绿。许是异国多情公子的那番追逐，使回国后的张宁，以一个少女的奥秘展现了其全部的神韵，罗丹曾赞叹道："由于它的力，或者由于它的美，可以唤起种种不同的意象。有时像一朵花：体态的婀娜仿佛花茎，乳房和面容的微笑，发绿的辉煌，宛如花萼的吐放；有时像柔软的长春藤，劲健的摇摆的小树……有时又像一座花瓶……上身细，臀部宽，像一个轮廓精美的瓶，蕴藏着未来的生命的瓶。"

像甲型肝炎流行期，得在公共食堂、浴室贴上："当心甲肝传染！"也真该在张宁身上贴上一张条："当心爱情！"

一个又一个经她而过的男人，旋即患上了"爱情症"，一些高干子弟，还有文艺界的小伙子们……那症状还颇为厉害，几乎每个人都像一间经年失修、干裂得叭叭作响的老木屋，只需她投去匆匆一瞥，这木屋便呼呼地烧起了一场通红的大火，夜不成寐，日无食味，神魂颠倒，神差鬼使，总要找个什么理由，到她跟前站一站，坐一坐，就是不讲话也成……

与其被异性整日里追逐，不如自己现找一个。她看中的，却是一个远远站在场外的人。此人叫李寒林，身体瘦瘦的，皮肤黑黑的，南京艺术学院本科毕业，在团里吹双簧管。

许是这乐器吸引了她的注意。乐队一起演出时，准听出他吹出的效果。有几次，晨光如水，或是月光泻银，他一个人站在草坪上吹，悠扬，蕴藉，如泣，如诉，她听起来其韵味像是中国的箫……

许是他的性格吸引了她的注意。李寒林业务能力好，在全团二百多号人里人缘也好。可他不是那种见面就熟、对谁都嘻嘻哈哈的人，他的话不多，若真要讲个什么事，却逻辑性强，还挺诙谐。他躲避着热闹，躲避着团里一些自我感觉始终良好的人，总爱坐在自己心灵的门坎上思虑着什么事儿，连走路也低着个头。而她也是低头走路的人……

或许是他的家境吸引了她的注意。干部子弟们的生活环境，她太熟悉了。生活对于他们，就像是一颗高级奶糖，唯一要操劳的只是剥去外面的那张糖纸。太清闲了，也就太腻歪，在小学时，她就不愿整日里与干休所的孩子们泡在一起，下了课总是和周围老百姓家的孩子玩，她帮他们挑水，割猪草，拣野菜，她知道了马齿苋能治腹泻，荠菜花能治荨麻症，马兰头里含多种维生素……从他长年穿着的部队发的衣服上，从他打了补丁的袜子和衬衫领子上，她知道了生活对于他绝非是一颗高级奶糖。他的父母长期分居，母亲带着姐姐、弟弟，在苏州靠开一个小杂货店维持生计；父亲六十多岁了，还做裁缝，随他在南京一起生活……

别说按世俗的目光，这是一场不同等级、不同水平的追逐，就是张宁身边那一蓬蓬熊熊的火焰，也得让他退避三舍。她，丢掉了少女的羞涩，将事情颠倒了个个儿——

他爱踢足球，是个颇不错的中锋。她也变得爱看足球，不过满绿茵场她只看见他一个人。

她在街上买了零食回来，先进了他的宿舍，床上丢下一把糖果，或是几只水果。几次之后，他知道是谁丢的了，要不然不会一见有人进来便赶紧用被子盖上。

去食堂吃饭时，她“自然”地坐在他那个桌子上，“自然”地聊起什么，又“自然”地一起洗碗，“自然”地将碗和他的碗放在一个碗格子里，渐渐地，他也挺“自然”地在去食堂吃饭的路上碰上她——

两人都掌握在开饭半小时后去食堂。

她约他："明天是星期天。你有事吗？没什么事，我们去中山陵玩……"

他没有事。两人一前一后出大院，那时团里不准年轻人谈恋爱，她又是尖子演员，不到二十八岁不能结婚。比她大五岁的他还只有二十二岁，两人都有些恓惶，可更多的是觊觎了禁果的兴奋。采野草莓，摘桑葚，或是坐在哪棵树下，一聊半天、一天，大人般地讲着实话，孩子般地讲着童话，傻子般地讲着蠢话，有时眼看球要破门了，但是结果不是擦网而飞，就是猛一折，踢去了边角……心里却无半分颓唐。紫金山上，暮色踯躅，石头城里，华灯初上。当他们又一前一后走回卫岗大院时，两个人的心里都溢满甜蜜与憧憬，还有明天，还有下次。何谓青春？青春不就意味着一串串鸽子般扑腾腾而至的机会吗……

她的日子过得诗情画意，时代却越来越躁动不安。"文革"了，中国一下搬去了火药桶上，连世外桃源般的卫岗大院也有了呛人的火药味。学员队里拉起一面造反大旗"飞鸣镝"，除没敢在军区司令员头上动土外，军区副司令、政委、副政委、参谋长、政治部主任都冲击了。司令员手拍桌子，发了雷霆之怒：

"歌舞团这批小家伙不知道天高地厚，把他们下放到部队去锻炼！"

母亲将女儿紧紧地拴在家里。张宁是个逍遥派，李寒林的心在她身上，他也是个逍遥派，隔三岔五地便潜入她家来看她。自以为是"润物细无声"的春风，可走多了夜路，总要撞上鬼。母亲发现了，许是出于多年来在人事部门工作的职业习惯，她立即去歌舞团，找政委了解情况，她要看档案中的李寒林。依她的职业习惯，档案里的一个人，远比生活中的一个人更真实。她又请军区参谋长的爱人对他的家庭情况进行核实。两下一了解，别说其他什么了，就凭家庭出身是小手工业主这一条，母亲便对闯进自己家的这个陌生男青年做了取舍，而且在身后还站了一个广泛的统一阵线：她的叔叔、伯伯、阿姨们反对，团里有人则作如是说："肯定是谣传。若真有此事，我就将脑袋割下来"……

李寒林一下成了个形迹可疑者。面对一道又一道冷嗖嗖的目光，他感到自己“侵犯”的，是一个神圣的家族。它之所以神圣，一方面是因为昔日的光荣，另一方面则是因为某种无形的社会契约将它和同一层次的诸多家族紧紧拴在一起了。

他害怕了……

一九六六年冬天。紫金山上，呼呼的西北风像位大写意的画家，可那泼出来的色块都是冷冽的，中山陵的汉白玉迤逦长阶上，空寂无声，只有两个穿军大衣的人在陵园附近的松林里或隐或现。她约他出来，在冬天里吐露了春天：

“……这事不管别人怎么说，怎么看，我自己拿主见。我一定要跟你好。”

“张宁，你这样的人，我原先根本不敢想。你们舞蹈队那批人，一个个眼睛长在脑门上，可在业务、形象上没一个比得上你……你这样看得起我，我一定不辜负你的感情，我也一定要对你好到底……”

李寒林的退却，顷刻间成了入海的泥牛。他拥抱了她，他亲吻了她。温柔的、颤战的痉挛之中，深邃而又甘甜，她觉得自己生命的最奇妙之处好似一盏小酒精灯般地被点着了，那明丽的灯焰，蓝莹莹、暖酥酥的。在它的灼热下，在他愈来愈有力的双臂里，她几乎快要融化了……他也迷醉了，迷醉到了骨髓。无疑先是对她的迷醉，犹如拿破仑对他所拥抱的法兰西帝国的迷醉；可也有几分对自己的迷醉，一如拿破仑对自己有终于征服了法兰西帝国的魅力而迷醉!

在中山陵呆了两个小时，意犹未尽。两人又进了城，在南京最好的餐馆——“大三元”——吃了一顿饭，他要掏钱她不让。又直奔照相馆，照了一张合影照。私订终身的仪式，这才告结束。

初夏，霉季刚过。母亲帮女儿晒衣服，抖落出了箱子里的合影照。震惊之后，子弹出膛般跃入大脑里的是警惕，在中国，母亲们历来比女儿们更看重女儿的贞操：

“发展到什么程度？”

“定下来了。”

“我问你出没出事？”

“根本不会出事，出什么事？”

“你懂什么？你才十七岁……”

“你十七岁不也跟爸爸结了婚？！”

女儿连羞带恼。母亲徒有无奈，徒有担心。眼下举国“大革命”，谁管谁呢？团里不会管，家里管不了，两人背地里逍遥一场，若真闹出个什么事，怎么对得起九泉之下的孩子她父亲呢？母亲采取了现实主义的态度：

“既然你们定下了，那你就叫他到家里来，我要跟他谈谈。”

李寒林吓得抖抖地进了门。

田明脸上压满了严肃，仿佛这不是件私事，而是在办公室里向下级交代件重要的公事：

“李寒林，我告诉你两点。第一，我这个女儿，脾气不好，从小任性，你们在一起，你可要迁就她；第二，你们年纪还小，现在交个朋友可以，主要是在政治思想上多互相帮助，但是不能谈恋爱。外面形势很乱，你们的行为要检点，不要弄出什么事情……”

毕竟坚冰已经打破，航道已经开通。

出了门，坚定而从容，李寒林走着军人的标准步履。他走在一道又一道仰慕的目光里——

“你得介绍介绍经验，你用啥办法将张宁弄到手的？”

“小李，你是艳星高照啊，有了张宁，你下辈子都该心满意足了……”

从自己这几乎踩出了音乐韵味的自信脚步里，他感觉心头又溢满了拥抱、亲吻她时的那般迷醉。

他从不去违背张宁的意志。若她说六月飞雪，他会说这雪下得满世界银装素裹；若她说太阳从西边出来，他会说西天上朝霞如诗如画。他俨然成了一只母鸡，而她则是一只毛茸茸的、刚啄破蛋壳的雏鸡儿。她练功回来，他给她洗练功服、袜子，乃至内衣。她稍有不适，他火急火燎地进城买来西瓜，水果。她不沾荤，素食之外唯一吃的就是鸡蛋，每逢星期天，他领她来自己家，荷包蛋一煎七、八个，父子俩不动一下筷子，看她一个人吃，恨不能她将盘子也一块儿吃进去……

她是他的上帝。

他是她的伊甸园。

满军区机关、满南京城、满中国闹哄哄的：最高统帅毛主席、副统帅林副主席八次接见红卫兵。“任何社会变革首先要找到实现变革的社会力量。要打土豪分田地找到了贫农，要打倒老革命找到了红卫兵。”各级党政机关似多米诺骨牌纷纷倒下。彭真，罗瑞卿，陆定一，杨尚昆，刘少奇，邓小平。冒出个“二月逆流”，出了个新词汇“带枪的刘邓路线”。江青又掷下个词汇“文攻武卫”。枪声大作，血流成河，坦克上了街。同一面旗帜下的厮杀。同一个信仰下的搏斗。华盛顿、莫斯科、台北，哗哗地打开一扇扇窗子。十七八岁的年轻生命，顿然成了炎阳下柴垛般堆着的尸首。烈士。烈士。烈士。英雄的妈妈。英雄的妈妈。英雄的妈妈。疯狂的中国。悲壮的中国。失去了理性的中国。又绝对是理性支配下的中国……

张宁感到迷惘。

但是她依然戴着红领章，红帽徽，军人是“文革”里最受人羡慕的职业。她的父亲依然安息在青松环抱下的将军墓。更重要的是，她已有的经历太顺利了，她的思想从未被中国愈来愈沉重的现实生活踩过，犹如她光洁的额头，尚没有一丝皱褶……

她难深想下去。她仅仅是迷惘。

在伊甸园里，迷惘还常常被她弃之于脑后。他和她，犹如两个躲在哪个角落里的孩子，做着自己过家家的游戏。有什么理由要他们去管大人世界的飞短流长、鹅争狗斗呢？

她做着她的“家家”梦……

她依旧生活在玫瑰色的故事里……

走进林立果的视野

一

一九六九年十月二日，林彪在毛家湾召见了吴法宪——

林：我请你来，是问问老虎的事。他在空军表现怎么样？群众反映怎么样？

吴：很好，很好，他在空军很受大家拥护。他经常转达您的指示，把您的指示运用到空军。他在空军我们就可以经常听到您的指示，这对空军建设有很大意义。

林：空军是一个新军种，全世界都在发展空军。所以，我脑子里经常研究空军的问题，特别是空军的作战训练问题。

吴：这是我们空军的幸福、空军的光荣。

林：因此，我依靠老虎给我了解情况、汇报问题，这也是帮助你们空军搞好建设。

吴：是的，是的，有林立果在空军，就等于林副主席在空军，我们就有了依靠。

林：我的意见嘛，为了更好地了解空军的作战情况，战术问题，可以让林立果兼任作战部副部长，这样就可以向你们提一些有益的意见。

吴：很好，很好。我完全拥护林立果任空军司令部作战部副部长，兼任空军司令部办公室副主任。

林：也可以嘛。我儿子、女儿都在空军工作，你要放心，他们都是为了扶持你这个司令员，他们不会挖你的墙脚的。豆豆在空军报社就没有写过你的大字报……

吴：十分感谢林副主席对我们空军的关怀，对我的栽培，信任空军，把儿子、女儿都放到空军工作……林豆豆我们也准备提升为空军报的副总编辑。

林：为了培养她，这样做也可以，边做边学嘛！

次日下午，吴法宪向空军司令部副参谋长兼办公室主任王飞、林立果和同时任命的空军司令部办公室副主任周宇驰宣布了这一命令，并说："今后空军的一切都要向林立果同志汇报，都可以由立果同志调动指挥。"

王飞、周宇驰当即表态：

"今后我们一切听林副部长调动，一切听林副部长指挥！"

一九七〇年七月，空军司令部、政治部、后勤部都制定了贯彻落实"两个一切"的措施。空军政治部党委在贯彻"两个一切"的五条措施中指出："一切重大问题，例如工作计划、决定、报告、干部配备，以及重要问题的处理等等，都要及时地主动地向立果、立衡同志请示报告，争取他们的领导，真正做到大事不遗漏，不延误，小事不干扰……""老老实实地听从他们的调动，""服服帖帖地听从他们的指挥，"林立果"要求什么，就做什么"……

这月三十一日，林立果在空军司令部干部大会上做了整整一天的"讲用报告"。报告颇似一篇拉美的魔幻小说，诸如：只要一念毛主席语录，精神病人和疯子都会"热泪盈眶"，霍然病愈……

随后，吴法宪在空军"三代会"上称林立果"放了一颗政治卫星，是天才"。周宇驰等人称"讲用报告是第四个里程碑"，"林立果同志是天才、全才、全局之才，是第三代接班人"。一时间，七十多万册林立果的"讲用报告"在军内外广为流传，更多的人竞相传抄……

林立果，一个北京大学物理系毕业只有两年，年仅二十五岁的青年，就此走上了中国云诡波谲的政治舞台。

二

一九六七年一月二十四日。总后勤部大院，时任总后勤部长的邱会作遭到了广大干部的严厉批判。当晚，他给叶群写信："向林总求救！今后仍同过去一样，只要有一口气，就坚决跟着林副主席走！"

对此位林彪的老部下是否伸手拉一把，叶群犹豫了好几天。她曾对秘书们说："这个邱会作啊，麻烦事一大串，叫我们怎么保？"

最终，叶群给丈夫看了这封信。林彪当即把陈伯达找来，两人联名写了手令："立即放出邱会作。"

当天深夜，叶群持手令，带上秘书和警卫，分乘两辆汽车去了总后大院。在某幢楼的会议室里，在一片激昂的掌声中，她说话了——

"红卫兵小将们，林彪同志让我代表他，向你们问好！林彪同志听说大家住在这里，特意派我来看望大家。他让我告诉同志们，他非常支持你们的革命造反精神！"

"请叶主任代向林副主席问好！"

"向叶主任学习，向叶主任致敬！"

"听说邱会作现在身体不太好。林彪同志的意思是，放他出去把病治一下，如果他病情恶化了，大家也有责任。这是林彪同志和陈伯达同志亲笔写的字，大家过来看看，省得怀疑……"

"我们坚决执行林副主席和'中央文革'的指示，同意让邱会作去看病。但说心里话，他出去后，我们不放心。"

"不要紧，你们把他交给我。"

"今后我们要批判他，能保证随叫随到吗？"

"这好说，大家要批判他，可以找'全军文革'联系。我再一次代表林副主席，支持你们的革命造反行动……"

就此，邱会作写了一篇题为《零点得救》的日记，内称："二十五日零点四十分，是我新生的时刻……林总挺身而出，派夫人接一个人，以我所知全军还是头一份，想到这里，不能不使我感动得流下热泪。"

三月十七日，叶群在"中央文革"小组会上，代表林彪对邱会作做了如是评价："解放以来四个后勤部长里最好的一个。"

次年一月二十四日。“零点得救”一周年之际，邱会作给林彪送上一幅象牙底座的台屏，并在给叶群的信里，再次重申“海枯石烂不变心”。

一九七〇年四月，叶群写了一首《咏菊》赠邱会作，内有如是两句：“宁可枝头抱蕊老，不能摇落坠西风。”邱会作又把此诗刻在一方菊花砚上，以回赠叶群。

邱会作的妻子胡敏，则想献上另一件“东西”。这“东西”的“尺寸”，用叶群的话来说便是：

“年龄要二十左右，身高一米六十至一米六十五，要不胖不瘦，柳眉大眼，双眼皮，皮肤要白嫩，无抬头纹；身材匀称，走路端庄，讲普通话，文化程度初中以上，家庭无问题……”

如同吴家在为鼓噪中国的“第三代接班人”而忙碌，邱家也在为寻觅中国的“第三代接班人”的夫人而忙碌……

一九六八年年底，胡敏来到了南京。她此行的目的是“为军委办事组物色机要人员”。

去上海出差回来，张宁发现自己压在宿舍写字台下的一张照片不见了。有人告诉她，照片是政委拿去的。

她去了团部，“政委，您拿我照片干嘛？”

“你父亲有位战友来南京，想看看你。你又不在，我便拿你的照片给他看了看……”

“那您现在还给我。”

政委翻了翻抽屉，又摸了摸口袋，“哎，放哪儿去了？等我找到再还给你，不会丢的。”

她信赖政委。别说这职务给人的可靠感与权威感了，往私里说，政委夫人与她母亲还是同乡。自打十岁入伍，她就是在政委的眼皮底下长大，撒在自己身上的心血，或许比母亲还要多。幼时失去父爱的缺憾，她下意识里从政委身上得到些补偿……

元旦刚过，团里通知张宁，要她去北京外调，具体事项出发前由政委向她交代。

她提一个小旅行袋，进了政委的办公室。晚上九点多钟，政委仍在灯下伏案写着什么。他看了她一眼，她以为他会提起那张照片。演员拍照片容易，但拍上一张中意的却并不容易，而政委拿去的正是她最为中意的一张生活照……

政委说的却是："你等等，没几个字就好了。"

别作指望了，政委准将照片给弄丢了，她想。

政委的神色颇为郑重，他交给她一个牛皮信封和一包东西，"这是给胡敏同志的信和一点东西，你得当面交给她。"

"胡敏是谁？"

"嚯，这你不知道？胡敏同志是邱会作副总长的夫人。我们过去一起在新四军呆过……"

"这么大的首长夫人，我一个小老百姓哪敢送去？政委，您不会自己寄去？"

"丫头，去北京外调的人多，住宿一定紧张。我给她写封信，是请她帮你安排住宿。哦，再有，省革委会有一位同志叫刘林的，和你一块去……"

"他干嘛要和我一块去？"

"任务重要，工作需要嘛。"

"那外调线索呢？"

"你们先去打前站，过几天家里准备好后，会有人带去。"

政委说的一切，都如此合情合理。

列车轰隆隆地驰过齐鲁大地，华北平原，时值严冬，外面一片皑皑白雪，杳无人迹……

车厢里也很冷。半是因为那时列车上尚没有供暖装置，半是因为刘林的那张不苟言笑、烟黄色的脸。不论她跟他说什么，他都是冷冷地回之以三言两语，尔后又调过头去看向窗外，那一圈圈蓝色水母般浮泛的烟雾里，似乎起伏有他的重重心事……

出了北京站，刘林将张宁引到一辆黑色的"伏尔加"前，车旁正候着一位青年军官。轿车的目的地是东郊民巷空军招待所，青年军官引他们去了主楼，她被安排到二楼一间朝南的房里：藕荷色的窗帘，鹅黄色的地毯，几只铺了织巾的沙发，床上整洁得似刚切开的豆腐，暖气烧得正旺。由寒气侵骨的外面走进来，像是一头栽进了春天的怀里……刘林则被安排住在一楼。

当天下午，刘林引两名军人进了张宁的房间。她头一次见他脸上有了光彩，好似粗糙的瓷坯终于上了一层釉。

他介绍道："这位是邱办主任胡敏同志。这位是胡敏同志的秘书王士云同志。"

她行了一个不怎么标准的军礼，"首长，请坐。"

她拿出政委的信和一包东西送到胡敏手里。胡敏一边撕开信，一边笑道："哎呀，这个小王还这么客气。当年我在新四军，他是我们师部宣传队的，还上台说快板书哩……"

趁对方看信，她打量起胡敏来：身材高大丰满，皮肤白净无瑕。饱满的圆脸上，此刻显得笑眯眯的眼睛，架一副金丝眼镜，嘴唇的弧线颇为灵巧，刚才说话时一扇，一扇，像只晨光里跳枝的阳雀……给人的感觉是精神轻松而又饱满，绝不像是个五十岁出头的人。

胡敏看罢信，眼睛里盈盈生辉，煞是动人，脸上更是抑不住的热情，煞是感人。她拉住张宁的手道："这房间住得还舒适吗？"

张宁由衷地说："我是个普通女兵，让首长如此费心，真是不好意思。"

"张宁啊，你不用和我客气了。什么费心不费心，首长不首长。到了北京，你就等于到了家里，别拘拘束束的。这样吧，路上一定辛苦了，今天晚上好好休息，明天我再来看你……"

次日上午，张宁往歌舞团挂了长途电话，告诉住宿已安排妥当。团里的答复是过几天才会有人来。

她回到房间，拿出绣花绷子，开始绣一朵菊花。上次去上海出差，也说到时会有人来布置任务，可在上海呆了几天，大抵就在延安饭店里泡了几天，好像过去看过的惊险影片里因为某种意外而未能接上头似的……她怕再有此种情况发生，便带了绣花绷子出来，好打发光阴。她一边绣着一朵菊花，一边还想着胡敏：与自己见过的不少高级干部的夫人相比，她竟然没一点架子，不知是本色使然，还是政委的那包东西起了作用？即使是前者，她说今天要来看自己也当不得真。堂堂首长夫人，能和自己一个小小文艺兵谈什么呢？"对牛弹琴"四个字跃进了张宁的脑海，她不禁笑了……

门推开了，进来四五个女人、穿陆、海、空军装的都有。张宁赶快站了起来，她们劝阻道："你坐，你坐，我们随便进来看看。"

她以为是同住二楼的旅客，也许是想来自己房间聊天消遣的。可再看又觉得不太对劲，未等她让坐，她们都各自找地方坐下了，一坐下，一道道目光便似豆大的雨珠一样刷刷地倾泄到她身上，其内涵不像是要消遣，倒像是在进行某种颇费心思的工作，如电影导演挑选演员，如顾客审视商品。而且个个在五十岁上下，个个虽然笑容可掬，可个个的眉梢、嘴角处仍然射出权力的威严，这就好像她们那一身单调的军装仍然未遮去她们雍容华贵的气度一样……

张宁正感到唐突、尴尬。外面走廊里一阵"笃笃"的皮鞋响。未见人面，已闻人声：

"张宁，我来看你哪……"

是胡敏。她一进房，房里的几个女军人都站起来，彼此点点头算是打了招呼，却不说话，然后离去，像是事先有某种默契。胡敏的脸上又是一股水蜜桃般饱满的热情劲，人尚在房门口，张宁便觉得了那汁液儿几乎溅到了自己脸上。消受莫名的热情，颇似一副并不劲健的胃囊却要去消化一席蛋白质、脂肪都极高的酒宴，她真不知下面该如何应付这位首长夫人，胡敏却拉了拉她的手，略寒暄几句，沙发都未坐下，便又一阵风似地走了……

终于轻松了，她又拿起了绣花绷子。房间里静静的，走廊里静静的，静得好像有人躲在哪个角落里策划什么阴谋。不知怎的，拿起的绣花绷子又放下了，她觉得心口堵得慌。她打开门，走了出去，她第一次注意到走廊两边的门都是关着的。她来回踱了踱步，看是否能撞上什么人出来或是进去，没有人，也还是不见一点声响。她不由得走去服务台，问：

"二楼二十多间房，好像就我一个房客？"

服务员点点头。眼神里，溢不住的某种仰慕与某种神秘……

下午。像要弥补阴阳失调似的，她房间里进来一群男性军官，七八个人，老、中、青都有，坐满了一屋。

又是未等她开口，一个穿空军服的军官说："我们是来看看你住宿情况的。来了一天了，还有什么要求吗？"

她又想起了过去看过的惊险影片。这又一次不事先招呼、不作自我介绍的神秘造访，莫非预示着此回北京之行将不是一般的外调？她想问的，不便问；她能说的，大抵也只有这句话了：

"住得挺好的，谢谢你们的关心。"

上午那几个女军人来，她觉得尴尬。眼下却更多的是纳闷：她回答完后，他们的注意力便不放在她身上了，似乎任务完了，彼此间嘻嘻哈哈地说笑着，气氛颇为轻松。可什么地方不好轻松，非得上自己房里轻松呢？而且，她注意到坐在自己斜对面沙发上的一位年轻军官，始终不苟言笑，投向自己的、难看出内涵的目光，若即若离，看年纪，他应该是这些军官里级别最低的；可看同伴里始终没有谁去打扰他，他在他们中又有足够的威仪……

服务员送来一大盘柑桔。她不会以为这是自己的特殊，而更感到来者的特殊。她给每一位送去只柑桔，送到他面前时，动作慢了几拍，她多看了他两眼：粗浓的眉毛，细窄的鼻梁，鼻尖略带弯勾，眼睛也稍有点吊线，下巴刮得青森森的，体型颇为壮实。他也看了她几眼，那目光是斜睨的。接过柑桔后，他将皮剥开，掰下两三瓣，放在嘴边轻轻吮吸了一下桔汁，其余的便顺手扔进了字纸篓里……

第三天中午。他和一位年轻的女军官来了，看相貌，两人是姐弟。依然是不作自我介绍，沙发上坐下后，女军官问起张宁部队文艺界的一些情况。她身材小巧，皮肤白净，梳两个小辫，前面不见刘海，说话轻柔而持重。他仍缄默不语，在一边听着。

张宁感觉到了她善解人意。每当自己无言以答，或是说不清楚、道不明白之时，她总是及时转换话题。她想让谈话轻松些，自己感兴趣些，而不想让张宁紧张、困窘，有一种被盘问、被审查的感觉……

她问起张宁所到过的国家的民情风俗。

她问起张宁对这些国家首脑人物们的印象。

她问起张宁目前团里恢复业务训练方面的情况。

她又问："党的第一次全国代表大会是何时何地召开的，出席会议的有哪些人？”

“党的一大是一九二一年在陕北瓦窑堡召开的，出席会议的有毛泽东、林彪、周恩来，哦，应该还有李大钊、陈独秀……”

两人一听，不由得笑起来。她连笑时，都不乏文静；而他，这一笑则好似震碎了那副不带任何表情、给人以深长莫测之感的面孔，代之而起的是一副洋溢着年轻人活力与气息的面孔。但无论是前者，还是后者，那笑声里不见嘲弄，没有鄙视，相反充满的是一种宽厚的理解，仿佛在说：“生活就该是这样，一个跳舞的女孩子管那些个事情干什么？”还有的，便是从对方的回答里发现了某种天真、某些可爱之处……

张宁的脸上羞成一块大红布。

像是又在为张宁解脱窘境，她拿起张宁的一条辫子在手里摸起来，“你来看看，她的头发有多好！”

他过来看了看，嘴里“嗯”了一声。

两人告辞了，张宁送到楼梯口。三个人并没有说什么，服务台里坐着的服务员，见了他们，竟然一下站起来，那神色颇似英国皇家卫队听说了女皇陛下驾到……

她问服务员：“你知道这俩人是谁吗？”

“你不认识？我以为你们认识哩，他们是李政和李果，女的叫李政，男的叫李果，姐弟俩。”

“李政、李果……”她不禁心里一阵颤栗。

服务员要满足自己的好奇心了，“您能说说您是谁吗？”

“我叫……张宁，南京……军区来的。”她的口气颇有几分恍惚。

服务员脸上的自信，坚挺得几乎让她连连却步。

“我知道了，您的父亲一定是张春桥！”

她正欲否定，刘林无声无息地走了过来：

“晚上不要急于休息，胡主任请我们去人民大会堂看样板戏。”

三

你知道了她叫林立衡。你却在“九·一三”事件几年之后，才知道了她当时的处境。

帅府千金。弟弟任空军作战部副部长后，姐姐当上《空军报》副总编，二十七岁，便是副师级。这级别还当不得真，自吴法宪以下，中国偌大一支空军，都甘愿臣服于姐弟俩的脚下。再夸张点说，只要这两个大孩子愿意，上万架诸种型号的飞机，都是他们的玩具……

应该是没有什么不可满足，没有什么不可选择。

生活却常常不是按三段论来铺排的。以后，你听林家的工作人员王淑媛老太太说——

一天，王老太在林立衡房里，两人在扯着什么，秘书来叫，说是叶群要女儿去一趟。

“叫我什么事，你知道吗？”

“我不知道。叶主任正在生气，你要小心一点！”

王老太不放心，跟着去了。可不敢进屋，在门口看着。叶群阴沉着个脸坐在沙发上，胸脯本来就饱满，此刻气乎乎的，更耸成两尊高耸的炮塔。冷嗖嗖的目光一投过来，刚进去几步的女儿便像是被谁使了定身法，一下站着不动了……

“主任，找我有什么事？”

叶群哗一下从沙发上站起来，伸出右手食指，节奏急促地点点戳戳：

“我还是你妈妈吧，可你眼里哪有我这个妈妈？！我辛辛苦苦将你抚养大，吓，现在翅膀硬了，官也当上了，眼睛就长上脑门了，我的话就等于放屁了，妈妈就这么贱？”

叶群几步走到女儿面前，冷不防，右手五指全部亮开，“啪”的一声，女儿挨了一记耳光。似乎叶群的愤恨仍没有随这记耳光宣泄尽，声音又高了几度，高得像在嘶嚎：

“你背着我做的事，你当我不知道？我告诉你，只要我还活着，你就甭想与空军情报部的那小子成亲……”

林立衡哭成个泪人儿，掉头就走。

次日傍晚，王老太见林立衡不吃饭，一个人在房里睡了一天，脸如纸白，深陷下去的眼睛好似两个倒置的小酒盅。她心疼得不行，赶紧去了叶群的办公室报告：

“叶主任，豆豆生病了。赶快送去三〇一医院看看吧？”

“哼，你放心，她死不了。”

叶群来到女儿的房里，林立衡正撑起身子拿床头柜上的杯子喝水。

“你装病，你想吓唬谁？”

“我没说我有病。我只想在床上躺躺，不行吗？”那声音，弱似蚊虫……

“你敢顶撞我？！”叶群走去床边，一把夺过女儿手里的杯子，“咣啷”一声，摔到地上，又一把攥住女儿的辫子往外拖，“你没病就得给我下床，你下来走……”

林立衡却往里拽。叶群火了，脸涨成茄色，好似一块白布陡然扔进了绛紫的染料水里，她扬起穿了皮鞋的一条腿，向女儿紧扳住床沿的手踢了一脚……

一边看着的王老太，急得似踩在烧红的煤球上。她想拉住叶群，手伸出去了，又抖抖地缩回去了。眼前要拉的可不是街头巷尾行貌卑琐的悍妇，若主任又一脚踹过来，叫自己命归黄泉了，那死也是白死……她喊来了“林办”的几个秘书。秘书们个个如少林寺的老和尚，对主任那常常突然蹿上来的有名、莫名怒火，早修炼有素了。在众人的簇拥下，叶群终于悻悻然走了。

待王老太再回头，林立衡像她父亲在解放战争那几年酷爱吃炒豆子一样，将整瓶的安眠药一把把地吞下了肚，此刻正半咽半吐，难咽难吐，嘴角起伏着呼啦啦冒出白沫……

“救命啊，豆豆自杀了！”

毛家湾里，顿时一片闹哄哄的，像是发生了一起谋杀案……

飞机没有成为林立衡的玩具，在《空军报》，她认真、勤勉地做着她的副总编。

安眠药则似乎成了林立衡的玩具，进去，又出来，出来了，再进去。

她自杀了三次，送三〇一医院紧急抢救了三次。其中两次，都是为着抗拒母亲屠夫般地砍杀她的恋情。

长年将自己关在房里、坐若参禅的父亲不知道女儿的生死恋……

也没有谁会告诉林彪。一来尽管六亿之众一日三餐都在祈祷“永远健康，永远健康”，可身边的人清楚副统帅已是残烛风前之躯了。不是一棵草有时也能压倒一匹骆驼吗，何况这般剧烈的刺激？再有，叶群也严禁“林办”所有人员吐露这消息……

一九六九年，叶群开始在全国范围内“选美”。母亲不想为儿子、女儿挑选爱人，她要为自己挑选媳妇与女婿。儿女现在不仅是林彪掌上的一对明珠，而且能在父亲耳边吹风了，成了林彪了解外界情况的重要渠道。如同儿女们已经少从母亲的角度来注视她，而常从政治的角度来琢磨她；她则更少从儿女的角度来打量他们，而必须从政治的角度来弹压他们。她隐隐处于三比一的劣势。不能再向五比一恶化了。在这个政治关系远胜于血缘关系扭结起来的家庭里，她要增加自己手里的筹码。仅一年多的时间，下面被筛选掉的不说，有资格让叶群在北京面看的，就有二十多人，大部分是知识青年、学生、唱样板戏的演员……

起初，林立衡被蒙在鼓里。见一个，再见一个，她和弟弟都以为是下面父亲的老部下主动介绍来的，不能说是趋炎附势，还得说是人之常情。像串糖葫芦球,越见越多了,姐弟俩心里打了鼓。两人一商量，去了母亲办公室：

“主任这样做，对首长、对我们的影响都不好……”

见儿女进来，刚才还高高兴兴的叶群，脸上一下黑下来，“豆豆，老虎，我为你们两个考虑，你们还不领我的情。像我们这样的家庭，怎么能让一般的孩子进来？多请一些同志挑选，大家都来把把关，这也是正常的事！”

儿女一走，叶群当即去了林彪房里：

“首长，豆豆、老虎都大了，婚姻问题该考虑了。我整日里穷忙，没这么多精力，你看是不是托下面的老同志去办？”

林彪眯缝着眼睛，像是心里默了一会儿神：

“兴师动众的，这样做合适？”

“什么合适不合适？谁家的女儿不嫁人，谁家的男孩不结婚？我们就找一个，多了也不要，只是要找一个条件理想的罢了。特别是给老虎找的人，得有花容月貌，得让首长看了高兴才成。再说，天下哪个做父母的不想为儿女选门好亲事？我们去找，一来没时间，首长和我的时间该完全用来考虑中国革命和世界革命的大事，这是最大的政治；二来不把别人吓着，也得被别人缠着，现在想进这个院门的女孩子、男孩子可不少呐，光政审就是个麻烦事，托老同志们去办，我们就灵活多啦……”

林彪蹙蹙眉头：

“好了，别再啰哩啰嗦了。你就托老同志们去找吧。不过最后你还得征求孩子们自己的意见……”

叶群喜上眉梢，掉头欲走。又被林彪叫住道：

“宜敬，过去在东北打仗，我见锦州一带的女人长得俊俏，可去那边找找看。”

叶群出来，派秘书叫来姐弟：

“我做的事都向首长汇报了，首长也支持。他还要我派人去东北找找看哩，”说到这，她“扑哧”一下笑出声来，“想不到当年首长还有如此好的兴致，一边指挥千军万马打仗，一边还能注意当地女人长得啥模样……你们还有什么要说的吗？”

姐弟俩没有吭声。

姐姐却僵持着，拖延着，砰然跳动着一颗自尊的心……

叶群多少有些乏味了。而对为林立果“选美”，她没有丝毫放松，而且随着“第三代接班人”舆论的雀起，她更急迫了，决心为儿子尽快找到一位倾国倾城的绝代佳人。

当林立衡走到你面前，她是抱着一种怎样的心境？

也许是手足之情。

童年时起，她和弟弟便难见到父亲、母亲。生活上由王老太照料着，精神上由她照料着。两人一道出门，去店里买烧饼、油条，边吃边去上学，中午、晚上又一道吃公家食堂。没有小车接送，没有自行车，她给弟弟牵来一路的故事。灯下，她做作业，弟弟也做作业，不哼不哈，像两尊小小的菩萨，王老太在心里嘀咕：这两个孩子可老实啦。她穿打补丁的衣服，弟弟穿的鞋子能穿到露出脚趾，没有谁去想父亲那一身元帅服金碧辉煌，她们也该金碧辉煌。她性格内向，他也生性腼腆，见到女孩子脸上竟会涨出一片潮红。大了，也是同一所大学，她中文系，弟弟物理系。直至“文革”头一年，北大校园里不乏风云人物，大难临头之际，高干子弟甘愿沉寂的，却凤毛麟角，她和弟弟则坐在家里，头俯窗台，静静地看着中国政治的地平线上，父亲飞红涌紫地迅速崛起……

林立衡了解弟弟需要怎样一位姑娘，如同她了解弟弟性格上的长处与短处。

林立衡希望弟弟获得幸福的深切，如同她担忧弟弟轻易到手的却远非是幸福……

也许是对母亲的戒备。

她熟知《安娜·卡列尼娜》开卷的那句话：幸福的家庭都是相似的，而不幸的家庭却各有各的不幸。她隐隐感到：林家的一切不幸，渊薮于政治。母亲太热衷于政治，热得几乎要把林家大院里的每一寸空气都用政治的熨斗烫一遍。弟弟也渐渐染上了权力癖。茅台酒？熊猫牌烟？抑或是时下让人热泪盈眶、精神勃兴的红宝书？天下没有比权力癖更能让人上瘾的了。她不想看到家里又进来一个充满权力癖的女人，她不愿弟弟未来的小家庭建筑在政治的累卵之上。家庭就该是细浪呢喃的港湾，而女主人的眼睛，便是照彻港湾的清明的双星。或许在温馨的港湾里，整日里在躁动不安的政治氛围中奔忙的弟弟，会有几分平静，几分警策……

你走进了林立衡的希冀里。

你走进了林立果的视野里。

当夜九点多钟，胡敏果然来了，接张宁和刘林去人民大会堂西厅看舞剧《红色娘子军》。白天接待了两批客人，她有些疲劳，但还是颇乐意去，一是江青要来审查演出，她想看看这位主席夫人，“文艺革命的旗手”；二是来北京之前，她听说团里也要排这出舞剧，事先能有这么个难得的机会观摩样板团正宗的演出，自己自然不该放过……

她刚刚在位子上坐定，一扇侧门开了，当今中国政治舞台上的新贵们，一一鱼贯而入。文班子来了，陈伯达，康生，张春桥，姚文元。武班子也来了，黄永胜，吴法宪，李作鹏，邱会作。一位位衣冠楚楚，神情大度，不时有彼此聊着什么的，双方的脸上都发出会心、轻松的微笑。让人想起毛泽东主席对党的“九大”的评价：这是一个团结的大会，一个胜利的大会。

江青与叶群走在前面，一进门，江青披风往后一甩，里面穿件银灰色的中山装，走起路来大步流星，胳膊也随之有节奏地晃动……也许是几十年后身上还留有蓝萍的职业习惯，也许是这两年里样板戏审查多了，江青的举手投足里，总融有京戏里亮相动作的成分，如李玉和义赴刑场，似杨子荣打虎上山。自然，张宁当时没有这样想，看着身段依然不错的江青，再衬之以身边突出的臀部像两只沙袋一样左右晃着，似乎费了不少气力才赶得上趟的叶群，她觉得“旗手”的风度挺帅……

中间休息。胡敏提议去吃点夜宵，她不饿，胡敏要她陪自己去。走到一个小厅，黄永胜和吴法宪出现了，后者笑成了一尊弥勒佛，前者眼睛旋然一亮，洪亮的声音与魁梧的身材十分匹配：

“这姑娘哪来的？”

胡敏将她拉到黄永胜面前：

“总长，她就是南京军区前线歌舞团的张宁。怎么样？小姑娘长得俊不俊啊？”

黄永胜朗声笑道：“长得俊，长得俊。不过，光有好相貌还不够，还得努力学习、不断进步才行。当个好演员，先得当个忠于毛主席、忠于林副主席的好战士。小张宁，你说对不对？”

总长慈眉善目，口气宛如父亲。她心里一阵温暖……

小人物总被大人物的话所感动。

李作鹏进来，胡敏又是一番介绍，一阵寒暄。

接着，胡敏又领张宁去了一个稍大些的厅。对她来说，人民大会堂真像是一座巨大的迷宫，她真搞不清楚这些个大厅小厅是怎样的摆布，更不明白叶群怎么会突然从天而降般地出现在不远处……

叶群正向她这个方向走来。按部队惯例，首长不打招呼，下级不能主动迎上前去。副统帅夫人的目光是冷峻的，冷峻得凝成了一股力量将她往一边推了推。她低着头，屏声静息，感觉到叶群缓缓地与自己擦肩而过。走过去一会，又掉头审视她的侧影。胡敏突然说道：

“张宁，你看看这幅画，真好！能说说它的韵味吗？”

胡敏手指墙上悬挂的一幅山水画，那方向正是叶群站的方向。就是在十几步开外，她也能感觉到那个矮胖女人的威严，她慑于这威严，可要自己看画的也是一位首长夫人。她不得不把脸正面朝向了叶群，她不知道那是哪位画家的精品，也不知道自己胡诌了些什么，她唯一能感知的便是从不远处射出的两道目光，犹如两只登山靴，在自己身上、脸上，冰冷地、深深地爬着、踩着……

“好啦，我们看演出去吧。”

她轻轻地舒了一口气。胡敏也舒了一口气，气还挺粗，像是终于拉车上了一个陡坡……

四

叶群问儿子：“老虎，这个张宁，你印象如何？”

林立果咧咧嘴：“马马虎虎吧。”

“这是终生大事，可马虎不得。依妈看，张宁虽有姿色，但人瘦了点，眼睛还有点近视。不说搬仙女下凡，妈总要为你找个各方面称心如意的。叫这个姑娘回去吧？”

“首长要她回去，就让她回去吧。”

林立果漫不经心地应道。

母子俩都没说心里话。

林立果看中了张宁。看中的不仅是容貌。在这之前，他曾见过东北来的三名少女，一个个风姿如玉，婷婷袅袅。可爱，仅仅是可爱，她们走不进他的心寓。他对她们报之以热情，如同他对张宁施之以冷漠。他无力抵挡张宁成了自己心寓的不速之客。那冷漠只折射无力，无论帅府公子，还是平头百姓，被丘比特之箭刚刚射中的男人们大抵如此。

林立果同样明白叶群是为自己选媳妇，添筹码。叶群未看中的，他表示看中了，只会煽起母亲炽火般的警觉与妒意。他得欲擒故纵，他得待以时日。

叶群难说出口的是，因林家的人个子都偏矮，是她指定要挑个子高些的姑娘。她给的标准是一米六十至一米六十五，张宁却有一米六十九。在人民大会堂的那夜，她已经试着比了，自己一米五四的个头，刚过张宁的肩膀，相差太悬殊了。一旦结为眷属，岂有婆婆整日里仰视媳妇的道理？她从不习惯被人俯视。若被人俯视，她素来良好的自我感觉，便会有颤颤的动摇。

再有，也是那一夜的“邂逅”，部队有自身的惯例，此刻叶群却有自己的情感需要。她等待张宁迎上前来，捧上一个光彩得似刚从三春桃李上摘下的甜笑。眼睛里，该是幸福的？该是忐忑不安的？该是仰慕的？该是痴醉的？该是慑服的？抑或是这一切的混和体？暂不管它，只要张宁称一声：“首长”，或是“叶主任”，乃至喊她“叶阿姨”都成，她便会停下步来，对张宁亲切地说几句什么。这姑娘没有迎上前来，反向一边避了几步，似乎她是一台轰隆隆开过来的压路机。也不招呼，神情木然，木然得似一棵马路边的电线杆。凭直觉，叶群看出若娶进门来，张宁既讨不了自己欢喜，也当不了自己的筹码……

歌舞团来了三个人，给张宁的并不是外调线索，而是一道命令：她的任务完成了，可以回南京。

临行前的一天上午，她去了首都的闹市之一——大栅栏。天上飘着斜斜的雨丝，她未带雨具，就这么走着。雨丝触到脸上，滴到脖子里，凉嗖嗖的，她的心里却有着焰红扑扑的炉火。情丝与雨丝一般绵长，她想着李寒林，她想着该为他买些什么东西……

“张宁！张宁！”有人叫唤她的名字。

她回头一看，是位军官，那天下午来自己房里的一群男性军官里有他。

他指着不远处的一辆黑色“伏尔加”道：

“张宁，你等一等，林立果要和你谈谈。”

林立果此时正站在车旁，一只手放在敞开的车门上。那姿态像是在等待张宁的态度，若她停下不走，他就过来；若她掉头又走，他便上车……

林立果过来了，步履颇为急促。他拉起她的手，动作也颇是急切：

“你什么时间走？”

这是他第一次开口。她感觉他的声音低沉，略显沙哑。

“我今天下午的车。”

“我来送送你，好吗？”

“谢谢。没什么东西，不用了。”

“欢迎你再到北京来，来了一定到我这里来玩……”

不是漫不经心的敷衍，不是若有若无的寒暄。否则林立果不会丢下他的偌大的一支空军，专程追到大栅栏来。他手心里涌起的股股潮热也在证明，她感觉自己触着了那沁出的细密汗珠。她想抽出自己被握紧的手，却又无力践踏眼前这个男人与他出身同样高贵的自尊。她隐约感觉到了这份青睐之后，潜藏着一份滂沱的激情。她是一棵小草，只需要涓泉细露。她无力承受这份激情，却又苦于一时找不到遁词去躲避这份激情……

她蹙起眉头。柳叶眉楚楚动人地弯成了两勾残月。

“你好像有些忧郁？”林立果问。

沉默，良久的沉默……

林立果两道浓眉下灼灼逼人的目光，宛如乌云下的闪电。闪电劈划着，惊悸着，空气却依然干燥着，拧不出一滴雨来，他觉出了尴尬，突然松开手：

“再见了，祝你一路平安。”

他掉头走去了轿车。肩头上有一块濡湿开的雨渍……

一声长鸣，列车缓缓地驰进了南京站。

由雪压冰封、色调灰暗的京都而来，由猎犬般紧追在身后的神秘与惶惑中而来……

在江南原野上一片氤氲的雨雾里，春天开始冉冉上路了，沿着天上排成人形的雁阵，沿着地上万千柳丝上正爆出的米粒般大的嫩芽，还沿着一池碧水里嬉鸭泛起的圈圈涟漪……

从此，可以脱去军大衣了，她感到了一阵轻松。南京的风湿漉漉，暖酥酥，拂到脸上，像是抹了凝脂般流畅……面对即将和恋人团聚的巨大欢乐，这段日子所有紧捆在她脑袋里的问号，也一下如镣铐般哗哗地脱落了！

自己不会再见到他们。好似过去在小学、在学员队，若她对哪个小伙伴有了矛盾，有了看法，她便可不理不睬，视如路人……

二十岁的姑娘，太年轻了。她尚不知她已经接触过的这些人物，并不仅是一群人。他们被高高低低地楔入了一个怪异的、当今正主宰中国的权力体制。它的怪异正在于：你只要靠近了它，你就难躲避它，如百慕大三角区的黑洞，苏格兰尼斯湖里的湖怪。等着你的，大抵只有，要么被权力所腐蚀；要么，被权力所毁灭。

政委要她去汇报北京之行。

"政委，派我去北京不是外调吗？怎么始终不见安排呢？"

"情况在不断变化嘛。那几个同志去北京，就是去接替你搞外调的。这次，见到谁啦？"

她报了一串显赫的名字，除了毛泽东、林彪，当时的中国高层领导人，几乎全有。

政委注意到的是她最后说出的两个名字：

"哦，林立果，林立衡。他们来招待所找你干啥？"

"问了问我们团运动方面的情况，还有业务训练，下部队演出的情况，还有……"

她似竹筒倒豆子一一倒着，政委极其认真地听着。听完，他似乎想都未想，便简捷地下了断语：

"噢，他们找你是对部队文艺工作的关心。你不要随便跟人说，听到了吗？"

她点点头，“嗯。”

离开团部没几步，蓦然抬首，李寒林正大步流星向她走来……

毛家湾，正屏声静息地审视

一

一九六六年六月初，你随团在大别山区搞“社教”。一天黄昏，你沿着一条羊肠小道回驻地。经过一座荒冢，一节枯木横置路上。你正欲提腿，不对了，枯木上竟有比拇指甲还要大的鳞片。不是枯木，是条碗口粗的黑花蟒，你全身一阵电击般的颤栗！你不敢动弹，你不知它头在哪里，尾有多长，你害怕一拔腿，闻声的它当即搐动巨身，将你越来越紧地盘住。左上方的山崖上有一户人家，门口正站一个吃饭的男人，你不敢喊，向他匆匆比划，他感到了什么，拿起把锄头下来。你再低头，黑花蟒倏然消失，连在深草里游弋的声音也未听到……

一星期后，你持续高烧至41℃，上吐下泻，化验却一切正常。又一星期，自行退烧。你去小溪洗脸，一日被蛇咬，十年怕草绳，你战战兢兢，一步四顾，至溪边，碧水粼粼，清彻见底。你放下皂盒，欲打湿毛巾，再低头看去，青石板下是小蛇，水里游弋的是小蛇，抖抖动动，攒攒聚聚，恍如一溪沸水。你大骇，跌坐田埂之上，疑为梦。烈日当头，蝉鸣疾疾入耳，确非梦。事后有当地老人告诉你，此时正是蛇的交配期……

一九六九年五月初，你又持续几场高烧，经军区总医院几次检查，却查不出病因。

你常做噩梦，梦里每有巨蟒，上天入地地纠缠。走投无路之时，又每来一个湖边，湖心有一林木葱郁的小岛，岛上红墙掩映，庙宇伟峙，钟鼓、木鱼声中，梵音飘飘渺渺。你天恸悲泣。一片叶子漂起水面，由远至近，到你眼前竟是一条小船。你上去，由船及岛。你一直悬在喉咙口的汗淋淋的心，放回去了。你醒了，额头也冷汗淋淋……

二

你回南京后的三个月里，叶群与林立果在“选美”问题上的对峙，渐渐明朗化了。

叶群早布置周宇驰、刘沛丰暗中监视儿子的行踪。他们都是“双面间谍”，母亲既知道了儿子钟情于张宁，儿子也因此记恨母亲。

“选美”班子踏破铁鞋，总算在重庆觅到一个长相颇似你的姑娘。叶群喜盈盈地叫来林立果，他只斜睨了一眼，一眼便将那姑娘打成“处理品”。欲处理给三〇一医院院长的大公子，对方似乎怀疑这不是“原装货”。一跌再跌，最后，那姑娘泪汪汪地打道回川……

林立果信誓旦旦：

“主任，若你再不调张宁来京，我就一定要去南京找她！”

叶群振振有词：

“老虎，你若敢去，让老和尚知道了，他一定会把你扣起来。在南京，想拉你做女婿的人家不少哩……”

林立果径直去找父亲。征得林彪点头后，他当即酝酿让你再度赴京。

叶群风闻，直奔丈夫卧室。久陈无效，反遭林彪批了一顿。

夹缝之中，权衡利弊，叶群唯有接受林立果的选择……

三

一边是望断秋水。

一边是釜底抽薪。

在南京，暗暗想招林立果做女婿的人家不少，可敢于斗胆在光天化日之下穷追不舍的，唯有一位气概不凡的夫人。一次，闻讯叶群率林立果到了苏州，她即携女儿上了小车，一路风驰电掣。林立果听见小车进院，又见两个人影入了大门，同样粗短的身材，同样轩昂的步伐，不像是来此相亲的，倒有几分像来此进行一场女子柔道比赛……林立果学了当年华清池上的蒋介石，恓恓惶惶，弃下母亲，夺窗而逃，自己驾车一路长鸣，直抵上海。一腔热血，遭此冷遇，气得夫人拍桌大发雷霆："你老子是副统帅，我老头子也打下了江山，你老虎有什么了不起，别目中无人！"

女儿依然一往情深……

夫人牵出一个人物来。此人叫曾邦元，南京大学数学系一九六六届毕业生，"文革"初期名噪江苏的造反派头面人物，江苏省革命委员会副主任，省学联主席。

在夫人家的客厅里，你见到他，拘谨地喊了一声："曾叔叔。"

夫人忙不迭地更正道："小曾才二十七岁哩，你怎么能叫叔叔，该叫他曾大哥才对嘛……"

此后，曾邦元不时登门造访。白日来，表现他渊博的学识，夜里来，表现他超人的胆魄——凌晨三点钟，他也敲门，他向愕然的你，还有你一个个睡眼惺忪、木鱼般呆住的家人宣布，他刚翻越紫金山下来。他不请自坐，兴奋地谈起了毛泽东。青年时代，无论是风清月白之时，还是夜雨如泼之际，毛泽东常和蔡和森等人一起，身穿长布衫，带着煮蚕豆，登上岳麓山。或盘腿静坐，承无边天籁，养浩然之气；或畅谈至东方之既白，议九派横云，斥万户诸侯……

省革委会又一位副主任破了他的兴奋：

"小曾啊，你是不是想和张宁谈恋爱？"

曾邦元支支吾吾，不置可否。

"小老弟，我告诉你，张宁在上头已有主了，你可不要犯糊涂！"

虽然同为省革命委员会副主任，曾邦元代表的是一帮已经风流云散的学生娃娃，而那一位代表的则是正几乎将整个中国实行了军事管制的军界。他自然领会对方话里阴沉的分量……

曾邦元，从此不再翻越紫金山了。

曾邦元，从此在你的眼皮下消失了。

副政委站在门口说：

“张宁，你马上准备一下。上午九点去北京。”

此时已是八点半了。因身体不适、尚躺在床上的张宁，一下坐起来，质问道：

“我身体有病，高烧不退，你们领导又不是不知道。为啥还要我去北京？”

“这不是我们决定的。你要说找政委说去……”说毕，副政委掉头就走。

持续高烧，军区总医院查不出结果，通知她一有床位便住院观察，她已等了一个多星期。这个节骨眼上，却又要差她去北京，这不是要把自己拖垮、搞垮吗？想到自进歌舞团后，无论谁当领导，自己都像小天使般受宠，还从没碰过如此的冷漠，受过这般的委屈，她的泪水便扑簌簌地往下掉……

李寒林进来了，手里捧着一个西瓜。西瓜尚未上市，一连几天，他不知在南京城里转了多少角落，总算海底捞针般地捞到一个。她没有食欲，可绿油油、红晶晶的西瓜能撩人食欲，而且还多多少少能降下她的高温……

他手里的西瓜，差点摔在地上碎了，“张宁，怎么了？”

她噘噘嘴，“又要让我去北京出差了！”

李寒林放下西瓜，巴掌甩去额头上的一把大汗，也甩下一串火爆爆的话来：

“公差，公差，还管不管人家死活了？当官的是一条命，当兵的也是一条命。走，你穿好衣服，我们找领导讲理去！”

她晃晃悠悠，脚高脚低，像踩在一团团棉花上。跟他来到了团部，几间办公室都是铁将军把门，只见到团里一个管人事保卫的干事。

“政委去了哪里？”他问。

“不知道啊……”

“你知道这次要张宁去北京执行什么任务？”

干事神秘地笑笑，“这次是上面借调她去北京执行任务。”又叮嘱道：“张宁，你赶快回去准备，马上要来车了！”

毕竟从小在军营里长大，军人以服从命令为天职的铁的纪律，顿时也如沉重的铁块一样压向她稚嫩的肩头。他们回了她的寝室，拿了几件换洗衣服和洗漱用具，匆匆收拾好一个小旅行包和一个军用挎包，他又送她出来。快到操场，见副政委正站在阅兵台上，注视着他们。走近了，副政委走下阅兵台，对李寒林道：

“好了，你就送到这里吧。我会送张宁上车……”

李寒林不能不站住了，脸上满是牵挂之色：

“张宁，千万保重身体。到了北京，争取先去看病！”

她点点头，眼里泪光莹莹……

副政委领她向卫岗大院门口走。出了大门二十余米，拐弯处停着一辆黑色“伏尔加”。车门开了，跳下来的是胡敏的秘书王士云。

一个念头也随之落进张宁的脑海：莫非这次再去北京是上次去的继续？

王士云主动与副政委握手：“好，谢谢你了，请回吧。”

副政委未作答，转身离开。

“伏尔加”向南京军区空军司令部驶去。进了大院，在招待所里停下。上了二楼，进了一间房，坐在沙发上的胡敏像颗射出膛的子弹一样，一下迎上前来，脸上又是那股水蜜桃般饱满的热情劲，还多了一股稀罕劲，似乎眼前出现的是一件终于失而复得、价值连城的珠宝……

“张宁啊，这几个月我可想死你了，你早把我给忘了吧？”

“哪能哩，首长。”

胡敏注意到了她蔫蔫搭搭的口气，病病恹恹的模样：“你身体不舒服？”

“我发烧，一个多星期了……”

胡敏摸了摸她的前额，“烧得蛮厉害，像有39℃。”

胡敏叫来一名随身护士，又告诉张宁：“来，给你打一针丙种球蛋白。这针是国外进口的哩，能帮助人增加抗体，保你坚持到北京。到了北京，什么问题都好解决了……”

她趁机问道：“这次借调我去北京干什么？”

胡敏岔开道:“到了北京,先不谈工作的事,得把你的病看好再说。”

此刻,从里屋走出一个人来,张宁一愣:

“政委,您怎么在这里?我在团里到处找你……”

她鼻子一阵酸楚,说后一句话时几乎拽着哭腔。

政委神态严肃得似戴上了一副铁打的面具:“张宁,胡主任很关心你,很爱护你。到北京后,你要听胡主任的话,好好地执行任务。”

那位革委会副主任从外面进来了,手里拎着一筐什么东西。

“胡主任,你们要走了,我来给你们送行。没什么东西,送点桂圆给邱副总长和你,聊表寸心……”

“× 主任,你太客气了。”胡敏接过筐放在茶几上,招呼在场的几个人:“来,大家吃。”

王士云当即扯破筐口,拿了几颗肥硕的桂圆吃起来。

胡敏又拉起张宁的手,“过来,让我给 × 主任介绍一下……”

× 主任一下收起脸上的几丝不快,展开的是旗子迎风抖动般的微笑,走过来,握起张宁的手摇摇:

“不用介绍了。我跟她父母都很熟,从小看着她长大……”

张宁想起在学员队里自己和小伙伴们常讲的一句话:“吹牛不犯法。”父母何曾和他很熟呢?父亲去世那天,他是在场,可满屋子的军区首长,不是上将、中将,也是少将。当时因为他也住院,他是以病友而不是以战友的身份,来父亲病榻前表示哀悼的……她却不想戳破这个圆滚滚的牛皮,一来这还算不上是什么弥天大谎,二来他的确也今非昔比,无论在江苏省,还是在南京军区,今天他都是个炙手可热的人物。

张宁突然想起来得匆忙,忘记跟母亲打招呼了,这里到家里,有小车只要几分钟。她问胡敏:“首长,我能不能回去跟妈妈打声招呼?”

胡敏正犹豫,× 主任一句话掷地有声:

“不用了。你走后,我负责跟你母亲打招呼。”

她眼里又泪影闪闪……

政委见状,“张宁,你已经十九岁了,怎么还像个小女孩?你担心个啥嘛,你六五年出国不也没和你母亲打招呼吗?你走了,她来团里问我，我一说，她就放心了。这回，我回去就告诉你母亲……”

张宁无言以答。

上午十点多钟，一架“伊尔——18”型飞机由南京起飞，除去机组人员，几十个位置的机舱里，只有胡敏、王士云、张宁三名乘客。

约一个小时，飞机接近空军第34师机场上空。要降落了，胡敏指指座位前一碟满满的、未动过几颗的高级糖果，凑在张宁耳边道：

“你把这些糖全装在口袋里。你还有个小妹妹晶晶，她可喜欢吃糖了，等会你把它们送给她，她肯定乐不可支……”

避开机组人员的耳目，她将两个衣兜塞满了花花绿绿的糖果。

四

中午，母亲见你没有回家。昨日离家时，她还叮嘱你今日再去军区总医院看病的，莫不是医院里有了空床位？一想，又不对，住进了医院，你会来个电话的……

母亲火急火燎地去了歌舞团。你寝室里没人，有人告诉她你去了北京。震惊！愤懑！一瞬间，她成了一个会走路的、粗壮的爆竹，就等着谁去点燃了。在团部，找到了政委——

“你自己没有儿女还是怎的？你好狠心呐，拖个烧得晕晕糊糊的张宁去北京……”

“不是团里派的，是上面交代的任务。”

“什么任务？”

“执行特别任务。”

“我女儿不是党员，是个群众，能执行什么特别任务？”

“这是党和国家的机密，我不知道。就是知道了，也要对你保密。”

口气斩钉截铁的政委，变成了一根烧得正红的捻子，一下点燃了那爆竹：

“姓王的，你别跟我来这一套。你参加过新四军，我当的是八路军。你这身军装，我也穿了十几年。你充什么大？摆什么谱？告诉你，不涉及我女儿，我不会登你的门；涉及了我女儿，就是全中国只有毛主席和你姓王的两个人知道的机密，今天你也得告诉我！”

“田明同志，我提醒你，你不是没有文化的家庭妇女，你是一名党的干部……”

你母亲一下绕过办公桌，挥起右手巴掌，要扇政委的耳光。一掌霍霍生风地下去，政委脸一偏，扇空了。继而，你母亲又再挥巴掌，这下，被闻声赶来的人给紧紧拖住……

小车直抵复兴路总后大院里的邱家小院。

餐厅后有两间卧室，门对门。一间住晶晶和阿姨，胡敏安排张宁住另一间。

次日，她被送进三〇一医院，住在内科三病区。当即进行检查，结果仍正常，还是查不出病因。不过大夫给她开了大剂量的银翘解毒片，三天后，高烧完全压下来了。

胡敏来看她。她要求出院，胡敏道：

“傻姑娘，不要急于出院嘛。三〇一医院可是中国医疗条件最好的医院，许多中央首长都是在这里看病的。趁这个机会，你把身体全面检查一下……”

她似乎成了一件待办的公文，不到长城不算好汉，不到西天取不来真经，非得在三〇一医院众多的章子下走一遍——

内科，查五脏……

外科，查骨骼有没有毛病……

五官科，查牙齿。视力，一只 1.5，一只 1.2，微有散光……

妇科，在高干病区一房间进行，请的是外院一位妇科专家。体重 117 斤。上身。下身。再量骨盆，那专家对一边站着的胡敏说：“她生育没有问题。”她的脸，刷地一下绯红……

放射科，X 光室里，暗红的灯光朦朦胧胧。她脱掉外衣，站在胸透机前。

“请把身上的毛衣和衬衣也脱掉。”一个男人的声音从黑暗中响起。

“为什么要脱？”她大惑不解，X 光线完全能穿透衣服，这是她上小学时就知道的常识。

“为了减弱放射性元素的渗透，便于细微地检查。请协助我们，将衣服脱掉。”还是那个男人的声音，这次几乎带有命令的成分。

她脱了，只穿着胸衣和内裤。在学员队，上芭蕾课便是这样的装束，不过在场的没有异性。她感到难堪。更难堪的在后面，胸透结束不让她穿衣服，厚重的窗帘打开了，两个男人像是从地狱里钻出来，要在自然光下，检查她的四肢和肌肤。颈部，背部，胳膊，大腿，膝盖……视线一寸寸地移，一处处地挪，迟缓得像是两只蚂蚁在她身上爬着，她觉得一身热烘烘的，痒燥燥的，“蚂蚁”就差没在她的脚指头上停下来“研究”了。

一个男人又用手在她的胳膊上蹭了一下，“皮肤的光洁度挺好的。”

另一位则坐下开始填表。表上密密麻麻的格子，她边穿衣服边等待对方将自己分割进那一个个格子里。

她纳闷；这种检查怎么叫男人来做呢？转念，她又解释了，在三〇一这样高规格的医院，谁的水平高就得用谁，还管是男是女？中央首长们哪会像小老百姓一样封建？医生们也习惯了，她注意到这两个男人脸上始终不带任何表情，她的存在对于他们只像化学实验室里的某种器皿、某种元素一样。

两个星期里，所有检查终于完了。几乎每天都来医院的胡敏，像不畏艰辛、万里迢迢，终于走到了陕北高原的红军战士一般高兴，乐颤颤，喜悠悠，就差没把张宁抱在怀里：

“好，好，这下我可放心了，你身体各方面情况都很好。就是略瘦一点，搞舞蹈的，大概过去饮食方面有节制，按一般人的眼光，你该胖一点才好。这容易，回家后你可别跟我客气，我给你吃什么，你得放开肚皮吃……”

五

《汉杂事秘辛》一书里，记载有二世纪三十至四十年代东汉宫廷里的一场“选美”,这大概是中国史书上记载最早、记录最全的宫廷“选美”。中国人不该不晓。现附录如下——

姁即与超，以诏书趋谐商第，第内欢噪。食时，商女莹，从中阁细步到寝。妻句与超如诏书,周视动止,俱合法相。超留外舍。姁以诏书如莹燕处，屏斥接侍，闭中阖子，时日晷薄辰，穿照蜃窗，光送著莹面，上如朝霞，和雪艳射，不能正视。目波澄鲜，眉妩连卷，朱口皓齿，修耳悬鼻，辅靥颐舍，位置均适。姁寻脱莹步摇，伸髻度发，如黝髹可鉴，围手入盘，坠地加半。握已，乞缓私处结束。莹面发赧抵拦。姁告莹曰:‘官家重礼,借见朽落,缓此结束,当加鞠翟耳。’莹泣下数行，闭目转面内向，姁为手缓，捧著日光，芳气喷袭，肌理腻洁，拊不留手，规前方后，筑脂刻玉，胸乳菽发，脐容半寸许珠。约略莹体，血足荣肤，肤足饰肉，肉足冒骨。长短合度，自颠至底，长七尺一寸，肩广一尺六寸，臂视肩广减三寸，自肩至指，长各二尺七寸，指去掌四寸，肖十竹萌削也。髀至足三尺二寸，足长八寸，跌跗丰妍，底平趾敛，约缣迫袜收束，微如禁中，久之不得音响。姁令推谢皇帝万年，莹乃徐拜，称皇帝万年，若微风振箫，幽鸣可听。不痔不疡，无黑子创陷，及口、鼻、腋、私、足，诺处均美。

可此节摆在读者面前，无异于一大堆难啃的骨头。笔者数典忘祖，古文根底浅薄，不可穿凿附会，贸然造译。正搔首弄腮之际，忽读鼎鼎大名的柏杨先生一著作，内恰有先生此节妙笔生花之译文。现不惴冒昧，顺手拈来，以飨读者——

“吴姁女士跟董超先生，拿着皇帝(刘志小子)的诏书，同到梁家，梁家一片欢呼。落座后不久，梁莹女士先到中厅亮相，纤纤细步，走回闺房。吴姁、董超遵照诏书指示，在旁仔细观察她的举止，一切都十分优美。于是，董超先生留在中厅，吴姁女士一人进入闺房。梁莹女士屏声静息，听她摆布。这时，侍奉的婢女全被逐走，房门紧闭，正是上午九时左右，阳光穿过纱窗，照到梁莹女士脸上，光艳四射，像朝霞映雪，使人不敢正视。水汪汪的大眼，柳叶般的窄眉，流露着难以拒抗的妩媚，朱红嘴唇，洁白牙齿，耳轮饱满，鼻梁挺直，双颊红润欲滴，下巴像磨光的浮雕，五官配合，貌美如花。

“吴姁女士摘下梁莹女士的耳环，解开她头上的绒髻，秀发瀑布般泻下，乌黑光亮，几乎可以映出人的影子，吴姁女士双手握住，发长几跟身齐。梁莹女士坐在榻榻米上，秀发委顿，尚余一半。

“接着，吴姁女士就要解开她的钮扣，看她的下体。梁莹女士满脸通红，像着了火般燃烧，忸怩挣扎，不肯脱光。吴姁女士说：‘皇家规矩，一定要检查全身，这是最后的手续，必须解开裤带，才算尽到我的职责。’

“梁莹女士不能拒绝皇家的规定，一种羞辱的感觉，忍不住泫然泪下，只好闭上眼睛，任凭吴姁女士为她宽衣褪裤。在脱的时候，内衣上的芳香和处女特有的气息，阵阵扑鼻，使人沉醉。

“梁莹女士终于脱光，赤条条一丝不挂，美丽的胴体呈现眼前。咦！她身上肌肤，光泽洁白，细嫩得好像一吹都会破碎，手摸上去，竟自动滑下。双肩和脊椎，跟挺立的玉石相似。双乳刚刚发育，微微耸起，勉强可以盈握。可爱的肚脐，隐约下陷，能够容纳一粒直径寸半的珍珠。

“因梁莹女士营养良好之故，所以胴体丰满。三围巧到好处，身长七尺一寸，肩宽一尺六寸，臀部一尺三寸，臂长二尺七寸，指长四寸，青葱尖尖，如同初削的竹笋。腿长三尺二寸，足长八寸。踝骨妍美，脚底平滑，脚趾修长，而且收敛。穿上丝袜绣花鞋，教她走路。轻盈端庄，听不见声音。

“到这时候，吴姁女士再检查她的声音。教梁莹女士拜谢，口呼‘皇帝万岁’，梁莹女士缓缓叩首，依照吩咐，口呼‘皇帝万岁’，声音幽扬，优雅悦耳，好像是轻风送出洞箫。于是，再察看她的肛门，没有痔疮。再察看她的皮肤，没有疤痕。全身如玉，没有雀斑肉瘤。总结是，梁莹女士艳如天仙，包括嘴巴、鼻子、腋下、下体，双足，等等，天生丽质，毫无瑕疵，美不胜收。”

胡敏来三〇一医院接张宁出院了。

车上，张宁提出：“首长，现在我病好了，经过检查身体也没什么毛病，您分派我任务吧！”

胡敏笑道：“急什么，病虽好了，可身体还得恢复一段时间，去我家养养，以后再谈工作。”

“那我给家里写封信？”

她想，能写，也要给李寒林写一封，以释他的远念。

“信就不必写了，×主任，王政委肯定给你妈妈打了招呼，反正你执行任务时间也不长，还要回去的。”

到了邱家，客厅走廊的花架上，矗着一个大花瓶，上面插了一大束奶色的花，花瓣大似牡丹，且厚，芳香浓郁，新鲜得像是只要手指轻轻一触，它就能淌下汁来……她认识，这是名贵的法国白玫瑰。到邱家的第一天，她就去邱家小院里的花园浏览了，园里只有普通的玫瑰花。她不禁问身边的晶晶：

“这花是哪来的？”

晶晶的眼睛亮晶晶，那光芒里不无骄傲：

“这束白玫瑰是法国总统蓬皮杜送给叶妈妈的。叶妈妈说这些天我妈妈辛苦了，得谢谢，她又送给我妈妈！”

第三天中午，张宁去餐厅吃饭。她发现邱家的儿女们都不在，餐桌边坐着邱会作夫妇和林立果。她正欲转身，胡敏看见了：

“来，来，一块吃。你还害羞，林副部长你又不是没见过。”

她只得去餐桌边坐下，拿起筷子，低头扒饭，就是挟菜时，视线也绝对系在筷头上。桌上四菜一汤，炒虾仁，红烧鱼，蒸火腿片，炒野苋菜，汤是鸡块豌豆汤。盘子虽然不多，但可口，清淡，各种营养成分配搭合理，绝对保证了人的生理需要。她知道，像邱会作这样级别的高级干部，都有保健大夫或营养专家来调配膳食……

邱会作为林立果斟了一杯红葡萄酒：

“老虎，首长和主任的身体最近好吗？”

“谢谢，他们都好。”

胡敏一再叮嘱张宁：“你多吃一点，多吃一点。”又一再给林立果夹菜。

只听见林立果说：“够了，够了。”

此外，餐桌上一片冷场……

餐毕。胡敏送邱会作出去，一下又转来：

“张宁，林副部长工作很忙，难得有机会出来，你们两个在一起谈谈吧。”

胡敏将他们带去起居间，掩上门，走了。

她脑海里一闪念——

她触着了他手心里那沁出的细密汗珠。她隐约察觉了这份青睐之后，潜藏着一份滂沱的激情……

脑海里又一闪念——

政委极其认真地听着。听完，他似乎想都未想，便简捷地下了断语：“噢，他们找你是对部队文艺工作的关心……”

她不知道该相信自己的感觉，还是该相信政委的断语。

她的感觉历来是细腻的。

政委的目光历来是练达的。

若感觉错了，自己未免自作多情，令人嘲笑。而且更亵渎了林立果，也许还有他代表林副统帅对部队文艺工作的关心。

或许，林立果正是将自己作为了解基层情况的一个点？

若断语错了，照此延续，自己正似粘在蛛网上的一个小虫，日后挣脱愈烈，纠缠愈紧。

真是举步维艰，动辄得咎。想什么都浑浑沌沌，不如什么都不想，任脑海里一片苍白……

她低头坐着，十指绕着自己的手绢。

“你不太爱说话？”林立果问。

她点点头。

“你吃饭、睡觉怎么样？”

“吃饭就刚才这样。睡觉要吃点安眠药。”

“你要坚强点，最好不要用安眠药睡觉。我每天睡觉一般在九点半，最晚不超过十点，从来不吃药。哪怕今天事情再多，再忙，我只要一躺下，什么事都放下了，脑袋里筑了道堤，把它们都隔开了。一觉安安稳稳到天亮，第二天再精力充沛地投入工作……”

犹如他在军内外引起一片轰动的“讲用报告”，林立果自感这席话颇有感染力，针对性，可张宁依旧低着脑袋，像是无动于衷。

林立果觉得尴尬……

沉默。“你喝水吧，”他为她倒了一杯水，她接过来，放在面前的茶几上。

沉默。“你吃糖吧，”他从果碟里拿起一颗糖，“这是牛乳花生糖，很好吃，花生是植物油，吃了对人没害处。”又剥开，她连糖纸接过来，将糖放进嘴里，终于吐出两个字：

“谢谢。”

胡敏进了起居室，“老虎啊，聊得还尽兴吧？”

林立果站起来，“我还有事，得走了。”

胡敏送他出去。她似久禁的囚徒突逢大赦，急匆匆地回了自己房，倒在床上看起书来。

晚上，胡敏带张宁和女儿晶晶去总后礼堂看杂技演出。那年代，除去样板戏外，能够上台演出的，大抵也只有杂技了。

整个八排空着。在黑压压的、好不容易才有一次演出的礼堂里，八排空得异常扎眼。可绝没有谁坐上去，中国人对于权力的存在和权力的优裕的承认，也是异常自觉的。胡敏领她们在靠中间的位子上站定，张宁坐下了，胡敏却又拉拉晶晶，母子俩再过去了几个位子才坐下，她正纳闷，右胳膊上被什么东西碰了，一掉头，右边坐下了林立果。似乎一个位子的空间容不下他壮实的身躯，他不得不将两条胳膊挤在了扶手上。她的身子往左边让了让，又把右胳膊抽回来；这一让，林立果侧头看了看她，也勉为其难地向右边让了让，再抽回左胳膊。像是在一捆已经扎得牢牢的柴火里，总算又塞进去一根粗硕的柴。中间的扶手空出来了，没有谁再去碰它，僭越它，她想起念小学时，男女同学同座时桌子上常画着的那道“三八线”……

演出开始了。她看台上，他也看台上。她觉得他的心思未在台上，他也觉得她的心思未在台上。舞台的侧边，倏地打上了一条幻灯：“请

×××到后台来找我×××。”

林立果轻声问道：“张宁，你看得清旁边那条字幕吗？”

她点点头。

“那你念给我听听，可以吗？”

“请×××到后台来找×××。”

他扑哧一笑，“你的眼睛是有点近视……”

情急之中，她不知林立果笑什么，自己又念错了哪里。她刚刚做的检查，一只1.5，一只1.2，微有散光，作为一名演员，这是长年被舞台灯光照射所致，可总不至于将赫然一条字幕念错？

“你有眼镜吗？”

她点点头。

“你戴上再看看。”

她也想看看，从军装口袋里取出眼镜带上。明白了，“我”字左上角那一撇写得淡淡的，她给忽略了……

“你戴眼镜也蛮好看……”他不自禁地脱口而出。

她曾有过的某种病态，一下潮汛般向她袭来。精神上她感觉到一种丑，一种被人打量、被人评价的丑。身上、脸上似乎都在起一块块的鸡皮疙瘩，好像有什么东西正粘乎乎、滑腻腻地爬过……

在西方，任何一个普通的男子都可以向妙龄女子的美貌表示赞誉。在此邦，她像大多数红颜女子一样，只把赞誉的权利给予情人或丈夫，哪怕是此刻正坐在她身边的位高势重的帅府公子也不能例外。

她怀疑政委的断语。一片浑浑沌沌的脑海里，她开始抓住自己曾思虑过多时的感觉，哪怕这感觉像一排细碎的利齿在锯得她脑袋阵阵生痛……

演出结束，胡敏领一行人回到邱家。她提议玩一会儿牌，扑克拿来了，她自己又不打，让王士云、张宁、晶晶陪林立果打，打的是争上游。林立果坐在张宁的对面，他百无聊赖地甩着牌，同时甩出来的还有一道道蚱蜢般跳上她脸上的火辣辣视线……

张宁甩掉手上的牌，一下站起来：

“我不打了，头有点痛，想睡觉。”

林立果几乎紧接着站起来：

“好，不打了，我也得走了……”

此后两天，日子过得颇为清闲。没有谁再登邱家的门，胡敏也似乎在忙自己的事。唯有十一岁的晶晶来缠张宁，晚上匆匆做完作业，便来了她房间，不是要她讲个故事，就是要她教跳芭蕾。白毛女踮脚尖，吴清华踮脚尖，晶晶也想踮脚尖，大抵样板戏所传递出的艺术世界里，对于一个小女孩来说，印象最为深刻的便是这了不起的踮脚尖了……

客厅的地毯上，她教晶晶芭蕾的几个组合动作。客厅里灯盏明亮，门厅里光线暗淡，猛一回头，她发现有人藏在那暗淡里，目光飘飘忽忽，闪闪烁烁。她对目光的敏感，几乎有如寒暑表对天气的敏感，又尤其是此时在邱家。她不跳了，晶晶感到了什么，走了过去：

“谁站在那里？”

一张年轻的脸出现在明亮之中。目光里的几许尴尬，几丝羞赧，依然掩盖不了那棱角分明的面孔所勾勒出的练达与精干。张宁见过他，每天邱会作出门，他都为首长打开车门；邱会作回来，他又赶上前去为首长接过鼓囊囊的公文包……他叫江水，胡敏曾以极欣赏的口吻提起他：他原是中央警卫团派给邱会作的警卫员。一九六七年一月邱会作被造反派秘密关押在总后大院某幢楼地下室时，是他打探出了关押的地址，又是他给粗菜淡饭难以下咽的邱会作送去了家里的食物。邱会作重新工作后，提升他当了贴身的警卫参谋，而且已内定为后勤部保卫部部长人选。

“是我……”江水应道。

“你在这里干什么？你滚！”

晶晶的口气宛如呵责自己家里养的一条狗。像是已经习惯了，江水未说什么，转身出了门厅……

张宁不禁蹙了蹙了眉，“晶晶，你干嘛对他那么凶？”

晶晶一甩羊角小辫，“哼，他这个人，讨厌！”

使她讨厌的并不是江水，而是天真活泼的晶晶性格上的另一个侧面……

一天早晨，只有六点多钟，一向此时还在床上的张宁，悄悄地去了院子。服了四片“安定”。仍一夜失眠，一夜折腾，自己一个普普通通的女兵，可谓莫名其妙地两次来京，又莫名其妙地睡在当今中共中央政治局委员、副总参谋长兼总后勤部部长的家里，她越来越觉得不是味儿，不对劲儿，脑袋也越来越痛……

站在晨光如水的院子里，带有花木、露水味儿的空气暂时遣送了她胸中的郁闷，啁啾的鸟儿暂时衔走了她脑袋里的苦痛，一种充溢全身心的宁静感，使她格外思念起千里之外，那初夏时节水库般蓄满了浓绿的紫金山，瀑布般流泻着浓绿的南京城……

卵石小径上“笃笃”的步履声，敲碎了她的宁静感。邱会作正朝她这个方向走来，他清癯的脸盘，朗朗的双目，颇有几分仙风道骨，即使是散步也走得一板一眼，张宁绝对以为那一板一眼里，踩的都是党的大事，国家的大事，军队的大事。为了不想惊了首长的思绪，她赶紧躲去旁边的一丛修竹下。她看见了跟在邱会作身后几步远的江水，江水也看见了她。待邱会作走远了，他转身走来她这里：

“你就是南京来的张宁吧？”

她点了点头。

“我看你有很重的心事？”

问得直率而又唐突。也许是因为那天晚上晶晶对他的一句呵责，使她对眼前的这个年轻人有几分内疚，她点点头，又阴悒地笑了笑，算是接受了他的问话……

他的眼神里流露出某种犹豫，既像是在为有件事要不要告诉张宁而感到犹豫，又像是为自己头脑里某个酝酿多时的想法一旦真付之于行动是否值得而犹豫。很快，他眼神里代之而起的是刀片般闪闪放亮的犀利，他仿佛知道，面前的这个姑娘即使此刻有如网般纠结的猜疑和戒备，而只要碰上它，那张网顷刻间就会被割得支离破碎，化为地上的一堆乱线头……

“张宁，你知道叫你来北京干什么吗？”

果然，她的对外部世界的感知系统，几乎一下跳到了他的这句问话上，她开口了：

“我不知道。你知道吗？”

江水颇为诡秘地笑了，“有什么事，我不知道？！”

邱会作又走来了。江水摇摇头，似有不得已为之之慨，转身过去，又跟在邱会作身后，副总长此刻双手反剪身后，他也双手反剪身后，并握的手心里留给张宁一个长长的悬念……

整日里她盼着自己能在什么地方再碰上他。那份焦灼，不亚于昔日约会她等李寒林。他偶尔露面，脸上挂着老熟人般的微笑，步履却总是匆匆。她不敢叫住他，他一定是在为首长忙什么事。直至次日夜里，她听见房外的走廊上有脚步声，来回走了一遍，又来回走了一遍，她打开房门，一看是他！她未说请他进来，他也未问是否可以进来，他走进了一位有着极不一般身份的姑娘的卧室，自自然然得似瓜熟蒂落……

“现在你告诉我吧，叫我来干什么？”

“老虎会吃人的。”

她心里一惊，林立果的小名不就是老虎？

“我大约明白了你的意思……”

“在你之前，这里也住过两个姑娘。不过，她们不像你，整天开心得很，吃得下睡得着。可是好景不长，住了不到一个月就回去了。这回像是真挑中你了……”

她像是看了一台连本大戏：林立果对部队文艺工作的“关心”。胡敏那富态的脸上水蜜桃饱满的热情。刘林向着车窗外，那一圈圈蓝色水母般浮泛的烟雾里，起伏有他的重重心事。副政委的冷漠。政委严肃得像戴上了一个铁打的面具。曾邦元在她身边流星般出现，又流星般消失。三〇一医院，一个女人的声音：“她生育没有问题”，旋即，一个男人的声音：“皮肤的光洁度挺好的”……

人物众多，线头繁杂，却并不乱哄哄的：一切都是明确的，为着林立果的婚配而来；一切又都向她以假相饰掩真相，为着她能不置一辞地充当林家的比较物而来。

她的脸上透出青色，身子簌簌地抖动起来，像是秋深的枝头一片欲落未落的叶子……

江水始终注视着她，目光里呈现了化学反应般奇妙的变化：一会儿是同情，宛如同情一头美丽的小鹿就要跌入陷阱：一会儿是震慑，仿佛他是位画家，在她脸上，发现了忧郁竟也是一种刻骨铭心的美。

他的话里绝对充满了同情：

“张宁，你可千万不要气坏了自己的身子。若搞成林黛玉似的，病病恹恹，神情整日里恍恍惚惚，别人无非是几声叹息，自己却要痛苦一辈子。你要想办法，争取尽快回南京，在这里呆久了，事情就更麻烦了……”

她眼睛倏地湿润了，她极力压抑着，又像一个在父母面前听话的孩子一样点点头。

又是一夜失眠，一夜折腾……

邱家，静悄悄的，黑魆魆的。中共中央政治局委员、副总参谋长兼总后勤部部长的家，此时恍如一个黑魆魆的巨兽，伏在她身边，窗外院子里的两盏路灯，则像巨兽额头下一对眈眈虎视她的眼睛……

她深深地觉得了孤单无依。

进来难。出去更难。她为那两个不曾相识的姑娘感到幸运。可自己，这个巨兽能放过吗?

她想起了一个女人……

六

去年，你还来过一次北京，那回是真的搞外调，住总参招待所。

你住一幢房的二层楼。住了几天，你发现三楼似乎未住旅客，上上下下的只有一个五六岁的小男孩，再就是每天总会来一辆中南海的值班车，车上有人给楼上送一次东西……

一天，在楼梯口，你碰上了那个小男孩。他方方的脸，大眼睛，白白的皮肤，文质彬彬的，从气质上看不像出身一般的平民家庭。你对他笑笑，他也对你笑笑，那笑容挺真诚，像是含有一颗离群索居的心想同外界交流些什么的愿望……

你不禁问："你是住三楼吗？"

"是住三楼。"

"跟你一起住的还有谁？"

"姥姥。"

"姥爷、爸爸、妈妈呢？"

"姥爷有自己的家。爸爸、妈妈他们坏，要跟姥爷过，不跟我和姥姥过。"

"你姥爷是谁？"

小男孩说了一个在中国应该家喻户晓的名字，你心头一惊……

"你姓什么？"

"我姓刘，叫刘 ××。"

你知道了孩子的父亲是谁，这是一个在文艺界颇有名气的人物。

"我跟你上去玩玩，有关系吗？"

"没关系的。"

孩子拉着你的手上了楼。一路经过的房间全是空的，走到一间朝南的房门口，孩子喊了一声"姥姥"，你随他进去，十七八平方米的房里，没有地毯，没有沙发，没有一般高级干部家庭里通常有的任何一件摆设。只有一张两斗桌，几个木靠椅，床也是硬板床，房里用的、盖的，几乎都是清一色的部队营具……只见孩子的姥姥一个人坐在床边补衣服。

她放下衣服，站起来，"姑娘，你找谁？"

声音轻似蝉翼的颤动。

小男孩赶紧告诉姥姥："是我叫阿姨来玩的。"

"噢，你请坐。"她也坐下了，又拿起了那件衣服补着……

她个子不高。至少该有五十好几了，可看上去像四十几岁的人，修长的眉，白净的前额，清澈似潭的眼睛，线条柔和的嘴唇，一口雪白的整齐牙齿，精致得恍如象牙工艺品……这一切都透着昔日的倩影和风韵。隐隐压住这倩影和风韵的，除了淡淡的一些抬头纹、鱼尾纹外，便是脸上某种暂且称作雾状的东西。你难看清衔云的远山，对它你也只能意会难以言传，像是几抹离愁，像是一片死水样的沉滞，还像是草木灰被风吹过时蹿上来的星星痕痕的梦幻……

“您一个人领孩子住招待所，多不方便……”

“已经习惯了。”

“我住二楼几天了，没见您下过楼。您怎么不出去走走？”

“不如一个人呆在房里清静……”

“那吃饭呢？”

“他们送。”

“我听您的口音不是本地人？”

“是的，我是上海人。”

“那您干嘛不回上海呢？”

她叹了一口气，放下手里的衣服，抬头看着你，那瞳仁深处，往外溢出一种寒冷的压抑和孤独，你为此打了一个冷颤。她却笑了，笑得颇是凄婉，还牵出了一脸的皱纹，刹那间，像堵泥灰剥落的旧墙，她的实际年龄以及远比她的实际年龄更多的憔悴，一下毕露无遗了……

你大体知道这位小女人有个怎样的故事。从你见过的不少高级干部的婚变里，你断定这是一个和她笑容同样凄婉的故事。

爱情，似乎是这样一种东西：在共患难时，它是新鲜的；而在共荣华时，它则成了一张泛黄的过了时的报纸……

这里还很难说是爱情。爱情在共患难时，双方是平等的，这里却从来没有平等过。以权力支撑的婚姻，如同以刺刀维持着的和平。即便有过旦旦信誓，脉脉柔情，那也不过是沉于漩涡般公务后的一种消遣，被思想和韬略绷得紧紧的心灵所需要的一种松弛……

古往今来，“秦香莲”哪里告得倒“陈世美”呢？即使“陈世美”像换衬衫、换牙刷一样频繁地换着女人，“包公”唯有缄默，也许“包公”自己，也在眠花逐柳……

权力，从某种意义上说，便是征服欲。

在这间清冷的房里，你出自肺腑地庆幸自己的选择。

张宁想起了“绝食”——

“你该胖一点才好”，胡敏的声音，说出的却一定是林立果、乃至叶群的话。自己没有别的办法，唯一的办法便是让他们的要求在自己身上扑空……

她开始每餐只吃半碗饭，首长家的餐具十分玲珑精致，决不会用百姓家的蓝海碗，一碗饭也不过两把米，半碗有个三四口就完了。绝不沾荤，只吃从院子里摘来的野苋菜、香椿头……而且将爱吃零食的习惯戒了。三四天下来，再加上天天夜里失眠，效果愈见明显：眼窝下陷，眼睛镶上了一道黑圈，颧骨凸起，将脸上的皮肤扯得紧紧的，一直扯到颈部。肤色苍白，白得有点透明，像是打了一层蜡，脖子上隐约可见几条细细的蓝色血管。走起路来，腿像是麦秸杆编成的，有些虚，步子挪得挺慢……连晶晶都发现了，“姐姐，你哪里不舒服？”

胡敏焦急得不行。叫保健医生来看了，未查出有什么病，张宁也未再去三〇一医院，胡敏似乎察觉出了什么。吃饭时，胡敏一筷子、一筷子的菜往张宁的碗里夹，菜不下去，目光就像一只落在她碗边的蜻蜓，绝对不肯飞去……

话语含山露水：“张宁，你可要好好吃饭。不好好吃饭，人瘦下去，会影响你的前途……”

她的话终被那一筷子、一筷子的菜给挤到了嘴边，说出来也是亦扬亦遮：

“主任，有什么任务就派给我，若没什么任务，让我明天回南京吧。团里已恢复了业务训练，我是个演员，这样老在外面呆着，荒废了业务，才真的会影响前途……”

饭桌上始终未吭声的邱会作讲话了，慢吞吞地，像他早晨在院子散步似的一板一眼：

“不要急嘛。前途，个人要考虑，组织上也会考虑。而且，组织上考虑的常常比个人考虑的要更全面、更远大。像我当年参加红军，不就是为了打土豪，分田地，好混圆一个自己的肚皮么？哪想到今天，会跟着毛主席、林副主席一起搞中国革命、世界革命……”

胡敏又夹了一筷子菜到她碗里，“张宁呐，你人小心眼可不小。你不要逼我，你是不是能马上回南京，这事我做不了主。我们订个君子协定，你要好好吃饭，爱惜自己的身体；我呢，一定去反映你的要求。你说行吗？”

一下被逼进窘境的，倒是张宁。毕竟对方的身份沉甸甸地摆在那里；毕竟自己连日来云天雾地想过的一切，经对方这么直截了当一说，其关键似乎是这么个“君子协定”，她能说不行吗？

她点了点头……

一天夜里，近凌晨一点了，胡敏叩开她的房门。

“张宁，你赶快梳洗一下，我带你和晶晶去首长俱乐部玩玩。”胡敏的脸上很兴奋，像是洒了一层霓光。

“我困了，您带晶晶去吧。”

“哪里话？好容易有个机会，逮着它，我为的就是带你去。你来家里住这么长时间了，也没空陪你到什么地方去玩玩，那地方可好玩了……”

“我不想玩……”

胡敏推她到梳妆桌边坐下，“哎呀，我的张宁同志，我知道你有心事，可有心事更得出去散散心不是？”

小车沿着宽阔的西长安街驶了七八分钟，折向西单，到西四大街后，往东一拐，驶进一条小胡同，平整的路面可以并驶两辆汽车。幽雅如玉兰的路灯下，只见一堵青砖到顶的高大围墙，长约千米，门口站着两名全副武装的警卫。张宁现在还注意不到的是，在这宽也有三百米的矩形围墙的四个角，也站着荷枪实弹的哨兵……

进了大门，映入眼帘的是堵影壁，红底金字，上书毛泽东龙飞凤舞的巨字：“为人民服务”。东侧像是车库。她数了数，一共是六辆，在南京军区，她没少见过行云流水般的轿车，可眼前的车型却认不全，难怪她认不全，在当时的中国这是些罕见的车型：一辆国产防弹大“红旗”，举国两辆，给谁坐，不言而喻；一辆美国“卡达莱克”，原是一位外国大使坐的，车上有空调设备；一辆美国的小“林肯”；一辆西德产的“奔驰”。此外还有两辆苏联产的“伏尔加”。她心想：此时有六位首长在俱乐部……

张宁再度来京后才明白，胡敏撒起谎来，那盈盈流波的眼睛里依然闪动着少女般的纯情。这里不是什么首长俱乐部，而是林彪府第——

闻名于世的毛家湾。毛家湾名称的沿革无从考究，据说原是清朝一个王爷的府第。林彪来北京后，一直住在这里。一九六〇年以前，林家只占据毛家湾中部(中院)，院子不大，住房面积三四百平方米。六年以后，随着林彪政治地位的日益显赫，直至被党章明确为“一人之下，万人之上”，林家府第也迅速膨胀了，东部(东院)和西部(西院)，均划了进来，原所在的平安里医院和十几户居民，几乎是一夜之间，从毛家湾隐去了。从此，中西合璧、仅建筑面积就有二千八百平方米的毛家湾，在中国人眼里，便成了一个极其神圣而又极为神秘的所在……

一个五十多岁、干瘦得似炸虾儿的小老头出来接待了她们。他的眼睛异常冷冽、敏锐，好似一架X光机，仿佛刷刷那么两下，就能将你连肚带肠地看个透彻。他仅仅扫了张宁一眼，她便觉得了几分敬畏，连胡敏在他面前也像有些拘谨。此人叫李文甫，是林彪的警卫处长，原来在广州部队，五十年代调来林彪身边，跟随至今，对副统帅的安全负全部责任，他要是挡驾，就是叶群也进不了林彪的居室……

他安排她们在一间小客厅里坐下，自己走了。不一会儿，又进来领她们进了一个像是娱乐室的大厅。大厅里铺着地毯，垂着枝形吊灯的天花板足有两层楼高，左右两侧各开了几扇窗户，靠大门是一道素色的纱幔。中间放了一张乒乓球台，两边各吊着一个装满了乒乓球的网袋，四周是一圈沙发。

胡敏道：“张宁，来，你和晶晶打乒乓球吧……”

未等她答应，兴奋的晶晶已经站到了台边，拿了乒乓球拍，“姐姐，快来，看看我们谁赢！”

打了几个球，她有点热。脱去外面的军装，里面穿的是一件黑色的紧身练功衣。坐在沙发上的胡敏，俨然一副裁判的模样：

“三比二,六个球一盘，你们该调边了！”

晶晶也俨然这是一场正规比赛，兴冲冲跑来了她这头。她去了另一头，方向正对那道纱幔。

旋即，纱幔上映出三个人影。其中一个未戴军帽，虽然纱幔滤去些光线，幔后显得有些朦胧，可看那秃着的脑袋，瘦似竹竿的体型，她一下认出这是林彪！

若说进的是毛家湾，她也许能从这场面、这纱幔里察觉出什么；可她进的是“首长俱乐部”，她心头就只有感动了；她早听说毛主席有夜间工作的习惯，大抵林彪正从毛主席那里来，看位置，此地离中南海只有一箭之遥。也许是参加了一次中央政治局常委会议，也许是毛主席紧急召见了自己的亲密战友，丰泽园的书房里，两人刚刚运筹完一件党和国家的大事……万籁俱静，祖国睡去，祖国枕着的正是自己统帅、副统帅的操劳。

她琢磨着，看到了纱幔后的自己和晶晶，来此消除疲劳的林彪大约会对身边的人说：“这么晚了，怎么还有两个女孩在这里打乒乓球？”

这么一想，她便没心思再打了，球老是打出台外，要不就是扣下网，惹得晶晶两手叉腰，嘴唇一噘：

“姐姐，真没劲，你怎么越打水平越臭？”

这时，大厅里进来了一个男军人，手里拿了一盒什么东西。他招呼张宁道：

“来，你坐下，给你看看纪念章。”

犹如当今的美元、港币、外汇券，当年没有比纪念章更具魅力的东西了。她和晶晶一下跟过来，在沙发上坐下，那军人打开盒盖，红灿灿，金晃晃，犹如揭开的是一个神话里的宝匣子：

“这些纪念章都是守卫海岛的战士们自己做的……”

她一个个看起来。不是金属的，不是压制的，以贝壳为材料，或磨或雕，再辅之以描，大的若杯盖，小的若衣扣，一个个色彩晶莹，做工考究。可以想象，战士们除了睡觉、放哨，几乎所有的时间和才智都耗在了上面……

那男军人匆匆离开，又匆匆回来，手里捧着一盏台灯，半蹲在她身边，像是让她看得更清楚点。胡敏则坐她旁边的沙发上，不时问她什么，她的视线像条鱼儿似的不停地游弋在胡敏和纪念章之间……

从纱幔后，从大厅一侧的窗户里，毛家湾屏声静息地审视她。容貌，神态，声音，举止，一一摄进多少眼帘，一一轻摇多少耳膜——

林彪也许认真得像在一场大战之前审视一张战略图表；

叶群也许在审视林彪，她要在丈夫脸上每一块肌肉的变化中捕捉些什么；

林立果则大抵喜气洋洋，好似当年牵着一个欧洲雄赳赳走进凯旋门的那个拿破仑；

林彪办公室的秘书们大都在空军招待所目睹过她的芳容，此刻强打精神陪在这里，且当是陪首长、主任看一场自己看过的戏；

王淑媛老太太十有八九在心里估摸她的脾性，她唯一担心的是林府里也闯进个刁泼的“王熙凤”；

李文甫呢？也许唯有他无动于衷。他眼里，没有男女，没有老少，没有政治，更没有爱情。唯一能迅速撩动他神经中枢的，只有林彪身边已在或潜在的危险，哪怕这危险刚刚在偌大的平原上升起一支烟头般大的烟雾……

台灯拧熄了。又进来一位男军人，手里又是一袋纪念章。他对胡敏轻声说了什么，胡敏接过纪念章，又交到她手里：

“张宁，这是给你的，拿回去做纪念。”

她赶紧打开袋子：戴八角帽的毛泽东。畅游长江的毛泽东。佩“红卫兵”袖章的毛泽东。与马、恩、列、斯一起光照环球的毛泽东。韶山。井冈山。遵义。娄山关。宝塔山。西柏坡。天安门……

毛泽东伟大的一生和大气磅礴的中国革命，整个一古脑儿在袋子里装着。而且，还不仅是一套，像有多套！

困倦消失了，重重心事消失了。她的脸庞灿然一亮，宛如雪地上一株嫣然绽开的红梅。那时候，进牛棚的进牛棚，去干校的去干校，举国风流云散之中，谁都战战兢兢，落下一片叶子也怕打破头。中国人的光荣感所剩无几了，只有在四卷红宝书和毛主席纪念章上尚能寻觅——谁是“活学活用毛主席著作积极分子”，如顾阿桃之流，谁便光荣；谁的纪念章最多，谁的纪念章最大，乃至以巴掌大的像章，穿肉溅血，堂堂别在胸脯上，谁最光荣——张宁自然未能免俗，想起自己一下拥有这么多“光荣”，回南京之后除分赠一些“光荣”给人外，还能以富余的“光荣”换回自己尚欠缺的“光荣”，她便难发觉东方将熹微，更难去思虑此处是何地了……

两天后的夜晚，林立果又来到了邱家。

客厅里，胡敏拉着张宁陪林立果坐着。从江水的嘴里知道了事情的真相后，她对他有了强烈的反感。他犹如一只硕大的蜘蛛，正精心地、坚韧地在自己周围编织一道网。她同时又对他寄予希望，正像胡敏自己表白的那样，自己何去何从，胡敏做不了主，能做主的唯有面前坐着的这个青年男子。虽然脸上已有了几分威仪，但他毕竟不是从沙场中浴血奋战过来的父辈，与自己是一代人，自己唱过的歌子，他该唱过，自己听过的故事，他该听过，也许他能理解、宽容自己的心境……她想当面陈述自己的态度，可在他未亲口挑破这件事之前，她又不能陈述自己的态度，因为这牵扯到另一个人——江水。

此刻，她闷着个头，仍唯有缄默。

林立果也不开口，就这么静静地看着她。也许他已经习惯了她的缄默，眼下他还尊重她的缄默；也许是只要有面前的这位姑娘坐在自己身边，无需说什么，他就能感到一种精神上的愉悦。恍如坐在星空下的海边，你看银练一般的海浪呢喃接喋，渐渐漫上海滩，亲昵地咬起你的脚丫，你的全副身心被一种恬适所洇染……而林立果在家里难有恬适，既兴奋又紧张的毛家湾，就是在睡觉也得睁开一只眼睛！

林立果告辞了。胡敏送他到院子里，打开小车门，他掉头对胡敏轻轻说了一句：

“按原计划执行。”

次日上午，胡敏叫张宁到自己的办公室。

“你身体恢复差不多了，你也一直要求工作，现在决定分派你一件工作。总后勤部准备成立一个文工团，你在文艺上懂行，这次调你来北京，就是想请你帮我们挑一些演员。任务完成后，你就回南京……”

她一个个字听进去，又一个个字在脑袋里滤了一遍。莫不是自己的冷漠，让林立果彻底失望了？或者是副统帅的儿子，毕竟有大将气度——决不强人所难？抑或是这些日子自己神经过敏了，而江水也捕风捉影？

她的小小脑袋想不清楚，上层人物和上面的事情，太高深莫测了，她唯一能明确的只有不久便可以回南京了！再就是对胡敏生出了些内疚，不管眼前坐着的这女人在自己的两次北京之行里究竟扮演了何种角色，可最终是这样一个结果，不能说和胡敏没有关系……

她脸上有几抹绯红，“胡主任，有些日子我情绪不怎么好，您可能也察觉了。我想得不对、做得不对的地方，请您原谅……”

她低下头，羞涩地笑了。

胡敏摆摆手，也有一副大将气度：

“算了，算了。小张宁呐，你到我家里来，像住阎王殿似的，老愁眉苦脸，没见你像今天这么高兴过。你回去准备吧，明天就动身，王士云和你一道去，总后医院门诊部也去个小梁，有个头痛脑热的，身边有个医生也方便……”

第二天，三个人坐上了西行的列车。

先到的是太原。物色了一个星期，没能找到合适的人选。又奔汉唐古都西安，终日里忙忙碌碌，在几个学校和文艺单位，她发现了五六位有艺术气质的姑娘。王士云看了之后，却表示不行，理由是脸模子一般化了。

她感到纳闷：一个人能否当舞蹈演员，关键在于其身材是否修长，以及腰和腿韧带柔软度。至于脸蛋有点缺陷，通过化妆是可以弥补的。而且，这几位姑娘站在那里，明摆着一个赛一个的漂亮，难道是王士云的视网膜与一般人的太不一样了？

临来前，胡敏曾交代此次出来招收演员，业务上由她负责，王士云只管政治审查。一天晚上，她准备找王士云好好谈谈，实在不行，便要据理力争。到了王士云住的房门口，只见门半敞着，里面传来她的声音：

“原以为西安是出杨贵妃的地方，该美女如云、满街桃花了，可挑来挑去，竟没有一个长的像张宁……”

那声调、口气，像是在和谁通电话。

张宁一下停步了。为什么挑的演员要像自己呢？她顿时记起在来西安的列车上王士云说过的一番话——

王士云问她：“你知道‘楚王好细腰’的典故吗？”

“我知道，像是出自《战国策》。”

既像是要卖弄什么，又像是的确在品味着什么：

“尽管后宫里美女如云，楚王喜欢的只有体状蜂腰型的美女。为了取悦争宠于楚王，美女们都纷纷将腰勒得细细的，甚至不惜饿肚皮，于是‘宫中多饿死’……你看看，男人的口味就是怪，一旦形成了，你就是用老虎钳子去扳，也扳不掉……”

当时，觉得王士云讲得无聊，她没有答腔。

一个念头，楔子般扎进她的脑海：

王士云的视网膜是和自己的不一样，自己使的是一个专业舞蹈演员的眼睛，她使的是林立果的眼睛。胡敏要自己来物色演员是假，以自己为参照系继续扩大“选美”是真！

她不能自己刚脱开那巨兽般伏着的邱家大院，又将别的无辜少女孤零零地送进邱家大院……

她走进王士云房里：

“王秘书，请你转告胡主任，我没有能力胜任她的托付，我要回南京去！”

王士云颇为吃惊：

“小张啊，你怎么像是张孩儿脸，说变就变呢，白天你不还是好好的吗？”

“你最好现在就打电话回北京，把我的要求转告胡主任。”

“我们的工作还没完成哩，如果你对我有什么意见，可以提嘛……”王士云试探道。

她的口气急愤起来：

“王秘书，你如果不打电话，那我明天就自己走。我身上有钱，足够买车票回去！”

气氛陡然紧张了，像是要冲淡这份紧张，王士云开了一个玩笑：

“你一个大演员跑了，我就不敢回北京了。干脆，我先找根绳子，把你捆起来……”

“你敢！”

她仍顶着真，脸上没一丝笑意，有的倒是一片铅灰、浓重的雨云，那胸中积压已久的怨气，一下从云里劈头盖脸地打下来：

“你赶快打电话，理由干脆明说了：就说你王秘书嫌这个长得不好，嫌那个长的不妙，好像自己长得够多水灵似的，那这回就选定你了，任务也完成了……”

王士云极为尴尬。女人身上该有曲线的地方，她没有。如果不是那张像风干了的梨子一般的脸，走在高大、丰满的胡敏身边，别人会以为她只是个孩子……

王士云也极为恼怒。可毕竟当了大人物多年的秘书，面对这突发的事态，一种职业性的冷静，一下降服了这恼怒：

“那好，我这就跟胡主任汇报。”

北京至西安的军用电话专线上，传递着一个女人冷冰冰的声音：

“好吧，让张宁这丫头先回南京去。你把在临潼选的那个十七岁姑娘带回北京……”

张宁临上火车前，王士云让这姑娘似乎偶然地和她碰了一面。王士云还叫住她：

“张宁，你看看，这姑娘胡主任会满意不？”口气里有明显的嘲讽意味……

她向王士云投去鄙视的一瞥。又打量这姑娘：容貌清丽脱俗，宛若一枝带雨的梨花。秀美的睫毛下，扑闪着一对黑宝石般的眸子，纯净而又略带羞涩……

蓦然，胡敏那张饱满的圆脸划破张宁的脑际：这回夫人又会怎样在这姑娘身上施展水蜜桃般的热情呢？

躲过初一，没有躲过十五

一

“张宁从北京回来了！”

歌舞团像是打了一针肾上腺素，一时间，多少张嘴水浪般地波动，多少条腿刷刷地剪开了沉闷的生活。团里上上下下早有传闻，“好风凭借力，送我上青云”，张宁此次北去，已经通了天了……一拨又一拨的人来看她，问她，她又一遍遍地解释这次去京，是总后勤部要成立文工团，请自己去帮忙物色演员……直到把一个个大而炯炯有光的瞳仁，说得渐渐缩小、暗淡起来，好似众人刚看完一部报纸上写得天花乱坠而其实极平庸的电影，她才不由得松了口气，将一直挤不进来、眼神颇为忧郁的李寒林，迎进自己的房间……

她那口气还松得太早。

次日，× 主任专程到前线歌舞团，找她谈了一次话。

未等她张口汇报去北京的情况，× 主任劈面说道：

“北京来电话，你在执行任务期间表现很不好，态度不端正，还闹情绪？！”

“他们给的那任务，不是什么任务，而是要我去做……做……那种事……”她欲吞欲吐地想解释。

他一下站起来，指关节“笃笃”地敲着桌子：

“那种事，哪种事？多少人想去做还做不上呢！不是什么简单的男大当婚，女大当嫁，这里面有巨大的政治意义。你若真做成了，这是整个南京军区的光荣！这是江苏省四千多万人民的光荣！你呀，唉……”

他一跺脚，转身面对窗外，像是在深深地遗憾失去了南京军区和江苏人民这几乎到手的“光荣”……

片刻，他掉过头，寒嗖嗖地盯住她。

“先不说了，你回去后得好好考虑自己对无产阶级司令部是啥感情？是啥态度？再有，你在北京见到谁了，到过哪些地方，你不能跟任何人说，包括你们团里的领导和你的母亲。这是党和国家的机密，你若泄露出去，要严肃处理你！”

他的这次谈话，像副沉重的磨盘一样压在了张宁的肩上：

既然那件事有巨大的“政治意义”，那么她未肯去做，就可以算她的“政治账”。而在中国，算起“政治账”来历来是毫不留情的，哪怕是对战功赫赫的彭德怀元帅……只有二十岁的她，承受不起这副磨盘。清清白白而又根正苗红的她，不应该承受这副磨盘。

她隐隐地觉得了害怕……

她想起了从十岁起就看着自己长大的政委，他应该为自己说说话。

她进了政委的办公室，话未吐出，豆大的泪珠扑簌簌地掉下……

政委摆摆手，“你不要跟我讲，你不要跟我讲，我什么都不想听！”

见她还在那里磨蹭，政委干脆自己站起来走了，那匆匆的脚步，仿佛刚刚窜到面前的是一个从麻疯病院逃跑出来的病人……

她不能告诉母亲，她怕触怒母亲。“无产阶级司令部”要扑灭母亲的怒火，易如踩死一只蚂蚁。

她不能告诉李寒林，她怕他痛苦。她觉得欢乐该两个人分享，痛苦则应一个人承受。她更怕他猜疑。她不愿在对自己也许还未了的威胁之上，又再添几层曲折。

她茕然孑立，恍如一头迷途的羊羔……

她形影憔悴，好似一只惊寒的孤雁……

张宁回来后不到两个月，歌舞团宣布了一批人员的转业名单，其中有李寒林。

几乎没有谁不奇怪：目前团里只有他这一支双簧管，本人又是艺术学院毕业生，可谓是业务上少不得的人，怎么转业会转到他的头上？

莫不是受了自己的牵连……

顾不得政委的回避，张宁又去找了政委。这回他像是料到了她要登门似的：

“你坐吧。你是不是要谈李寒林转业的事？”

“是的。将他转业太不应该了……”

“这事不是我决定的，是上面决定的。”

用的是模糊语言，上面既可指北京，又可指南京军区。

“团里如果硬要让李寒林转业走，那我也要走！”

像要当即打消她的这一荒唐念头，政委的口气十分强硬：

“你张宁走不掉！培养你十年了，容易吗？现在你是团里的一根台柱子，你就是走去了天涯海角，南京军区也要把你弄回来！”

政委的目光挪到她的军装上，仿佛在提醒她：对此，还用置疑吗？

“李寒林和我不是一般的同志关系，这组织上是知道的。我有什么错，组织上可以批评我，教育我，何必要迁怒于他呢？他可……什么……都不知道啊……”

泪水又在眼眶里噙动，她极力忍着不掉下来。

政委的口气缓和了下来：

“胡主任来电话，也没说个什么事，只叫我做你的工作。我说你这孩子从小任性，不好说话，工作不见得能做好。张宁哪，你叫我可为难了……你年纪不小了，有些事情该自己动动脑筋考虑，涉及到了政治立场、政治态度问题，可千万不要犯糊涂！我这个当政委的，从小看着你长大，也有资格当你的叔叔，要讲只能对你讲到这一步……”

她哽咽着问：“那李寒林一定非走不可了？”

政委沉默了片刻，“如果你能保证立即与他断绝关系，他可以不走，上面的工作，由我去做……”

像卫兵们观察着一片布了雷的土地，他仔细注视着她脸上的任何一点变化。

一场交易，一场背着第三者进行的不光彩的交易。

一丛荆棘，一丛一旦跳下去将是终生心灵殷殷淌血的荆棘。

组织管你吃，管你住，管你生，管你死，管你的思想，还管你的隐私。组织如同阳光和空气，中国人须臾离开不得……

此刻，组织逼着她进行这场交易。组织劝说她跳进这丛荆棘。

她目眩耳鸣，手脚痉挛。阳光溜了，太阳不真实得像一张可以随时揭去的黄纸片。旋即，无边的黑暗，涌过来，涌过来，吞噬了政委，也吞噬了她……

也是一个黑魆魆的夜晚。月亮和星星都像在哪里走失了，唯有满山呼呼的松涛，在证实这是个真实的世界，不是地狱，也不是走在一场噩梦里。

小红山。山上有“美龄宫”,这是当年蒋介石送给夫人的一件礼物。今天，她也来给李寒林送一件“礼物”……

在一棵大树下，他们站住了——

“在歌舞团将近十年，业务上正趋于成熟；造反，‘三查’，揪‘五·一六’，大联合……团里也好不容易安定下来，慢慢走上正轨了，到了自己该出成就的时候。可一下打发我转业，去工厂里摆弄鎯头、锉刀？去哪个基层宣传队陪那些只会跳‘忠字舞’的‘演员’？哎，完了。完了。今后，我真不知道日子该怎么过……”

“我去找过政委，跟他谈了你的事。他表示可以重新考虑将你留下来……”

“你去说有用？这不可能！”

“有可能的，但有一个条件……”黑暗中，她摸索着，颤颤地握住了他的手。似乎她想通过手臂，传递些面对厄运所必须有的坚毅给他；又似乎她想通过手臂，从他那里获得些力量，以便有足够的勇气去说出口……

“什么条件？”

说出口来的，还是走了调：

“政委说我们……年纪都还轻，不该谈恋爱……”

“不谈就不谈。我们可以等几年再结婚！”

她心口里堵得慌。深深地吸了一口凉风，像是要镇定一下恓惶的情绪。尔后，冲刺一般，终于把那话冲出了口：

“等十年，也不行。政委是要我们……断绝关系。”

“为什么？为什么？”

他的手顿时勒得她的右手指关节“叭叭”地响起来。她忍着痛，声音也痛苦得像是从他握紧的掌间挤出来的：

“这是组织上的意思。我们……就照政委说的……去办。”

他松开手，一拳“嗵”地打在树干上，有什么东西落在她肩上。

“张宁，你得告诉我，你两次去北京，莫非真通了天？”

“寒林，你要相信我，张宁不是那种趋炎附势的人。有些事现在讲不清楚，可我看出打发你转业就是冲着我……我不能影响了你的前程。”

他像是感觉到了她身上的某种巨大压力，他一下抱住她：

“如果是这样，我甘愿去农村扛锄头把，也要和你好到底！”

她伏在他的胸脯上，泪水一下夺眶而出：

“不行，不行，明天我们碰到了，就得形同路人。胳膊扭不过大腿，我们再怎样，都有组织管着……”

一滴又一滴滚烫的泪珠，落在她的前额上。

“张宁啊，我不能没有你！我不能没有你！”

一声声，像荒原上一头孤狼的嗥叫……

她抬起头来，伸手抚摸他那被夜雾打得有点湿的头发，喃喃呓语般：

“我也爱你。我也爱你。可这辈子，我们没有缘分……”

他的嘴唇由前额、眉际移来。她的嘴唇似花蕾般微微开启。阳电、阴电相撞了，生命最绚丽的弧光之中，泪雨纷纷之下，彼此厮磨着，彼此吸吮着，哭了又吻，吻了又哭，甘甜而又凄婉，痴迷而又颤栗……

似乎要让不可忘怀的往日，在这一刻永恒；

似乎要把不可企及的未来，在这一刻享尽。

二

正因为中国的文化大革命基本上（至少在指导思想上）仍在

理智的主宰、支配下，所以对情感和人性的扭曲，也是通过理智来进行的。正是这样，造成了精神上的极大苦痛和心理上的无比折磨。它要求人们从理智上去接受，运用阶级和阶级斗争的观点来“观察一切”，“分析一切”，“判断一切”，去“分清敌我”，“划清界限”，要求人们从理智上运用“斗私批修”、“一不怕苦、二不怕死”的道德标准来检查自己、反省自己，这样才能做到“六亲不认”，“大义灭亲”……不是非理性的情感迷狂，而是要求一切情感必须经由“理性”批准，必须经过痛苦的“思想斗争”，而“思想斗争”能容许的唯一的情感是“革命的阶级感情”。一切人间的情谊、人际的关怀都必须放在这个新的道德标准下衡量估计，肯定否定。在这种“理性”的主宰摧残下，人们付出了极为高昂的情感代价。这里面有多少的痛苦、眼泪、血汗和生命！这里面造成了多少的人格分裂、精神创伤和人间惨剧！

居主要演员的广大干部、群众在这场革命中，不但个性而且人性也遭到摧残扭曲。这种摧残扭曲都是以马克思主义的名义，在理性控制主宰下由自己积极参与而造成的，这才是真正的巨大悲剧。

难道马克思主义应该是这样的吗？为什么马克思主义在中国竟会结出如此难堪的果实？

——摘自李泽厚《中国现代思想史论》

三

北京。胡敏与叶群频繁地电话往来……

在邱家大院，江水做起了“鼹鼠”。他和总机房的值班员关系套得挺近乎，后者有时让他代值一会儿班，他能窃听到两位主任的电话。

他十万火急给你去信，提醒你务必不能放松警惕，偃旗息鼓之中，北京方面却始终没有忘记你……

你读了信，你一下感觉到了这两页薄纸上系着怎样的风险！对比政委的回避，副政委的冷漠，而素昧平生的他却挺身而出，关照自己，爱护自己，不顾自身处于“虎穴”……他为的是什么呢？是图自己的报答？一个小小的女兵，又在南京，能报答他什么呢？能赏识他、提拔他的，只有邱会作、胡敏……如几点柳絮般飘过的念头，当即被你驱散了，也许是你觉得自己有点庸俗，怎么会这样想；也许是现实的严峻，由不得你深想。你很快回了他一封信，表示了真诚的感激，从此有了书信往来……

一九七〇年八月，中央军委办公厅下达了正式调你进京的命令。直至次年五月之前，南京方面都没有动静。

军区干部部长，是那位曾经将曾邦元亲牵到你身边的夫人，敢于抗上的也唯有这位夫人。此时，她倒不是为女儿图谋，她已经获悉：林家并不是水不惊、鱼不跳地找媳妇，这样多挑几个，她也没的说，做父母的谁不想挑个中意的媳妇呢？林家是以为中央军委寻觅机要员的名义，有组织、大规模地在几乎全国范围内“选美”。她觉得，副统帅和他那位也跻身于“党和国家领导人”之列的矮胖夫人，在私生活上，也和眼下他们在政治舞台上一样，不是炙手可热，而是炙手太热。她决不是位哲学家，但和农民般朴实的丈夫一起生活几十年，她懂得了一点辩证法，太热的东西，一旦冷起来也太快……她的女儿得退避三舍，她也不愿丈夫老部下的女儿走进自己的某种担心里。

她扣下了你的档案，就是不送。

你始终不知道这事。江水曾想让你知道——

几乎在获悉调令下达的当天，他即给你去信，七八天过去却不见回音，他急如热锅上的蚂蚁。他以河南老家父亲病重为由，向邱会作告假。副总长有着一副菩萨心肠，他愿意自己的忠诚部下也是一名孝子，准了假。一边站着的胡敏不动声色。从上回你来京突变的情绪里，她已经察觉家里潜伏有一只“鼹鼠”，她要证实自己的断案能力。江水登上了南下的列车，旋即，北京至南京的军用电话专线里，传递着一个女人冷冰冰的声音……

江水刚刚走出南京火车站，一辆“北京”吉普，已经恭候他多时，小车是南京军区政治部宣传部派出的。他被接到军区第二招待所，一举一动皆在监控之中。他破釜沉舟，坚持要求见你，但政治部、前线歌舞团均对你的行踪讳莫如深。他自己摸到你家，你母亲告诉他，你随歌舞团大部分人，去了军区驻在远郊方山的一个通讯团，在那里办清查“五·一六分子”学习班。他当即追去方山，在大院门口被拦了。悻悻然回到南京，北京来了电话，命令他即刻回京……

一回北京，未等他进邱家大院，便遭扣押。许是邱会作“挥泪斩马谡”，他回避了，总后党委却在七八个人的小范围内，开了个批斗会，“严重反党思潮倾向”是一条；“严重泄露党和国家机密”又是一条。他被打成“现行反革命”，并被放逐去贵州一座大山里的总后某个仓库，挖坑道，抬木头……服了一年多苦役，直至“九·一三”事件后才获平反恢复自由。

一九七一年五月，担任南京军区干部部长的那位夫人要去上海办事。有人探得风声后即向胡敏通了电话：

“老太太要去上海一个多礼拜，北京要调张宁，赶快趁此机会来调，等她回来，也许就永远调不成了……”

张宁从方山被叫回了南京。

就在几天前，她把自己一头博得林立果赞赏的乌亮秀发给剪了，只留着个齐耳根的短发。在团部，政委见到她，一下愣住了：

“你剪头发干嘛？”

“还没剪彻底。我真想削发去修行……”

政委半是训斥，半是感叹：

“真是胡闹！张宁呐，你啊你，叫我说什么哩……”

他也的确像是不愿多说什么，从军服口袋里掏出一张纸，食指似乎无意地按在那个赫然醒目的鲜红大印处：

“你的调令下达了。调北京，调令上没有讲去哪个单位。连今天在内，给你三天时间准备，三天后出发。临动身前，省上 × 主任会和你谈话。”

他见她出乎自己意料之外的反常冷静，眼睛里也像有某种难以捉摸、难以描述的梦魇的光泽。好似莎士比亚的诸多悲剧里，在血腥、死亡、纠纷接踵而至之前，舞台上、剧场里总会笼罩在某种不祥的梦魇的氛围之中。他也许已经从她的脸上隐隐看到了她日后不祥的命运，为了减轻自己日后的内疚，他补充了一句：

“张宁，你是团里的台柱子，我们自然是想留下你的。你自己也可以向 × 主任说说……”

她能向 × 主任说什么呢？正如政委也明白自己这话是苍白无力的……

只有 × 主任的一番训示：

“你这个丫头，上回在北京一胡闹，把上面的全盘计划都打乱了。你这次去，一定要听话，一定要服从组织分配，彻底抛弃掉个人肚里的那些小九九。只要培养起自己对无产阶级司令部的感情，这不难。鲁迅先生说过：喷泉里涌出来的是水，血管里流出来的是血，你应该对无产阶级司令部有感情。你是老红军的后代，革命烈士的女儿，红旗下长大，党是你的妈妈。你去了首长身边工作，亲眼看到首长如何日理万机，呕心操劳，你会感动得热泪盈眶；日睹中国革命取得一个又一个巨大胜利，又深刻改变着世界——‘四海翻腾云水怒，五洲震荡风雷激’……你会觉得深深的幸福。而且，这幸福不但是属于你个人的，南京军区感到幸福，江苏省四千多万人民也感到幸福……”

他的几乎大如铜铃的一对眼睛溢出一片炯炯光彩，那硕大脸部上的每一根峭拔、粗犷的线条也渐渐生动起来，温柔起来……他像是自己被自己的这番训示深深感动了。

幸福的人们却没有为她举行隆重的欢送仪式。

到车站送行的母亲真相信了女儿将去中央军委做机要工作，就是借上十个胆子，也未曾想到女儿这一去，她险些当上林彪、叶群的亲家。南北拉锯近一年，一边是副统帅的夫人，中共中央政治局委员；另一边是在华东地区，打一声喷嚏，也要叫多少人患场感冒的老太太。在如此敏感的权力匹敌中游戏，要想渔利而又不翻船，唯一的游戏规则便是做隐身人。

前两次去北京下着蒙蒙细雨。这次时令已是初夏，天上仍下着蒙蒙细雨。斜斜的雨丝打在车窗上，化作一滩滩绽开的水花，又汇作一道道小川，汩汩地流下……

1971 年 4 月，剪了短发的张宁

她木然地看着车窗。她觉得自己的青春——只开了一片毛茸茸鹅黄嫩绿的青春，自己的爱情——像一杯醇酒刚刚喝了几口的爱情，还有十岁起便在自己的梦幻里精灵般旋转腾挪的红舞鞋，也随之一起逝去了……

窗外，串串迤逦的气雾，像是它们的白幡；阵阵奋嘶的笛鸣，像是它们的哀歌。

一位纯洁、鲜活的少女被“埋葬”了！

她曾经一次次想拯救自己，但她敌不过那么多人，那么多条腿。一条条腿，将几欲爬上来的她，一脚又一脚地踢回那个无形的大坑里。“感情”、“态度”、“立场”，更如一道道沉夯，将那填满坑的土给捶击得结结实实……

从此，张宁作为另一个同名同姓的人活在世界上。那世界上插满了大人物们书写的路标，她别无选择，路标的方向就是她生活的方向。沉闷吗？困惑吗？痛苦吗？她还不能沉闷，不能困惑，不能痛苦。她必须像两脚圆规一样，以“光荣”感和“幸福”感，支撑起自己生活的全部意义。

列车越过齐鲁大地，越过华北平原，渐渐快到京都了……

林立果飓风般愈来愈强悍地闯进她的脑海……

她在心里说：不管将来怎样，总有一天得当面告诉他，这一年多来自己被“埋葬”了一遍。

四

一年多来，林立果兴奋不已，他已经感到历史在他的脸上呼出的缕缕热气——

一九七〇年五月二日晚，林彪、叶群把林立果在空军党委办公室设立的“调研小组”成员及其家属请到毛家湾做客。

席间，林彪半开玩笑似地问周宇驰：

“是你领导林立果，还是林立果领导你？”

周宇驰立即回答：

“当然是立果同志领导我们！”

次日夜，“调研小组”开会，推举林立果为头。

六月三十日，林立果邀集“调研小组”和“上海小组”——其前身是7341部队政委王维国为林立果“选美”在上海组建的“找人小组”——要员周宇驰、江腾蛟、王维国，亲自驾驶防弹高级“红旗”轿车同游长城。

周宇驰说：“立果开的车，不但技术上是保险的，在政治上也是绝对保险的，我们坐的是一列永远翻不了的政治车。”

王维国说：“这是一列光明的车，胜利的车。”

江腾蛟说：“我们这也可以说是车上‘四结义’！”

十月，林立果看了日本电影《山本五十六》、《啊，海军》。他在“调研小组”内说：

“我们也是联合舰队，我们也要有江田岛精神。”

于是，“调研小组”与“上海小组”改名为“联合舰队”。林立果为“舰队司令官”，依英语Commander（即“司令官”）的谐音，代号取为“康曼德”，其他重要成员也取了相应的代号，并将代号报告了林彪、叶群。

十一月，林彪交代林立果：

“要与军以上的干部见见面，不见面就没有指挥权……”

随后，林立果在军内的活动范围进一步扩大。

一九七一年三月中旬，林立果、于新野、许秀绪、周宇驰、李伟信等“联合舰队”重要成员，汇集上海巨鹿路一幢楼房召开秘密会议。会议认为，“目前首长的实力和权势占优势，但是正在起变化”。据此研究了林彪“接班”的三种可能：一是和平过渡的接班，二是被人抢班，三是提前接班。最后议定，争取“和平过渡”，做好“武装起义”的准备。

即主要有两件事要做，其一是成立“教导队”，其二是订制武装政变计划——“571 工程”。

三月二十三日，于新野起草好《“571 工程”纪要》。该纪要共分九个部分：(一)可能性；(二)必要性；(三)基本条件；(四)时机；(五)力量；(六)口号和纲领；(七)实施要点；(八)政策和策略；(九)保密和纪律。

该纪要认为：“九·二”(笔者按：即九届二中全会，一九七〇年八月二十三日在庐山召开)后，“政局不稳”，“统治集团腐败昏庸无能，众叛亲离”，而“B-52”“对我们不放心”，因此，“与其束手被擒，不如破釜沉舟”。“要在政治上后发制人，军事上先发制人”，以便“推翻挂着社会主义招牌的封建王朝”，或“夺取全国政权”，或造成“割据局面”。《纪要》自信，“联合舰队”“经过几年准备，在组织上、在思想上、在军事上的水平有相当提高，具有一定的思想和物质基础”……

三十一日，仍是在上海巨鹿路一幢楼房内，林立果主持召开“三国四方会议”。“三国”，指的是上海、南京、杭州，“四方”指的是王维国、周建平、陈励耘、江腾蛟。

林立果做了以下讲话：

“先讲点形势。庐山的斗争，都是叶主任和几个老总搞坏的。丘八斗不过秀才。说明了一条，和拿笔杆子的斗争，你庐山那种斗争方法，斗他们不过……庐山的事还没完。中央要召开批陈整风汇报会。他妈的，什么汇报会，还不是整几个老总。现在是军委办事组受压。将来发展下去，还不知道什么样子。

“现在的斗争，是争夺接班人的斗争。主席的班，靠谁来接？张春桥他算老几？一不会做工，二不会种田，三不会打仗，就是会造点舆论，就那么点本事。他想抢班，谁服他？！

“夺权也有两种形式，一是武装形式，一是和平形式。我们要做好武装形式的准备。他要他的笔杆子，我抓我的枪杆子，看看谁的厉害！

“‘几曾识干戈，垂泪对宫娥’。这是南唐李后主的教训。首长常用这个告诫我们，一定要记取这个教训。我们要多团结一些人，要迅速发展我们的力量，有了力量才能和他们干。比如江西方面，我们要团结，不然的话，福建、江西、江苏就对上海、浙江形成了包围圈……

“没有枪自己造嘛！用不完放在那里。工厂不是你们支左的吗？有事情把枪发给工人，就是队伍……

“国庆节前后，可能要开四届人大，这也是一关。人大一开，首长不能再当国防部长，就更架空了……所以，现在表面看来很平静，实际上平静中包含着不平静。人家的力量组织得很快。

“今天，我们开的是‘三国四方会议’，上海以王政委为头，杭州以陈政委为头，南京以周副司令为头。还有江政委，他是你们的老政委，由他负责掌总。有什么事可以请示他……”

直至四月一日凌晨四点多，会议方休。

完毕，四人一起走进餐厅，碰杯祝酒。

祝酒辞是：“在林副部长领导下，团结在一起，战斗在一起！”

最初，林立果进行秘密活动的地点主要是在北京东交民巷空军招待所。一九七〇年后，他在组建“联合舰队”的同时，又陆续在北京西郊机场“工字房”、空军学院小楼、空军某高级专科学校五号楼、七号楼，上海巨鹿路某招待所、上海新华一邨，广州机场宾馆三楼、广州白云山、北戴河等地，建立了十多处秘密据点。搜集情报，训练骨干，进行联络，私藏了大量枪支、弹药、电台、窃听器及党和国家的机密文件。

“联合舰队”还拥有大量通讯装备器材，私调了几十对专线，建立起以北京为基点的秘密通讯网。

在北戴河，“联合舰队”秘密修建一个直升飞机场，并在海面上进行水陆两用汽车的驾驶训练。

一九七一年三月，在广州民航局毛泽东思想宣传队的基础上，扩建成立“战斗小分队”，它不仅制定了联络暗号、密语、誓词、队歌，还有铁一般的纪律。

四月九日，上海“教导队”成立。每名队员配一支长枪和一支手枪。每班一挺机枪，每个区队一辆卡车。队员不仅进行一般的战术、技术训练，还进行一系列特务训练，每人得学会驾驶各种车辆，学会登高、打巷战、徒手格斗等。此外，还进行摩托车训练，准备逐步装备一个摩托车区队……

无论是“战斗小分队”，还是“教导队”，在对其成员进行教育时，都强调要“培养对首长、立果的感情”。不妨摘录“战斗小分队”宣誓时的两段誓词：

“我们在战斗中认识副部长，在斗争中选准副部长，在斗争中宣传副部长，在斗争中捍卫副部长，在斗争中紧跟副部长，永远跟紧副部长，革命到底志不移！”

“永远忠于毛主席，永远忠于林副主席，永远紧跟副部长，革命到底志不移。望敬爱的党，把保卫副部长的光荣而艰巨的任务交给我们，我们决心用鲜血和生命来宣传副部长，捍卫副部长，跟紧副部长，将中国革命和世界革命进行到底！”

林立果分明看到了中国的危机，林家的危机，而危机又向他提供了某种机遇……

或许，他不屑于黄、吴、李、邱四员大将。在他的眼里，他们无异于一批草莽英雄，有的还是酒囊饭袋。

可以肯定他更鄙视张春桥、姚文元。在他的眼里，他们是惑众的妖孽，紧随江青的左右，是两个女性化了的男人。

从小生活在宝塔尖上的阅历，尤其是“文革”之初在一边冷冷地看着什么，使他不会像那时的绝大多数年轻人一样，对报上的铅字和一大批从战争年代里走过来的老帅们乃至自己的父亲，表现绝对的信仰，绝对的虔诚。

他也许早就意会，统治规则和真正的诚实是不相容的。政治，就是暂时的妥协，绝对的不妥协，就是暂时的平衡，绝对的不平衡。政治，在某种程度上，还表现为欺骗和阴谋……

他知道领袖伟人也是一个平常人，平常人总会有这样或那样的毛病，伟人也有。他更清楚父亲已是风前残烛，听到举国一片“敬祝林副主席身体健康，永远健康”的祝福，他无异于听到夏日里一片如瀑的蝉鸣……

中国最高学府的熏陶，自然科学的求实精神，使他看待社会生活多少能体现客观。他竟然比历史学家们早近十年指出，那个时代是“挂着社会主义招牌的封建王朝”……

也许，林立果早就有某种程度的破灭感。昔日在学校里，在党课上，在团支部的会议上，他被告之的一切，是如此辉煌，如此完美，如此和谐。现在，林立果有了强烈的使命感，它将领着一个几年前还性格内向、说话腼腆、见到“林办”秘书们很是客气、一口一个“叔叔”的年轻人，以拯救一个东方古老大国的英雄身份，走进史册……

一个荒唐的英雄梦。

一个打算也用欺骗、阴谋、乃至流血去实现这个荒唐梦的年轻人。

之所以荒唐，林彪集团在中国政治地平线上的崛起，乃至他和他的“联合舰队”的崛起，都不过是在这个“挂着社会主义招牌的封建王朝”里，才有土壤、才有气候滋生出的连筋脉也发黑的几丛毒菌……

又是胡敏的那张富态的圆脸。

不提在西安张宁的“决裂”，也不提江水在身边充当“鼹鼠”，更不提自己在这一年多来的揪心、悬心……仿佛一切都未发生过，脸上依然溢射着水蜜桃般饱满的热情。

这热情，这次可谓是发自肺腑的。

长达近三年的“选美”，胡敏心都快操碎了，腿都快跑折了。真跑折了，也得快跑，不是她一个人在选，黄、吴、李三家也在选，叶群自己也在“林办”里搞了个“选美”班子，其竞争之激烈，几乎可与奥运会相比。全国二十九个省、市、自治区，除甘肃、西藏外，其他地方都去了；西施，杨贵妃，赵飞燕，貂婵……中国历代出美女的地方也都重点选了。层层筛选掉的不算，光照片能有资格送上叶群过目的，便有一千五百多人。再附上身高、年龄、单位、家庭情况，以型体为类收册：东方型，西方型，综合型，叶群手上有几大本相册。仅调来北京，住在胡敏家里，用中央政治局委员家的伙食标准养养她们，看看她们体型有无变化的姑娘，就有五六位。难呐，不是一养，就像吃了发酵粉似的，身体向横的方向丰隆，如去了林家，再吃党中央副主席家的伙食标准，更得肥成匹大洋马；就是请神容易送神难，自己看不中了，或是叶群看不中，还得好说歹说劝她们回去，有的还得在北京给找个工作，将她的关系给调来，以示体恤……

总算胡敏决策正确，她把大半目光始终盯牢了江苏。一是苏州、无锡、扬州、镇江、南京……江苏境内走到哪处不是山水秀美，恍如一个精致的小盆景般爱煞人？地灵，姑娘也该有灵韵；二是她在江苏有不少当年在新四军时的老关系，他们会是她的耳目，他们会成她的臂膀。果然，她觅到了张宁。果然，不乏曲折，可张宁躲过了初一，没有躲过十五。更重要的是，像贾宝玉见到了林黛玉，两人前世有缘分似的，放着差不多够一个团的中国最出众的姑娘不挑，林立果独独看上了眼前的这个冷美人。还有股韧性，几乎两年了，还没有丢去脑后，非张宁不娶！

此刻，胡敏有着金秋农夫的喜悦：种瓜得了瓜，种豆收了豆。

她把那喜悦化做了手指间的温柔，轻轻地在张宁的手上抚摸道：

“林副主席和叶主任对你的未来很关心。考虑到中央首长的夫人，大都是搞医务工作的，因此建议你也改行学医。”

张宁苦涩地笑笑，“我父亲临终前嘱咐我，将来长大了要学医，没学成，当了演员。现在二十多岁了，却要学医了……”

“二十多岁正是好时候嘛！叶主任已经为你选好了两处学习的地方，一处是北京的三〇一医院，另一处是石家庄的军医学校。去什么地方，叶主任要你自己定。”

“那我就去石家庄的军医学校吧……”

胡敏一下就看穿她的心思，笑道：

“你呀，真是太鬼了！石家庄那么远，我也不好照顾。依我看，你就去三〇一医院吧，人在北京，我看你方便些，也便于你和老虎培养感情。”

几天之后，张宁由下榻处搬到了三〇一医院，住在一幢工字型的小楼里。胡敏为她专门配了一名保健医生，所用药品大都是从国外进口的。据保健医生讲，她享受的是中央政治局委员的医疗待遇。

她是在三〇一医院办的医训班学习，班里只有十多个人。大多是有多年临床经验却没有学历的医务人员，还有几个像她这样有着特殊身份的，如刘伯承元帅的儿媳妇。

第一个星期天，院长金乃川把她请到自己家里，详细询问了她的饮食、睡眠，以及学习能否适应、有无困难等情况。接着告诉她，林立果等一下要来看她……

片刻，她便听见一辆小车在门厅前戛然而止。金院长赶去门口，林立果进来，虽然与前者握手寒暄，可目光却子弹般落在她身上……

门一下关上了，客厅里只有她和林立果。

他靠在窗前，打量她，似乎在观察她这一年多来外形上有无变化。她端坐沙发上，极力让自己镇静，也打量他。与上两次来京见到他时相比，他胖多了，腰粗，腿粗，几乎像她过去在莫斯科街头不时见到的那些苏联老太太。以后她知道了，这是他口味单调的结果，这两年来肉类、蛋类、蔬菜，他几乎不沾，常吃的是面包蘸鱼子酱。

“你一头好端端的长发，怎么剪了，嗯？”

迅即，又是彼此都熟悉的沉默，彼此都尴尬的沉默。它像是墙上大挂钟一样，“嘀嗒、嘀嗒”地由两人耳边走过……

“张宁，我们分手快两年了，我没少想着你，嗯。可见了面，你还是没有话讲。难道说，你不喜欢我，嗯？”

她注意到他言谈举止不像原来那么腼腆含蓄，讲话声调也不像原来那么连贯。现在每讲一句都要停顿一下，嗓音也沉厚了些，再加上几个“嗯”音，出来了点首长味。

她仍未作答。

林立果像是有了精神准备，“算了，不谈这些了。来，过来，我给你拍几张照片。”他从口袋里取出一架小巧的她从未见过的照相机，“我的摄影技术不算第一流的，但也还可以，拍出来的相片保证让你满意……”

他要她在窗前站定，自己退到客厅中间，拿起照相机，瞄了瞄，一下跳出一句话来：

“笑一点嘛，嗯，你这么板着脸，好像我在欺负你似的！”

看着他脸上的肌肉都急得抖动了，她不禁一笑。他趁机揿下了相机的快门。

“我说，咱们还是换个地方吧，嗯？”

“去哪儿？”她一下又绷紧了弦。

“到周宇驰家去。你看怎么样？”

去人家家里，总比两人独处好。他见她没有异议，便将周宇驰喊了进来。宝塔般的高个头，国字脸，黑黝黝的皮肤，一个典型的北方大汉。他向她熟人般地点头笑了笑，白晃晃的牙齿，恍如煤层上的一处积雪，给人以开朗之感……

“宇驰兄，我们一起上你家玩玩，你看怎样，嗯？”

她看到了周宇驰的细心之处：

“我看请示一下叶主任为好。”

林立果颇是扫兴，身子往沙发上一靠，两手往后背一摊，“好吧，省得主任又要犯疑心。你打电话吧。”

周宇驰拨了个电话到毛家湾，叶群好像没怎么犹豫，一下同意了。

从金乃川家出来后，由林立果开车。一驶出三〇一医院，如入无人之境，车速快得让张宁的心陡然悬上了喉咙口。林立果神情轻松，右手熟练地使着方向盘，左手拧开了一个什么旋钮，顿时，一阵节奏急促、旋律强劲、伴声粗犷的音乐，充溢在小轿车内，让她耳目为之一振：急促得像猎猎闪电撕开长空，强劲得像岭岭狂涛扑向礁岩，粗犷得好似这发自于金属与金属的冲撞，躁动着火辣辣的血性，喧嚣着生命力的慓悍……

林立果调小了点音量，回头问她：

“你懂音响吗？”

“我不太懂。”

“你听听这是什么音响？”

她前后看看，车后顶上有两个小巧精致的音响，“这是立体声的吧？”

“嗯，你不错，还懂什么叫立体声……”

坐在林立果旁边的周宇驰笑道：

“张宁是搞文艺工作的，你怎么能难倒她？”

她不禁问："这是什么音乐？"

"这是美国的摇滚乐，当今正疯迷了全世界！你没听过？嗯，我记得你到过欧洲……"

"我去过的国家都是东欧集团的，又是六年前，哪有这种音乐？"

他又调高了音量。两个音箱里一下泻出的乐曲宏伟如黄果树瀑布，没有雕饰，没有矫情，赤裸裸宣泄的像是人类对自身生存状况的焦灼不安，和对美好未来的强烈渴望……

张宁当时尚感受不到这么明晰，可她——压抑的中国人中的一个，粽子般被扎得牢牢的中国人中的一个，在这道大瀑布的冲刷下，精神上却几乎本能地回应起舒展与跳跃，她的脚尖和着那节奏、旋律微微地动了……

林立果又回头看了她一眼，像是察觉到什么，调低音量道：

"这样富有生命力的音乐，竟然不让传进中国，现在我们国内全都是样板戏，广播、电影、电视、舞台，全他妈的让样板戏占了！江青此人，自称'文艺旗手'，我看是下里巴人，什么都不懂，将文艺给糟蹋了……"

周宇驰拍了拍他的肩膀，一副大哥口气：

"老弟，说话要有分寸，得注意影响，别说得人家张宁心惊肉跳的……"

她也的确吓了一跳。"江青"，如此一个神圣的字眼，从他嘴里说出来，那种随意与厌恶，恍如从嘴里吐出来的是一颗坏了的花生米。

他似乎憋不住："哼！摇滚乐还只是小菜一碟，国外现在有多少我们不知道的好东西，中国人就这么井底之蛙地呆着。如果将来有一天让我来治理国家，我要叫那个'旗手'，还有那些个摇笔杆子的、耍嘴皮子的，靠一边站去，让中国人都睁开眼睛看世界，也欣赏欣赏这样好的音乐……张宁，到时我想你第一个开心，嗯？"

她心里对样板戏一统天下的局面不是没有微词，但她从未往深处想开去。他这么一说，她觉得他不无道理。可在中国，能讲什么话，话能讲到什么程度，也是特权的一个组成部分。她不敢加入这谈话。她怕他将自己卷进这谈话，她提出一个自己想问的问题：

“你爸爸知道你听这音乐吗？”

“他从不管我的事……”

车子开进了空军学院，在东北隅一幢偏僻的灰色小楼前停下。一个战士持枪守卫在上楼处。

一上二楼，是个大厅，待林立果和张宁进去了，先进来的周宇驰便退了出来，又反锁了大门。大厅里铺着偌大的绿地毯，中间是一张乒乓球桌，四周一圈沙发，每隔几个沙发，摆着一箱橙色的汽水，她看那商标，全是外文。以后她知道了，林立果自当空军司令部作战部副部长后，不但口味变了，水也不喝了，喝的全是进口的饮料……

不说是周宇驰的家吗？怎么不见女人，不见孩子？厅里的陈设也没有多少家庭生活的格调？

“这是周宇驰的家？”

“不是。我住这里，”他手指大厅的右边，她这才注意到那里有七八级台阶，台阶上有两个门，“右边的那间是我的办公室兼卧室。”

“你为什么要骗我？”

“张宁，我还没好好地和你谈一次。在别人家里，我看你挺拘束；来我这里，若我先告诉你，怕你又不肯来……请你原谅我。”

一缕阳光斜射在他的脸上，他的眼睛稍眯缝着，浓密的双眉则隐隐在弹动，传递着他内心的某种不安……

她口气和缓了：“你要谈什么呢？”

林立果用的是商量的口吻：“张宁，你看我们结婚怎么样？”

她几乎脱口而出：“不！我们彼此一点也不了解……”

一会儿，她又加上条理由：“我刚到医训班学习就结婚，影响不好。”

“那就暂且搁置一边。感情这东西，虽然无影无形，却挺珍贵。我自己，还有我姐姐，对叶主任就没有感情。说起来，你也许不会相信，从我懂事到现在，我和姐姐从来没有叫过叶主任一声‘妈妈’。有什么办法呢？感情这东西是不能勉强的。因此，我也不想勉强你，得尊重你的感情，所以两次同意了你返回南京的意愿。叶主任，还有胡敏她们，想另找其他姑娘替代你，可是我也得尊重自己的感情。漂亮的姑娘我见过不少，有些人小小年纪，却使出了浑身解数，但对牛弹琴，怎么也激发不了我的真情。唯有你，从见第一面起，我就难以忘怀。为了你，我冒犯了叶主任，她见我态度强硬，最后还是同意调你来北京。我想你通过这其中的曲折，也该多少体察出我的真情。即使你现在还不能体察，我也不会怪你，得承认我们确实在客观上存在一定距离。我想，你调来北京后，通过双方接触可以互相了解，培养起感情来。但是这首先得双方都有同一的愿望，即不人为地再扩大这种距离。张宁，我这样说，你同意吗，嗯？”

他的这番自我解剖般的表白，甚至不惜在她面前解剖自己与母亲的非常人所能理解的关系，她觉出了他的几分直率。联想起来的路上他对“文艺旗手”的那番评说，她第一次从一种新的视角去观察眼前的这个青年男子，这一视角是“人”的视角，它不会被他至尊至贵的地位和“副部长”、“第三代接班人”的桂冠所挡住……

见她没有作答，林立果仰面靠在沙发上，深深地叹了口气：

“张宁啊，叶主任对我控制很紧，我的小车上都装有传呼机，去了哪里她都要呼叫，干什么事也都要我汇报。她一直要我告诉她你的态度。再说，这一段我工作很忙，很少有时间能在北京呆着，能有坐下来和你好好谈谈的机会不容易……你怎么总也不开口说话呢？”

她鼻子一阵酸楚，两行泪珠夺眶而出。她这一年多来怎样被“埋葬”了一遍的委屈和愤懑，也几乎夺口而出。

也许是一下又意识到说此话尚未到时候；也许是他的直率和忧郁，多少冲淡了她的委屈和愤懑；抑或是此刻面对命运将她和他放到这个静如孤岛的大厅里，她更强烈感到一切都无可改变了，自己得去了解他，适应他……她掏出手帕，抹去脸上的泪水：

“好吧。可你总要给我一段时间，至少在我学习的这两年里，你不要再提结婚的事……”

“行，这事听你的！”

林立果感到了她心灵的某种抖颤，他聪明地不去探究。侧过身，拉起她的手，轻轻抚摸着……

她不便抽出自己的手，但提了一个颇让他尴尬的问题：“你们把江水弄到什么地方去了？”

他一下愕然，手松开了。仅仅几秒钟，神色如常了："我不知道这个情况。但我可以去过问一下。"又几秒钟，他提了一个问题："听说，你和江苏的曾邦元谈过恋爱？"

"没有的事。"

他诡秘地笑笑："在江苏有我的耳目，你的情况我都知道。为了你和曾邦元的事，那位尊夫人对你生了一肚子气。签发同意你来北京的调令，是南京军区政治部主任 ×××，为了你的事，他讨好了首长，却得罪了夫人，胡敏也和那位尊夫人把关系弄僵了……"

午饭后不久，她的胃犯起了痉挛，痛得人坐立不安，冷汗沁满额头。林立果见状，忙问：

"我送你去医院看看？"

"不用，老毛病了，犯一阵就会过去。"

"那去我房里躺躺。"

未容她分说，他一下扶她从沙发上起来，去了自己房里。房间约有十五六个平方，靠窗是一张大写字台，台上放着一部电话机，还有一堆她叫得出名、叫不出名的摄影、录音器材。一边墙上挂着幅巨大的中国地图，墙角处有一台电扇；另一边靠墙则是一张挂了蚊帐的板床，时值七月，垫被上铺了一床草席，盖的是部队发的那种四斤重的薄被……

她躺在床上后，周宇驰抱了个西瓜上来，正欲放下，林立果挡住了："张宁胃痛，胃痛不能吃凉东西。宇驰兄，西瓜你拿走，还得劳你大驾去弄一盆热水来。"

周宇驰很快送来一盆热水。林立果随他一起出去，去大厅里拿了一瓶桔汁来。他先将桔汁在热水里泡了一会儿，又将桔汁倒在一个碗里，然后拿把勺子，蹲在床边，一口口喂着她。她见他一副胖乎乎、忙碌碌的样子，若系上围兜，再戴顶白帽，倒活脱脱像个"快乐的炊事员"，哪还像个帅府公子？她心里一乐，也许还有一热，胃痉挛竟好了多半……

此后，几乎每隔一两天，林家就要用车子接她去毛家湾。每次去，总要看一两部电影，林家有一个小放映厅，大约六十平方米，放映设备是从西德进口的，光线十分柔和，一点不损伤眼睛。可片子大多是外国的战争片，不少场面拍得血淋淋的，她看了夜里一准失眠……林立果知道了，以后她来看电影，放的便是美国或欧洲国家的生活片。

一天，林家又来车接张宁去毛家湾。那天来的人不少，有胡敏和她的大儿媳妇柯露，空军司令部的一帮“少壮派”军官，还有“林办”的秘书们。

进了放映厅，叶群提议放映前大家先轻松一下。“少壮派”军官们立即响应，要林立果先出个节目。他坐在沙发上，斜睨叶群，像是不屑于她的此种心血来潮……

叶群见他不动，刚才还明朗得像九月雏菊般的脸，一下阴沉了：

“老虎，大家请你出节目，你就出一个，不要扫了大家的兴致！”

林立果哼了一声，掉过头来：

“宇驰兄，那就请你代劳吧。”

周宇驰似乎担心林立果会让叶群下不来台，一下答应了：

“好，立果的节目算我的。我讲个故事：从前，有个男人最怕老婆，可他又最怕人家说他怕老婆。一次，他做错了什么，或许他什么也没有做错，老婆却做河东狮吼，一怒之下，她粗壮的胳膊，像两根结实的擀面杖，把他打到了床底下。邻居们闻声来劝，要他爬出来，那女人也觉得过分了，也要他爬出来。他却仍趴在地上，脑袋碰得床板‘嗵嗵’响，嘴里喊道：‘男子汉大丈夫，你说出来就出来？我就不出来，饿死也不出来！’好了，故事完毕……”

周宇驰瞄了一眼叶群，她的脸色仍未转晴，又补充一句：“下面，请胡主任出节目。”

胡敏是个聪明人，也不推辞，立即站起来了：

“宇驰讲男人怕老婆，我讲的是山西人爱吃醋。有一年，我去山西，饭馆里是醋味，商店里是醋味，人身上也是醋味，满街、满城都是醋味。后来，我发现连火车也都带着醋味……”

叶群好奇心上来了：

“火车怎会有醋味？莫非是车上有人打翻了醋瓶？”

“不，不是。”胡敏噘起嘴，模仿起火车“嘘——涂——嘘——涂”的喷气声，乍一听，确像山西人发“吃醋”两字的声音。

叶群的脸上阴转晴了，大家也被胡敏逗得“咯咯”直笑。这时，始终不动声色的林立果提议，让柯露出个节目。柯露正怀孕，腆着个大肚子，坐下来都得像放置一颗炸弹般小心翼翼……

颇似大观园里众姐妹们的聚会。如果说，周宇驰、胡敏是王熙凤般讨贾母——叶群的欢喜，那么林立果则是王熙凤般要拿刘姥姥——柯露开心了……

柯露似乎真有刘姥姥的憨直。她慢慢地站了起来，站定后，一只手捏住鼻子，一只手放在隆起的肚皮上，不时划动，宛若那里是一把硕大的电吉他。那鼻子里发出的串串“嗡”音，抑扬有致，还真像是吉他奏出的声音……

柯露赢得了一片掌声。笑得最开心的是叶群，竟掏出手帕来擦去眼里噙动的泪水。

“奏”毕，柯露走到林立果面前：

“林副部长，我们都是门外汉，瞎起哄。还是请艺术家张宁同志来一个吧！”

听到点自己，张宁不自禁地将目光投向了林立果，好像在这个自己感到陌生且又微妙的场合，她该如何动作，得凭他的指点……

林立果不吭声，斜睨着柯露，目光里溢散出不快。叶群佯作未见，对她说：

“张宁，柯露让你出个节目，你就出一个。你是正儿八经的演员，不出个节目，说不过去……”

林立果的视线刷地投向她，冷冷地，冷得像一颗钉子，仿佛要把她钉在沙发上不动。放映厅里活泼的气氛，陡然又紧张了……

她站起来，跳了一段新疆舞，自感生硬得不是舞，而是一阵机械运动。

叶群带头鼓掌。跳完了，又要她在身边坐下，连声赞道：

“很好，很好，到底是受了多年专业训练的，给人的感觉就是不一样。”

张宁第一次如此近距离地打量副统帅夫人。她身着一套浅灰色毛料的小翻领西装，脚上是双半高跟的皮鞋。体态丰腴，眼睛不大，单眼皮，眉毛略略向下倾斜。脸上淡淡地施了一层脂粉，看上去，白得不太自然……

工作人员端来一盘又大又红的苹果。叶群吩咐道：

“张宁，你也是这里的主人，就由你来招待大家吧。”

她接过盘子，依次分发。当她发到林立果时，他刚才的冷峻之色一下丢去了太平洋里，目光辣辣地，靠在她耳边悄悄说：

“你跳得真好，比在舞台上演的还棒！”

当晚放映了一部法国故事片，片名叫《宫廷爱神》。内容讲拿破仑的妹妹，如何凭借天仙般的姿色，使法兰西众多桀傲不驯的汉子匐伏于她的石榴裙下，从而帮助拿破仑巩固了王位。演员的表演相当出色，可有不少镜头暴露得挺厉害。张宁如坐针毡，眼睛欲开欲闭，目光抖抖索索，宛如深秋时节站在街角处的一名乞丐……

几乎一眼未眨的叶群，终于注意到了：

“吓，你还不好意思？这部片子，第一个看的是江青，她认为很好，就推荐给我看。资本主义国家拍电影，图的是赚钱，片子里总要有些裸体镜头。我们不管这些，我们看的是片子里反映的政治，揭露的黑暗，还有人家的表演艺术。将来看多了，你就会习惯了……”

当晚，回三〇一医院时，小车经过西单的一家电影院，她看到了门口的一张海报——

今日上演的是《红色娘子军》。
明日要演的是《地道战》、《地雷战》。

五

要了解叶群，不妨先去她的卧室看看——

墙上的装饰品琳琅满目。上边一圈是古代仕女图。下面一圈是名家的山水画。加上书架、床头柜上的古董，最吸引人的要数一座镶有宝石、翡翠、到时会自动发出“咕咕”声的金翅小鸟报时钟。它们不是径直去故宫博物院里拿来，便是只花了三五元钱，从文物管理部门买来的红卫兵“破四旧”的战利品。墙上，还贴有林彪的手书“天马行空，独往独来”。门后，也贴有条幅，有两条是机要员小李模仿林彪笔体写的“少吃多活动”，“山穷水尽疑无路，柳暗花明又一村”。有一是她自己写的“充其量，坏不到哪里去”。

传闻这条出处是，北京、天津几所高校的红卫兵抓“叛徒”抓红了眼，竟然查起副统帅夫人的历史疑点：一九三五年至一九三六年，她在北平师范大学附中加入过“民先”，即民族解放先锋队，但她并没有入团，更不可能如她自己所说由团员转为了党员……有人向她密报了，她哭哭啼啼向林彪告急。林彪当即打电话给吴法宪，要他平息此事。放下电话，林彪给了她一颗定心丸：“充其量，坏不到哪里去”……

紧靠紫檀色的梳妆台，是一个玻璃柜，上下三层，全放满了：高级奶糖，各样巧克力糖，各色蜜饯，瓜子和小点心。她爱吃零食，每晚临睡觉前都要来玻璃柜前坐一会儿。有时来了客人，她嘴里也含着枚话梅……

宽大的床里侧，摆了三排花架。上面有玫瑰花，菊花，大理花，猫耳花……一盆盆流光溢彩，可是没有芬芳。花架上都是塑料花。

窗下，一排金丝绒软凳，仿佛弥漫着法兰西宫廷里高贵的气息。

房犄角，一台她从不看的电视机，似乎在表白：二十世纪七十年代的中国的党和国家领导人，并不拒绝现代文明。

难看出这像是谁的卧室，雅士骚客？伯爵夫人？年少的女孩？韬晦于暗室的政治家？抑或是怀春的姑娘？

没有特征，又有特征，恍如一个涂满各种颜料的调色板，臃杂便是叶群卧室的特征。

叶群其人也一样——

她讲究自己的饮食起居。为了怕再胖下去，她很少吃主食，讨厌大米白面，一餐四个菜，二荤二素，一般的鱼、肉不吃，要吃瘦肉、蛋清，虾、干贝。喜欢吃海鲜，尤爱吃海蟹，两个一斤，一餐可以吃两个。

喜欢吃水果，林家恒温的小仓库里，一年四季有水果：广州送来的菠萝、荔枝，陕西送来的梅杏、李子，东北送来的黑樱桃，新疆送来的哈密瓜、白葡萄……从仓库里取出来时要用灰锰水洗净、消毒。饮水与林彪一样，她只用京郊玉泉山的水，每天用警卫车去拖，去了外地，则用专机送。被褥得用纯棉的，新的还不用，得用本质已经毛了的，以免伤皮肤。听说毛主席爱游泳，她要管理局在毛家湾西院也建了一个室内游泳池，池里常年插着温度计，得30℃，少一度她不下水，多一度，她赶快上来。她的衣服专门由司机小穆的爱人洗，洗好后不能放在阳光下晒，外面有细菌，得送去用紫外线照射的烘干房。衣服一天换两次，烘干房里，内衣、衬裤、乳罩、玻璃丝袜子、手帕，五颜六色，林林总总，宛如万国旗……

她不讲究自己的形象。小青菜，嫩得一掐就是水，她嫌老了，大白菜，一段段切得葱般细，她觉粗了，丢下碗，炮弹般射进专用厨房，炸雷般斥责为她一人服务的师傅。“你会不会做饭？菜切得那么粗，我来教你，你看看，”她顺手拿起一棵大白菜，挥刀剁成三四段，“就这么切！”她睡眠不好，叫小穆的爱人陪睡在床边的地毯上，夜里要小便，小穆的爱人不能走，得爬出卧室再站起来走。她定了一个规矩，每顿要上新鲜菜，上顿未吃了的，不能端上桌，厨房师傅、警卫战士，谁都不能碰，得倒进火灶里烧了，哪怕有的菜根本未动过。仓库里，各军区、各省送来的水果、干货，几乎遍及中国的名产，水果成筐成篓，就是肥硕的人参，一切开一片血红的鹿茸，也成扎成捆。除去转送黄、吴、李、邱几家，偶然地分一点给工作人员，吃不完的，若已取出仓库，便拿去倒掉；若未取出仓库，便任其在仓库里霉烂、变质……

她有时也弥补自己被糟蹋了的形象。上午，她怒目攒眉，近乎于恶狠狠地训斥了一个秘书，下午，她怡然陶然地走进秘书办公室，找到那个秘书，莞尔一笑。“哟，还生我的气呢？我是个年近半百的人啰！”又长长地舒了一口气，似有自知之明的感叹。“到了这个岁数，都有个更年期的问题。好发脾气，烦躁不安，这都是正常的生理现象。你说对吧，田秘书？”

一个秘书在工作人员的“讲用会”上带头“斗私”，说自己不安心在“林办”当秘书，她发了雷霆之怒：“一个支部书记，竟然不安心在这里工作，还带头讲出去。这不是有意煽动吗？要搅乱毛家湾？这样重要的岗位，他还不安心，对首长，对我是什么感情？！”不久，这个秘书被调离了，临走前在小放映厅里举行了欢送会。她显得很激动，站在众人面前，声音温和而又亲切：“孙志民同志要调走了。说心里话，我真舍不得他走。可是由于革命需要，没有办法呀。大家在一起，相处几年，感情是很深的。王熙凤说得好：‘千里搭长棚，没有不散的宴席’，虽说是这样，我还是舍不得他离开呀。我这个人心肠软，好动感情，特别是熟悉的人离开了，心里总空落落的……”几滴泪水从她迷朦的眼窝里滚了出来……

她竭力突出自己是个女人。虽然在公开场合露面，她一律身着军装，但她的大衣柜里绝对不放军装。里面呢子的、毛的、绸的、纱的，各色衣料，各种款式，难以计数。她喜欢去服装厂视察，一视察必定做，一做好送来，必定免费。她代表林副主席来看望革命职工，已经给全厂上下付了“巨大的幸福”，“巨大的鼓舞”，哪里还能收钱？在非正式场合，她总是毛家湾里服装最新潮的人物，脸上施着脂粉，腿上是当时十分鲜见的玻璃丝袜子，走起路来极力款款摇摇，宛若母鸭在走莲步。每晚临睡前，她要做全身按摩，为的是固守住不多的几条曲线，以免残阳西下般消失。头上倘窜白发，哪怕是一根，她也要拔去，犹如她铲除“反革命修正主义路线”一样坚决。

她不总是那样自信的，她知道女人的一半是男人。九届二中全会以前一阶段，黄永胜留在北京看家，她在庐山上给他挂电话：“看情形，这个头开得还不错。可是，紧张的还在后头呢！你要在这里就好了！这两天别说有多忙，愁都把人愁死了。”“愁什么！船到桥头自然直。”“话是那么说，不过你不在，我总觉得心里不落实，要是你在这里，我就有依靠了”……

她有时又不像个女人。她痔疮发了，三〇一医院来了医生给看。她趴在床上，翘起臀部，恍如一门榴弹炮。秘书、内勤有事请示，“你们进来好了，反正我是老太婆。”一个个欲进不敢，欲退不能，抖抖惴惴，如临危崖。她火了，“你们怕什么，这副熊样，还算当兵的？！”医生急中生智，搬来道屏风将床围起来。她在里面治屁股，秘书们背朝屏风给她念文件……

凤毛麟角，寥若晨星，林彪偶有房事要求。突然来，瞬间完，丈夫一走，谁在她面前谁倒霉。“你们为什么不看住首长？”“为什么不先给我打招呼？”“我要是怀了孕，我得把你们的头给拿下来”……又命保健医生来给她做蟾蜍试验。刚刚行的云雨，怎能一下查得出来是否怀了孕？保健医生还得做，不做就得让她骂娘。在毛家湾，有着如山的秘密，可主人的房事无秘密可言，它犹如一场惊动四邻的火灾，一张贴在路灯杆上、治阳萎、狐臭的广告……

她似乎又有点性变态。她有很多海外进口的画报，画报上充斥着各种体态、各色皮肤的裸体女郎。她喜欢看年轻女人的裸体照，尤其爱看电影《裸体天堂》……

叶群其人的臃杂，还反映在她与林彪的关系上——

一方面，她从不把林彪放在眼里，甚至有时敢于耍猴般地耍弄他。一段时间，她天天晚上出去，去的最勤的地方是江青所在的钓鱼台十一楼，回来后又进林彪的卧室絮絮叨叨，几乎每一回都惹得林彪眉头紧蹙，心绪烦乱。他实在忍无可忍了，要林立果向“林办”秘书们传达他的指示：“她回来跟我说这说那，啰哩啰嗦。今后，晚上让她少出去，多睡觉，我不要见她。你们开个会，一定要落实。”他还口述了一张条幅，让秘书誊抄下来，挂到叶群的卧室里：“做事莫越权，说话莫啰嗦”。此外，有时林彪散步时还转去她房里，看她落实得怎样。她没有再去丈夫房里絮叨，可外出并未因此而减少。为了对付他的“视察”，她交代锅炉房把林彪与她的房间温差加大，他要求的是20.5℃，低了怕感冒，高了会出汗。她房间里就烧到18℃，于是，处处怕着凉的林彪只能望而却步，视如蜀道……

一次在大连，仅仅清静了几天的叶群呆不住了，不热闹，不兴奋，不刺激外界或被外界所刺激，她的精神就要憔悴，她的生命就会枯萎，她提出要回北京。林彪则似乎喜好清静，一次提，不见反应；两次提，没有动静。她“点穴”了，“点”的是他最致命的那处“穴”：“首长啊，大连的水不好，这两天我们用的都是大连的水。玉泉山的水，我们走得急，忘了带了，再住下去你要拉稀！你看怎么办？”仿佛药不过樟树不灵，患有“恐排泄症”的林彪，此刻的恐惧感一下将他的话都拧得颤颤索索了：“赶……快……走……赶……快……走”……

一方面她又绝对把林彪放在心里，那份关照，不亚于母亲对一个刚刚跌跌撞撞走路的幼儿。统帅和副统帅在天安门城楼八次检阅红卫兵，从林彪的一身崭新军装，讲话稿，到他手里摇的语录本，兜里的药，无一不是她鞍前马后地张罗。第二次检阅时，毛主席比林彪早到了一两分钟，回来后，她当即训斥秘书：“我要你好好掌握时间，你怎么掌握的？首长不能抢在主席前边登天安门，可更不能让主席等候首长。首长是紧跟主席的，应该让首长早到一分钟，在电梯旁恭候主席。你是怎么安排的？我若说得好听点，这是失职；不好听呢，你有损于统帅和副统帅之间的关系，这是一次政治事故！”被吓出一身冷汗的秘书，哪敢怠慢，此后连着几天深夜驱车，在毛家湾与天安门、中南海与天安门之间穿梭往返，一面看着计程表，一面注视着手表。一分一秒地计算，还得变换不同的车档来回测量……

第三次检阅时，是林彪等候主席了，而且时间也只有一分三十秒，几乎刚够堆出一脸可掬、谦逊的笑容，毛主席便满面红光、神采奕奕地过来了。好似一篇文章才刚写了个颇精彩的楔子，秘书仍不敢有丝毫懈怠，来前，叶群向他反复交代：“你要注意首长，提醒首长，尤其是在天安门城楼上，站的位置要对头，要照顾主席，不能离得太近，又不能挡着主席。无论正面、侧面、左面、右面，起码要保持几步远的距离……”

叶群其人的臃杂，还反映在她与林立果的关系上——

九大中央政治局委员选举前夕，林立果将叶群对他讲的一番私房话，向“林办”秘书们和盘托出：

“‘老虎，如果妈妈当不上政治局委员，就前功尽弃了。你爸爸虽说是接班人，但他身体不好，最近还怀疑得了癌症，能活多久？妈妈年轻，将来你不靠妈妈靠谁呢？你如果能帮妈妈一把，使妈妈顺利度过难关，将来妈妈当上政治局委员，你要什么给你什么……’”

秘书们问：“主任让你帮助干什么呢？”

“她说：‘过一会儿，总理受主席委托，要来毛家湾向你爸爸征求政治局委员候选人的意见，那份名单上有妈妈，可是到了你爸爸这里，他会不会一气之下勾掉呢？前两天我和他吵了一架，到现在还不准我见他，万一驴脾气上来，不就全完了吗？所以，无论如何要阻止总理到毛家湾来，只要他不来，名单就算定了。’”

“主任想怎样阻止呢？”

“‘让首长亲自发话，说他正在出汗，他完全尊重主席召集小型会议商拟的候选人名单，请总理不要来了。’这个话，主任不敢向首长讲，让我帮她去讲。你们说，我能去干这种事吗？！”

“你不能去帮这个忙，干这种弄虚作假的事情，将来要承担历史责任的……”

林立果冷冷地哼了一声，“我帮她的忙？她是何许人，别人若不清楚，我还不清楚？她要当上政治局委员，那可真是沐猴而冠了！”

母子俩矛盾之深，确使秘书们感到意外……

林立果多次对张宁说过：

“张宁，你得警惕主任在你身上做文章。她希望通过你来监视我，控制我；我得装成不买这个账，不稀罕你；

“首长很可怜，叶主任经常把他封闭在房间里，很多事情不跟他讲，很多事情又打着他的旗号去干，真闹出什么问题，首长难讲清楚；

“到现在为止，我和姐姐都搞不清楚叶主任手上掌握了些什么药品，给首长吃的是哪几种药。反正爸爸身体一直不见好，而且一年比一年差，就这么慢慢熬着、拖着……”

母子俩敌意之重，确令张宁感到震惊。震惊之外，还有点毛骨悚然……

矛盾之深，即使深似山涧，那山涧上有时又会化出一道青藤缠绕的桥来；敌意之重，即使重如拳头大的冰雹，那冰雹也能在一盆红蓬蓬的焰火里，化为几缕轻盈的水汽。

一次，毛家湾放电影《裸体天堂》，小放映厅里只有叶群和林立果两人，其他人不让看，就是放映员，上好片子、开动机子后，也得出去，机子是自动放映机，她坐在沙发上，儿子则站在她的沙发后，一边为母亲吹风做头发，一边与母亲一起就影片搜罗的各种体态的女人的乳房，进行“学术探讨”。结果是两人达成了一致看法：袋形的乳房，生了孩子后犹如倒空了东西的袋子，软沓沓地垂下来；面包形的乳房，满“山”遍“野”地铺在胸前，人一发胖，再箍乳罩，那肉便拧出川川道道，恍如迎面走来一架尼加拉瓜大瀑布；馒头型的乳房，圆圆的，小巧而又结实，让人始终感到人类生命力的蓬勃和少女的秀美……

一个肌体内的多端变化有如化学反应般奇妙的女人。

从叶群踩上历史的第一行脚印起，她便是这样奇妙了。她原名叶宜敬，是国民党少将叶琦的小姐。一九三七年，她在国民党电台当过一阵播音员，后来参加了国民党军事委员会第六部青年战地服务训练班。无论是生态，还是心态，她都像是注满阳光的玻璃缸里，一尾与水草、五彩石翩翩嬉戏的金鱼。次年，她却砸碎了玻璃缸，扔下旗袍，扔下样式颇为高雅的美式军服，跑到艰苦的延安来了……

一个以毕生经历证明了约翰·阿克顿那句名言“权力使人腐败，绝对权力使人绝对腐败”的女人。

哈里森·索尔兹伯里在《长征——前所未闻的故事》一书里，提到贺龙元帅的遗孀薛明的看法。“经过这些年的风风雨雨，她现在对叶群恨之入骨。她认为叶群历史肮脏，在陪伴薛明和其他一些女青年去延安前可能就是个国民党特务。”

“可能”在历史上是无力的，“可能”就包含有臆断。与其说叶群去延安前可能是个国民党特务，不如说她是被绝对权力塑造出来的“国民党特务”——

她同林彪结婚后，早期基本上当家属。解放战争末期，挂名当了林彪的秘书。全国解放后，因通晓俄文，在中南军区当翻译科长。一九五四年转业到她方，先后担任过省、市教育局副局长，教育部普通教育司副司长等职，也大都是顶个虚名。一九六〇年林彪当了国防部长，主持军委工作，她又再穿军装，当了林彪办公室的主任。可论职务，只是正师级，论军衔，只是上校。在此之前，难说她有什么“特务活动”，否则辽沈、平津战役不会打得如此慷慨，势如破竹；台湾方面对大陆沿海地区的多次骚扰，也不会落得次次有来无回，扼腕而叹……

只是在“文化大革命”中，随着林彪地位的大红大紫，她才平步青云的，先是军委办事组成员，继而参加“中央文革”碰头会，后来进入中央政治局，一时间与江青一起，成了中国政治舞台上两个不可一世的女人，她们给中国人民身心造成的深深创伤，对中国共产党形象的严重损害，哪怕是外部敌人倾巢出动，也难以比拟……

一个失去得太多，也强取豪夺太多的女人。

一个神经拧得紧紧的、因而随时随地几乎无不充满发泄欲的女人。

尽管林彪给她写过“发不同青心同热，生不同衾死同穴”，她知道这只是游戏于笔墨。面对丈夫十几年来枯槁的躯壳，不足五十岁、容貌保养尚好的她，没有爱情，有的只是秘密。她得睁开一只眼睛，既保住副统帅夫人的地位，又得保住这常勾起对早失去的青春年华怀念的秘密。

尽管林立果能为她梳理一头乌云般的头发，他却远不能为她排解一腔的愁绪。她想做慈禧，他却不愿做光绪。面对羽毛渐渐丰满、也颇得林彪欣赏的儿子，她难有母子之情，有的只是戒备。她得睁开另一只眼睛，既让他在视野之内充分地施展林家该有的抱负与谋略，又得当心他窜出视野，去哪里变成个魔鬼回来，把自己咬上几口。

她还得睁大第三只眼睛，去紧紧注视毛泽东主席和他的夫人。她深知这“最亲密的战友”关系不过是一张纸，她得扶着丈夫极端小心地从这纸上走过去，而不能“嘶啦”一声踩开个斗大的窟窿。她更了解江青，从本质上说，她们是一种类型的女人，然而她只当过播音员，音色的塑造上也许没得说，而江青则做过十里洋场名噪一时的影星，表情的塑造远胜她几筹。

她还得睁开第四只眼，去打量已经进了毛家湾、或是即将进入毛家湾的人们，这里难有人与人之间的情谊，有的只是对权力的服从。为了后院的巩固，她得从服从里剔除出勉强和迟疑来。

她还得睁开第五只眼，在林彪和黄、吴、李、邱非同一般的关系里，她俨然是位“内阁总理大臣”，有那么多事情需要操持，有那么多关系得经常调整……

五十岁的女人，犹如秋天蔚蓝色的晴空下一块刚刚收割完庄稼的土地。叶群，却远没有享受到一个最普通的五十岁女人也能享受到的幸福与宁静，她几乎一身都是密密匝匝的眼睛。

她累坏了，她用奢侈的生活补偿自己。

她腰弯了，她用莫名的发泄支撑自己。

在骨子里，她软弱，敏感，恓惶，她承担不起这片碎玻璃似的眼睛。

在外表上，她强悍，刻薄，固执，她必须承担起这片碎玻璃似的眼睛。

她的人格的分裂和为人的臃杂便是必然的了……

她的神经质倾向或谓歇斯底里症便是必然的了……

不幸中之万幸

一

九月六日。傍晚。

张宁独自在三〇一医院里散步。北京的秋天，枫叶流丹，金菊送爽，空气十分澄净。她顺着林荫小道慢慢走着，恍如走在秋色迷离的中山陵上，那满山满岭的桂花，沉寂了一年的桂花，此时全吐露了自己鹅黄色的向往，香幽幽的，甜丝丝的，人醉了，南京城也醉了……

她的向往呢？她的向往早枯萎了，光秃秃的心枝上唯有一个小小的愿望没有凋零，这便是盼能回家一趟。医训班尚未开学，这段时间毛家湾也没有打扰她，林彪、叶群八月初去了北戴河，林立果说是去了外地。可她不能想走就走，她是一张按在墙上的纸，能不能走，先得问过那枚图钉……

上次分手时，林立果交代她，如果有事，她可以和他联系，但不要打电话，他估计叶群会监听。他给了她一个通信地址。要她写信。许是通过这几个月的接触，她以为对他有了一定的了解，又尤其是她曾有过的担心，也渐渐消除了。因为他还尊重她的人格，言行举止并不粗暴……自觉可以和他说几句话了。于是，她真给他写了一封短信——

立果：

不知你是否已到了外地？这封信想会转到你手中。我的学习比较紧张，吃饭尚可。只是睡眠仍然靠安眠药，恐怕还是如你所说是缺乏毅力，不能调理自己的精神……现想告诉你，再过几天，医训班就放暑假，我很希望让我回家去看看……

祝工作顺利！

张宁

保健医生的匆匆脚步，打断了她的情思。

“金院长请你去一趟，说是有急事。”

莫不是林立果同意让自己回趟南京了？她兴冲冲地走去金院长家。一进门，金乃川便说：”

“张宁，你立刻准备一下。林立衡请你去做客。”

“做客？去毛家湾？”

“不是毛家湾，是北戴河，中国最好的地方……”

电话铃响了，金乃川拿起话筒一听。是胡敏打来的，他把话筒递给了她。

胡敏像是感冒了，声音没有往常那么洪亮，而且时有咳嗽，可那股亲亲热热的味儿还在：“张宁呐，好些日子没见面了，可想死我了，你想我吗？”

几乎像是从石头里要挤出牛奶来，她从牙缝里硬挤出一个字：“想。”

“你去北戴河，我不能陪你一块去了。你带足两个星期的钱和粮票，首长家在生活上一向很注意影响……”

“可以不去吗？”

“你呀，又冒什么怪念头了。立衡真是把你当妹妹看待的，想你暑假不能回家，一个人怪寂寞的，才请你去北戴河玩一段时间，老虎现在也在那里，你可要和他多接触，不接触怎么能培养感情呢？你一定得去！”

胡敏挂断了电话。

她回房间，收拾了几件换洗衣服，毛家湾的车便到了。来到毛家湾，她见到了林立衡，外面一件军装，里面是一件白色的确良衬衣，脚下是一双已经褪色的方口搭扣皮鞋，看这模样，不像是去风景胜地度假的，倒像是一个仍在什么岗位上执勤的普通女兵……

林立衡告诉她，明天一早去北戴河。

二

八月十六日，到达武汉……

八月二十七日晚，到达长沙……

八月三十一日晚，到达南昌……

九月三日深夜，到达杭州……

七十七岁高龄的毛泽东主席，冒着江南的盛夏酷暑，以专列为家，风尘仆仆地“周游列国”，会见“各路诸侯”，他的这一不寻常的举动，引起了在北戴河的林彪、叶群的严重关切。

当吴法宪向叶群报告毛泽东主席抵达南昌，并要空军派飞机把福州的韩先楚、南京的许世友接到南昌时，叶群要他打听毛泽东主席与人谈话的内容，吴法宪表示无能为力。

九月五日，广州军区召开军以上干部会，由司令员刘兴元传达毛泽东主席接见时的谈话。参加会议的广州军区空军参谋长、“联合舰队”成员顾同舟，通过于新野、周宇驰，向林立果报告了刘兴元传达的内容。然而，有些内容，特别是涉及到林彪的内容，刘兴元在传达时隐去了……

同一天上午，李作鹏陪同外国军事代表团到达武汉，武汉军区政委刘丰到机场迎接。在去宾馆的路上，两人约定次日早晨在李作鹏住所见面，刘丰将向他透露毛泽东主席在武汉的讲话。

六日上午十时，李作鹏陪同外国军事代表团回到北京。下午六时许，该团将举行告别宴会，黄永胜、吴法宪、李作鹏、邱会作等候在人民大会堂北京厅。李作鹏把黄永胜拉到一个角落里，将刘丰提供的情报悄悄地告诉了黄永胜。

当晚，林彪、叶群较完整地获悉了毛泽东主席在武汉接见的情况——

毛泽东点名批评了黄、吴、李、邱四员大将。“搞突然袭击”，“搞地下活动”，“心里有鬼”，“有计划、有组织，有纲领”……而且谈到，“庐山这件事还没有完，还没有解决”、“陈伯达后面还有人”，“有人急于想当国家主席”，“要分裂党，急于夺权”……

毛泽东还多次直接点了林彪的名："林彪同志那个讲话，没有同我商量,也没有给我看"。"庐山这一次斗争……他当然要负一些责任"。"我同林彪同志谈过，他有些话说得不妥嘛"。"虽然在北京开了工作会议，几个大将做了检讨，但吞吞吐吐，林彪不开口，这些人是不会开口的"。

毛泽东言及了叶群、林立果："我一向不赞成自己的老婆当自己的办公室主任。林彪那里，是叶群当办公室主任"。"二十几岁的人捧为'超天才'，这没有什么好处"。

毛泽东反复讲到："希望你们要搞马克思主义，不要搞修正主义，要团结，不要分裂；要光明正大，不要搞阴谋诡计。"

在讲到军队工作时，毛泽东自信地说："我就不相信我们军队会造反，我就不相信你黄永胜能够指挥解放军造反！军下面还有师、团，还有司、政、后机关，你调动军队来搞坏事，听你的？"

八月二十七日，毛泽东主席离开武汉。下午二时半，刘丰等人来车站送行。毛泽东主席在车厢里坐定后，问专列上的服务员：

"你们会唱《国际歌》吗？"

服务员们笑着点了点头。

"那好，我指挥，你们唱！"

随着毛泽东主席颇为雄壮的手势，服务员们唱起来了。她们以为，对于日理万机的他老人家来说，唱支歌只意味着一阵小憩。她们远远低估了此举的意义。

也许因为毛泽东是位杰出的诗人，他是极讲象征的。他在"极目楚天舒"的长江里游泳，是某种象征；他在《东方红》的乐曲声中登上天安门城楼检阅千万红卫兵，也是某种象征……

他自己也一边指挥，一边轻轻地唱起来了。有几处，不见词，他是哼过去的……

刘丰感觉到了什么，一下跟着唱起来。其他在场的能悟出、或悟不出此种象征的人，旋即，都投进了这富有戏剧性的场面：

起来，饥寒交迫的奴隶，

起来，全世界受苦的人。
满腔的热血已经沸腾，
要为真理而斗争……

形形色色的声调，伴随形形色色的思绪，在车厢里久久萦绕。

唱毕，毛泽东主席神情异常悲壮、严肃，宛如当年站在看“苍山如海，残阳如血”的娄山关上，他说：

“要学习列宁纪念欧仁·鲍狄埃逝世二十五周年的那篇文章，要学唱《国际歌》。不仅要唱，还要讲解，还要按照去做……《国际歌》歌词和列宁的文章，全部是马克思主义的立场和观点。那里边讲的是，奴隶们起来为真理而斗争，从来没有什么救世主，也不靠神仙皇帝，全靠自己救自己，是谁创造了人类世界，是我们劳动群众。在庐山会议时，我写了一个七百字的文件，就提出是英雄创造历史，还是奴隶们创造历史这个问题……”

九月七日。上午。

一早，林立衡和张宁，还有一个青年男子，一同乘林彪的专机飞往北戴河。

飞机上，林立衡搂着她的肩，悄悄问：

“张宁，你看这人长得怎样？”

林立衡向青年男子的方向努了一下嘴。

他坐她们斜对面，一动不动，凝视着舷窗外变幻奇诡的云彩。霞光打在他的脸上，恍如一尊红铜的雕塑……

她由衷地道：“他长得非常英俊。”

林立衡轻轻地叹了口气，“可惜，是黄总长的爱人项慧芳帮找的，叫张清霖，原是广州军区一个医院的医生。”

她注意到林立衡的脸色有几分憔悴，片刻。林立衡又笑起来，好似一夜风雨后桃枝上尚未零落成泥的几朵残花，那笑颇有点凄然：

“真有意思，连平头百姓都反对父母包办婚姻，可叶主任却偏要这么干……”

她心头一阵酸楚，自己又何尝不是被“包办”进林家的呢？

她问道。“你喜欢他吗？”

“你看呢？”林立衡掉转头，反问她。

她再看了一眼张清霖。那头部的侧影，犹如一块峭岩，给人以坚定、沉稳之感……

“你……喜欢。”

“怎么说呢？接触了一段，他很忠厚，人品也不错，可在感情上，双方都近于空白。慢慢填补这空白吧，只有到什么山上唱什么歌了……”

说到这，林立衡又一笑，圆脸上旋出了两个小小的梨涡，梨涡里像是溢满手足之情：

“我可不像老虎，他一见到你，就被你迷住了。闪电般的爱情，我过去只在十九世纪欧洲的小说里看过，这回在老虎身上亲眼见了，他对主任说，也对我说过，天下女子，熙熙攘攘，可非你不娶！若我不是他姐姐，我都要吃你张宁的醋了……”

她嗫嚅道：“可是，我对立果……至今……产生不了……爱情。”

“别急，总有一天，老虎会让你动心的。”

像是精神不佳，林立衡说完便闭上了眼睛，靠在航空椅背上养神……

飞机在山海关机场降落后，即乘一辆“吉姆”轿车直驱北戴河。山海关离北戴河四十公里。出了机房，便看见起伏的山峦，约十分钟后，小车拐进一条异常僻静的水泥路，向着山脚下的青翠欲滴的松树林飞驰。她揿了车窗下的开关，车窗徐徐落下，一阵潮湿、清新的海风迎面扑来，她看见海了！

蜿蜒的海岸线。离岸稍远的海水是深蓝的，蓝得像金秋北京鸣响着鸽哨的天空；近岸的海水是碧绿的，绿得像最醇的青梅名酒，看一眼也叫人心醉；而海水拍岸时，则如一位辛勤的服装师，给大海一次次镶上条闪光的白色花边……

耳朵里，宛如一部雄浑的交响乐，一边是山谷中的呼呼松涛，一边是海浪粗犷、奔放的鼻息……

不一会儿，轿车在一幢依山傍海、红瓦黄墙的法国式别墅前停下。

林立衡告诉她："到了。这是中央疗养院的57号楼。我们三个人就住这里。"

林立衡和张清霖住在楼东。张宁住在楼西，里外两间，外面一间住的是疗养院配给她的值班护士小王。

进了房间，她当即奔上宽敞的阳台。一望海天茫茫，空明澄碧，忧郁没有了，压抑没有了，思念也消散了，那略带腥味的猎猎海风，似乎一下将她的五脏六腑都掏洗得干干净净……

她未听到林立果的"咚咚"脚步声。等他走到她身边，他已经紧紧地握住她的手。一个多月没见，他又胖了，皮肤也晒黑了。

"张宁，这段时间还好吗？"

"我不是给你写了信？"

"哦，哦。"他脸上有点尴尬，他没有提她要求回趟南京的事……

林立衡进来了。他一下松开她的手：

"豆豆，叶主任吩咐，你们一到，就去她那里。"

"知道了。"林立衡淡淡地应道。又对张宁说："主任对我们真是关怀备至，才分开了几天？在房间里椅子都未及坐下，就要拉我们去她身边……"

林立果苦笑笑，领着他们出了57号楼。

走上一个长约一百五十米的大陡坡，半腰处有座牌坊，宽度刚好够一辆轿车通过。上完陡坡，便有一幢青砖砌的二层楼房，附近是联峰山的莲花石。张宁奇怪，怎么偌大一幢楼房，外面竟看不到一扇窗户，待走到近处细看，所有的窗户都用桐油漆的木板封住了……

这就是林彪、叶群下榻的中央疗养院91号楼。这幢楼经过专门修建，实际上已成了副统帅的"夏宫"。整幢楼呈工字形。东西两横，分别是林彪、叶群的住处，包括卧室、客厅、办公室，林彪那边如同在毛家湾一样，还有一间可以自动升降的地下车库。中间一间，是宽敞的走廊和工作人员的住处。二层楼上则全部空着，不许住人，既为了安全，也为了清静。

四个人来到叶群的客厅。叶群正在地毯上来回踱步，好似铁栅后一头发了情的母豹。一见他们，满腹的心事一下弹落了，不迭声地说：

“好，好，你们都来了，都来了。见到你们都成双成对了，我这个做妈妈的，也就宽怀多了……”

张宁觉得叶群的话里，透着几分真挚。

叶群又走过来，拉起她的手说：

“张宁啊，在北戴河，首长和我，还有立果，得忙我们的，你可要痛痛快快地玩玩。过一星期，我们陪首长去大连视察，国庆前返回北京，你也参加国庆活动。”

众人都坐定后，内勤端来一盘切好的西瓜，绿皮红瓤黑籽，煞是可爱……

叶群招呼道：“来，吃，大家吃。这瓜是刚从南京空运来的，是有名的南京中山陵园西瓜。听他们说，到山海关机场时，瓜藤上的露水还没有干哩！”

她咬了一口瓜瓤，清凉透甜的瓜汁，一下溢满口中，心里却有几丝苦涩，好似她咬的不是西瓜，咽进去的倒是一首诗，一首唐朝诗人杜牧写的诗：“长安回望绣成堆，山顶千门次第开，一骑红尘妃子笑，无人知是荔枝来。”

而且，这“荔枝”，就出自于她的家附近……

吃完西瓜，叶群领他们去了东边林彪的住处。一进卧室，只见林彪正独自坐在一张大沙发上，还是那副正襟危坐、沉思默想的姿式。既像是哈姆雷特在面临“是生，还是死”的抉择，又像是成吉思汗在一场改变欧亚历史的宏伟战役打响前镇定片刻，更像是达摩在一盏幽幽的青灯边面壁修行……

在北京，张宁已见过林彪一次。那是林彪为她的学业事召见金乃川，她在座。一进客厅，林彪也是这种姿势坐着。当时，她怯怯生生地坐在他的斜对面，不是电影里，不是画报上，这位举世敬仰的大人物就在眼前，一举一动都异常真切。她见他脸色苍白，面无血色，光秃秃的头顶上，仅两耳以下的部位才残留着几根头发，讲话慢条斯理，有时甚至轻如蚊蚋在哪里嘤嘤哼哼……她一惊，难道这就是威名赫赫、令敌胆寒、麾下曾有着浴血沙场的千军万马的林彪元帅吗？

再见林彪，她仍摆脱不了此种迷惑，迷惑得似走进了一个怪异的梦里……

叶群打断了她的迷惑：

“首长啊，孩子们看你来啦！”

四个人，都毕恭毕敬地站在叶群后面。她和张清霖，更是大气都不敢出……

林彪从冥想中抬起头，举起右手，招了招瘦骨棱棱的五指，众人赶快一起过去。

“什么时候到的？”

林立衡答：“爸爸，刚刚到的。”

“这里的风景很不错。你们年纪轻，可以去海里游游泳……”

她发现林彪讲话时也半低头，眼睛平视前面，看人不过匆匆一瞥，不会像叶群那样紧紧盯着人，让人几乎能感觉到她目光的重量……

叶群道：“首长，这就不用你操心啦。年轻人在大风大浪中成长，孩子们会有兴趣的。”

林彪似乎一时找不到什么话说。沉默了一会儿，他看了一眼张宁：

“你这孩子不太爱说话？”

见点到自己头上，她只有趋前一步了。在理智上，她知道自己不好跟林立衡一样称他作“爸爸”，她却不知道该对眼前的这位大人物说些什么，可下意识救了她的急，一句话脱口而出：

“祝林副主席身体健康，永远健康！”

若是此时有语录本在手里，说不定她还会同时挥动红宝书，做一个标准的早敬、晚敬动作……

林彪的浓眉陡然耸起，立似一对耸腰的黑猫，他摆着手：

“今后不管在家里，还是在外面，你们都不要讲这话了。应该实事求是，人吃五谷，哪会永远健康呢？”

张宁一愣。不是全中国人都如是喊着吗？若这样说，“毛主席万岁”的口号就更不该喊了……

叶群从她的脸上读出了什么，忙补充道：

“首长是很谦虚的，他不愿别人搞自己的崇拜。”

林彪又问她："听老虎说，你现在还吃安眠药？"

"是的。靠安眠药睡觉……"

"这样不好，应该自然睡眠。年纪轻轻的，有什么心事丢不下呢？若到了我这把年纪，这种阅历，矛盾不少，困难不少，那还不得把安眠药当饭吃？"

林彪笑了，他胡桃般多皱而贫血的脸上，浮现的是一种孤傲的笑，又像是一种自慰的笑……

叶群似乎又从丈夫的笑里读出了什么，她指了指她和张清霖，岔开道：

"首长，你对这两个孩子满意不满意呀？"

林彪的眼珠子，在他们身上转了一遍：

"很满意。一个是老红军的女儿，一个是劳动人民的儿子。老虎，豆豆，你们可要好好待他们。像我们这样的家庭，就该和人民在一起……"

三

有人这样说过，命运是一个想象力并不丰富的家伙，它只能把人反复放在一种或几种类似的模式中戏弄。

然而，对于林彪来说，他的经历绝非是任何一个想象力丰富的作家所能编造出的，他的命运也远非与一般人的模式大同小异……

多少年来，几乎如雷贯耳的平型关大捷、辽沈战役，平津战役，不必提及了。这里可以提及长征——

高山悬崖、冰雪雨雾；

湍急的河流、莫测的风暴；

灼热的沙漠、无底的沼泽；

饥饿的威胁、无休止的行军……

还有几乎随时面临的蒋介石百万军队飞蝗般的围追堵截！

提及长征，是因为长征是中国革命的一部最壮丽的史诗，是将永远流传于世的一座人类无畏、坚定的丰碑。而林彪在长征中是红一军团军团长，该军团不是打着头阵，杀出一条血路，就是紧紧护卫着居中的、毛泽东所在的中央纵队。

提及长征，还因为一个蓝眼珠、黄头发的外国人——哈里森·索尔兹伯里，已经在《长征——前所未闻的故事》一书里，对林彪做了史家式的记述——

“红军的指挥员都是些精明能干和久经锻炼的人。他们参加过多年的游击战争,共同经历过多次战斗。他们熟悉自己的国土,熟悉人民。他们了解敌人，也了解自己的长处和弱点。林彪的一军团在突击和伏击方面是超群的……”

在突破湘江时，“一军团不仅要掩护行动迟缓的中央纵队，而且还要掩护新成立的几个军团，特别是八军团和九军团。聂荣臻说：‘我们既要完成自己的任务，又要掩护他们。’”

在突破金沙江前夕，“关键任务落到林彪的肩上，他是红军中年轻的雄鹰。在一九三五年那明媚的春天里，云南的田野万紫千红，到处是雪白、桃红和淡紫的罂粟花，在阳光下迎风摇曳。在红军这道星河中，没有比林彪更为灿烂的明星了。

“毛交给他的任务是对他的能力的最大考验。这一任务是使龙云、薛岳、蒋介石相信红军的目标是攻克昆明。林彪必须率领部队尽量逼近昆明，仿佛真的要拿下昆明。调给林彪的是整整一个师的第一流部队共六个团，据估计近一万人……

“林彪的部队按照命令，以空前的速度行军，同时仍装着要进攻昆明。他们先绕到城北，然后向西，占领了昆明西北二十英里的富民。昆明城内的惊慌情绪依然有增无减。龙云不断调部队增援昆明。国民党嫡系部队也向南直奔昆明，而不是向西朝金沙江前进……

“林彪把追兵远远地甩在后面，向北前进，五月三日晚到达元谋，金沙江已近在咫尺。他的部队从大板桥出发后四十八小时内走了一百英里……金沙江附近一带道路十分崎岖……如果长征老干部或历史学家想重访这一昔日的战役的话，他们也只能步行或骑骡子。

“林彪善于声东击西和隐蔽自己，善于奇袭和伏击，善于从侧翼和敌后发起进攻和使用计谋。

“林彪看上去不像彭德怀那样直率和精力充沛。他比彭年轻十岁，长得十分瘦小。他的脸是椭圆形的，肤色浅黑，显得很清秀。彭经常和部下交谈，而林则同他们保持一段距离。对许多人来说，林似乎生性腼腆和含蓄。找不到说他对部下热情和爱护的故事。他在红军指挥官中的同事都尊敬他，但他一开口就是谈正经事。

“林彪是毛泽东的宠儿。林在著名的广州黄埔军校受训期间，也曾是蒋介石和后来成为苏联元帅的勃留赫尔的宠儿。那是在蒋于一九二七年在上海对共产党翻脸之前。林彪的父亲在湖北开厂，因为无力纳税而破了产。林彪这个工厂主的儿子竟把自己的命运同共产党连在一起，他投奔周恩来后，参加了一九二七年八月一日的‘南昌起义’。一九三二年林才二十四岁，但已成为第一军团的军团长。召开会师会议时，林才二十七岁，他的胆量和善用疑兵超过任何人。不过，据说他只在有十分把握时才出战。”

……

似乎长征结束了，平型关一仗结束了，辽沈、平津战役结束了，命运这家伙突然心血来潮，点起一支烟，对林彪开始了新的构思。不足二十年，新中国的政治跌宕不安的历史，权力高层交织着的防御与进攻的岁月，恍如一个心冷似铁的雕塑家，颇为残酷地将林彪塑成了另一副模样——

毛家湾，林彪办公室。两扇落地玻璃窗被沉重的紫色窗帘遮盖得严严实实，也是紫色的地毯上，只有一张偌大的写字台，和两张对面摆着的简易沙发。写字台上，没有文件，没有书报，也没有毛主席著作，空荡荡的，好似一个雨来人去的旱冰场。房间里，不见一只茶杯，一个烟缸，让任何到此的人都只能呆一会儿。唯一的装饰是迎门的墙上，挂着块巨大的毛主席语录“你们要关心国家大事，要把无产阶级文化大革命进行到底”，若说还有，便是房角孤零零竖着的一个巨大的地球仪了，昏昏的光线下，它像只巨头怪兽窥伺着房间里的一切。通向卧室的门边有一个风琴般大的空调箱，温度计上的水银柱一年四季停在 20.5℃上……

卧室，比办公室小些，大约四十多平方米。进门处有架没有刷漆的屏风，林彪怕油漆味。屏风后是褐色的棕床，床头柜上摆着一盏莲花状的台灯。床头放着手电筒，是他夜里看表用的。一块解放初期买的旧表，放在枕头底下。此外，房间里的陈设便是靠东墙放着的一张沙发了……

阴暗，空旷，犹如周口店的“北京人”的洞穴。林彪每天唯一的运动几乎只是幽灵般毫无声息地从卧室走去办公室，或是从办公室回到卧室，轮番在两边的沙发上坐下，一坐就是半天，叶群曾对秘书们说：“毛家湾的沙发让首长坐坏了好几个。他有坐功！”

坐在沙发上，除沉思默想外，他或者抱着一部厚厚的药典，手拿放大镜，字字揣摩；或者从不吸烟的他，手拿一盒高级火柴，抽出一根，“嚓”的一声划燃了。那桔黄色的火苗，一下映亮了“洞穴”，宛如原始人将要开始抵御漫长、严寒的冬夜……他久久地盯着那火苗，目光好似沉迷在某种虚幻的梦境之中，直至火苗熄灭，冒出一股淡淡的轻烟。他把快燃尽的火柴梗举到鼻子前，闻了闻白烟，丢在了地上，又去擦第二根，第三根……

那些成堆成筐的文件呢？它们全部标有“绝密”字样：中央内部传阅件，“中央文革”快报、简报、要报，新华社内参，来自中央军委、国务院、中联部、外交部、中调部和各省、市、自治区的报告……每天毛家湾总要收到上百件，多则二三十万字，少则一二十万字。它们全部交叶群担任主任的林彪办公室处理了，他每天只不过用一个小时听其概要。说概要还欠准确，犹如当今的不少小青年去邮亭里买本杂志，很少动真格地去鉴定其内容，只要封面上有几个袒胸露臂的美人头，目录里有几个能刺激肾上腺的标题，一下便掏钱买了；他常常要听的是美联社、路透社、共同社、塔斯社等世界上主要的通讯社对我国政局、政策、人事变迁的反应与预测……

听了也就听了，他不用批示什么，一般由秘书们代劳。他甚至不用签名，机要员小李奉叶群之命模仿他的字体，小李确有这方面的才华，没出几日，仿写的林彪字体，足可以假乱真，甚至连秘书们也难辨出真伪。如果林彪愿意，他还可以放弃思想，叶群——这个他既讨厌、又离不得的“高参”，常常填鸭式地向他脑袋里送去自己的意图。最典型的，有这么一件事——

一天，叶群手捧一叠大报、小报，进了林彪卧室：

“首长，你看看，现在全国红卫兵小将和亿万革命群众，对毛主席这样热爱，这样崇拜，说了这么多热得烫手的话，我们在毛主席身边，也应该有所表示才好。我想，首长得把全国人民的这股感情概括、上升为一两句最醒目、最有分量的话……”

坐在沙发上的林彪未接过报纸，也未吭声。他已习惯了叶群的心血来潮，对此他的态度大抵是睁一只眼，闭一只眼……

叶群下去布置了，她要几个秘书每人想几条妙句。秘书们摇首晃腮，捻断茎须，时而单干，时而合作，有文采的，吹肥皂泡似地吹出文采，有思想的，开掘土机般掘出思想。想出来几条，进到叶群那里，却都被她一一打了回来。也难怪，“毛泽东思想，如日月经天，江河行地”。“以蓝天作纸，以大海作墨，以森林为笔，也写不尽毛主席的丰功伟绩，也抒不尽我们对毛主席的无限热爱，无限崇拜”！“革命方觉北京近，造反才知毛主席亲”。“大海航行靠舵手，干革命靠毛泽东思想”……在赞颂毛泽东主席及其思想上，几乎都用同一个脑袋思维的六亿中国人，却表现了春日花雨般缤纷的想象力。

秘书们江郎才尽，陷于空前的困窘。这时，李作鹏的一个姓谭的秘书来“林办”了。此人是海军学习毛主席著作的积极分子，刚从基层调上来不久。许是他那厚似几块砖的学习笔记里，已经有了不少如是的珍藏，需要时只随便拎出一条就是；许是当局者迷，旁观者清，当“林办”秘书们钻进了牛角尖里，他已经看见大量散落在牛角尖之外的，稍作剪裁，归纳，便能化作雄奇。不过片刻，他说出一条，众人一看，都觉不错，既浓缩了全国人民由衷的感情，又简洁且形象，工整且凝重。送到叶群手里，她一看，也一下肯首了：

“这才是首长的水平，首长的语言风格。”

没几日，林彪的心境颇佳，有了兴致临池习字。叶群送上了这条妙句。

“清华大学红卫兵不是要求首长题词吗？”

“是的。”

“就题这条吧。毛主席这杆旗是你带头高举的，首长题这条最合适。”

林彪看了看，默然应许。

叶群叫秘书：“字不少，这张小了，得再铺上一张大些的宣纸！”

林彪缓缓俯下身来，运足底气后，泼墨挥毫，格外精心。片刻，几行字，飘逸洒脱，跃然纸上：

伟大的导师、伟大的领袖、伟大的统帅、伟大的舵手毛主席万岁！万万岁！

“很好，很好！”叶群赞不绝口，“这张题词，比过去所有的题词都有分量，光送给清华大学红卫兵，有点可惜了。首长，我想把它交给‘中央文革’，请他们公开发表，这样意义、影响就大了。你看怎样？”

林彪仍在审视签名处“彪”字的三撇，似乎不太中意，他一边提起已架在卧鱼形状砚台上的笔，一边应道：

“可以，可以。”

一九六七年五月二日，林彪的这条题词，以醒目的红色色调，出现在中国所有报刊的头版头条。

林彪怕水。为此，他从来不洗澡，不洗脸，有时用干毛巾擦一擦，有时仅仅洗洗手。他的身边总放一卷卫生纸，若碰了什么东西，或者吃了什么东西。使用它擦擦手，揩揩嘴。他去了外地，下榻宾馆的庭院里，凡视线所及处，喷泉都得停开，水笼头都得拧紧……

林彪怕光。卧室、办公室的水晶玻璃吊灯从未亮过。不论白天、黑夜，几盏微弱的壁灯，使室内的一切都蒙上一层神秘、阴郁。即使是上轿车，非不得已时也不去露天，为此，造了一间直通卧室的地下车库……

林彪膳食怪僻，无所谓饭菜，也无所谓色香味，一日三餐都是以麦片、荞麦面、玉米面煮成糊糊，唯一注重的是热量和温度。热量由保健医生暗中掌握，温度则必须达到烫嘴的程度。与叶群的整日提心吊胆的厨师相比，他的厨师则整日里清闲太平得似天上的神仙……

林彪衣着怪僻。他不穿棉衣，他的衣服都是单衣，一层又一层，根据时令确定穿多少层。穿在里面的，常常打了补丁，或是林立果穿小了的。他也不盖棉被，专盖毛巾被，依然是根据时令确定盖多少条……

林彪几乎没有文化娱乐活动。他不看电视，不听广播，不读报，不听音乐，极少看电影，偶尔才听梅兰芳等人的旧京戏唱片。他的运动只是每天早上六点钟准时坐上防弹“红旗”，出去兜一圈风，李文甫跟着，十分钟左右便回来。再就是有时骑骑马，由警卫扶上马后，前面由两名警卫一左一右牵缰绳，后面再跟一群警卫，在北京的西山，或者在北戴河的松林里，慢慢遛步……

林彪似乎回避现代文明。他几乎从来不打电话。他不信医术出类拔萃的保健医生。有了病痛，他自查药典开药方，还要医生依此制成药丸。他似乎相信长生术。一次。林立果听说毛主席在搞长生术，他不知怎么个搞法，不能去问，只有回来查历代古书。查到两条，一是吃枣泥，二是服汞丹。为了父亲的长寿，林立果屈驾亲征，领着一帮内勤，在毛家湾院子里做起了试验。炉内得保持一定火温，炉前一日得有三班。不慎，药物配方里，汞偏重了，炉子轰然爆炸，当班的内勤小陈，亏得是抗美援越战场上下来的一等功臣，人很敏捷，忽地一下卧倒地上。虽烧了头发、眉毛，但未让中国又多了一位烈士……

林彪似乎还回避毛泽东主席。一九七〇年罗马尼亚社会主义共和国总统齐奥塞斯库偕夫人访华。毛泽东请他陪同会见。他欲以身体欠佳推辞。叶群一再劝说，他执意不从。情急之中，叶群“扑通”一声跪在他面前，一边泪水哗哗，一边打自己嘴巴，“你一定要去，你一定得去！你不去，主席会认为你架子太大，会对我们有看法……”结果，林彪偕叶群去了，会见时在座的还有“第一夫人”江青。

“毛泽东的宠儿”何在？

“红军中年轻的雄鹰”何在？

他的“精明能干”何在？

他的“久经锻炼”何在？

孤独。桀傲。阴鸷。苍朴。

六根清净，淡泊超然；似乎又深谙世事，心怀叵测……

怕水，怕阳光，似乎又不仅仅是怕水，怕阳光……

植物神经紊乱症，神经性毛孔扩张症，似乎还患有忧郁症……

青苔爬满古墓般的深深寂静中，林彪在想什么呢?

蝙蝠划过黄昏般的长长阴影里，林彪在怕什么呢?

九月八日。上午。

叶群派内勤叫张宁去91号楼。她到时，叶群正在烫发。叶群对自己的头发特别爱护，在毛家湾，人民大会堂，以及北戴河，都有专门为其服务的理发师。

问过她昨夜睡眠、食欲以及对北戴河的印象后，叶群也烫好了头发，再换了一件银灰色的西装，拉起她的手：

“走，我带你见首长去。你们这次来，首长挺高兴的。过两天去大连，他要带上你们三个……”

林彪的面色似乎比昨天略好一些。他让她在自己身边坐下后，慈祥地问道：

“你搞了十一二年的文艺工作，对文艺理论有没有研究？”

她的心砰砰直跳。自己一个舞蹈演员，能对文艺理论有多少研究?虽然平时也读了一些书，有些看法和想法，但它们在眼前的这位“毛主席的好学生”面前，无异于杯水车薪，何必班门弄斧?她脸上升起一片红潮。

“我……没有研究……”

林彪的目光依然慈祥：

“列宁说过，没有革命的理论，就没有革命的实践。干什么都得要有理论指导。你正年轻，是学习的好时候，今后除在医训班的功课上下工夫，还可以抽出些时间，读读马列的书，毛主席的书。”

她点点头：“我一定按照首长的话去做。”

尽管类似的话，在下边已经充斥于耳，可此刻由“毛主席的好学生”说出来，她觉得亲切，感到鼓舞，心里萌生一个念头：回三〇一医院后的第一件事，便是订个学习计划，还得把时间再抓紧点……

叶群说：“首长对你很关心。他不仅关心你的学业，还关心你的思想。我嘛，就多关心你的生活了。对了，你林伯伯对孩子们要求很严，将来你和立果办事情的时候，要注意简朴，不请客，不受礼。被子、床单，用部队上发的就行了。你们要给全国的青年树立个破四旧、树新风的榜样……”

叶群讲这话时，林彪好似入定一般，闭目养神。待她说完了，他的眼睛也睁开了：

“讲别人容易，自己做起来难。叶群，我看你啊，有空也要坐下来读些书，不要这里走，那里窜，像个贫嘴饶舌的妇人。”

叶群脸上刚才还运动自如的每一块肌肉，每一根线条，像是被谁甩上了一滩浆糊，蓦然凝止了……

仅仅几秒钟，叶群交代道：

“张宁，首长有些累了。你先回到我那里去，我等一下就来。”

不过十分钟，叶群回来了，脸上的肌肉和线条又都运动自如了：

“首长身体不好，想睡觉。我刚刚给他做了按摩，还哼了段小曲给他听……”

那神情颇似一个母亲刚刚应付完了自己淘气的孩子。

叶群又叮嘱道：

“张宁，北戴河这地方不比毛家湾，人多事杂。你在这儿不要多听，多问，多说。有什么事，就来找我……”

九月八日。下午。

叶群又唤张宁去91号楼。她到时，发现林立果正在叶群的客厅里等她。两人在沙发上坐下，林立果问她：

“你带的衣服够不够？我怕去了大连后，你会觉得冷……”

“不会冷的。大连的气候与北戴河的差不多。反正只有一个星期，一下就过去了。”

“我要回北京一趟，再给你拿些衣服吧，嗯？”

“不用了。”

他执意道：“你还是把房间钥匙给我，我去给你拿些衣服。”

她不知道他的心思。她以为他借拿衣服为由又要拿自己的照片。她撒了一个谎：

“房间钥匙没带来……”

“没钥匙也不要紧。我从天窗上爬进去给你拿！”

她又气又急，又好笑：

“我衣服确实够了，你怎么不相信别人的话呢？”

一张双人沙发上，两人并排而坐。一直侧头看她的林立果，一下低下头来，双手握拢，压在膝盖上，像在思索：这被她打倒了的话题，能不能再从另一个角度爬起来？

“如果再往北边走，你衣服够不够？”

“再往北边走，不就是大连吗？”

人的思维定势常常是很牢固的，她此时是按南京，而不是按北戴河的地理位置来想北边的。

林立果似乎意识到了什么，没有作答，沉默半晌，他抬起身来，轻轻地捋了一下她的额发，又拿起她的手慢慢抚摸。

“你箱子里有没有什么贵重物品，嗯？如果，如果……万一北京被占领，你那些东西不要行不行？”

她一下想到了“北极熊”。

“莫非是苏联要入侵了？”

话一出口，便觉得不太对了，离开北京前一点动静都没有。在毛家湾，她还遇到过黄永胜的儿子黄项阳，他是北京空军“防突办公室”(即“防止苏修突然袭击办公室”)主任，当时他有说有笑的，当的像个挺清闲的官……

林立果欲吐难吐，心里似正翻腾着什么。

她觉得他此时回北京，一定和他说的这句话有联系，她又问他：

“你回北京干什么？”

林立果说得很慢，像是徒步过河一样，每走一步都得试探河水的深浅：

“最近，中央内部斗争很激烈，很尖锐，叶主任……的政治地位……可能……要下降。我想回去看一下。”

她一惊。觉得自己似乎明白了他说的“万一北京被占领”的含义，这不就是一次党内严重的路线斗争？这不就意味着一场政变？

她气愤了:“搞叶主任不就是搞首长吗?首长是毛主席的亲密战友，搞首长就是把矛头对准了毛主席!毛主席知道不知道?”

林立果的眼神里泛起一种奇怪的变化，声音也低了一些:

“嗯，主席知道一点……”

她脱口而出:“那还怕什么?谁在中国搞政变，都不可能得逞!”

似乎这话成了一根棒子，这一棒下去，他长嘘一声，摘下军帽，丢在一边，又埋下了头:

“张宁，将来万一有什么事，你什么也不要说，嗯，听到了吗?我怕会连累到你……”

她急了，几乎是嚷道:

“我什么都不知道，要我说什么?可到底会有什么事，你能不能对我讲明白?”

在中国，政治的力量远远大于情感的力量。感情上，她与他远未融于一体,可在立场上,她和多少善良的中国人一样,几乎天然地和“无产阶级司令部”融于一体……

林立果突然抓住她的手，呼吸急促了，喉结小兔般窜动，炯炯的目光与粗粗的鼻息同样灼人……

一名内勤进了客厅:

“立果，首长叫你去一趟。”

林立果交代她:

“你就在这等着，我一会儿就来。”

她站起来，见一面墙全是书架，上面有不少古典名著和古代诗词。她抽出一本《宋词选》，百无聊赖地翻起来，什么也没有看进去，字糊糊的，恍如眼前蠕动的是一片蚂蚁……

她听到了他重重的脚步声。几乎刚回头，他已经跑到了她身边。一下张开两臂，紧紧地将她拥抱在怀里。他灼热的嘴唇，像一头干渴得快要死去的野兽，在寻觅那潮润、丰茂的草地。他吻她的鬓发。吻她的白玉般的前额。吻她的柳叶眉。吻她突然涨得玫瑰红般的两腮……

此刻，似乎林立果忘记了他的“联合舰队”，他的《“571 工程”纪要》，以及他即将要干的一切，如同希特勒丢下他将要与元帅们举行的关于进攻法国的会议，还有案头上的那份要把数百万犹太人赶进毒气室的命令，正在专心写一封短笺，准备连同香槟酒和鲜花一起，送给他亲爱的女秘书，以祝贺她的生日……

此刻，似乎林立果又沉沉地背负了这一切。正因为这样，他才像个即将出征、难卜吉凶的士兵，需要在这忘情的紧紧搂抱中，从对方身上获取温暖，获取力量，以及某种安全感……

旋即，他两只手又捧起她的脸，对着她有点痉挛的嘴唇，狂吻不已。与其说她感觉到了些许的兴奋，不如说她感觉到了更多的惊恐。她怕陡然失去理智的他，再陡然烧起一场大火！她躲避着，极力扭动自己的脖子，又用双手死死地推他，终于挣脱了他的双臂……

两人坐回到沙发上。林立果又执著地拿起她的手抚摸。

“你这次去北京几天？”

“三四天就回来。我走以后，你好好养养身体，注意休息。我跟你讲的话，你千万不要告诉叶主任。周围的环境很复杂，你也不要去问秘书。以后，我会告诉你的……”

她应了一声：“嗯。”

这时，叶群由卧室里出来，手里拿着一个黑皮本子。见林立果拉着张宁的手，脸上似有几分不悦：

“立果，准备好了吗？准备好了，就赶快走吧。”

他松开手，站起来，与她拉开几步距离。看了她几秒钟，旋即，扭头就走，脸上异常冷峻。

四

在《“571 工程”纪要》中，对于发动反革命武装政变的“时机”，做了如是规定——

战略上两种时机：

一种我们准备好了，能吃掉他们的时候；

一种是发现敌人张开嘴巴要把我们吃掉的时候，我们受到严重危险的时候；这时不管准备好和没准备好，要破釜沉舟。

九月七日，林立果认为后一个时机已到，他向“联合舰队”下达了“一级战备”的命令！

九月八日晚九时，林立果带着日后被官方认定是林彪笔迹的手令和叶群署名晋草的给黄永胜的亲启信，与“联合舰队”成员刘沛丰、陈伦和乘256号三叉戟专机从山海关飞回北京。

晚上九时四十八分，飞机在北京西郊机场降落。到机场迎接的有周宇驰和空军副参谋长胡萍。

一进候机室，林立果就对胡萍说：

“现在上面斗争的情况很复杂，首长确定离开北戴河，要赶快准备飞机。首长对你非常信任，在这个关键时刻一定要保卫好首长。”

接着，林立果拿出一张十六开大小的白纸，上面没有“红头”，下面没有印章，用红铅笔写着二十个歪歪斜斜的字：

盼照立果、宇驰同志传达的命令办。

林彪　九月八日

面对手令，周宇驰像是自己表态，又像交代胡萍：

“我们要忠于首长，上刀山，下火海，也心甘情愿。”

随后。林立果向胡萍“传达”了第一个命令，为林彪准备两架飞机，一架三叉戟，一架伊尔—18。机组人员得挑选“对首长感情深的人”。

晚上十时许，林立果、周宇驰等人来到空军学院的秘密据点。随后，空军司令部副参谋长兼办公室主任王飞应召赶到。

林立果告诉他：“现在情况很紧张，有人早就想整首长。火药味已经很浓了。坏人要兴风作浪，把首长看作眼中钉，竭力陷害首长。”

随即，林立果第二次拿出手令。

“我们坚决保卫林副主席！”王飞喃喃地表态道。

林立果收起手令，开始发布命令：

“我们的任务，就是要坚决把反对首长、陷害首长的人除掉。有一坨在南方，有一坨在北京，要同时把他们都干掉！南边的由江腾蛟负责,北京的由你负责。估计南边不会有什么问题,北京这边在钓鱼台,也好搞,你不是有警卫营吗?开上大卡车往里一冲,就进去了!”

……

晚上十一时四十分。林立果、周宇驰回到西郊机场,在秘密据点工字房里见到了等候多时的江腾蛟、李伟信等人。

林立果第三次出示手令。

江腾蛟发誓说:“为了保卫真理……坚决地干!”

林立果又一次“传达”命令:

“现在情况很紧急。我们已经决定在上海动手。这个任务交给你,你的代号是‘歼七’。你那里是第一线,你是第一线指挥员。要什么人,要什么东西,都首先满足你……”

林立果还交代了三条办法:

用火焰喷射器和四只火箭打毛主席专列;

调几门一〇〇高射炮平射打毛主席专列,同时要某军把“教导队”带上,就说有坏人要害毛主席,以抢救为名往上冲;

以上两条不行,就要王维国趁毛主席在上海接见时动手。

……

九月九日凌晨,林立果、周宇驰又去空军学院秘密据点,向等候在那里的空军司令部办公室副主任刘世英、秘书程洪珍等人,第四次出示手令……

当日下午和十日下午,林立果、周宇驰又在西郊机场工字房,与江腾蛟、王飞等人筹划后,最后确定了谋害毛泽东主席的办法:争取由江腾蛟在上海搞掉。不成,由空军司令部作战部部长鲁珉率空军某师,在位于苏州附近的硕放桥炸火车,制造第二起“皇姑屯事件”。再不成,由陈励耘派伊尔—10型轰炸机轰炸。并规定了暗语:“王维国病重”表示“打响了”;“王维国病愈”代表“打成了”;“王维国病危”则表示“打坏了”……

最后,林立果站起来说:

“搞成了,我在北京开十万人大会欢迎你们,到那个时候,你们都是国家栋梁,有功之臣,要论功行赏……”

周宇驰也站起来，插话道：

“完成了这个任务，什么副总理，政治局委员，由他选！”

也许，也只能也许了——

林立果在表面的恭恭敬敬下，内心里却隐隐瞧不起在青苔爬满古墓般的深深寂静里想着什么的父亲，在蝙蝠划过黄昏般的长长阴影里似乎怕着什么的父亲。

他认为当年那位威名赫赫、令敌胆寒、麾下曾有着浴血沙场的千军万马的林彪元帅已经“死”了！

但是林彪元帅的血，还在他年轻的躯体里奔涌……

他也想，但他不会整日里沉思冥想。对他来说，一个实际行动，胜于一打儿纲领。

他不怕。他自以为伸张的是中国的声音，历史的声音。而且，他过高地估计了林彪集团的影响和“联合舰队”的实力。殊不知林彪集团已经被开始咬在中国和历史的牙床间。他的“联合舰队”也远没有“江田岛精神”，成员们大都在封建的人身依附关系和现实的危险性间徘徊……

他又过低地估计了对手的影响和睿智。殊不知那棵大树即使是创痕累累，可在当时大多数中国人心里，这依然是一棵伟岸的大树。毛泽东的睿智，在某种程度上，正表现于他在一次次严重的政治危机中，能使自己终操胜券……

与毛泽东主席相比，林立果只不过是一个刚刚断奶的孩子。

一位知名的政治学家严家其在《王朝循环原因论》一文里，说了这样一段话——

> “文革”中的浩劫和灾难唤醒了中国共产党人和中国人民，他们终于认清了在伟大的人民共和国身上有许多旧时代特征的王朝的印记。当人们开始用这种眼光重新观察人民共和国历史的时候，很容易发现，批彭德怀、搞垮刘少奇以至“评法批儒”和“反击右倾翻案风”根本谈不上什么“反对错误路线”，而是数千年来王朝政治中司空见惯的现象。由于存在最高领导人职务实际上的

终身制，政治斗争势必采取王朝政治中传统的形式；个人迷信也不是什么“夸大个人在历史上的作用”问题，而是任何一个王朝强化王权（皇权）一定要采取的措施；林彪、王洪文这些“接班人”的选择，完全可以同“预立储君”、为“王位继承”做准备相媲美。

于是，令林立果一伙筹划不已、心狂不已、为保持林彪“储君”地位的一次谋杀，不过是又一次重复了“数千年来王朝政治中司空见惯的现象”。

九月九日。下午。

李文甫到57号楼，找张宁。

“叶主任问你还差些什么衣服，她要打电话回北京，叫立果给你拿过来，这几天，天天有专机来。”

“立果跟我讲了，我说不要拿了，衣服够穿。”

李文甫显得有些犹豫，劝她：“叶主任这样关心你，你还是拿几件吧……”

她坚持道：“真不要了，那你代我谢谢主任的关心。”

当晚。叶群传她和林立衡、张清霖去91号楼，在叶群办公室里看影片《日出》，白杨主演的黑白片，还是解放前拍摄的。

映毕，叶群要林立衡、张清霖先回57号楼。她觉出了叶群内心的不安，卧室里，站不是，坐不是，已经近十二点了，仍不见睡意，叶群需要一个人陪说话，似乎说话能松弛紧绷欲裂的神经……

“张宁呐，立果临走时，对你说了些什么？”

“没说什么。”

“你跟我讲嘛，我是他母亲，你还不相信我？你告诉我，我好了解他的思想动态。我知道男人，一些话不愿告诉自己的父亲、母亲，却愿意对女朋友说……”

“确实没说什么。”

“你们俩在外面客厅里坐了半个多小时，不会一点什么都不说吧？”

“他就是要我好好休息，养好身体。还说了拿衣服的事……”

“为了你们的事，胡敏可得罪不少人了。南京军区那个夫人告状，都告到你林伯伯这里来了。在北京，临来前，我接到她一个电话，说是要来看看首长和我，还说她没来过北戴河，言下之意就是想让我开口请她来。我怎么能让她来呢？她又要去见首长，我不好不让见，赶快写了一张条子交秘书送首长，告诉他，那个夫人对胡敏有意见，要他讲话时注意点……胡敏出了不少力，费了不少周折，将来你和立果可不要忘了人家的大恩。”

“不会忘的……”

她怎么忘得掉呢？

“像我们这样的人家，子女要找个对象，兴师动众，影响可大哪，我们也没有办法。还有不少人家送儿女上门的，我们又不好得罪人家，只好说儿女大了，我与首长做不了主。人家就说：你们这种人家，我们高攀不上！我们只好不吭声。这事你清楚，立果就是自己拿的主意，他就迷上你了……昨天下午，你和立果在外面谈得很亲热，我做母亲的大气也不敢出，在里面夹萝卜干。立果跟你说了些什么，你跟我说嘛，难道我不希望你们幸福？”

叶群掉过头来，又一下盯住她，刚刚还是一副信马由缰般的神情，顷刻间，目光警觉如两粒上了枪膛的子弹……

“真没说什么。说了什么，我一定会告诉主任。”

那目光又懒懒散散了。

“你们关系到了什么程度？”

“还是原来那个样……”

“你可不要害羞，也不要怕。他欺负了你没有？欺负了你，告诉我，我给你做主。”

“没有欺负我。”

“张宁哪，你两次回南京，可不是我不留你。你来北京后，没想到反应那么大，那个夫人第一个跳出来。我没有办法，只好让你回去避一避……这样，立果对我可有意见哪，还吵着要自己去南京找你，我说，你敢去？去了，老和尚就会把你扣起来。好了，事情总算成了，你们真是好事多磨呀……”

她眼皮粘粘糊糊了，又不得不强支撑着听对方讲“故事”。似乎这故事要进入“华彩”部分了，那目光渐渐明丽起来，宛若春日里一泓粼粼的碧水：

“你们年轻人如今自由谈恋爱多好！我们那时候，哪有什么自由？我和你林伯伯谈恋爱时，后面跟两个警卫员，走到哪，跟到哪，别提多遭罪了！我们看警卫员不注意，一下跑进路边的庄稼地里，要不就躲在哪个草垛后面，他们可难办了，找又不好找，叫又不能叫，也不知是急的，还是羞的，两个人都成了红脸关公似的。我们就是这样谈恋爱的，像小孩子捉迷藏……”

叶群“嘎嘎”地笑起来。笑声驱散了她些许的困意，她不禁想起眼前的这个女人，当年在红军将领里最有威望的林彪面前，该是一种怎样的风韵？

“你林伯伯岁数比我大，对我要求可严哪！我怀着你豆豆姐姐时，我想跟他撒一次娇，他开会回来，我说要喝水。他说你要喝水就自己倒，说完像个木头人似的想什么事去了……首长从来不管我，哪像立果今天这样，你来，他给你搬沙发；吃饭，他给你挟菜，他对我这个做母亲的，都从未这样……当时，我可伤心了，暗自也吧哒、吧哒落过泪。以后也想通了，你林伯伯事情多，会议多，这几年除军队的事之外，还得协助毛主席管党和国家的事情。在他身边，我只能关照他，而不能要求他来关照我，帮助我。可以说，为此，我牺牲了很多、很多东西，我算得上是个无名英雄……”

叶群长长地叹了一口气。

“将来你也一样，你得要有思想准备。立果工作也忙，又经常去外地，你闷得无聊，可不要到处乱跑。可以看看书，看看电影，想看什么片子，你跟我讲，我给你去调片子。有什么事，你就对我说，对立果可别有意见。像我们这样身份，这种地位的家庭，不好随便走动，也不能随便接触人。这不是摆架子，一是为了安全，二是注意影响，现在你还不明白，将来你会明白，党外复杂，党内也复杂，下层复杂，上层也复杂。一不注意，你打个哈欠，有人也能从你的哈欠里找出根骨头来……你身边有你爸爸的照片吗？”

“有一张小照片，是爸爸与哥哥、警卫员一起合影的。”

“你拿给我看看。”

她拿出钱夹，照片一直放在钱夹里随身带着。叶群接过照片，看了看，随即按了按床头的电铃，一名内勤进来：

“这张照片明天……不，是今天送去北京翻拍放大。回来时，再把这个月我和首长的工资一起带过来。”

内勤接过照片走了，叶群又说：

“你今后回家的机会少了，想亲人了，就看看照片吧……你穿的衣服太少了，我叫立果回来时给你带些衣服吧？”

“不要麻烦立果了，我的衣服够穿了，房间里还有。”

“这几天你常到立衡那里去吧？”

“她身体不太好，很少出房间……我很少见她。”

“对了，她正和张清霖谈得火热，你不要夹进去，她心眼小，会吃醋的……”

淅淅沥沥，像一个没关紧的水龙头，叶群一直“滴”到三点多。近两点钟时，内勤送上了夜宵。她没有吃，叶群吃了，那是一个精致的盘子，放了剥去皮的大水蜜桃。到了三点钟，像是水蜜桃汁也挥霍尽了，“水龙头”里再也“滴”不出“水”来，叶群终于有了困意。按了按电铃，进来两个内勤。叶群换了件睡衣，趴在一张专用的睡榻上，两个内勤一边一个，一个按摩上身，一个按摩下身，动作细心得好似这趴着的女人不是肉身，而是豆腐身，稍有不慎，就会碎了。叶群闭上眼睛，嘴里哼哼哈哈，仿佛七孔一下通了窍。做了约半个钟头，她站一边看了半个钟头，叶群不叫她走，她不敢走。叶群终于从痴迷中睁开眼：

“张宁，你也按摩一下吧？”

她仿佛被蛇咬了一口：

“不，不，我不按摩……”

“行。我等会儿就休息了，你也回去休息吧。”叶群坐起来，伸出一只手，揽过她的腰，“叭”地亲了她一下脸颊：

“以后，你就叫我妈妈吧。”

张宁心里顿然升起一种感觉，一种此刻难说清楚的感觉……

回 57 号楼时，她听到满山松林里斑鸠“咕——咕咕”地叫着，恍如细雨抛撒在这月华如练的夜空，那声音很美，让人想起诗与爱情。可不知怎的，此刻她听起来，斑鸠却像“苦——苦苦”地叫着……

叶群爱吃斑鸠肉。几乎每天清晨都要警卫们进松林掏斑鸠窝，叶群要他们专抓那种羽毛未丰、尚不会飞的小斑鸡。抓到后，放到锅里炖，炖得烂烂的，叶群曾要厨师多做一份送到她房里，她未敢吃。

对，面对眼前那碗骨头和肉都炖成了糊糊的小斑鸠汤，她也曾有过那种感觉……

九月十日。下午。

林立衡和张清霖邀她一同去山海关。三人坐了一辆大“吉姆”车，车子开得很快，仅半个小时，便到了山海关城门口。

三人上了城楼，林立衡问她：

“你过去来过山海关没有？”

“没来过。”

“听说过吗？”

“听说过，‘天下第一关’，谁不知道？”

“你知道是哪个年代建的吗？”

“不知道……”

林立衡又问张清霖：

“你知道吗？”

张清霖犹犹豫豫：

“秦始皇时期建的吧……”

林立衡眺望着宛若游龙的城墙，说道：

“山海关这地方历来是兵家必争之地。它的关城始建于明洪武十四年。也就是公元一三八一年，城墙高十四米，厚七米，有东、西、南、北四座城门，分别称为镇东、迎恩、望洋、成远。‘天下第一关’这五个字，系明代大书法家肖显所书，每个字高达一点六米。明末，李自成的农民军攻占北京以后，山海关守将吴三桂开城门引清兵入关，导致了明朝的灭亡，清朝的建立……”

看关外，一马平川，几行奋雁。竟难见几点绿色，一片广袤的荒原，一片博大的苍凉……

看关内，逶逶迤迤，斗折蛇行的万里长城，猛然在海边消失了，好似一部被磨洗日月，磨洗时光的茫茫风涛吞没了的悲剧。而像人的颚部朝大海里伸出去的秦皇岛、北戴河，则两个死也不肯退场的忠诚观众，日日夜夜守在那里，即使被如岭的大浪给劈头盖脸砸得喘不过气来，也一定要看到这部悲剧怎样徐徐地降下帷幕……

久久地沉默。

林立衡远望着海平线。张宁也随林立衡望去，在空濛的远处她看不出什么，林立衡却似乎看出了什么，目光动情地，潮润润地变幻着，仿佛海平线上人影憧憧，刀影血光，正踯躅中华民族五千年来的漫漫历史……

“历史，真被《三国演义》开篇八个字写尽了：分久必合，合久必分。天下难得太平，历代的统治阶级内部，几乎从来没有过真正的稳定，不是你杀我，就是我杀你。就是今天，也恐怕难跳出这八个字来……唉……”

林立衡长长地叹了一口气。

她感到了林立衡心情的阴悒与沉重。她却难理解林立衡心情的阴悒与沉重。尽管林立果对她讲了那番话，尽管昨夜她又目睹了叶群有些魂不守舍，可是在她心目中，这个信念是坚定的，在中国，若有谁敢跳出来反对毛主席和林副主席，那就正应了毛主席的一句诗：“蚂蚁缘槐夸大国，蚍蜉撼树谈何易！”

她觉得林家的人都有点特别，林彪好似个忧郁症患者，而叶群、林立果、林立衡，也都神经敏感、脆弱……

张清霖则更是懵懵懂懂，犹如一介莽夫听一篇魏晋玄学。

林立衡看看她和张清霖，憔悴的脸上又有了几分残红的凄然，轻声道：

“学文的，总是多愁善感……我们走吧。”

三个人下了城楼，又到附近的一座优质葡萄园里坐了一会儿，这里生产的马奶子葡萄，专门供中央首长们消食化痰，润肺生津。接着，驱车到了秦皇岛，无论是在海员俱乐部，还是在友谊商店，就他们三个人，还有不远处站着的深感幸福、也深感责任重大的当地保卫人员，一定是北戴河事先打了电话过来……

“我们这次来得匆忙，没有带什么东西。我看就在友谊商店买两样礼物，给首长和主任送去。张宁，你给叶主任买，我和张清霖给首长买，你说好吗？”

如果能让她选择，她倒宁愿给林彪买点什么。可林立衡已经分派了，她只有点点头……

林立衡一眼就挑中了一个玩具机动兵。它头戴钢盔，肩扛一杆上了刺刀的枪，且会模拟真人动作，一上发条，先一条腿跪下，作瞄准射击状，继而又匐伏在地，爬几下，再站立，枪又放在肩上。她却不知道给叶群买什么好，她觉得叶群是个难以捉摸的女人，唯一能断定存在的便是叶群的颐指气使了……最后，她买了一只南亚黄鹂鸟的标本，遍体鹅黄，嘴、爪鲜红，头顶、眉毛又是漆黑，醒目的色彩虽不和谐，可在不和谐中却隐隐透出某种力度来。再说价钱也昂贵，十四元人民币，远远超过了她半个月的伙食费，也对得起叶群的身份了……

九月十日。晚饭后。

叶群传三人去 91 号楼。

“你们下午玩得怎么样？”

她和张清霖未吭声。林立衡答道：

“玩得挺好的。在秦皇岛友谊商店，我们给首长和主任买了礼物。张宁给你买的是一只南亚鸟……”

叶群从她手里接过鸟标本，放在手上端详了一阵，不迭声地说：

“真漂亮，真漂亮。回了毛家湾，我要把它放到我房里的花架上去！”

叶群又看了看玩具机动兵，再送回林立衡：

“好，你和清霖买的礼物，你们自己拿着。我带你们见首长去……”

到了东边，叶群推开林彪的卧室，他还是那样双手扶膝，正襟危坐。

“首长，孩子们给你送礼物来了……”

林彪点点头。众人走到他跟前，将南亚鸟的标本放到他身边的茶几上，叶群道：

“你看看，这是张宁送给我的！”

又放上玩具机动兵：

“这是豆豆和清霖送给你的！”

林立衡将玩具机动兵上紧发条，放在地毯上，它有模有样地行动了，跪下——射击——卧倒——站立——枪上肩，林彪眯缝双眼，很认真地看了一阵，像是统帅在检阅自己的队伍。林立衡又拿起来，放到父亲脚跟前，让他看得更仔细些。他很开心地笑起来，这是张宁第一次见林彪开心笑。一向缺乏活力、让人感到蒙上了一层翳子的眼睛，一下明朗起来，温热起来；两道浓眉则扑楞楞地扇动，好似峭壁上展翅欲去的一对鹰隼……

林彪连连点头：

“这个东西做得很精巧，很有意思……”

叶群忙叫李文甫进来：

“难得首长这样高兴，你给我们拍张全家照！”

未等林彪表态，叶群给他戴上帽子，又整整他的衣领，抻抻他的袖子。然后起劲地调度着，一张是林彪、叶群、林立衡、张清霖，一张是林彪、叶群和张宁，再一张是大家的合影。叶群的脸上始终堆满笑，脸上的肉褶子几乎都笑平了……

她想：林立果没来，拍什么合家照？像是叶群的又一次心血来潮，又不像是心血来潮。从叶群的过分热情里，她觉得有某种做作，这做作似乎是为着急于给林彪、也给林立衡一个真实的气氛，一个美满家庭的气氛。而自己与张清霖，不过是里面两件浑然不察的道具……

叶群交代李文甫说：

“叫他们赶快送回去冲洗，多放几张。”

这是林彪、叶群的最后一张照片。

这是一个“美满家庭”的最后一张照片。

五

迄今为止，所有披露于世的材料极少提到林彪在这几天的活动。

而照片里一脸堆笑的叶群——

九月七日上午九时五十分，她叫内勤小孙通知李秘书，要他立即给留在北京毛家湾的秘书打电话，把《俄华字典》、《英汉字典》、俄语和英语会话等几本工具书，交给送林立衡等人到山海关的专机带来。

当晚约九点半，叶群叫专门给她讲课的总参某部倪参谋去讲课。按原计划，当晚该讲马其顿王亚历山大或美国影片《巴顿将军》。可是叶群突然拿出《世界地图集》问倪参谋："蒙古有哪些大城市？""有乌兰巴托、沙音山达、苏赫巴托尔、科布多等。"叶群再问："这些城市有没有北戴河大？""听去过的同志讲，比不上我国的中小城市，房子都是我们帮助盖的。"叶群又问："蒙古哪些地方有苏联军队？中苏、中蒙边境地区有多少苏联军队？"倪参谋一一做了详细回答。

九月九日上午十一点半，李秘书去给叶群报传阅件。当讲到关于四届人大筹备工作的中央讨论文件时，叶群说："四届人大就要召开，首长准备在会上讲话，他准备把中美关系问题的来龙去脉研究一下。你把有关中美关系的文件，如邀请美国乒乓球队访华、中美之间所有口信来往，中央工作会议发的文件和简报，总理同基辛格会谈的简报，以及外交部在中央工作会议期间编的国际问题资料让家里送来！"

接着，在李秘书报到毛泽东、总理已圈阅的十四件副军以上干部的任免报告时，叶群要李秘书打电话叫警卫秘书来，叶群交代后者道："你给家里要个电话，把副军以上干部的名册送来。副军以上干部大部分不认识，有个名册在听传阅件时可以翻一翻，印象深一点。还有，你让家里把部队部署情况的登记表也拿来，首长过几天去大连，准备在空中转一转。他想研究一下战备问题。"

九月十二日上午，叶群和在北京的林立果通了电话。

接着，叶群在办公室清理文件和有关材料。一边帮着清理的内勤小孙问她："主任，这么多东西，我也不知道哪些该要，哪些不该要。"叶群答道："凡是主席、江青要首长和我办什么事情的字据，你们都给我清理出来。”

这期间，叶群多次打电话到毛家湾，让专机给她送来两件灰色毛料夹大衣，两件呢大衣，十多套毛料夹衣，以及许多布料衣服和厚尼龙袜，其中不少是冬季穿的……

而照片里神情憔悴、复杂的林立衡——

九月七日下午，林立果将林立衡找去，谈话里透露了可能将有南下广州、另立中央、制造割据局面的行动。也许林立果讲得慷慨激昂，乃至声泪俱下。震惊！迷惘！痛苦！像凶猛的三拳，将她的灵魂血淋淋地打趴在地，那灵魂又支撑着，颤巍巍地爬起来，在如海的信任和如刀的背叛间徘徊。在家人团聚和家人分裂间徘徊。在确凿无疑的阴谋和对她此时并非同样确凿无疑的真理间徘徊。她作出了抉择，在九月十二日深夜之前已经向有关方面做了报告：叶群、林立果可能要劫持林副主席！她恳请中央立即采取行动。

九月十一日，你醒得很早。去海边看过日出后，你回到57号楼，想约林立衡共进早餐。走到东头，你被空军保卫部二处处长杨森拦住了，他是负责林立衡警卫工作的。杨森告诉你：从今天起，林立衡不接待任何人，一日三餐，都由值班人员送去她房里……

而照片之外眼睛正烧红得似一对煤的林立果——

不是“王维国病重”了，不是“王维国病愈”了，也不是“王维国病危”了，而是王维国本人从上海给林立果打来电话：

“列车今天在上海停了一天，现在已经过上海了……”

此时，毛泽东主席的专列已驶过硕放桥。风驰电掣，一路未停，途经蚌埠、济南、天津，直抵丰台。九月十二日下午，毛泽东主席在暂停丰台的专列上，和北京部队、北京市的负责人进行了两个多小时的谈话。

当毛泽东主席乘坐的南巡专列，在嘹亮的汽笛声中，徐徐驶进北京站时，已是薄暮时分。

阑珊的暮色，渐渐隐没了故宫、北海、景山、昆明湖，渐渐隐没了京都。也无情地吞没了几个月来令林立果筹划不已、心狂不已的一切。而代之以一城璀璨的灯火……

九雷轰顶的林立果深深觉得，煌煌一座京都将没有林家的位置了，这一城灯火从此将为又一批政治新贵们而璀璨！

他把周宇驰、于新野、江腾蛟，王飞、李伟信等“联合舰队”成员召集到空军学院的秘密据点里，开了最后一次会议。此时，许是他已经认识到“联合舰队”的实力不过是耸立在一纸《“571工程”纪要》上，他失去了和他们谈话的兴趣；许是他急于实施南逃计划，要支撑起中国历史上的又一次南北割据，唯有一根柱子，那便是“林副主席”，而林彪尚在北戴河，他的满腹心思也在北戴河……他对众人说：

“情况紧急，我得立即转移。由宇驰兄跟你们谈谈。”

周宇驰交代道：

“毛主席回来以后，就要开三中全会，就要动手了。林副主席决定立即转移去广州，要军委办事组黄、吴、李、邱明天到广州。要保证他们安全地上飞机……”

“到广州以后，首长将召开师以上干部紧急会议，宣布另立中央，进行割据，形成南北朝形势。利用广州的广播电台发表申明，提出条件，和北京谈判。我们还可以争取外援，和苏联等国建立外交关系，林彪在苏联是有威望的。要动武，就联合苏联，实行南北夹击……”

周宇驰最后宣布：明天，即九月十三日上午八时，首长从北戴河起飞，直飞广州沙堤机场。明天早上六点钟，江腾蛟、王飞、于新野三人到西郊机场。七时，周宇驰先带一部分人和他们的家属飞往广州，等黄、吴、李、邱到齐后，其他人再一同直飞广州。由江腾蛟负责警卫工作，保证全体平安到达。

会毕，周宇驰带领众人在北京城里陀螺般疯转，为南逃准备飞机、武器、物资、文件和大量外币。此时，林立果带着刘沛丰、程洪珍，以及从毛家湾匆匆取来的一堆行李，登上了256号三叉戟。

飞机在西郊机场起飞，升到半空时，林立果看了一眼舷窗下的一城灯火，喃喃吐出：

“北京啊，暂时分别了，看来中国要割据一段时间了……”

九月十二日晚。约九点钟。

张宁坐在阳台上，静静地听着海涛和松涛。她突然看见两柱雪亮的灯光，划过楼前的一排冬青树，一辆小车飞速而来。到了 57 号楼，稍稍减速，车内有个人影往她这边望了一下，像是林立果。但车未停，一个急转弯，车轮在水泥路面上溅出串串火星，刷地冲上大陡坡，往 91 号楼而去……

片刻后，叶群传她和林立衡、张清霖去 91 号楼看电影，说是放两部香港喜剧片《假少爷》和《甜甜蜜蜜》。开始是在叶群的办公室兼客厅里看，没看一会儿，不知为什么又搬到西楼通往东楼的约四十米长，三米宽的走廊里，椅子靠右边墙放，左边空出来，刚好能走一个人。《假少爷》约放了一半，放映员见叶群由西楼过来，连忙停机，又把银幕往上卷了一半，让叶群过来。在场的林立衡、张清霖和她，还有秘书、内勤等，共十多个人都站了起来，叶群摆摆手，要大家坐下，随口说道：

“我有事。你们看你们的。”

叶群穿了一件银灰色西装，头戴一顶银灰色的便帽，像是要外出去参加一次什么外事活动，背影却消失在东楼……

张宁坐第一排，林立衡、张清霖坐第二排，后面坐的则是秘书、内勤们。又看了十来分钟，银幕上的一个噱头让她忍俊不住，扑哧一声笑了，这一笑，却让她恍如置身于空谷。一回头，后面的人都魔幻般消失了，连放映员也不见了，只有放映机在自动地走着胶片……

她坐不住了，站起来。她不敢擅自去林彪、叶群所在的东楼、西楼，借着银幕的反光，见左边有个小门通外面，她慢慢扶墙走到小门，一出去，是一块颇大的水泥场，四周是一圈高大的橡树。水泥场上，人影憧憧，刚才看电影的人们，三三两两聚成几堆，叽叽咕咕，笼罩着一种反常的梦魇气氛……

她躲进最近处的一棵橡树下，想听听人们在说些什么。

“你进去，听听首长在讲什么……”

她一惊，这是林立衡的声音。

“我不敢去，让小张去吧……”

“不，不，还是你去！”

像是内勤小陈、小张在相互推托。

又是林立衡急切的声音：

“小陈，别蘑菇了，得抓紧时间，你快去！”

“万一出了事，你千万要替我说清楚啊！”小陈瑟瑟抖抖的声音近乎乞求，“主任和立果的脾气，你是清楚的……”

“别说了，别说了，你快去！”

林立衡推了一下小陈，小陈又望了一眼林立衡，像是在火线上参加了敢死队，此去就难回了……然后一闪身，走进了小门。

不过几分钟，却有几天的漫长。水泥场上一片死寂。那梦魇的气氛，让张宁觉得自己不是藏身于一棵橡树下，而是藏在柯南道尔笔下的一个恐怖故事里……小陈出来了，手里拿着一只茶水盘，走到林立衡身边：

“我进去了，以送茶的名义悄悄进去的。开始他们没有发现我，我见首长坐在沙发上，他在流泪。主任和立果蹲在首长脚边上，说话声很轻，我听不清楚，只听到一句……”

小陈气喘嘘嘘，像是刚炸了敌人一个碉堡回来，又用空着的一只手揩了揩额头上的汗。林立衡的文静似乎也被这梦魇的气氛吞噬了，近乎恶狠狠地逼问：

“你快讲啊！”

“首长说：‘我至死都是个民族主义者……’我还想再听，立果发现了我，他一下冲过来，将我推出门，又将门给关死了……”

六

中国历代打下江山的将军，开国后最明智的选择是剑入刀鞘，马放南山，不拥一兵一卒。

且看彭德怀，《长征——前所未闻的故事》里这样写道：

> 一九五九年庐山会议后，彭被赶出了中南海，安排住在北京

西郊的吴家花园，从事一些体力劳动。“文革”不久：彭便落入审讯者的手里。他一遍又一遍地写简历材料，以为只要说真话就可以获释。事实并非如此，他一再受到审讯，在拳打脚踢的情况下，他的肺被踢破，肋骨被踢断。他多次被拉出去游街示众。这一切开始时他已六十八岁，到临死前七十六岁时还没有结束。他是一条硬汉子，受审多达一百三十次。最后终于卧床不起……

建国后，林彪长期告假养病，也许正是深得“重耳在外而安，申生在内则危”的真谛。

在封建专制、或带有王朝政治鲜明印记的社会里，谁处在一人之下，万人之上，谁便岌岌可危，如履薄冰。

且看刘少奇，同一书里这样写道：“一九六九年十月，按照林彪的命令，衣衫不整、重病缠身的刘少奇被用飞机押解运到河南开封，关进了一所戒备森严的监狱。他被扔在地下室的地上，陷于半昏迷状态。当时他正患着肺炎，而从北京押送他来的看守人员却带着他的药品飞回了北京。”“一九六九年十一月十二日，刘少奇去世了。他躺在水泥地上，数月未理的头发已有一尺多长，口鼻都变了形，嘴角流着血。他的死和死时的情景，在多年之后才得到公开的承认……”

当林彪自己处于这一地位时，熟谙兵家机智的他，几乎用了全部的兵家机智来对付一个人，此人便是毛泽东。

毛泽东不是要个人崇拜吗？在天安门城楼上，面对千百万喊哑了嗓子、拍肿了巴掌、热泪如川的红卫兵，斯诺指出这是个人崇拜。毛泽东反诘道：难道你不喜欢别人读你的作品？作家需要人崇拜，领袖同样需要人崇拜。

林彪讲话了——

毛主席所经历的事情，比马克思、恩格斯、列宁都多得多。当然，马克思、恩格斯、列宁是伟大的人物。马克思活了六十四岁，恩格斯活了七十五岁。他们有很高的预见，他们继承了人类先进的思想，预见到人类社会的发展。可是他们没有亲身领导过无产阶级革命，没有像毛主席那样，亲临前线指挥那么多的重大的政治战役，特别是军事战役。列宁只活了五十四岁，十月革命胜利以后六年就去世了。他也没有经历过像毛主席那样长期、那样复杂、那样激烈、那样多方面的斗争。中国人口比德国多十倍，比俄国多三倍，革命经验之丰富，没有哪一个能超过。毛主席在全国、在全世界有最高的威望，是最卓越、最伟大的人物。毛主席的言论、文章和革命实践都表现出他的伟大的无产阶级的天才。有些人不承认天才，这不是马克思主义……

我们现在拥护毛主席，毛主席百年之后我们也拥护毛主席。毛泽东思想要永远流传下去。毛泽东思想是真正的马克思列宁主义，是高度同实际相结合的马克思列宁主义，是全国劳动人民团结和革命的共同思想基础，是全国人民行动的指南。毛泽东思想是人类的灯塔，是世界革命的最锐利的武器，是放之四海而皆准的普遍真理。毛泽东思想能够改变人的思想面貌，能够改变祖国的面貌，能够使中国人民在全世界面前站起来，永远站起来。能够使全世界被压迫，被剥削的人民站起来，永远站起来。毛主席活到哪一天，九十岁、一百多岁，都是我们党的最高领袖，他的话都是我们行动的准则。谁反对他，全党共诛之，全国共讨之。在他身后，如果有谁做赫鲁晓夫那样的秘密报告，一定是野心家，一定是大坏蛋，全党共诛之，全国共讨之。

解放军把毛主席著作作为全军干部战士的课本，不是我高明，而是必须这样做。用毛泽东思想统一全军、全党，什么问题都可以解决。毛主席的话，句句是真理，一句超过我们一万句。对毛主席的著作，我领会得很不够，今后还要好好学习……

在中国，搞现代迷信的始作俑者并不是林彪。然而，他却如精卫填海，似愚公搬山，将现代迷信堆砌成了天下第一峰的珠穆朗玛。

毛泽东不是要“千万不要忘记阶级斗争”吗？一九六六年七月八日，他在给江青的一封长信里说：“天下大乱，达到天下大治。过七八年又来一次。牛鬼蛇神自己跳出来。他们为自己的阶级本性所决定，非跳出来不可。”次年二月三日，他在接见巴卢库时说：“修正主义要推翻我们，如果我们现在不注意，不进行斗争，少则几年十几年，多则几十年，中国将要变成法西斯专政的……”

林彪讲话了——

> 毛主席近几年来，特别是去年，提出防止出修正主义的问题，党内党外、各个战线、各个地区、上层下层都可能出。我所理解，主要是指领导机关。毛主席最近几个月，特别注意防止反革命政变，采取了很多措施……毛主席为了这件事，多少天没有睡好觉。这是很深刻很严重的问题。
>
> 世界上政变的事，远的不说，一九六〇年以来，据不完全的统计，仅在亚非拉地区的一些资本主义国家中，先后发生六十一次政变，搞成了的五十六次。把首脑人物杀掉的八次，留当傀儡的七次，废黜的十一次……
>
> 从我国历史上来看，历代开国后，十年、二十年、三十年、五十年，很短时间就发生政变，丢掉政权的例子很多。
>
> 我们一定要严重注意资本主义复辟这个问题，不要忘掉这个问题，而要念念不忘阶级斗争，念念不忘无产阶级专政，念念不忘突出政治，念念不忘高举毛泽东思想的伟大红旗。不然的话，就是糊涂虫。不要在千头万绪、日理万机的情况下，丧失警惕性，否则，一个晚上他们就要杀人，很多人头要落地，国家制度要改变，政权要变颜色，生产关系就会改变，由前进变成倒退……

在中国共产党的历史上，搞“路线斗争”的始作俑者也并不是林彪。然而，他却做危言耸听，引风声鹤唳，将“路线斗争”运转成了一台巨大的轰隆隆作响的绞肉机。

林彪揣摩毛泽东的心理。

林彪逢迎毛泽东的好恶。

林彪对于毛泽东的座右铭是：“坚决左倾高姿态”。

这既是林彪随权力日益上升而日益膨胀的野心欲的需要；

这更是林彪在一人之下，万人之上的地位上维护自己安全的需要。

在骨子里，林彪从来没有和毛泽东亲密过，始终保持着距离。也许因为他曾是“毛泽东的宠儿”，他比别人更了解毛泽东。

似乎林彪的身上有浓厚的宿命色彩——

如果他不被毛泽东挑中去填补打倒彭德怀之后出现的权力空白；

如果他不再被毛泽东挑中去填补打倒刘少奇之后出现的最高层次的权力空白；

那么，他就不会有一九七一年九月十二日夜里的老泪纵横。

似乎一切又是注定的——

在那个将决定林彪最后归宿的夜里，他的纵横老泪，表明了他的某种清醒……

但无论林彪此后死与不死，走与不走，他的某种清醒都无济于事了！

他已经深深践踏了他曾为之奋斗的这个党、这支军队、这个国家，以及这个国家千千万万的普通百姓……

同时，他也深深践踏了那个曾拥兵百万、浴血沙场、雄风勃勃的元帅自身……

死，是林彪最好的结局。

一个人影在小门口倏地一闪，轻声喊了一句：

“快回来，快回来……”

十几双脚步倒堤般往张宁这边跑来，她也趁机往里一插，进了小门。不过几秒钟，大家又都在走廊上看电影了。可几乎刚坐下，“咚咚”的脚步由东而来，“不看了！不看了！”未等卷银幕，两个人钻了过来，灯“叭”地一下亮了，是叶群和林立果！

叶群的便帽歪扣在脑门上，银灰色的西装一边挂在右肩上，一边耷拉下来。后面跟着的林立果，风纪扣敞开，满头是汗，军帽也是歪戴的，几绺头发露在脑门上。好似《林海雪原》里的“蝴蝶迷”带着个保镖下了山……

看电影的人们全站起来。正欲留不是，欲走不是，叶群在自己的办公室门前站住，转过头：

“今天晚上是豆豆、张清霖订婚的日子。立果专程从北京赶回来，还带了礼物。豆豆、清霖，你们过来吧……”

两人过去后，林立果拿出两支“英雄”金笔，给两人一人一支。手里还有一大束五彩缤纷的塑料花：

“这是在北京友谊商店买的，你们拿去。”

林立衡没有吭声。张清霖接过去，颇为不自在地说了句：“谢谢……”

她有些奇怪，林立果说话的口气同样不自在，似乎他给姐姐、姐夫送上的不是一束鲜花，而是一颗炸弹。他的眼睛也刀片般冷冽地盯住林立衡……

她以后才明白：林立果已经知道林立衡向中央做了报告。周恩来总理下令封锁全国机场，山海关机场的空军 34 师师长刚刚打电话来：“首长要走得赶快走，再晚就走不掉了……”

叶群又宣布道：

“首长性子急，原定明早去大连，现在决定马上就走，你们赶快回去准备一下。”

刚才还在柯南道尔笔下的一个恐怖故事里，忽然，又冒出个气氛如离婚般冰冷的订婚的日子；再次，又深更半夜火烧眉毛似地要去大连……这问号与问号间强烈的反差，犹如虱子多了不咬，让张宁的头脑麻木了，她脸上一副茫然。

林立衡注意到她的神情，问了一句叶群：

“那张宁呢？”

“哦，张宁也跟你们回去准备东西吧！”

林立果的嘴皮动了动，像是想对她说什么。见林立衡站一边等，又没有说……

出了 91 号楼，坐了一辆小车，下大陡坡，不到一分钟，回了 57 号楼。各人回到房里，值班护士小王还没有睡，拿本书在看，像是在等她。

“小王，我马上就要走了！”

小王怔住了：

“怎么走得这么急，不是说好明天早上走的吗？”

“计划提前了，叶主任刚刚宣布的。你帮我收拾东西吧……”

两人收拾了一会儿，她看看表，已是十三日零点多了。她想看看林立衡他们准备好了没有，便去了东边楼。林立衡住的也是里外两间，外间也有个值班护士，可门大开着，里外间均不见人影，明亮的灯光下，东西照原样放着，唯一来过人的痕迹，便是那束塑料花胡乱地撒落地上……

她一惊，他们去了哪里？她回到西边楼，小王也不见了。此时外面响起了一片急促的脚步声，还有几下金属的碰击声，她赶快到阳台上看，几排警卫部队在隔路相望的56号楼前集结。按惯例，林彪在天上动，有三架飞机，一架乘警卫部队，一架装林家的专用小车、值班车，再一架坐林家和“林办”的工作人员。她以为这是警卫部队先出发去机场……

回到房里，林立衡恰巧进来。

“张宁，首长计划又改变了，还是明天走。明天什么时候走，我再通知你。你吃约，先睡觉吧。”

口气是生硬的，态度也是生硬的，不容她问什么，便自己从床头柜上拿起药瓶，取出两片安眠药，倒了水，塞到她手里。那目光猎犬般盯牢她，又像架探测仪在分析她。直到她服下去后，又脱了衣服，上了床，林立衡才走。正朦胧间，张清霖又进来，见她睡了，他将里间、外间的灯关了，带上门出来，又将整幢楼的电闸拉断，顿时，57号楼一片漆黑……

七

此夜，一个小女子柔嫩的肩头，却承担起了新中国历史上一个如此沉重，如此惊心动魄的夜晚……

生活的分裂，情感的分裂，教义的分裂，犹如一排硕大的、青钢色的锯齿，在林立衡的灵魂上扯肉进血地来回锯着。她来不及捂住那令每一根神经都在颤栗、呻吟的剧痛，她更来不及分辨她周围的人……

林立衡怀疑你，她不知叶群、林立果这几天对你是否交底，而你的态度又是如何，她担心此刻你成了叶群、林立果的影子。回到57号楼，她和张清霖即去了百米开外的警卫部队队部，向中央再次报告：叶群、林立果马上要劫持首长。时间长了，她怕引起你的不安，她来到你的房里，用两片安眠药送你去了爪哇国……

林立衡此举，又实实在在保护了你。

你刚刚涉足爪哇国，57号楼前，一阵急刹车声。林立果跳下车来，提着手枪，跃上台阶，“咚咚”的脚步，似踩在炮仗捻子上。手枪在稀疏的月光下，发出蛇皮般冷冽的光泽……

这光泽或许意味着死亡。已经确证背叛了林家的林立衡，若不再跟随出逃，那就必须饮弹于枪下；

这光泽或许又意味着将对你使用的另一种语言，你得绝对服从这种语言。

林立果先到西边，打开了你外间的门，拉拉开关，灯不亮，他叫了一声“张宁，张宁！”死一般的寂静。他又赶去东楼，情景依然。他连跺两脚，跺出一个几乎炸了肺的“嘿”来……

林立果开车回了91号楼。旋即，一辆防弹“红旗”从另一条路下了大陡坡，风驰电掣，犹如从天而降。它以每小时一百公里的高速，超越了几分钟前奉命去机场阻拦飞机起飞的警卫部队的卡车，超越了警卫部队派去机场报信的吉普车，开进了山海关机场……

八

“九·一三”事件后，中央组织部部长郭玉峰对你说：

“姑娘，你是不幸中之万幸啊，如果时间来得及，温都尔汗将多一具女尸……”

你差一点去了的温都尔汗，是一个怎样的场景呢？

我国前驻蒙古大使许文益在《历史赋予我一项特殊使命》的回忆文章里，做了如下的记述——

“飞机失事现场位于温都尔汗西北七十公里的苏布拉嘎盆地。该盆地是沙质土壤，南北长三千多米，东西宽八百多米，地势开阔平坦，到处覆盖着三四十厘米的茅草。飞机是由北向南降落，着陆点正好是盆地的中央，坠毁在盆地的南半部。草地燃烧面积长八百米，宽度由北面的五十米扩展至南面的二百米，呈梯子形。我环顾了一下现场，看到焦黑色的草地上散落着大大小小的飞机残骸，覆盖着白布的尸体分外显眼，周围是一望无垠的荒原，蒙古哨兵在高坡上游动着，一片凄凉悲惨的景象……

飞机着陆点以南约三十米长的草皮被机腹擦光，西侧平行处，是右机翼划出的深约二十厘米的一道槽沟。再往南，擦地痕迹消失了，进入燃烧区，飞机碎片越来越多，越来越大，面越来越广。至二百米处有一段带舷窗的机身，其东南二十米左右有一段左机翼，上有‘……56’号码。至三百二十米左右有一扇舵门，门上钉有‘旅客止步’的塑料牌，门东南三十米处有一发动机。约四百米处有三个连装座位架和座垫，其东侧四十米处有一段右机翼的外展部分，上有‘中国’二字。机头在五百三十米处猛烈烧毁，只剩下镶嵌仪表的空架子和残碎机件，机壳都已化为灰烬。机头正东二十米处有一段右机翼的内展部分，上有‘民航’二字。‘航’字旁边有一个直径约40厘米的大洞。机头以南八十米处有一个起落架。再向南二百米，在未燃烧的草丛中躺着一个完好的轮胎。机头西北六十米处是斜卧着的机尾，它的正南和东面二十至四十米处各有一个发动机。机尾上的五星红旗和机号‘256’等标记清晰可见……

机头以北五十米处散布着九具尸体，尸体中间有一炸坏的方形食品柜，旁边堆放着蒙方收集起来的死者遗物。尸体大都仰面朝天，四肢叉开，一头部多被烧焦，面部模糊不清，难以辨认。我们把尸体由北向南编成一至九号，并从各个角度拍成照片，以便以后鉴别确认。根据事后查证，五号尸体是林彪，瘦削秃顶，头皮绽裂，头骨外露，眉毛烧光，眼睛成黑洞，鼻尖烧焦，牙齿摔掉，舌头烧黑，胫骨炸裂，肌肉外翻。八号尸体是林彪的老婆叶群，是唯一的女尸。烧灼较轻，头发基本完好，左胁部绽裂，肌肉外翻。二号尸体是林彪之子林立果，面部烧成焦麻状，表情痛苦，形状凶恶，死前似在烈火中挣扎过。现场遗物中有林立果空军大院 0002 号出入证。此外，一号尸体是林彪的座车司机杨振纲。三号尸体是刘沛丰。四号尸体是特设机械师邵起良，身穿皮夹克，九人中只有他的衣服未烧光。六号尸体是机械师张延奎。七号尸体是空勤机械师李平。九号尸体是驾驶员潘景寅。这些尸体和一般飞机失事的尸体不一样，并非个个焦骨残骸，而是躯干都完整，大多是皮肉挫裂，骨骼折断，肢体变形，烧伤严重，系飞机坠毁时摔撞燃烧所造成的。由于燃烧时伴有一氧化碳中毒，尸体皮下呈樱桃红色，加之停放时间过长，个个僵硬肿胀似蜡人。值得注意的是，每具尸体腕上都无手表，脚上没有鞋子，看来飞机紧急降落前，为避免冲撞扭伤，他们都做了准备……”

精神上决不再做乞丐

一

九月十三日。

不到六点钟，张宁醒了，许是安眠药的作用还未完全散去，头有点沉，她想去晨光下的松树林里散散步。

她走出 57 号楼，别墅前、马路上有不少荷枪实弹的战士。她想，警卫部队又在准备集结去机场了。上了山岗，进了松树林，不过安安静静地走了十几米，突然眼前闪出一个警卫战士来，横枪一拦：

"你去哪里？"

"我去海边。"

"你请回去，这里不安全，不要乱走动。"

话虽然客气，但却无异于命令。

她有点恼怒。翻过山岗就是海边了，这是一条捷径，这些天她去海边散步走的都是这条捷径。虽也发现有几个警卫战士，但他们一身的国防绿尽力与松枝融为一体，他们的足音尽量与风声、涛声融为一体。唯恐对她有丝毫的打扰。今天这是怎么的了？有 8341 部队——中国最精锐的王牌警卫部队站岗，怎么还不安全？她正想说什么，附近的松树下，又闪出七八个警卫战士来，人人手上荷枪实弹，个个脸上不容置疑。她只好掉头下山，一个人在房间里独坐许久……

到了七点半，没有电话来。按往日惯例，每天在这之前就来了电话，问是否可以送早餐来，若能送，不过几分钟就送来了房间。现在到了八点半，直至九点，仍没有送早餐来……

九点多钟，有人进来了，来人是杨森。神情挺严肃的，他问：

“张宁，你服用的药呢？”

“我的药全在床头柜里。”

“我看看……”

“要看就看呗。”

杨森打开床头柜，大瓶、小瓶、纸袋，拿一样，看一样，里面装的都是开胃消化、安眠定神、各种维生素及补血的药，全是林彪的保健医生给她开的。一一看完后，杨森旁若无人般将它们全装进自己兜里，两个衣兜塞得鼓鼓囊囊的……她惊讶了：

“你拿我药干什么？我要吃的。”

“这些个药，我给你保管。你什么时候要吃，我什么时候送来。”

许是要去大连，这些个零七碎八的东西，林立衡交代由杨森带上。她这么想。

杨森走了不久，她去林立衡那边看了看，人影没有，东西还在，情景与昨晚见的一模一样。她奇怪了，难道林立衡昨晚没有回来过夜？

熬到中午，她肚皮里气势汹汹地打开了珍宝岛之战。顾不得客人身份了，她步行去了91号楼，这些天，她和林立衡、张清霖都是吃的叶群的灶。只见厨师一个人坐在餐厅门口的台阶上，耷拉着脑袋懒洋洋地晒太阳……

“怎么今天不叫我吃饭啊？”

他抬起头，看了她一会儿，苦笑道：

“你还知道饿？”

这个白白胖胖的老头站起来，又懒洋洋地进了厨房，给她煎了两个荷包蛋，切了两片面包，拿了一碟果酱，她就在厨房里吃。她边吃边问：

“林立衡、张清霖吃过了吗？”

“没吃，就你一个人有心思吃。”

“那他们去了哪里？”

“你问我，我问谁去？”

师傅的回话里，像有一股气在里面窜着。

饭后回房睡觉，一睡睡到傍晚时分。有人来送晚餐，来人从未见过，来北戴河也是头一回见，如此饭菜：一碗米饭，一盘豆腐烧大白菜，一碗青菜汤。正吃着，值班护士小王进来，她问：

“你吃过了吗？”

“吃过了。”

“吃的什么？”

小王看看她的盘里：

“跟你一样。”

她一听，心里明白了：这伙食来自工作人员和警卫战士们吃的大灶食堂。她也一下子有股气从胸间窜上来，倒不是这样的饭菜咽不下去，而是这股气咽不下去；不是我要来北戴河的，是林立衡硬要我来北戴河做客的。现在既然你林立衡有事，就该让我回北京，不该回避不见我，让我一个人不明不白地晾在这偌大的 57 号楼……真是难以捉摸的千金小姐脾气！

九月十五日。

两天里，未见到林家任何人，杨森也没有露面。

她对小王说：

“你去哪里借根绳子来，好吗？”

小王听后掉头就走。过了一会儿，杨森来了，后面跟着 8341 部队的一个姓蒋的大队长。杨森脸上客客气气地：

“小张，你要绳子干什么？”

她犯起了小孩子脾气：

“你要给就给，不给就别问。”

“找根绳子还不容易，可你得讲明白干啥用？”

“要讲也不对你讲。你把我的药拿走了，还说吃时就给我送过来，可这两天根本见不到你的鬼影！”

杨森双手一摊，脸上又是那种胖厨师出现过的苦笑：

“唉，张宁，你不要向我讨药了吧，你的药，我都拿不到了……”

“你把它们交给谁了？”

“你先忍着点吧……”

到底怎么回事，这几天别人讲话都含山露水似的，她不由得急了：

“你告诉我，姐姐去了哪里？”

“你姐姐就在前面住着。这两天她正忙，有空了会过来看你……”

两人走了。小王却像个影子似的跟在她身后。阳台上，两人一起听潮涨潮落，看云聚云散，正恬淡间，小王突然问道：

“张宁，你要绳子干什么？”

她指指门前两棵枝叶交汇一处的松树：

“我想搞根绳子绑在两头，咱们荡秋千玩。一天到晚闷在屋里，你不觉得难受？”

九月十八日。

秋天渐渐在驱赶夏日，在夜里，夏日溃散得也十分仓皇。床上只有一床薄薄的丝棉被子，她冷得抖抖嗦嗦，小王匀了一床毯子给她，她还是冷得睡不着觉。

“小王，请你去叫杨森来！”

来的是8341部队的师长张××。

“你有什么要求？”

“我要回北京去，医训班马上要开学了，迟到了影响不好。还有，被子太薄，我冷得睡不着觉，能不能增加床被子？”

“被子我想法给你匀一条。你要离开北戴河，这不是我能决定的。我带的衣服不够，也想走，可我也只有忍耐……”

张××约六十岁，未取消军衔前是少将。他这个少将可不同于一般的少将，他是“御林军”的军头。现在竟连他也要忍耐，她愣住了……

既然让他如此为难，那回北京的事就不提了。可张师长走后，她一直在心里琢磨，风景撩人、现在神秘也同样撩人的北戴河，究竟发生了什么事呢？

自从不让走山岗之后，也就在院子里散步了。进出的两个门设有岗哨，林彪、叶群的专车库都斜对着57号楼的院子，仿佛那神秘的谜底就在车库里装着，离自己距离不过五十米左右。人总是爱吃禁果的。借着一排冬青树的遮掩。她绕到车库前，将门推开一条缝，一看，林彪、叶群的两辆专车都在。车在，人便在。她原估计林家的人已走了。将她一个人遗忘在这里，如同遗忘了一把钥匙。不，还不如一把钥匙，若是钥匙，要开门时还会想起；而她像一条死鱼晾在海滩上一般，已经晾了五天……她绷得紧紧的自尊心，一下恍如弹簧般松开了！

此刻，她突然记起林立果对她说过的那句话："最近中央内部斗争很激烈，很尖锐，叶主任的政治地位可能要下降……"她分析了，十有八九，中央正在北戴河开什么会，以解决又一次重大的路线斗争，关系到党和国家的前途与命运，顾及不上自己便是自然的了……

九月二十日。

这些天静得门可罗雀的57号楼院子里，突然响起众多的声音，有的，她还挺熟悉。她赶快出来一看，来了二十多个人，都是"林办"的秘书和内外勤们。有的挽着篮子，有的拿着长竹杆，围着院子里两棵浓荫匝地的老橡树打橡果。还有年纪小的内勤，则爬上去，骑在树杈上打高处的果子，橡果可以入中药。她看到了叶群的内勤小孙：

"小孙，你们这几天到哪儿去了？"

小孙像是未听清楚似的。

"你要没事，跟我们一起打橡果。卖了钱，买象棋玩……"

堂堂的"林办"，连买副象棋的钱都没有，还得靠卖橡果的钱？她觉得挺滑稽的，不由得笑了。

她拣起地上的橡果，往身边一个人的篮子里丢，此人穿一身空军服，过去从未见过他。她便问：

"你开什么机种？"

"我是开母鸡的……"

她极尊敬地点了点头。她以为他是开母机的，相对于子机而言，即一般人所说的相对于僚机的长机。周围的人哈哈大笑，她茫然不解。叶群的那位胖厨师告诉她：

"他呀，和我一样，当的是厨师，不过当的是林彪的厨师。"

她又笑得一脸桃红……

人的确是社会性的动物。不过笑了这么两回，连日来的孤独和曾有过的不快，一下便烟消云散。

偶一回头，她见隔条马路的56号楼院子里，“林办”的一个秘书光着个脚，趿双布鞋，低着个头，在那里来回踱方步。反剪的双手里，一手是卷纸，一手是只笔，像是在为林彪考虑个什么发言稿。她更相信中央正在北戴河开会了。殊不知，此时“林办”的几个主要秘书已经开始奉命揭发林彪叶群的问题……

中午，她的饭菜又丰盛起来。在大灶的饭菜之外，又送来了两只对虾，两只海蟹，那对虾也大得一只有半斤重。她正疑惑间，杨森露面了。

“我来看看你的饮食情况。”像是看出了她的疑惑，又补了一句。“螃蟹和对虾是你姐姐让人给你送来的……”

“姐姐他们呢？”

“还在前面住着……”

杨森漫不经心地举起手，在空中划了个半弧，像是指前面的56号楼。

吃完饭，她站在院子门口，看见警卫战士们在打排球，其中一个高个子，是张清霖……

九月二十三日。

通知她可以回北京了。她兴冲冲地收拾好东西，又与小王告了别，走出57号楼，到了马路上，一看，愣住了——

所有“林办”的人员排好了队，一个个脸上神色颓伤，像是等待发配的流犯。队末站着的是李文甫，竟负了伤，左膀子用绷带缠着吊在胸前，那模样就更像一名战俘了。她的心铁锚般沉了下去，负责林彪警卫的这个老头都负了伤，那林彪呢？“无产阶级司令部”呢？莫不是政变成功了？！她盯住李文甫看，似乎非要从他红肿的双目里看出个究竟不可，他将头掉去了另一边……

她想在队伍里找林立衡、张清霖，未见他们的人影。这时，开来了三辆大卡车，两辆卡车上已站满荷枪实弹的8341部队战士。过去虽说对“林办”人员并不都知姓名，可见了面都会挺热情地点点头，可此刻，一个个战士的脸上升起的都是他们肩上刺刀般的冷峭……

“林办”人员和她，上了另一辆卡车。驶到秦皇岛火车站，换上火车。一节车厢里，前面一大半是警卫部队，“林办”的几十个人坐在后半部。一路上“林办”人员里没有一个人讲话。她也不敢讲话。车轮在铁轨上碾过的“铿嚓嚓……铿嚓嚓”声，在她听起来，像是在一个劲儿地喊：“成功了……成功了！”

她想起一九六五年在柬埔寨访问演出时，听说印度尼西亚发生了政变，那时虽然有些挂念苏加诺总统大公子的命运，但毕竟只能隔岸观火。而现在，自己随着这疾驰的列车，将要亲身抵达一场成功了的政变中，她深深地害怕，还有几分焦灼，她想知道发动这场政变的人是谁？还有现在毛主席怎样了，林彪怎样了……

车到北京，已是天擦黑了。又换大卡车，华灯初上的京城，不见有什么异样。可一到往日繁华的西单，她一看，人影密密，却静如死湖。不是往来的市民们，而是密密匝匝的部队，从西单路口开始，到西四大街进毛家湾的那条胡同，三步一岗，五步一哨，整个戒严了，胡同里也排满了荷枪实弹的战士，气氛肃杀，如临大敌……

由一扇小门鱼贯而入，通过工作人员的住宅区，到了毛家湾后面的一个小客厅，各人坐定。不一会儿，中央军委办公厅副主任王良恩进来，他一个个的握手，握到她时，旁边的一个“林办”秘书介绍道：

“这是南京军区前线歌舞团的张宁。”

曾长期担任南京军区政治部主任的王良恩，拍拍她的肩，笑道：

“我们认识……”

眼下，她不清楚他的底细。她无动于衷。

王良恩环顾了一圈：

“你们都还年轻嘛，以后还有前途嘛……”

他在中间的沙发上坐定后，掏出几页纸：

“我这次来，是受中央领导同志的委托，向你们宣读中共中央文件……”

她想：所有的迷埃都要落定了，所有的玄机都要亮相了。

她睁耳听着，未听几句话，她脑袋里一片轰隆隆地骤响，好似碾过来一列又一列的坦克车队。而王良恩的声音，则像是发自遥远的地心深处，细小得宛若游丝，她想极力捉住那游丝，她捉到手的却是：

林彪烧死了！

叶群摔死了！

林立果遭打伤逮捕了！

脑海里，亦梦，非梦：

一片广袤的荒原。不见人烟，难见树木，偶尔一两株无精打采的胡杨柳。只有骆驼草、趴根草、狗尾巴草……伏在一个又一个半沙半土的小丘上枯枯瑟瑟，默默叙说深秋的寥廓。

云是铅灰色的，草是铅灰色的，整个天地几乎全凝固在铅灰里。

一个丘陵间的大荒冢。

冢上茅草在西北风里抖抖哀号。

茅草深处，两行隐隐的绿色小隶字——

生于 × 年 × 月。

卒于 × 年 × 月。

她想看清楚究竟是何年何月。她拼命俯过身去，犹如站在一堆乱砖上，重心猛然一偏，乱砖哗哗倒了，她也一下栽倒在地……

在小客厅听王良恩传达中央文件的人里，其他人事前都或多或少知道一些了，唯有她一无所知。

两天里，分配和她住一间房的王淑媛老太太和小穆爱人，整日里轮流守护她。她躺在床上，不吃不喝，说死了，鼻孔里还有进出的气；说活着，双眼直直的，目光散散的，对什么都没有反应……

她终于清醒了过来。如果说听传达时，一种巨大的打击，还只是猛的向情感世界袭来；那么现在它则有条不紊地深入到她的理性世界，犹如无影灯下一把手术刀在有条不紊地解剖一个人的肌体——

尽管自己是清白无辜的，可在一起震惊了中国、也震惊了世界的政治事件里，自己也在北戴河，与林立果、叶群有过频繁的接触，现在他们都死了，谁能证明自己的清白无辜呢？还有，在上面下面都影响不小的“选美”活动，自己又是林家最后选定的人。“物以类聚，人以群分”，“世界上绝没有无缘无故的爱，也没有无缘无故的恨”，中国人习惯于这样的思维。她觉得自己在政治上、在生活上、在名誉上、就是跳进黄河也洗不清了。她为自己将要永远地咬去舌头，承担污名、苟延残喘地活在人世间，而感到不寒而栗！

她已经没有力量，没有意志，也没有生之欲望了。身体是软绵绵的，如同在太空里飘浮；灵魂里也整个儿空了，腐朽了，如同一种又白又圆的蘑菇，只要捏一下，它就变成了粉末……

下午，放风时间。王老太太对她说：

“张宁，你好好躺着。我出去一下就回来。”

她坐起来，用手指抖抖索索地理了理自己乱麻般的头发。再环视房间，房间里什么硬东西都没有，连椅子、茶杯都收走了。唯有门把是金属件，四周有点棱角，中间稍凸出。她挣扎着下了床，一直退到墙边站着，泪水决堤般夺眶而出……

她想到了妈妈，小时将一个几乎遍体长满黑毛、小名叫“毛猴”的孩子千辛万苦拉扯大的妈妈。自己未给过她什么安慰，却要给她和家里压上沉重的包袱了！然而，如果自己不死，那包袱就会有些许的轻微吗……

张宁轻轻地唤了一声“妈妈”，弯下腰，低下头，然后提起自己全部的力量，向门把撞去！

王老太回来，推门推不动。来了几个人将门推开了。她的头枕在血泊之中，手脚冰冷，面孔冰冷，冷得像用冰块雕出来的，身上则筛糠似地抽抖。几个人匆匆忙忙将她抬到床上，血滴也小蝌蚪般匆匆忙忙，滑下来，在地板上、床单上、枕头上乱窜……

迷迷糊糊间，她听见王老太在门口喊：

“快去喊医生来！你们快去喊医生来！”

已经浑浑茫茫、若有若无的意识，一下拧紧了，通过神经，传递到十指上。当8341部队的一个医生提着药械箱进来，要处理她头上的伤口时，她绷紧十指，用长长的指甲，凭最后一点气力，去抓他，不让他靠近。

“你冷静些，冷静些！”

一边的王老太，边说边想帮医生的忙，可一拉她的手，她的头晃动得更厉害，那些红色的小蝌蚪也蹦跳得更欢了……

林彪的保健医生闻讯赶来，喝了一声：

“你们都退出去，退出去！”

房间里一下静悄悄了。他走到她床前，轻声问：

“张宁，你还认识我吗？”

她听出了他的声音，嗫嚅道：

“你相信我吗？”

“相……信……”

“那好，那就让我给你处理伤口，你看行不行？”

也许是她的气力已经完全耗尽，她无能再反抗了；也许是她想起了以前他对自己的健康无微不至的关心；抑或是在他温厚、从容的话里，蕴藏有某种深刻的情绪，而这情绪，因为他与她都面临着相似的境遇，便一下电弧般击中、照亮了她死灰般的意识：林家身边的人，并不都是坏人。林家是林家，我们是我们。我们不是为林家而生的，更不必和林家一起去死……

她吐出一个字：“嗯。”

医生开始处理了，伤口挺大，他先用剪刀小心翼翼地将周围的头发剪掉，伤口消过毒，再打麻醉针，缝了三四针后，又让她服了几片镇静药。临走前，他嘱咐道：

“不管有什么心事，这几天你都不要去想了。也不要起床活动。你是严重的脑震荡，再不注意，将来会有后遗症的……”

她在床上躺了四五天。姜医生天天来给她看病、换药。

尽管毛家湾已进驻专案组，专案组有人断然道：“张宁自杀，表明了她甘心当林彪反党集团的殉葬品，”可原“林办”的人员，从秘书到内勤、外勤，都来看了她。有人告诉她，一个四十多岁的军级秘书在专案组面前仗义执言：“谁会甘心当林彪集团的殉葬品？何况她来林家就是被迫的。她想死是受刺激太大，一时想不开。不要说只是个二十一岁的姑娘，我们这些年纪大、还有过些阅历的人，碰到这事，也一下傻眼了！”

一天中午，李文甫进来了，背部佝偻，头发灰白。这个过去就是胃痛得痉挛也要鹰隼般盯在林彪身边的小老头，十几天里像苍老了十岁！

彼此都黯然神伤，骨瘦如柴。

彼此都在心灵上、肉体上留有伤口——

她已经知道，那天夜里他也坐在防弹高级“红旗”轿车上。当见到路上有警卫部队拦截时，他命令司机停车，自己跳下车，厉声诘问林立果：“你们到底要把首长带到哪里？”林立果拔出手枪，向他开了两枪。

似乎什么都无需说，又似乎什么都在彼此莹然如泪的目光中道尽了。李文甫拿出一只好手，给她掖好被子，默默地坐了一会儿，踽踽地走了。

二

在“九·一三”事件发生之后，中国的报刊电视广播中，林彪集团如泥牛入海，黄鹤杳然，林彪出逃和摔死的消息并不为亿万老百姓所知，那年月听“美国之音”或台湾广播，是要拎着脑袋的。直到一九七一年十月一日国庆节前夕，各单位都传达了今后国庆不再举行大规模庆祝活动的通知，人们也只不过是为劳民伤财的游行活动的就此结束松了一口气而已，仍然没有几个人猜测到中国最高领导层的巨大变动……

这一事件，是从一九七一年十月上中旬之后，由党内到党外，由上层至下层，逐步传开的。

紧接着，在全国范围内开始了对林彪集团的大张旗鼓的揭批查运动。批判是需要精神武器的，中央文件适时地提供了武器。一时间，举国上下熟知了毛泽东主席的一系列最新指示——

天要下雨，娘要嫁人，由他去吧！

他的一些提法，我总觉不安。我历来不相信，我那几本小书，有那样大的神通。现在经他一吹，全党全国都吹起来了，真是王婆卖瓜，自卖自夸。我是被他们逼上梁山的，看来不同意他们不行了，在重大问题上，违心地同意别人，在我一生还是第一次。叫做不以人的意志为转移吧。

我猜他们的本意，为了打鬼，借助钟馗。我就在二十世纪六十年代当了共产党的钟馗。事物总是要走向反面的，吹得越高，跌得越重，我是准备跌得粉碎的。那也没有什么要紧，物质不灭，不过粉碎罢了……

三

在江苏省，揭批查运动又多了一项内容，那便是“选美”，因为江苏是林家“选美”活动的重点地区，且又最终选上了你张宁。

相比之下，江苏省的四千多万人民，似乎既不雍容大度，又缺乏自知之明。没有谁提及当时的“巨大幸福”、“巨大光荣”，好像它们变成了一块奶油巧克力糖，被你一个人吃进了肚里……

大字报糊得满院满墙，还从你母亲任党委副书记的某学院，一直贴去了闹市区新街口。一时间，“张宁”，“田明”，在南京城里几乎家喻户晓，成了人人嚼在嘴里、嚼尽了汁水再吐出来的甘蔗屑。学院里，学生们将你母亲当成了个活靶子，她不敢去学院；进城坐公共汽车，“那老太太是林彪的亲家母”，被人认出来了，便遭围攻，她又不敢进城。回到家里，不是南京大学、南京工学院等院校的学生一拨拨地涌来，那份无产阶级义愤，像是参观了四川大地主刘文彩的庄园；脸上还有几分压抑不住的兴奋，又好像是等待目睹好不容易出土的马王堆西汉女尸……就是省革委某领导派出三个来人，说是要她提供当时“选美”的情况。

此外，还有一个瘦似竹竿、戴副眼镜的记者，找上门来，他掏出新华社的记者证，又掏出一句同样硬梆梆的话来：

“我是江青同志派来的，无需经过省革委，直接向你了解以下情况……

她豁出去了：“我知道你们是喉舌，是吹牛的，你不要想在我这里捞到什么吹牛的材料。我也不管江青，你要写就去写她，我给你提供情况，你知道不？江青是个大流氓……”

你母亲知道什么呢？她什么都不知道。当时上上下下将她塞进一个厚实的牛皮鼓里，如今又要拽她出来，为着实现斗争的需要，让她在这牛皮鼓上敲出惊天动地的一响……

她愤慨已极。她更担忧你的命运。

她多次去省革委，要省革委交出女儿来。那位副主任躲起来，其他头头们躲起来，她找到那位副主任家，双拳擂门，门纹丝不动……

一个孤零零的影子，落在偌大的一个省革委院子里，嘴泛白沫，目露凶光，好似幼崽被人打死了的一只母狼。她声嘶力竭，恨不能对那高楼里的每一扇窗口喊道：

“我老头子活着，看你们谁敢欺负到我女儿头上？她父亲死了，可母亲还在，你们要搞得我家破人亡，我就要搞得你们家破人亡！不信，就试试，谁敢为此事在我田明的档案上添一笔，我马上就要找他做个替死鬼……”

你母亲神经已经有些错乱了。那段时间，她天天半夜里起来，赤着双脚，去院子里将花园的地翻了一遍又一遍，边翻边哽哽咽咽地喊着你的小名，仿佛你就在地底里藏着，非将你翻出来不可。你哥哥弟弟们都不敢惊动她，怕吓着她，可又担心她有什么闪失，只能躲在一边，泪眼模糊地看着母亲。早上起来，她见脚上有泥，才明白昨夜里自己梦游了，但当天夜里，她依然梦游……这梦游症，直到一九七五年，你回到家里后，她还发了两次。

你大弟弟，一九七三年在坦克某团技术营任代理连长，还不是党员，党支部要发展他入党。真是世上没有不透风的墙，你的身份，不知经过多少张水浪般波动的嘴，竟千里迢迢传去了黄土高原上的青铜峡那边，他的入党志愿书被营党委压下了。此后，总参谋部要调该团的技术骨干去装甲兵学院进修。你大弟弟是团里数一数二的技术尖子，可一调档，一边是老红军的儿子，一边有你这么个姐姐，正符合一个数学口诀："正负得负"，此事又吹了……

一九七一年十一月十日，原"林办"人员从毛家湾转移到位于北京西山的亚洲青年疗养院，开始了"学习班"的生涯。张宁的三〇一医院医训班的学籍从此被一笔勾销了，在这个"学习班"里做了"学员"。

亚洲青年疗养院的主楼是幢工字楼，此外还有三幢老式灰色的砖瓦楼。原"林彪办公室"、"黄永胜办公室"、"吴法宪办公室"、"李作鹏办公室"的全体人员，包括早已调离了的，还有空军34师的专机组成员、"联合舰队"在京成员以及其他有关人员，全住在这三栋楼里。

她不知道其他楼的情况怎样，不是来此疗养的，互相间不能串楼。她只知道她住的这幢楼，原"林办"人员多，住满了二层楼的十五个房间。三层楼住的是中央专案组负责原"林办"的人员，一层楼则住着警卫部队。二楼楼口有两名武装警卫，不到放风时间不得下楼。每天晚饭后放风半小时，再就是早晨可以下来锻炼二十分钟。一个星期还放一次电影。此外，上午、下午、晚上，全部用来写揭发材料，要求从九月七日起，排出林彪、叶群、林立果等人的日程，时间、地点、说了什么、干了什么，以及自己在哪个位置，得写得清清楚楚。再就是开批判会，专案组找去谈话……一边帮着审查林彪集团的罪行，一边又接受别人的审查。

审查张宁，似乎有点特别。

一天，她被专案组的一个人找去谈话：

"张宁，你还年轻，家庭出身又好，对未来不必悲观。今后组织上不但会关心你的政治前途，也会帮你解决你的个人问题……"

像是被蛇咬了，她仓皇应道：

"我已经被组织'关心'成这副样子了，还要组织上关心我的个人问题？不要了，我这一辈子不结婚！"

大约过了一个星期，一天夜里九点多，她已经上床了，那人传她上了三楼。房间里坐着一个五十多岁的女人，和一个瘦瘦高高、被这女人称作“秘书”的男人。女人向她提了几个关于林彪的问题，问题都难上“路线斗争”的纲，诸如林彪吃什么，穿什么，有无什么嗜好……不像是来搞专案的，倒像是一位女作家来搜集林彪生活素材的。而且，每个问题不等她讲完，就又岔去另一个问题，神情漫不经心，唯有两道目光不倦地在她的脸上、身上跳着“芭蕾”，仿佛这女人生命的元气几乎都用来了滋润那双滴溜溜转的小小豆荚眼……

又过了几天，放映电影。她身体不舒服，不想去，那人同意了。过了片刻，他又转回来：

“你还是去吧，一个人在房里呆着不好。”

无奈，她去了。一看，原“林办”的人员还在院子里站着，尚未进小礼堂。按惯例，放电影前，总是原“黄办”，“吴办”、“李办”等人员先进场，原“林办”人员最后进场，放映完了，原“林办”人员先走。其他人后出场，于是，她站进了原“林办”人员的队伍里，等着进场。那人过来，说道：

“张宁，你不舒服，不要等了，你先进场吧。”

她进了小礼堂，原想走中间过道的，昏暗中有人推了她一下，她只好走了靠窗的过道。走了一半，眼睛能适应场内的昏暗了，她一惊，原“黄办”、“吴办”、“李办”等人员均未进场，场内空荡荡的，只有前排靠自己这一侧坐着三个军人，见她过来，旋即站起来，朝她迎面走来。过道不宽，她本能地靠窗让一下，第一个人却不过来，突然把窗帘哗地一下扯开了，外面下着鹅毛大雪，皑皑雪光如同探照灯般打在了她的脸上，她刺得赶紧闭上眼。待再睁开，第一个人过去了，第二个人仍站在原地盯着她看，此人不到三十，长着一张富态的方圆脸，鼻隆嘴阔，穿一身陆军军官服……

待他们过去，她回过头，见小礼堂门口，原“林办”的几个老秘书正凑在一起说什么。

当晚，有人告诉她，那天夜里叫她去三楼谈话的那个五十多岁的女人，是中共中央政治局委员、国务院某副总理的夫人。这位夫人还屈驾降临了空军 34 师专机组的几个空中小姐的房间，当时，她们尚在床上，夫人一个个的看了模样，宛如大夫细心地视察病房。而今天放电影时，她遇到的那三个男人，走在第二个的便是毛远新，其时在中国政界、军界正如雷贯耳，任职于沈阳军区副司令员。

一切顿时变得熟悉了！

一切顿时变得卑鄙了！

她想起了胡敏饱满的圆脸上那股水蜜桃饱满的热情劲，那汁液儿几乎随时会溅到自己的脸上……

她想起了毛家湾的一个大厅里自己和晶晶打着乒乓球，靠门的素色纱幔上朦朦胧胧透出三个人影……

她明白了专案组那个人所说的组织上“帮你解决你的个人问题”的所指。

她激愤了，她在房间里嚷道：

“现在全国人民不正揭批林彪反党集团吗？学习班里也批了林家‘选美’是资产阶级腐朽的生活方式，怎么没几天，又搞起了‘选美’？不管是什么人的老婆，还是毛主席的侄子，谁再搞‘选美’，谁就是在拣起林彪反党集团的衣钵……”

房间里，不仅是她激愤，且群情激愤，颇像是在开一个小型的批判会。

在场的有专机组的空中小组。还有小李、小王，她们原是上海的待业知识青年，后被招到“联合舰队”秘密据点之一——上海巨鹿路工作，九月十日由周宇驰调来北京，准备安排她们料理林立果的生活起居，十二日晚，随林立果飞到山海关，次日她们在山海关机场被抓。

第二天，黄永胜的儿子黄项阳听说了此事，放风散步时，他走到了她身边：

“张宁，昨晚你说的那些话，若是她们说说，还不太要紧，她们已明确是受骗上当的。你不好说，不管怎么说，你是内定的林家媳妇，知道了，就该放在肚子里，真有事了，再做论理。现在你这样一说，若有人反映上去，你就被动了……”

她的话竟真的反映到了专案组。

一位当了“十大”中共中央委员的人物，颇善于抓“学习班”里

"阶级斗争的新动向"。他很快在"学习班"的全体人员大会上宣布:"学习班"里存在一个为"林彪反党集团翻案的、反审查、反深入揭反的小集团,"该"小集团"是以张宁为首,成员有黄永胜的儿子和鲁珉的女儿。

鲁莹是原空军司令部作战部部长鲁珉的女儿。当时只有十六岁,因父母的牵连也进了学习班。三人常在一起散步。他们都觉得"林彪反党集团"是一部难读懂的"古籍",他们常试图诠译这部"古籍"……

开了一个批判会。会上,她态度"恶劣",当场顶撞,开不下去。又开一个小型的批判会,原"林办"的人员几乎都出席了,其他各办也派了代表参加。这回,她没有顶撞,她伸耳细听——

"张宁,你是林彪培养的人,叶群看中的人,林立果喜欢的人,你身上的每一个细胞,都浸透了林彪反革命修正主义路线的毒汁……"

"张宁竟敢将林家的一套腐朽的资产阶级生活方式,强加在无产阶级司令部首长的头上,这表现了她对无产阶级司令部的刻骨仇恨,也流露了她为林彪反党集团鸣冤叫屈的阴暗心理……"

"张宁,你忘本了,你忘记了你是老红军的后代,忘记了党无微不至地培养你、无产阶级司令部苦口婆心地挽救你的恩情,我们要向你大喝一声:悬崖勒马,回头是岸……"

她嚎啕大哭……

过去,胡敏、× 主任他们不也是这样说的吗——

"你不要忘本!"

"你要端正你对无产阶级司令部的态度!"

"你得加强你对无产阶级司令部的感情!"

他们在她面前立起了一架红色的溜溜板,要她闭着眼睛溜下去。她听了,结果一溜,溜进了臭名昭著的"九·一三"事件里,溜进了这失去人身自由的"学习班"里……

现在,又在她面前立起了同一架红色的溜溜板,又要自己闭着眼睛溜下去。唯一不同的是,一个新耸起来的"无产阶级司令部",代替了另一个倒下去的"无产阶级司令部"而已。

怎么世界上的"真理"总在人家手里?

怎么任何荒谬的东西经大人物嘴里一说，总是如此革命，如此神圣，如此不可侵犯？

而常常动辄得咎的是小人物，遭受惩罚的是小人物。无法决定自己的情感，无法左右自己的命运，即使叫你去钻老鼠笼子你也得去钻的，也还是小人物。

她觉得这个世界太不公道了，它仿佛从根本上就是为大人物们，为“无产阶级司令部”而设计的……

张宁胸中撕心裂肺奔涌的这一切，更不能说出口。可它们又是那样强大，强大得足以将她从小精心维护的信仰之碑，给打成一堆哗哗乱滚的碎石……

它们必须宣泄出来。眼睛成了通道。泪水成了思想，一种从废墟上血迹斑斑地站起来的思想。

她嚎啕大哭……

和着泪水一起蠕动的嘴里，只有一句话：

“我想不通……我想不通……”

江青注意到了张宁。

江青交代谢静宜重新审查她。那位当了“十大”中共中央委员的人物，又从谢静宜那里领来审查提纲。他召集原“林办”的秘书们写材料，先定下一个基调——

林立果说:“天下女子,熙熙攘攘,可我非张宁不娶”,这是为什么？

“九·一三”事件之前的那段非常日子，林家将张宁从北京搞到北戴河身边，这是为什么？

出逃之前，林立果专程去57号楼找张宁，要把她带上，这是为什么？

三个问号，犹如一棒接一棒抡来的棍子，要把她打进“九·一三”事件的阴谋里！打进林彪反党集团里！打进永世不得翻身的地狱里！

原“林办”的秘书们坚持讲了真话。隔离异处的林立衡更是仗义执言。所有汇拢来的材料都表明，她是一个受骗、受害的青年，毫不知道，更未参与林彪反党集团的阴谋。

在没有任何材料的情况下，此人仍命令她写检查，基调又是先定下的——

对抗审查、为林彪反党集团鸣冤叫屈；

阶级立场、感情上还没有与林家划清界线；

在“学习班”里结成小集团，散布攻击无产阶级司令部的流言。

一段时间，她整日里由人监视着，呆在房间里，也呆在一叠材料纸上，像个衣衫褴褛的乞丐，必须将这三条落实在自己身上……

然而，她在精神上决不再是乞丐，要靠别人施舍什么，才能吃些什么。

张宁又一次企图自杀……

金属就是疲劳了，也会断裂，何况人呢？她全身的内分泌系统严重紊乱了——

血型发生了变化，由 O 型变为了 B 型。甭说别人不相信，就是她自己拿到血型检验单，也以为是搞错了。她获得自由回到南京后，她妹妹查了有关资料，美国一份医学杂志上说，人在患了一场罕见的大病，或是在精神上受了巨大的刺激之后，有可能改变血型，但是这比例只有万分之零点几。如同她生下来几乎遍体黑毛，三岁时又奇迹般消失了一样，这人世间改变血型的罕事，又叫她给碰上了……

半年未来例假。去医院看过，服药之后，竟长时间似江南梅雨天说下就下的小雨，淅淅沥沥，没个准数。实在是变换血型纳不进“揭批查”的范围，而例假未来则很快引起了人们猎犬般的警惕！

专案组里本来就有人是“足球迷”，谈话时一次又一次地向她踢出一个球：“林家在全国选了一千五百多个女孩，林立果独独看中了你，又盯你整整两年，已经将你搞到身边了，还能便宜了你？”她一次又一次地挡了回去。现在场上好像有了马拉多纳，你的门前顿时铁脚如云，攻势凌厉：

“小李、小王不过是九月十日才调到林立果身边，当天，周宇驰就给其中一个发了避孕套，可见林立果此人是流氓成性的……”

“那天在空军学院，林立果和你独处一间房里，他仅仅是喂了你桔子汁？你不是已经睡在了他的床上……”

“你得去医院做认真检查，从政治影响考虑，也为你今后的前途着想，若怀上了孩子，一定得打掉！”

她不肯去医院检查，即使是真怀上了孩子，她也不会去医院检查。

也许是眼下的境遇使然，人们不是硬要把她往林家推吗？也许是她的阶级立场、阶级感情从来就没有坚定过，何况现在人已经死了，一切该了未了的怨怨恨恨，都湮灭在温都尔罕那一片浓烟滚滚的火焰之中……她对林立果的感情有了某种变化。

两年来，很长时间，她恐惧他，厌恶他。自调来北京，有了多次的接触，他并没有冒犯她，不尊重她；相反倒还关心她，体贴她，一心一意想要感化她，她也变得敬畏他。现在，她则有了恻隐之心，甚至还有了些隐隐内疚：如果当时自己能主动接近他，了解他，两人在思想上、感情上有沟通的话，说不定自己还能影响他，事情也许不至于恶化到这种地步……

王淑媛也上场了，几次在她耳边唠叨：

“张宁呐，你得想想，若真怀了孩子，无论走到哪里，别人都知道这孩子的爷爷是林彪，奶奶是叶群，孩子这辈子完了，你还有几十年也完了。与其将来痛苦，不如现在就将孩子打了……”

王老太第一次这样说时，她十分震惊：

“王老太，我与林立果的关系，别人不清楚，你应该清楚。别说没有发生关系，就是发生了，又怀孕了，林家只留下这么一棵苗，何必要斩草除根呢？就算他爷爷、他父亲造下了天下的孽，孩子总是无辜的……”

王老太脸上的皱纹，一下拧出了一张网。

“你再想想吧，我这是为你好啊！”

张宁觉出了王老太的胆怯、冷酷。

年轻时在镇江老家守寡。有关部门找上门来，把正哺乳的孩子托给别人，自己千里迢迢到了林家。二十多年里，两个孩子的生活大抵由她料理，林立衡、林立果对叶群没有话说，对她却几乎亲似母亲。林彪也早就许诺为她养老送终。现在不说真怀了孕该接孤养孤了，怎么还说出这样无情无义的话呢？

其实，也难说是王老太的个人品质有什么问题。昔日她的兢兢业业是真实的，现在她的大义灭情也是真实的；昔日她对林立衡、林立果好是真城的，现在她为张宁好也是真诚的。

四

你认识了形形色色的中国人——

刘玉琴。林立果患有鼻炎，多次去三〇一医院作理疗，不知怎的认识了她。担任作战部副部长后，他指名要她来当自己的保健护士。人长得丰满，脸上却“天女散花”，颇多雀斑，结了婚，有了孩子，且年纪比林立果大八岁。在他面前，她却有“特异功能”，他几乎去哪里，都将她带上。王老太曾说：“林立果在生活上一直挺严肃的，就是让这女人给带坏了！”

没人时，她没少恭维你，口气俨然像一个皇后在评说一个个妃子：

“小王像米子兰，很文静；小李像玫瑰花，很鲜艳；你则似一株美人蕉，你比她们都耐看……”

小李。本是一个很有头脑的人，有时出门那头脑又忘记在房间里。不过在九月十日、十一日，才为林立果铺了两天床，放了两天洗澡水，自我感觉“良好”。在此之前，她不知道还有张宁这么个人，且就在北戴河呆着……到“学习班”后，没你在时，刘玉琴又多次在她耳边幸灾乐祸地嘀咕：

“林立果对你挺好的，怎么没把你带北戴河来？他根本没把你放在眼里。若没有‘九·一三’事件，张宁是要明媒正娶的，你只能靠边了……”

专案组里也有人以子之矛，攻子之盾，要她打掉幻想，彻底揭发林立果。结果，材料上没多出几个字，她的脸上，对你却多出了深深的敌意……

这敌意还很漫长，一直维持到林立果已经作古了一年。

李寒林。“九·一三”事件后，你没少想他。犹如一只猫儿，在阴冷的冬日本能地寻在了南墙下、炉灶边，在那些两人一起度过时光的依旧鲜明的回忆里，你感到一阵阵几乎令人战栗的暖意，漫过了自己的身体。尤其是两次想死时，你更是铭心刻骨的追悔：若没有观念上的束缚，也无视组织上的禁令，自己不但不会失去他，此后自己的命运也不会这样了……

一九七二年十月的一天，公安部部长李震来到亚洲青年疗养院，召集“学习班”全体人员宣布：

“我刚刚列席了政治局会议，给你们带来了中央新的指示精神，你们这一年批判、揭发林彪反党集团做出很大贡献，中央比较满意。现在批判林彪反党集团的斗争，还要向政治领域、思想领域纵深发展，为了适应这一形势，经过党中央政治局研究、讨论，报毛主席批示，决定再用一年时间，让你们下到工厂、农村、部队去锻炼，让你们在接受再教育的过程中，进一步从立场上、思想上、感情上划清与林彪反党集团的界线……”

全场沉默，可一百多张形形色色的面孔，又显然不甘于沉默。原“林办”的党支部书记站了起来，捅穿了这层沉默：

“既然有批示，请李部长把毛主席的批示拿给我们看看！”

李震翻翻随身带的皮包：

“我来得太匆忙，忘了带，以后我可以拿给你们看……”

此后，没有谁看过这批示，也没有谁再见过李震。第二年，他流星般消失了，没有正式的官方报道，只传来确凿的“内部”消息：堂堂的中华人民共和国公安部部长，死于一次车祸。

仿佛人一死，话也就没有谁负责了，“学习班”全体人员去的是北京军区位于北京大兴县的一个劳改农场。头一个星期，个个搞成泥猴似的，女人们递稻草，拾砖块，男人们拌泥灰，砌高墙，将一排顶漏墙倾的猪厩、鸡、鸭棚改造成了可以住人的平房。此后，便过起了日出而作、日入而息的桑麻生活。除了粮油由国家供给外，蔬菜、肉食得自己解决。大部分时间在果园里劳动，冬季剪枝、施肥，春秋两季收果子，农忙时还去附近农村帮助农民割稻子、收麦子。

农场里不乏小桥流水。朝霞里有镶满晶晶晨露的葡萄架，月光下有哲学家般沉思的苹果树。果园成熟季节，那流香的空气醉得人几乎伸手抓过去，到手的便是一首小诗……

显然没有谁有陶渊明的情致。因为诗是自由的，而农场周围却设置了铁丝网和岗哨。因为诗是和谐的，他们却是这样不和谐——

老头。中年人。小伙子。姑娘。妇人。绿军装。蓝军装。上绿下蓝军装。便装。文人相。武人步……去果园劳动时，这支光怪陆离的队伍，常惹得一些胆大的劳改犯跑过来问：

“你们是什么部队啊，怎么陆、海、空、老百姓、男女老少都有？”

一年过去了，始终没有挪窝，自己教育自己。“学习班”的领导换了好几批了,“班员”们还在农场里呆着。他们曾为林彪和黄、吴、李、邱四员大将，看了多少文件，通报多少消息，画过多少圈……可以说，有几年里，他们看整日里闹哄哄的中国，就像看一个在幼儿园里嬉戏的孩子。如今，似乎这孩子长大了，突然翻脸不认人了，早就将他们弃之于脑后……

他们焦灼，焦灼得心尖都发痛了！

有人更是一次次上书，毕竟在权力高层工做了多年，总会有些枝枝蔓蔓的关系……

五

一九七四年，中秋之夜。

犹如你二十五岁——一个如花似玉的年纪，却没有花、也没有玉一样，那天也没有月光。你坐在屋外，苦苦地想等着那一轮玉盘能冲出厚厚的云层。你肯定南京的亲人们也在盼它出来，若它能出来，以一片朗朗清辉洒向大地，那么彼此的思念便浴一身清辉，紧紧地拥抱了……

等到了九点半，熄灯的时间到了，月亮硬是没能冲出云层。你觉得这是个凶兆，此时中国的天空上不又布满了“批林批孔”的浓云吗？你感到，只要“林彪”还在政治舞台上被当成一件道具用，自己就只能还是一件活靶子……

郁郁回房，又得一梦。多年后，你记述了这个梦——

“我是一条小花牛，关在一个无门窗的房里。一个送饭员进来，槽里填满青蚕豆。趁他转身出门，我也跟着悄悄出了门，见到了天和阳光，风吹在身上真舒服……

“突然，响起一个声音：‘快离开这里！’我撒开四蹄跑向远方，跑时变回了我，两条腿飞快，后边有兵追，又是湖水拦路。悲泣。又是小鞋子变成船，到湖心岛，有庙宇，不过颓败了，满院荒草凄凄，昆虫叽叽，我大声喊：‘有人吗？’我走去后门，荒草之中一块青石板上，一老道背对我打坐。我急步上前，似曾面熟，‘师傅，你是谁呀？’连说两遍，不搭理。追兵脚步越来越急，我惶怵大哭，嘶声大喊：‘你是谁？’他睁眼看我，缓缓说：‘你都不知道自己是谁，还来问我是谁？’我禁不住撼其肩头，恸哭哀求：‘师傅，告诉我罢！’老道闭眼念出一首诗来：‘乘风降临兮，随雪飘来兮，炎凉大地兮，桑海之初兮，天劫恢恢兮……’

“追兵到了，拉扯我，我死死拉住老道。我觉得感情与他那么近，一定得知道他是谁。可任我怎样喊，他就是不开口。我终于被一群当兵的抓走了。

“恸哭中醒来，已是凌晨二点，枕湿一大片。猛然一惊，自己正是属牛，是腊月降雪时所生。悲从中来，又大恸一场，起床时两眼肿似胡桃……”

一九七五年八月，有人终于让身患重病的毛泽东主席想起了他们。他老人家做了批示：

“林办”工作人员责任较轻，不易久留学习班，另行分配工作。以观后效。

整整四年之后，张宁获得了“自由”。

她的结论如下——

“张宁，女，二十五岁，原南京军区前线歌舞团演员。张宁是林彪、叶群为林立果选中的对象。在‘九·一三’事件中，张宁同志属受骗受害的青年。在学习班期间，一度表现不好，经批评教育，有所转变。根据主席批示精神，另行分配工作。”

她蹒跚地走在南京的大街上……

故园景色依旧。满城绿海，满城浓荫……

只是昔日“打倒林彪反党集团！”“将批林批孔的伟大斗争进行到底！”的标语，早已化作纸浆，现在几乎满城糊的是“坚决反击右倾翻案风！”“走资派，还在走！”……

她眯缝起眼睛，茫然地看着这些或墨迹淋漓、或斑斑驳驳的标语，心态犹如一个不谙尘世的老妪，人也有几分像老妪了，脸色蜡黄，眼蒙翳子，皮肤紧涩得似风干了的牛皮，整个人瘦得脱了一层形。被卷进“选美”之前，她体重130斤，在三〇一医院医训班，她117斤，现在只有101斤，回到团里，熟人们都不敢认了……

她还穿着军装，她必须带着那份结论去南京军区报到。

张春桥的一个电话，比她先到军区干部部：

“张宁不适宜留部队，工作你们立即处理她去地方！”

南京军区表示了自己的歉意。

尽管八大军区司令员早已做了调动，以后上任的司令员、军区政委，无需对这一“南京军区的巨大光荣”负责，可军区政委专程去了一次歌舞团，他对团长说：

“张宁是无辜的，吃了这么几年苦，工作上要很好地安排她，如能恢复专业，就让她恢复专业……”

以后，司令员又打电话给军区干部部：

“你们若觉得让张宁再上台，有些为难，那就让她改行学医转换兵种……”

歌舞团则让她在家里养了四年身体。用军区干部部一位同志的话说，“我们就是想用软拖的办法，让张春桥的电话指示不了了之。”

她自己不那么安分。

“四人帮”一倒台，她当即给中央写了上诉信，内容是关于她结论后半部分不符事实和继续遭打击迫害的真实内幕。几个月过去，不见音信，她又写了第二封，信里揭发了毛远新等人的行为。写完后，找了军区干部部，同情她遭际的某部长同意以干部部的名义呈送中央有关单位。这次，不到一个月有了动静，中央有关单位发了一个文件，指示有关部门复审她在“学习班”的表现，这里不见拖拖拉拉的作风，复审也进行得很快，是由原专案组人员复审的。结论意见是：原结论属实，若张宁再坚持立场，继续上诉，对她将重新从严处理。复审材料随中央有关单位的批件，下达到了南京军区。批件中重申了必须将张宁处理去地方，文头上还有条批语：

“此件送 ×× 同志审阅。因 ×× 同志出访，转送总政治部处理。”

她曾由衷地欢呼一个旧时代的崩溃，一个新时代的诞生！

她曾由衷地希冀在一个新时代里，一切能干净起来，一切能明朗起来！

她却忽略了天安门广场上正飞汗如雨，大兴土木，北京的中轴线上将要压上又一座气派辉煌而又气氛肃然的巨大建筑……

她更不明白中华民族要反思昨日几乎九死一生的磨难，远比她在这片困难如山、阻力如流，内耗如网的土地上，再铸一个诚实、安宁、强大的明天要艰难……

张宁终于得脱下她自十岁起就穿上身的军装了。

军区干部部是极其负责的，经过与省、市委及有关单位反复联系、协商，直至一九八〇年，她被安排到一个历史博物馆。为了尽可能缩小影响，这是一个当时尚未对外开放的研究部门，只有三四十个工作人员；而且随她到新单位的是一份新档案，档案里一九六九年至一九七五年这一段被隐去了，她的名字也改为李婷。旧档案则封存在军区干部部档案库里。

张宁再度被“埋葬”了，这是一次出于善意的“埋葬”……

然而，一个小人物在一个大时代里的一段不同寻常的经历，能够“埋葬”掉吗？

她的冤屈，她的痛苦，乃至她将会有的几分麻木，也能够被封存住吗？

大抵说着同一个故事

一

第一个将张宁"挖掘"出来的是江水。

她一九七五年八月回到家里，九月，江水就赶到了南京。额头有了几条隐隐的皱纹，可棱角分明的面孔线条所勾勒出的，依旧是练达与精干，仿佛这六年来他不是在山沟里呆着，还是紧随邱会作左右，在风诡云谲的政治舞台上奔忙、周旋。

一见面，他就紧紧握住了她的手，情绪显得很激动，久久没有说话。炯炯的目光里溢射出自信，这是一种似乎无需言明的自信，对方早该"心有灵犀一点通"的自信……

她能读懂他的近乎强悍的目光，她读得很是惶怵。这个世界曾给她的种种担子，已经将她压垮了，她无力再去挑任何一副担子。虽然还没有对家里人说，可她已经在打算去哪座山里做个尼姑，梵音依依，青灯如豆，六根清净，意守空灵……

再说，她真诚地感激他，她却并不了解他，他更是不了解自己。像是一个暴风骤雨的夜晚，电车站上两个等着最后一班车的路人，他默默地向她移过自己的伞，有这一刻的温暖就足够了，有这一刻的完美就足够了。她将会在美好的时候想起他，她将会在想起他的时候觉得美好。何必要下了车还不分手呢？

此时，她还相信了某种宿命。李寒林是属鸡的，林立果也是属鸡的，眼前的他也是属鸡的。许是牛、鸡相克，她不能再做扑火的飞蛾了……

江水的话，如同他的目光一般强悍：

"我对你是一片衷情，一片痴情。我等了你六年，在这六年里，我独守空房，没有谈过恋爱，甚至也不愿去接触女性。不是没有机会，而是每当看到任何一个年轻女性，我就会想起一个人，那就是还在蒙难的你……你不能让我白等了六年，否则，你对不起我！

“我在你对胡敏、对林家的态度上看出了你的为人，你该在这六年来我对你的态度上看出我的为人。疾风识劲草，路遥知马力，可以说，我们这种始于患难间的感情是最可宝贵的……

“张宁，难道你还没有看出这个世界的冷酷吗？你我所经历的磨难，今天你仍蒙受的冤屈，别人是难以理解的，也不会去关心。我们不能生活在孤独之中，生命只有一次。让我们在一起互相关怀、互相抚慰，我会尽力让你感到幸福……”

她动摇了。

她对他这六年来没接触过女性半信半疑，眼下，他仍打着单身却是事实。这二十几年，她还没有对不起任何一个人，而对不起他，却是以牺牲他的前途、虚掷了他的青春作为代价。犹如一位服务态度极佳的商店营业员，总能站在顾客的角度看问题；现在他是她的“顾客”，她觉得那个暴风骤雨的夜晚得改写了：他撑开自己的伞，她在下面遮了，从此他们不该成为路人，下了电车，他们就得还共一把伞走着，一起去跋涉人生的风雨……

母亲不同意。哥哥也劝她：

“你要自己拿定主意。我觉得他与你不合适。”

江水是个铁打的汉子。如同当年他在邱家决心要当“鼹鼠”，冒着风险也这么干了；现在他不屈不挠地化解她家里的怀疑和冷漠——

半个月里，母亲下个台阶，他马上过去搀扶。哥哥办个什么事，他忙得鞍前马后。家里烧个什么好菜，他不声不响下了厨房，菜端上桌，能叫众人几乎将盘子也吃了下去。外面汽车喇叭响，遭受摧残后神经系统极弱的她受惊了，他一下关上窗子，又过来摸摸她的前额，拍拍她的肩背，恍如他是个三四岁的女孩，而她则是一只布娃娃……

他不怕别人嘀咕他做得过分。他有这样的本领，让怀疑和冷漠他的人，最终觉得是自己做得过分。

面对这个敢死队般冲进家里、像是非当女婿不可的男人，还有她这个摇摇欲坠的堡垒，母亲不得不发话了：

“江水，你能保证做到这两条吗？一是永远对张宁好，二是永远不去揭她的伤疤……”

“没问题。我们有相似的经历,所有的人都没有我对张宁理解透彻，揭她的伤疤等于揭我的伤疤……”

母亲又问：“宁生，你是怎样想的呢？”

“要不这辈子就不结婚，有了‘选美’这件事，嫁给谁都得在精神上跪一辈子；要结婚，也就只能嫁给他了……”

母亲沉沉地吐了一口气：

“那好，就随你们两个人吧。”

江水赶回部队，开了结婚证明，请了婚假，又风风火火赶回南京。一九七六年元旦，两人成了婚。

然而，这桩并非仓促的婚姻没有给不幸之后的她带来幸福，尽管婚后不久他们有了一个孩子，江水几经周折，也从外地复员来到南京。也许是冥冥中的命运注定她后半生的生活之船无法因这桩无可奈何的婚姻而驶进宁静的港湾，在经过长达六年的痛苦的维持之后，他们于一九八二年分手了。

这一变故正应了那位骨相学专家姜教授的测言。偶然的巧合？必然的命运？这本不该是谜团。释其婚变的缘由，你是可以脱口而出，对笔者来说也可谓举手之劳，但若再去铺展一堆恩恩怨怨的文字，又与他人何涉？

二

除了江水外，想把你“挖掘”出来的人还有不少，自然各有各的动机——

无论是你刚从“学习班”回到家里，还是你和江水关系破裂前后，都有人来看你。

有的如偶尔才浮上水面的鱼，两三个月来看你一次。看看你工作、生活上有没有什么困难，若有困难又能帮上忙，帮完了也就沉下去了。每个人都有自己生活的轨道，每个人也都有一本自己难念的经。

有的来得很频繁，有事、没事，泡上一天、半天，他们关心你，开导你，最后再叙说点自己的不幸。一个个来时，个人的自我感觉，在口才上都几乎好似曲啸、李燕杰，在面部表情上都几乎好似刘晓庆、张艺谋。若能把他们集中在同一时间来，人们将会发现：除去发式，服装不一样，他们的表情一个样，他们的谈话流向一个样，他们像是同一个导演调理出来的……来多了，你也就明白了，他们脑袋里转悠的不过九个字“拔了毛的凤凰比鸡强”，他们企望这场戏的最后一幕将能移去床上。你每识别一个，就义正辞严地打发一个。可问题在于，男人里爱关心异性而自己又有某种不幸的人，似乎还不少，有时竟让她感叹“野火烧不尽，春风吹又生”……

最令你头痛的还不是他们，他们是斯文人，总还讲些斯文。眼下社会上有根本不知斯文为何物的，可真让你不死也要脱层皮！

一个处长的儿子，还当过兵，旧上海滩上的拆白党是何物，竟可以请他进《辞海》里注释。你住在自己家里时，他能半夜十二点用石子丢你的窗子，弄得家里养的几条猎犬汪汪叫，哥哥以为窜进来窃贼，手提猎枪冲到阳台上：“是谁，再不出来，我就开枪了！”你去单位上班，他在大马路上堵你，你不睬他，他恨不能伸出个长颈鹿的脖子，对四下里嚷道；“快来看呀，这个女人就是林立果的妃子……”

上班时，一上午十几个电话，你不接，他就一个劲地拨。他老婆冒充公安局的人，来电话给馆里领导：“张宁是第三者，搞得×××神经错乱了，要吞安眠药。她要再不接电话，出了人命案，她得负责！”他母亲的电话又接踵而至：“张宁啊，你为什么惩罚我儿子？他出什么事你要负责任！”电话里打起了一场车轮大战，似乎他一家人“承包”了博物馆的电话号码，搞得正儿八经的电话打不进来，馆里火烧眉毛的电话也打不出去……

以后，一封匿名信又寄到了公安局，告你走私黄金，组织卖淫，偷卖军火，企图外逃。一件件惊心动魄，又写得煞有介事，仿佛你领着一帮黑手党分子由意大利的科西嘉岛窜进了南京。不久，公安局查实了，此信纯属诬告，是此人指使另一个女人写的。公安局找你去："现在可以立案了，定他个流氓罪、诬陷罪！"你考虑再三，一立案，作为自诉人，至少半年时间，自己得随叫随到，你哪有这么好的精神？再说，还得上法庭抛头露面，你真是怕了！你说："这回你们能吓唬吓唬他就行了，他若不改，将来总会遭报应的……"

大约安静了两年，这家历史博物馆对外开放了，分为展览部分和研究部分，你在后者。观众不知道，有人买了门票，不是来了解历史的，而是专门来一睹你的尊容。讲解员里，谁的模样最标致，就认谁是张宁……你不是改了名字叫李婷吗？电话就是打给李婷的："我们交个朋友吧"，"我们能否约个时间、地点见个面"……门口来人说找李婷的，门卫放进来，进了办公室，他不认识你，你也不认识他。

肃穆的大殿里落满世俗的尘埃，历史上诸位豪杰的英灵被搅得不得安宁，馆领导也觉得是个负担，向上反映了。市文化局也没什么办法，只有两条意见：一、今后不管是找李婷的，张宁的，一律回答不在。二、你的身体也不太好，能在家养着，你就不必来上班……

你还接待过北影和潇湘厂的电影导演、摄影。他们想请你为一部反映舞蹈演员生活的片子试镜头。尽管在长途电话里，你已经说过了：谢谢你们。我身体状况不是太好，现在的形象也不如当年，你们见到以后，可能会大失所望。我看就算了吧……他们依然千里迢迢赶了来，给你拍了一大盘胶卷。你明白他们的苦心，他们想以这五色缤纷的长长胶卷，将你的身心重新拉回到过去……

你还接待过不少来访的文人。

一部分人是对所有中国人都经历过的那个疯狂年代感兴趣，而你的经历只不过是标出那个年代脉络的一块化石。另一部分人则仅仅是对你的经历感兴趣，犹如它是黎明茫茫乳雾的湖边出现的一具无名女尸，抑或它是深夜某高级公寓那苹果绿的窗帘后发出的一声惨叫……

对于前者，你即使说了，他们也难下笔。深刻反思一个民族素质处于低谷的年代，得有待于眼前的时代的精神英勇无畏地攀上高峰；对于后者，你即使不说，或是你根本未见过面，他们也一样笔走龙蛇，洋洋洒洒，或谓小说，或曰纪实文学，君不见《大海作证》、《她从雾中来》、《第四号妃子》……前年春天，你在深圳香蜜湖度假村，有位朋友给你拿来几本海外出版的杂志，连那上面也将你俘了去，在目录栏里给你挂上一个触目而又廉价的标题……

如果说，它们对于不少人来说，是消闲解闷时的一支“KENT”牌香烟，一段节奏强烈的迪斯科曲子，或者是饭后伸进油腻腻嘴里剔肉丝的一支牙签；那么它们对于你来说，则是一把盐，在你心灵远未愈合的伤口上搓着，揉着，咬着。还是一根铁尺，将你努力挣扎着站起来的身子又嗖地压下了几寸……

生活对你有几分暖色调，可更多的却是冷色块。

你很长时间长吟当哭，以泪洗面……

你总被别人剥夺着什么，剥夺者且冠冕堂皇。

你总被别人侵犯着什么，侵犯者且肆无忌惮。

这一切，似乎无不缘自于你和林立果的名字曾短暂地连在一起……

而林立果，已经在异国的荒原上静悄悄地躺了十七年。

一九七九年，张宁听郑州一位朋友讲，林立衡在郑州。她当即请朋友带了一封信去，“九·一三”事件后，一直多方打听她下落的林立衡收到了，称之谓：“满园春色关不住，一支红杏出墙来。”立即给她回了信，并请她即来郑州。

她去了。她按林立衡画的一张地形图，找到了她所在的工厂，又径直找到了她的家。林立衡的心依然是那样仔细……

当时林立衡住工厂宿舍三楼的一个套间里。她一进门，林立衡在，张清霖也在，一下时光遽然倒转了八年，恍然回到了北戴河中央疗养院他们三人住的57号楼！

三个人的睫毛都垂下了几秒钟，再扬起来时，每双眼睛里都蓄满了莹莹清泪，脸上同时绽开的是一个彼此会心的，复杂得令人心折的笑容……

三双手紧紧地握在了一起。毕竟五指间汩汩流走的是一去不复返的时光，林立衡昔日娇巧的容颜有些衰老了，可是，体态依然轻巧，神情还是那样深沉，文静中透露几分凄然。让她想起一朵夹在厚书里的失去艳色与水分的花。张清霖好像有点肿，原来挺精神、挺潇洒的一个青年人，现在随便得像一个正在车间里干什么脏活的工人……

在郑州，张宁几乎足未出户，谈自己这些年的经历，也听林立衡夫妇俩的经历——

“九·一三”事件后，所有当时在北戴河的人员里，只有林立衡一个人是单独隔离审查的。开始一段时间，连张清霖也不在她身边。她的待遇也远比张宁恶劣。

一天二十四小时不让出来，厕所也在屋里。她抗议了：“真是比犯人还不如，犯人还要放风！”犹如蚂蚁向一棵大树抗议。她又给周总理写信，写几次，扣几次，批斗几次。久经辗转，总理收到了一封信，做了批示。林立衡在“九·一三”事件中是立了功的，对她的待遇应该好一些……

每天有半个小时放风了。可正逢苦夏，房间里蚊蚋成雷，又不给蚊帐。她又抗议，又写信。好，不是蚊子咬得睡不着觉吗？经研究，可以解决“蚊子问题”。房间门窗封得死死的，在窗子上打个小洞，由外往里喷敌敌畏溶剂。她本来多病，经过几次自杀，又是早产儿，体质几乎尚不如一只蚊子活跃。是的，就是把她当一只蚊子熏的。不几日，皮肤中毒而溃烂，呼吸道、食道中毒感染。直到来了郑州，工厂附近一个药厂的烟筒，若向这边冒烟，她就皮肤过敏，咳嗽不止，不能吃东西……

张清霖知道了，以自己是学医的，而林立衡身体状况一直不好、需要有人护理为由，上书周总理。总理再度批示，准予同意。

林立衡说：“在接受审查这几年里，江青是一直想灭我的口的。”

“九·一三”事件后，从毛家湾和北戴河搜走的东西，有相当一部分被江青派人来取走或焚毁了。对死证据尚且如此，何况对活证据——林立衡，还有原“林办”的工作人员呢？

在“文革”爆发前后的几年里，在表面上看林彪集团与江青集团，一会儿城下为盟，一会儿大动干戈，在渐渐冷静下来的世人和历史学家、社会学家们的眼里，旋出了一个个扑朔难解的谜。而在中国，除了有限的几位高层领导人外，也许没有比他们更了解、或者更接近这些谜底的人……

张宁顿时想起了那四年间“学习班”里弥漫的一股焦灼情绪。这情绪里，不正颤栗着某种深深的恐怖吗？

她也一下明白了为什么“学习班”一办就是不死不活的四年。他们活不了，就是因为江青集团始终在一副金丝眼镜后死死地盯住他们；他们死不了，则是因为中国的政治舞台上始终有一股钳制江青集团的力量……

她再一次体会了党中央一举粉碎“四人帮”的意义。她为林立衡、为自己，为所有曾在“学习班”里受审查的人员而感到深深的庆幸！

一九七四年十月中旬，主持中央工作的领导同志，对她的问题做了四点指示：一、恢复党组织生活。二、恢复干部待遇。三、不要歧视。四、希望大胆工作。

当月底，林立衡化名和张清霖一起分配到一家工厂，任职厂党委副书记，迄今，一呆就是十五年。两人军籍未被取消，却又不算是军人，颇有点“名不正，言不顺”……

如同“李婷”保不了密，她的身份也保不住密，工人们很快就知道了她是昔日的帅府千金。也许是生活在工厂群众之间，要比生活在文化人、半文化人间安全、单纯；也许是林立衡的经历虽与张宁的经历同样跌宕，可却缺乏后者的“桃色”气息……人们打扰她的不多，关心同情她的不少。开始一段，她虽然身体不佳，但支撑去上班，甚至下车间和工人师傅们一起顶班。一次，不慎脚被铁件砸伤了，行动不便，工人们送来了自制的折叠躺椅给她。厂里还为她调了房子，那是一个独门独户、颇为宽敞的小院。不久，又不要她上班了，让她长期在各处疗养院、医院度日。

林立衡却没有一天闲着。

张宁打量了她的房间，简陋得像是兵营。唯一富有的是书籍，她从北京下来时，带了满满十几箱书，以后又买了不少古今中外学术、文学名著。再给人深刻印象的，便是材料和手稿了，写字台上堆的是，床头上堆的是，躺椅边堆的是……

经济上显然不宽裕。一方面是因为即使在她任副师级的《空军报》

副总编时，工资也不过五十三元，现在则是七十六元，张清霖现在也只有九十七元；另一方面，和夫妻俩一起住的还有张清霖的母亲及他的两个侄女。他们受审查期间，张清霖哥哥的八岁的儿子，一天出去玩，到晚上也没回来，一家人出去找，最后发现浮尸在一个水塘里，是被人勒死的……那地方抓"阶级斗争"一向大刀阔斧，不遗余力，而且谁都知道张家出了个"林贼的女婿"，恐再有不测，林立衡在郑州一安定下来，便将他们接到了城里……

张宁这回是带着孩子一起去的。她见林立衡夫妻俩很喜欢孩子，便问：

"你们为什么不要一个孩子？尽管已经太晚了，可总不能不要后代呀……"

她不便明说，她的言下之意是林家已经绝后了，可有个外孙留下来，总比没有强。

林立衡看了一眼张清霖，又摸了摸孩子的头发：

"在这点上，我们两人的观点是一致的。我们的余生得投入到一件事情上去，这不是一件个人的事情，而是关系到党和国家一段历史的大事情。我们的责任很重大……我们不准备要孩子了，你的孩子就是我们的孩子。希望他长大后，能成才，能有作为于国家和人民，再也不会遭遇到我们这代人的不幸和痛苦……"

张宁以后还去过郑州一次。林立衡夫妻俩也常有信来。不妨摘录一二——

宁生：

……我想你可练练钢琴，到郑州来学学也行。现在是钢琴热，不妨教教孩子。我过去学过几年，都忘了，不过可以恢复起来。

……你要多接触些有头脑、有知识的人，免得一个人太孤独，对身体不利。有什么烦恼，尽管来信倾诉，或许能舒服些。孩子如果带不动，可送来，我们都喜欢他。

姐

86.10.26

宁生：

……你姐最担心、最常念起的人当中，首先是你，她一想起你，就心不安。

她住院已半年了。她的病完全是“四人帮”残酷迫害和折磨后留下来的，一系列恶性循环的后遗症。她住铁路中心医院治疗三个月，转来风景区石泉干部疗养院又三个月，现在又转院检查治疗……她现在还没有什么太大的病，请勿惦念。

她苦于病痛，我上班后在创办一所医院，沉溺于事务主义，人才成于专而毁于杂，长此以往，那当然不堪设想。我们过去所从事的事业，那是矢志不移的，现在想调到一个有时间看书写作的单位去工作，继续那非同寻常的事业。你知道，我们这一辈子就是要干成这一件事，否则生活就失去了精神支柱，生活就失去了全部的意义。

听说，你精神忧郁。我们劝你千万不要这样。困境使人读书，孤独使人思考，又何乐而不为呢？我们都不要忘记了刘禹锡的诗句：

“莫道谗言似浪深，莫言迁客如沙沉。千淘万漉虽辛苦，吹尽狂沙始到金……”

姐夫

86.8.17

这些信，还有她在最困窘的日子里收到的林立衡汇来的二百元钱，使张宁感到的不仅是手足之情般的关切；在这个几乎从天堂掉到了地狱的弱女子身上，她更感受到一股面对坎坷命运的深沉力量，一种把握历史走向的恢宏气度……

林立衡写过一首诗，其中二句是：

“即便当年身先死，一生真伪有人知。”

这是林立衡的自信与自勉。

张宁觉得这也该是自己的自信与自勉……

三

一九八一年底，中央纪律检查委员会成立了一个办公室，专门负责复查与林彪集团案件有关人员的遗留问题。

复查中，重新给你做了结论。结论里保留了原结论的前半部分，“在学习班期间，一度表现不好，经批评教育，有所转变。根据主席批示精神，另行分配工作”全部删去。

结论由南京军区转到市文化局，市文化局派了干部来交你过目。

四

一九八二年初夏，看骨相如痴如醉的姜副教授，还对你的未来做了预言：

“你的工作并不顺心，但不会长久，以后可能你会经商……”

“你三十八九岁时，东南方向应该有个人来。他将让你结束中年的奔波不定，携你走入富贵的晚年……”

你对你干的研究工作，的确提不起什么精神。在你眼里，纪念馆里展示的这部失败史，大抵是一部统治集团的内讧史。

这几年你也真的经了商。自然不是开商店，或是做“倒爷”，而是在诸多朋友的关照下，为买方挂勾货源，为卖方寻找市场。在竞争机制正引进经济领域的当今，你做十件，不过成个两三件，而且做成了也不是每一件都能获得报酬。“商场有如战场”，“商场上无父子”，你却心不狠手难辣，不给你报酬，你也不会去要，权当是给别人帮了一回忙。你经商，一是为着能改善一下你和儿子的生活，不求奢华，但总要能赶得上市场上不断翻着跟斗的物价；再有便是为着如林立衡所说的“认识社会”。这几年，你跑了广州，深圳，北京，还准备去海南岛……

你像是从地穴里走出来的田鼠。你像是又站在北戴河的海边。你沐浴着潮润、清新而又强劲的海风。你感觉到了这是二十世纪八十年代的中国风。你看到了洪波迭迭的、二十世纪八十年代的中国潮……

这几年也不断有人给你充当月老。对方大多是高级干部、港商。大的六十三岁，你一进门就可以做奶奶；小的也有五十左右，你一点头，从此便以“奔驰—280”代步。在热心的月老们看来，总是珠联璧合，对他是不幸后的美满，对你则是不幸后的幸运。你却以为自己尚未落魄到如此地步……

去年春末，恰好你三十八岁上，你在深圳——在地图上恰好是南京的东南方，你碰到了一位先生。他在国内读的大学，国家实行开放政策后去了香港经商。其父则在台湾，为父亲，他在“文革”里也没少吃苦头。

此后，这位先生专程来南京看你。你也曾几夜辗转反侧，心绪难宁……命运难测，你始终下不了离开祖国亲人的决心，你有一股犟性，还想与坎坷的命运抗争，要走自己的路，可是摆在你面前的又是怎样一条路呢？

五

将你这一生所经历的怪事和奇梦一一写下来，真可以写部新《聊斋志异》了。

莫非冥冥之中，你的命运真被一只无形神秘的手牵动着，而你不过是那只手下的提线木偶？

几乎穷尽大半辈心血抛洒于骨相学的那位老人，也许诚哉斯言：

“研究一棵树活了多久，经历了自然界多少磨难，你就得锯开它，看看它的年轮的圈数和形状。人也是这个理，世界上数十亿之众，可每个人的命运都不一样，反映在每个人的骨骼和生理磁场上也不一样，这就是我研究每个人命运的依据……”

但细细推敲，就是此话里也没有说，一个人自落下地，他的命运就在骨骼和生理磁场上写着。

我们不妨把人的命运看做是一个系统工程，当我们愈是在一个短的时期里——即子系统考察它的话，就愈是可以看到人的性格、人的品质，还有人的某种机缘、某次偶然，在这一工程中的重大作用。从这一角度出发，我们能说命运是可以主宰的。当我们愈是在一个长的时期里——即母系统考察它的话，就愈是可以发现人所处的时代的政治机制、经济机制，及文化形态，在这一工程中的决定作用。从这一角度出发，我们又说命运是很难驾驭的……

人海茫茫，芸芸众生。在子系统内，可谓每个人都是一部长篇小说；在母系统内，无数个人讲的，大抵不过是同一个故事——

卫岗大院，这曾是个出童话的地方，四十个学员便是童话里的人物。

"文革"伊始，"小黑皮"，"香烟头"，"西瓜"，最早揭竿而起，"三查"时也最早"请君入瓮"。紧接着又清查"五·一六"，参加过"飞鸣镝"战斗队的一帮人，一夜之间全成了反党乱军的"五·一六分子"，大的二十三岁，小的十八岁，一个个迷惘了，我们是红司令放下山的红小鬼呀！一个个更绝望了，做人不成，就去做鬼。吞服安眠药。切割血管。有的上吊厕所，绳子不争气，又摔回到阳世来。半年之内，原学员队的人陆陆续续被处理复员，有的到了地方又被打成"五·一六分子"，或被逼疯，或被逼死……除去留下两个，等于一九六〇年开始悉心培养的舞蹈尖子一刀砍，前线歌舞团的鼎盛时期，不过维持了三年！

现在你有时还散步去卫岗大院。

景色依旧，花木依然。没有了训练时脸上严肃得好似一台机器的李首珠老师，没有了走廊里的窸窸窣窣，花园里的人影憧憧，没有了踩碎夜露，撞下花粉的闹声、笑声，没有了辉煌的《东方红》、自豪的全军首届会演和难忘的出国演出……

你在卫岗大院的每片树叶、每支花朵上，拾起的都是痛苦和甜蜜。

你还记得林彪的内勤小陈、小张。

在北戴河中央疗养院 91 号楼那个笼罩着反常的梦魇气氛的晚上，他们为谁进林彪的房里而互相推托了一阵，其实他们都是纯朴、憨厚的小伙子，都是抗美援越战场上下来的功臣。没有"九·一三"事件，若今年八一建军节恢复军衔制，他们都该是两道杠几颗星的校官了，现在他们都在北方老家的农村里种地……

你还记得“学习班”里在一起的小王、小李。

两人也始终是同一待遇，那时都料理了林立果两天生活，都战战兢兢地接过一把手枪，周宇驰交代说：“现在到了保卫无产阶级司令部的关键时刻！”“学习班”后，都回到上海，一个在街道工厂编织温暖的羊毛衫，一个在街道工厂生产光明的电灯泡。各自的丈夫也都是普通干部。现在都快四十岁的人了，也许做的梦也一样；自己未读上书，儿子却上了重点中学，再有，多年来从嘴边省下的铜钿，又逢涨了一级工资，夫妻俩的心里裹了件羊毛衫，夫妻俩的脸上亮起了电灯泡，风风火火地搂回一台大彩电……

晶晶不是喜欢吃糖吗？她的童年其实也是裹在一张花花绿绿的糖纸里。

你听说“九·一三”事件后，父母均被隔离审查了的晶晶，一个人在外流浪了一段。身在“学习班”的黄项阳知道了，颇是同情她，寄过钱给她。如今她在石家庄某军事学院当清洁工……

王淑媛老太太的晚景像一块棱角尖尖的石头，将林家为她养老送终的梦给戳破了。

你听说“学习班”结束后，她被送回了镇江。唯一的一个儿子早两年也从沈阳空军某部转业回了老家，在镇江市政府某局工作。也许是她过去不像个母亲，今天他也不像个儿子，同在一片屋顶下生活的母子却形同路人。她踽踽地回了北京，老泪抛洒于三座门，有关部门不能不生恻隐之心，三座门安排近六十岁、手脚已不灵便的她，到某部队招待所里当了一个服务员……

李文甫不是精明得若林彪身边飞过只蚊子，也能辨出雌雄吗？

你听说，这些年李文甫一直住在北京，那地点不是靠张北京市地图或是问路便能找到的。林立衡找过他几次，总算见到一次。林立衡想确凿地了解在最后几天林彪的内心世界，要求他站出来说实话，他痛苦得双手掩耳，摇头嘶喊：“你不要再说了，你不要再问了，我神经受不了！受不了……”眼里惶惶怵怵，脸上痴痴呆呆，颇似精神病院里刚刚被电棒击过的病人……

江苏那位当年的省革委会副主任，不是一心一意要夺回几乎失手的南京军区和江苏省四千多万人民的“光荣”吗？他却夺不回儿子和自己的生命。

他被定性为“林彪反党集团和‘四人帮’在江苏的代理人”。此后，噩耗几乎接踵而来。你听说，一年之内，他死了两个儿子，其中一个当兵的儿子，是在一次汽车倒车时，被车挤死于墙壁上，直至次日才发现……一九七七年，他患胰腺癌住进军区总医院，一天，你也在总医院看病，走廊上迎面碰上了他，他后面跟着两个武高武大的军人。原来他也高大魁梧的，现在则皮包骨头，恍如尼罗河畔哪座金字塔里跑出来的一具干尸。他看你，你看他，两人都愣住了，最终他伸出手来：

“你是……张宁吧？”

“你……是……×……叔叔？”

“是。姑娘，我……对不起你……”

两只手握在一起，你的眼泪一下涌出来。

你感觉到那只握过枪杆、用过大印的手，如今颤颤抖抖，虚弱得像一只折断了翅膀的鸟儿，似乎只要她一松手，这鸟儿就会疾坠去另一个世界……

不久，他死了。死时很痛苦……

仿佛树倒猢狲散……

似乎落得个大地白茫茫一片干净……

却并非是一部充满宿命色彩、充满玄机气息的现代《红楼梦》。

冥冥之中，牵动你和这些人命运的那只无形、神秘的手，其实不是别的什么，正是某种政治机制。

它是一场历史悲剧的编剧和总导演。

它逆转了千千万万中国人的命运。并将千千万万的中国人驱赶上了舞台，干着列祖列宗和全世界都瞠目结舌的事，说起今天的孩子们听不懂、想不明白的话……

你和你在“九·一三”事件前后几年所结识的这些人，不过是这场大悲剧里的一些冲突颇特殊、剧情颇复杂的角色……

你们之间的区别，你们和千千万万中国人之间的区别，不过是作为这种政治机制的牺牲品，在其外延上有些不同罢了。

滚滚山脉迤逦而去，宛如我们民族绵绵不绝的忧患……

滔滔江河奔涌不息，正似我们民族百劫不颓的灵魂……

站在历史的层峦叠嶂上，你有什么不可理解、你有什么不能原谅的呢？

何况是在今天，你有了斯大林的女儿——斯维特拉娜·阿利卢耶娃在五十年代末期同样的心情：

“我们所有的人都能较自由地呼吸了，似乎压在我们大家身上的大石头给搬掉了……”

今天，张宁从容地走在南京的大街上。

景色依然，满城绿海，满城浓荫……

可风物皆非——

摩天大厦。马赛克。茶色玻璃。街心花园。喷泉。雕塑。霓虹灯迷离。巨大的广告牌：南京的“熊猫”。常州的“金狮”。苏州的“孔雀”。无锡的“虹美”。潮水般的小车：“铃木”。“本田”。“银座”。电子游戏机。夏威夷吉他。高级组合音响：《让世界充满爱》。《茉莉花》。《冬天里的一把火》……金项链。蔻丹油。唇膏。“金利来”领带。电子打火机。密码锁仿羊皮公文包，侨胞、台胞。金发碧眼的外国人。业余华侨。业余外国人。《走向现代国家之路》。《戈尔巴乔夫的新思维》。《空寂的神殿》。《走向二十一世纪》。《为人道主义辩护》。《阴阳大裂变》。《东方大爆炸》。《射雕英雄传》。《绝代双骄》。“新概念英语班招生”。“出国留学人员英语训练班招生”。“张氏第七代正宗传人轻功传授”。“调房启事”。“对调工作，南京⇌无锡”。“治狐臭”。“治香港脚”。“治男女不育、性病”。“专治疑难杂症”。江浙风味。法式大菜。敢要一千元一桌的酒席。街上流行黑西装。电影院里上演《红高粱》……

色彩，潮水般涌来。

选择，潮水般涌来。

生活，在魔方上旋得一头大汗。

时代，紧贴着万花筒，兴奋，又不无迷惘，不无担心。

人们很快地熟悉了什么……

人们又很快地陌生了什么……

人们正在遗忘当年那个南京城里几乎家喻户晓的张宁，以及她那辉煌的《东方红》、自豪的全军首届文艺会演和难忘的出国之行。

人们正津津乐道的是刘晓庆、张艺谋、费翔、杨丽萍……也许还有家在南京的王馥荔，人在前线歌舞团的葛军。

世界的辩证法就是如此万物序代，弃旧扬新，妇产医院里此刻呱呱坠地的娃娃，百年之后也要过去……

遗忘就遗忘吧，让已临不惑之年的张宁，像在大街上无数个中年妇人一样，去享受她以前未曾有过的从容、恬静，并在这从容、恬静里，似燕子衔泥，渐渐地愈合她的创伤。

但暂且还不要遗忘!

因为若有一天要在我们这块土地上，耸起那个疯狂年代的博物馆，她将是一块必须陈列的化石……

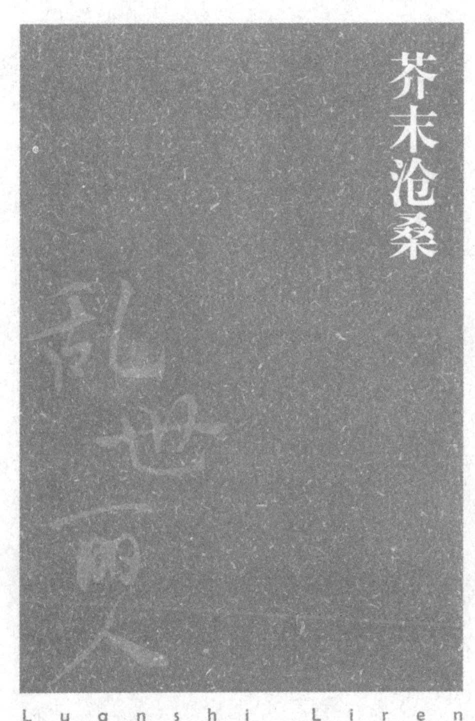

Luanshi Liren

因为这是一个特殊的小小群落——

一个遗忘着历史却又将历史深埋于心的群落，它便给了我们以审视历史时的一个参照；

一个疏远着沸腾的世界却衬托出这个世界沸腾的群落，它便成了我们打量这个世界时的一面镜子。

目录

序

那双眼睛

打从看见她起，我就总忘不掉那双眼睛。

这是一双古典式的丹凤眼，年轻时，一对瞳仁一定亮丽如太白星，睫毛也如一道黑森林般的栅栏，让人想起李清照写于薄暮春雨如粉，庭院秋叶似金时节的那些婉约的词……

那时的目光也一定是澄明而又悠远的，像月华粼粼律动的湖泊，像藻类在碧波里长袖善舞。还略略有些敏感，似一枝稍稍碰触就会蜷曲的含羞草……

我想，当这双眼睛，和瓷皿般晶莹洁白的肌肤，和藤萝垂挂似的秀发长辫，还有参天白杨般窈窕的身段，组成了一个向我们走来的活泼泼的生命时，我们若是男人，像被一股神秘的力量给撩拨了，精神深处会涌起一阵强烈而又美妙的痉挛；我们若是女人，即便是在跋涉了人生的千山万岭之后，也会顿感生命之晨的清风，在蓬勃而又强劲地吹来……

因为一件很偶然来临却又必然搞不成的活儿，今年 3 月，在北京我知道了她，还有和她具有相同遭际的一群女人。

我之所以对她经久难忘，一是因为她们青春时代的一番命运趸折，为我打开了一个尚不被世人所知、迄今尘封着的历史角落。二是因为我想起了 8 年前，我写的一篇颇有影响的报告文学《世界大串联》，现在想来她们的遭际，正是这“大串联”的源头……

此文里提及上世纪 80 年代之初，一批批高干子弟，蛇蜕般蜕去了他们身上最强烈的意识形态色彩，候鸟似地迁去了那片新大陆。近读《文汇读书周报》，一位先生像是为了在8年后呼应我，在一篇文章里，不自禁地表露出如是的心态：“1982年出国至今，身为中国共产党第一代元老后代的我，竟然变成了美国公民，有时自己也觉得莫名其妙……”

此文里还提及，一个“TOEFL”，一个涉外婚姻，便成了没有任何权力背景和海外关系背景、却想出去的青年人，最吊在嘴里也挂在心里的两件事了。

前者，北京大学、清华大学、复旦大学等中国第一流的大学。早就发现了一个秘密，他们某种程度上，是在为西方培养硕士生、博士生，或者说他们辛辛苦苦栽树，外国人却摘去了树上不少又大又红的苹果。

后者，1981年至1986年间，在中国几乎所有的城市，每年都呈几何级数增长。我曾到广东省民政厅涉外婚姻处做过了解，在1986年，该省的涉外婚姻，包括港澳台地区，达到了1.5万多对。在这之后，高潮逐渐回落，1994年是1.2万对。在这些统计数字里，有不少结婚者是明修栈道，暗渡陈仓，可她们拿得出林林总总的齐全证件，而你没有真凭实据，无奈只有批了……

为着形形色色的动机，中国人似细雨之后湿漉漉的新枝，辐射去春日的丽空一样辐射去了世界。十多年来，中国实行了一种愈来愈坚定、成熟、不为任何尴尬所困、不为任何风浪所动的开放政策。倘若有人以此为唾手可得，天经地义，或是面对开放总会有的负面影响，不思在更开放中激浊扬清，而是想起要走回头路，那么他们应该知晓当中国实行另一种国策的时候，人民曾经有过怎样的心理创痛，怎样的精神废墟。

自然，国策可以在一个早上，一片欢腾的旗海与雀跃的锣鼓声中，宣布划时代的改变，但也许对一个人来说，废墟便永远地成了废墟。

另外，还为着她的那双眼睛。那天，在她的一个女友家里，第一眼见到她时，我的心就被震慑了：

这是一双流泻出某种古老的忧郁的眼睛，让人想起落尽了果实的梨树，乳雾空蒙的远山……

这是一双泪水枯干，不会再哭的眼睛，可在这之前，多少年里它们一定泪花怒放，泪影莹莹，好似千叶离披的白菊，万点雨痕的桃林……

这又是一双融苦难与坚韧为一炉、化过去与未来于一池的眼睛，像一位参破玄机、心如止水的高僧，像一座紧闭的大门上钉着狮头铜环的庙宇，以亘古的沉寂抗衡着山下的万丈红尘……

我惊异于岁月的严酷磨洗，它在一位女性的眼睛里几近展示了全部的狰狞！

我又惊异于岁月的苍白与无奈，它未能完全泯灭她年轻时的风姿，那份蕴藉典雅还在，显然这是一份仅凭后天的教化还不行、还需要经过几代人血脉的积淀才能形成的蕴藉典雅。

一 北京公园

安怡从小喜欢唱歌、跳舞，在上初中时，曾考取了中国青年艺术剧院和解放军艺术学院的学员班，可父母不让去。

父亲早年留学德国学习化工，回国后白手起家，办起了一家规模不小的染织厂，1956 年的公私合营的热潮里，在一个星期之内，他将自己变成了穿件中山装、夹个人造革黑包每天准点去厂里上班的普通职员。母亲曾是扬州一门望族的小姐，就读于香港圣保罗女子书院，毕业后一直在中学任教，1961 年退职在家。在他们眼里，舞台生涯只是吃青春饭，他们希望一对儿女，此生有个类似医生这样的职业，除远离政治旋涡，还越老越吃香。

安怡还爱好文学。上初中二年级时，她从“绿肥红瘦”这个词里打探到了易安居士，从此每到重阳之夜，她的眼里都会浮现一个步履款款的素衣妇人，在那里咏哦：

东篱把酒黄昏后，有暗香盈袖。莫道不销魂，帘卷西风，人比黄花瘦……

她为保尔·柯察金的豪言壮语而血脉贲张，她为林道静与余永泽的分道扬镳而辗转反侧。唐诗宋词，中外小说，一本本为她垒起了将来当一名作家的理想。考高中时，这理想却出卖了她，偏偏作文没有考好，给录取在北京建筑工程学院的中专部，上的是民用建筑设计专业。

那是个自觉地将个人理想服从于组织安排的年代，安怡很快地学一行，爱一行，在班上各门功课名列前茅，课外活动也是积极分子，参加了学院的舞蹈团。她跳“吐鲁番的葡萄熟了”，那份马奶子葡萄般的原汁原味，使不知道的人，都以为她是一个维吾尔族的姑娘……

1963 年夏天，她随团去北京师范大学表演，那次晚会有首都不少高校参加，还来了一些在这些学校学习的外国留学生。主要的是朝鲜、越南和非洲一些国家的，来自欧洲的留学生，好像唯有阿尔巴尼亚，他们合唱了一首《恩维尔·霍查之歌》。

几天后，她去新疆餐厅，买了几只羊肉串，要了两个冰淇淋，正坐下来吃，另一桌喝啤酒的一帮留学生里，站起来一个人，向安怡这桌过来。那回演出，她刚化完妆，剧务就来催她上台了，她提着裙裾匆匆跑过后台时，他似乎不经意地轻轻将她撞了一下……

他在安怡的对面坐下，问她：“你记得我吗？”

她礼貌地和他点了点头。他自我介绍名字叫巴提，是阿尔巴尼亚留学生，在北京外语学院高等预科学习汉语，已经学了一年。他的一条短袖下毛茸茸的手臂，渐渐地伸过来，她赶紧将自己的手放下台面。他的脑袋又前倾了，咧开一副阔得几乎能塞进一个盘子的大嘴，结实的大牙后，浓浓的啤酒气味随之喷了过来：“我要和你交朋友。”

她赶快站起来，“我不喜欢你，不想和你交朋友。”

说完，扭头就出了餐厅。门又一阵砰响，她一回头，是巴提跟了出来，脸上又红又板，好似一面绷紧了的旗子。她向 3 路电车站走去，乘上电车她就可以径直回家。巴提却撩起一双长腿，流星赶月般紧追不舍。她有些慌神了，觉得马路上的人都在看她。她像是一只小鸡，他则像他那山鹰之国里飞出来的一头鹫鹰……

就在巴提要拽她的时候，他被一个人拉住了。此人足有一米八五以上的个头，好似一堵墙拦在了她和巴提的中间。他说他也是阿尔巴尼亚的留学生，名叫乔迪·科斯卡，他在餐厅里看到了这一幕，他问安怡到底发生了什么事情。她说了，他回头便用阿尔巴尼亚语对巴提讲起了什么，两人似乎吵起来，但一会儿巴提就像被拔掉了利喙的山鹰，悻悻然地走了。

乔迪将脸投向安怡，她感觉他海水一样湛蓝的眼睛里，溢满了睿智与宁静。他说：“你别在意，他只是喜欢你。”

分手时，乔迪将与自己联系的电话，写在了一张纸片上交给她，她接过了。

此后一年里，她没有给他打过一个电话。可奇怪的是，每学期总要掉几次饭菜票的她，竟没有将这张纸片弄丢。

1964 年 5 月的一天，她通过了毕业答辩，除了一道小题外，她的才思迸溅得似泄地时那一颗颗活泼、漂亮的水银珠……她高兴而又轻松地走在校园里，抬头望了望天，突然她想起了那一双湛蓝的眼睛。找出纸片,她给乔迪打了一个电话。听到她的声音,他的声音并不惊讶，仿佛他们是经常通话的老友，或者说他早就料到这是一个命中注定要来的电话……

紫竹院离两人所在的学校都不远，常常被外语学院的留学生们称之为“北京公园”，半小时后两人在这里见了一面。她告诉他，自己顺利通过了毕业答辩，她看出来，他为她真诚地高兴。他也告诉她，他也很快就结束在北京外语学院的汉语学习，暑假后将要分去沈阳的东北工学院，专业是黑色冶金。她也为他高兴，高兴里却隐隐地含有几丝惆怅。

以后,他们常常见面了,虽然安怡完成了毕业答辩,但还有课要上，一般都是晚自习后，乔迪来学院门口等她，两人沿大街在爽面的晚风里散一会儿步。

她陆陆续续知道了阿尔巴尼亚也像中国，一个人有了一个好的成分，便等于给未来买了一份牢靠的保险。乔迪的家庭仕途上并不显赫，可他父亲是战争时期的老游击队员，再加上他本人有 7 门功课考了 5 分，他便有了留学国外的资格。

恩维尔·霍查同志，似乎比毛泽东还忧心忡忡江山变了颜色。留学生们只有两个国家可以选择，一个是古巴，一个是中国。乔迪感到后者是一个东方古国，文化丰厚，也像太极图一样神秘，他来了中国。可呆了这两年下来，他有些后悔了，觉得自己应该去古巴。安怡一听，双眉如寒禽扑翅，“怎么，你认为中国不如古巴？”

他说：“中国的女孩子都很善良、可爱，但中国的男人见了你总是笑，不想笑，脸上也挂着个笑，他们在给你点头、向你笑、对你说好的同时，随时都在准备从后面打你……”

这时，安怡还觉得乔迪的这番话有点危言耸听。不过她喜欢两人间这无拘束的谈话。在学校她是个常抛头露面的活跃分子，院长认识她。和乔迪一起散步时，碰见过一回院长，她坦荡地叫一声“院长好”，院长面带微笑地对她点了点头，没有说一句诸如“安怡，你怎么交了个外国朋友”之类的话。

她觉得自己也无须躲闪，和巴提一类奔放的留学生比起来，乔迪有着东方人的含蓄和彬彬有礼，且阅历广博，是一个风趣而又值得信赖的朋友。除此而外，她不感到还有别的什么。

8月，她应邀和他去首都的一个不太为人所知的风景区——八大处玩了一趟，同去的还有乔迪的一个同学，名字叫伊里尔，也是阿尔巴尼亚留学生，父亲是一个将军，他和同校俄语专业的一个中国姑娘已经定了终身，这姑娘叫宋芸，也一起来玩了。这两人宛如春天的原野上一对撒欢的小马驹，天光云影里牵手，茂林花丛间拥抱，没有半点遮掩与压抑，有的只是青春与爱情，似寥廓山风般尽情挥洒……

安怡隐隐约约地感到，此番出游，是乔迪在为他们自己日后的关系提供某种注脚。在这几个月的接触之中，她也愈来愈发现：虽然乔迪只比她大一岁，可他说出的每一句话，几乎都是正在她心里想的；她打算做的每一件事，还没来得及做，他就替自己做了。这是一种神秘的心心相印。或者说别看他是个高鼻子、蓝眼睛的外国人，可文化和语言的隔阂，在他兄长对妹妹式的关怀、体贴里全消融了。他是她这一生中和她脾气最相投的人。

不见雷声隆隆，电光闪闪，初恋似潜入春夜的细雨，甜蜜、却又悄无声地漫上了一个少女的心灵。有人说女人一碰上爱情，便丢了自己的脑子。安怡似乎不是这样的女人，当她一发现那份甜蜜的同时，她就意识到了自己和乔迪关系所潜藏的某种悲剧性……

安怡似乎也是这样的女人，她在害怕乔迪说出那句古老又新鲜的话的同时，又期待着他说出这句话来。她还使了一点小小的心机，想事先验证当他说出这句话来的时候，会不会也是有些招蜂惹蝶的留学生们，说惯了的一句写在流水簿上的誓言?

有一次，她约他在学院路南口见面，她却不打算准时去，想考验一下他对她是否耐得住性儿。老天也与她合谋，下起了一场瓢泼大雨。她坐在公共汽车上，经过南口时，透过一片白茫茫的水汽，见他未带任何雨具，浑身透湿地站在一棵树下。她硬着心肠不下车，去了终点站又坐上回头车，约莫过去了1个多小时，再到南口，乔迪还站在那里。

豪雨依然如注，像是在做一次彻底、周密的围猎，他往日高大的身影，簌簌抖抖，像蜷缩成了一只负伤的小动物，可这只“小动物”，除非被她的一支“箭”所击倒，否则就不会离开这场围猎……

9月底，安怡走上了工作岗位——市政工程的一个部门，可乔迪还在北京呆着。

一天，他给她打电话，告诉她：大使馆派人已经几次在宿舍里堵他，今天又来了，并通知他，如再不去东北工学院报到，就要送他回国。

她不敢问他，话筒里好一阵沉默，只听见彼此炽烈起来的呼吸声。她又不能不问他：“那你……为什么不走？”

一句也命中注定的回答，如黄钟大吕，訇然振动了她的耳膜：

“安怡，我……离不开你了。”

她约他晚上在“北京公园”见面，随后赶快挂上了电话。

北京的秋夜，一弯鹅黄新月挂在深蓝天角。月光淡若轻烟一样漫开，在紫竹院洒落满园婆娑的树影，拂动满园幽暗的花香。在这流动着天籁与生命力的世界里，安怡却感觉自己像一只木船，搁浅在冬天干枯的河道里，空有一腔去追逐爱与被爱的激情……

“乔迪，我发现我也喜欢上你了，所以以后，我们必须断绝来往。”

“为什么？”

“你的国家在那么遥远的地方，我不能去。即使是我能去，我的国家也不见得会允许我去。既然这样，还是现在分手了好，避免双方将来痛苦……”

“安怡，你今天约我出来，我很高兴，可没想到你会对我说这些。这违背了逻辑……”

“不,这不违背生活的逻辑。我说这话,只是违背了我内心的意愿。”

长久的沉默。只有秋虫不知人事，泄水似地欢鸣……

“乔迪，我……走了。”

“那好吧，我再坐一会儿。”

那时紫竹院还没有大门，只是有个豁口，出去不远便是322线车站。安怡没有去车站，她躲在一棵大树后，想最后再看一眼他。十分钟过去了，不见动静。又十分钟过去了，还是没有一点声响。陡然，她眼里消失了星光，消失了树影，只有大团大团的黑雾涌来。离开时她能感觉一种灰冷的情绪，包裹了他的整个身心，她害怕他会不会像一棵被雷电与山火挖空了心的老树，一下栽倒在山林里。一股似刀片一样明彻的痛感，疾利地划过她顿时如脱兔般起伏的胸脯……

她正要走出树下，前面传来了嘎啦嘎啦的声响。这是自行车链条磨擦罩壳的声音，乔迪的车子除了铃不响，几乎哪里都响。中阿两国，似乎是一对穷兄弟。

他踽踽地推着自行车，出了豁口，下了坡来，路灯照在他金黄的头发上，打出一片金箔似的光亮，她看到他的脸上冷峻得吓人，一条长腿木然地跨过车架。一阵强烈的战栗，让她的心卷曲似正被火焰燎烤的一片叶子，仿佛再不喊出句什么，心儿就得化作一撮灰烬。她叫了一句“乔迪……”

自行车咣啷一声倒在了地上。他侧过头，看见了她。他就那么木雕般地站在原地。

“安怡，你为什么再叫住我？”

“没有什么为什么……”

“不，你一定要告诉我为什么，否则我就在这里站到天亮。”

“我也……离不开你了……”

10月7日，乔迪去了沈阳。

一个星期至少三封信来，有时一天安怡能收到他两封信，张张信纸上，无不洒满了一个少女痴情的泪水。一学期结束了，上午刚考完，不顾留学生不能擅自离开所在城市的规定，下午他就登上到北京的快车。

没有温暖如春的房间等着他们，没有鲜花与醇酒簇拥着他们，依然是在“北京公园”，只是不见了秋日的花香叶影，有的只是千树萧索，朔风长吟。他们紧紧地拥抱在一起，打摆子似地颤抖不已，急切地诉说着彼此的思念，直到说得彼此的嗓门嘶哑。

有时，他们感觉自己很悲惨，宛如两条叭儿狗，命运的绳子牵在他人的手里；可在感觉到悲惨的同时，他们的心头，又会涌来自己正在向一个世界作出挑战的巨大激情。他们有无数个话题，但是都彼此心有灵犀地回避一个关于未来的话题。与其忧郁于这花，能不能在明天结果，不如沉醉于今日这抚慰如诗的花萼……

1965年夏天，大使馆安排乔迪回国探亲，他心里忐忑不安。不回去，能和安怡在一起呆一个暑假，显然是他所期待的，可这严重地违背了组织的旨意，而组织，在一切社会主义国家里都强大似如来佛，个人即便有孙猴子的能耐，也翻不出他的巴掌；回去，他又担心是个幌子，只要自己一登上了飞机，他就再没有走出祖国的可能……

权衡再三，他只有回国。他给安怡打了个电话，表示回国前要和她再见一面。

安怡的心里，也是十五只吊桶打水——七上八下。

这年夏天，她发现自己走到哪里，几乎都有人跟着。最明显的一次，是她进北新桥百货公司买东西，身后总见一个披军用雨衣的家伙在转悠，她一旦回过头看他，他的视线顿然落进了柜台里，像是也要买什么东西。她转去顾客多的一个柜台，埋下头去一会儿，趁他四处打量时赶紧出了大门。没跑几步，刚好有一辆公共汽车靠站，她上了车，车子随即开动。惊魂甫定，她掏出手帕揩去额头上沁出的汗珠，可一回头望去，见那家伙又骑了一辆自行车在后面追……

安怡只在反特电影里见过被盯梢的镜头，可在这时她已经感觉到了，现实生活中倘若只是盯特务，专政机关便得大大地裁员。

几个月前，外语学院里有消息传来，宋芸因为铁定主意要和伊里尔结婚，并到留学生宿舍住过，被抓起来了，被抓的当天在学院开了大会，宣布开除其学籍，并送劳动教养。此后，有一天她正在张自忠路搞测量，看见宋芸坐在13路电车上，她叫了后者一声，后者也转过头来看到了她，可就是不理她。她一下意识到了宋芸并非自由之身，不答应自己一定是不愿意牵连自己。后来待她自己也到了北苑化工厂，碰到宋芸一问，那天后者果真是被带去医院，做是否是处女的检查。

安怡估计准有人向公安局兜售了自己。倘若不是宋芸，剩下的可能，便只有一个叫小马的姑娘，和本单位的一个党员了。

一次，她和乔迪路过北京展览馆，看见一个女孩站在那里，像等什么人。头戴红色软帽，白色的纱手套长至胳膊肘子，身上是一件大红镶白纱皱边的连衣裙，好似哪出欧洲戏剧里的人物，突然出现在被蓝灰两色铺满了的中国大街上，令人咂舌不已。乔迪告诉她，这个姑娘叫小马，爱上了一个叫多维尔的阿尔巴尼亚留学生，还多次在后者的房间里过夜。可这个小子在中国制造爱情，并不比在肚皮里给中国的农田制造肥料更困难，他很快又和另一个女孩打得火热，小马只不过是在火热之余给多维尔“拾遗补缺”，她自己却痴情依旧，浑然不觉……

安怡听了心里很不是滋味。她说不清楚是多数外国人本性如此，还是中国给了他们一个适宜的环境，让他们膨胀成这样——满世界的撒播“爱情”，像鱼儿在水里撒子一样漫不经心，没有半点责任感？

不久，她一个人经过展览馆，看见小马又站在那里，还像是一棵光怪陆离的圣诞树。一股几近义和团式的义愤，陡然充斥了她的胸间。她走过去，问：你是不是在等人？

对方的眼里一阵惊疑：你是谁呀？她说：你先别管我是谁，你告诉我，你是不是在等多维尔？“多维尔”三个字，恍若一支美容霜，让小马的神色一下光彩、柔和起来，不迭地说：是啊是啊，多维尔是我的男朋友，我们约好……

她打断她：外国人不都是罗米欧，我听说多维尔又勾上了其他人，你可千万别再上他的当！

从此，小马认识了她，并羡慕她拥有一个外国的罗米欧。此外，就是那个党员了，此人似乎不知道她和乔迪的事，一副古道热肠，老拉着她说，要给她介绍对象。可一次为找一份急需的材料，人不在，她只好打开此人的抽屉，发现一张无头无尾的纸上，写了这样一段话：

“最近我多次和安怡聊天，想了解她一些情况，可她像是感觉到了我的意图，什么都没有透露……”

事情的逻辑似乎是小马也被逮了进去，并供出了自己，公安局不但盯上了她，还在她的单位，布下了一张只待她自己钻进去的网；还有一种可能，小马不会出卖她，她在“拾遗补缺”的屈辱里解放了小马，后者应该感激她。是单位上的“火眼金睛”们发现了她什么，并去公安局做了报告。

历史应该给“火眼金睛”们这样定义：他们的最大精神乐趣，便在于从好人堆里更多地开掘出坏人，或者至少也得让好人对自己是否是个好人好一阵恐惧……

安怡便处于这样的恐惧之中。若说自己没有问题，整天派个人跟在后面，公安局不嫌累得慌？若说自己有问题，和外国人接触就是大逆不道，可自己一没出卖国家情报，二也和宋芸、小马的情况不一样，既没进过留学生宿舍，也没接受过他们的财物，不过交个男朋友。如果说这是错误，可以批评教育，治病救人；如果说这便触犯了法律，一天到晚在叫喊“我们一天天好起来，敌人一天天烂下去”的伟大祖国，她的神经不也太脆弱了？

乔迪到了北京，马上给安怡打来电话。她听出是他的声音，一下被巨大的幸福感推上了波峰，可随即又被巨大的恐惧感给甩下了谷底，宛如她手里的话筒，是黑手党塞过来的一枚炸弹，她急急地告诉他，两人不能再见面，她已经被跟踪多时……

聪明的乔迪此时却不聪明了，在他眼里因为爱情会被跟踪，就如同打屁会导致上绞刑架一样，这显然出于安怡的胡诌。一向讲话文静的他，突然石破天惊了：

“本来我该直飞上海回国的，就因为想和你见上一面，才冒着被大使馆批评的危险赶到北京，你却不想见面，是不是你有了别的男朋友？我呀，一直搞不懂中国的男人，现在我才发现，我也搞不懂中国的女人！”

不能不说这体现了安怡命运的某种荒诞性：

在她被公安机关视为“卖国行径”结束的这一天，在促使她走出家门，去和乔迪见面的诸种因素里，有一种因素绝对是滚烫于胸的爱国情操。她知道无论见与不见，她和乔迪曾有过的日子，都结束于一株痛苦的无花果，可她不愿他带着对自己的怀疑和愤懑而走，更不愿意日后在地球遥远的另一端，人们谈起中国的女人来，也和激烈地对待中国男人一样，像谈起一堆精神上的侏儒……

那天上午,安怡一走出胡同口,便见有三个男人,各自扶着自行车,像是在扎堆聊天。转去旁边的胡同，又发现后面有人跟。这胡同里有她一个同学的家，她从这家前门进去，后门出来，不要几步，就折去了另一个同学的家，家里的前门刚好朝着大街。

安怡对同学说：“今天我要去见一个朋友，可是有人老跟着我，我不得不提早出来。”这同学在学校里和她的关系挺铁，没有问一遍子丑寅卯，只是说:“那你就不要去见了。”她说:“不行，我要不见他，可能这辈子就再也见不到他了……”

同学没再说什么，一定要她吃了饭再走，吃饭时目光柳丝般依依拂动在她的身上，仿佛这是她“最后的晚餐”。

下午 2 点多钟，她坐车到了颐和园。进园前，她四下看了看，似乎没有发现除了游园还藏有别样动机的面孔。心境恍若一块擦去尘埃的镜子，顿然明朗起来，她匆匆地赶到谐趣园的后山，乔迪正等在写有“紫气东来”的廊门下。

以前他们来过几次，这里绿荫如盖，鸟鸣清幽，人迹远去，煞是放牧爱情的好去处。乔迪见到她，一把将她抱起来，放倒在自己怀里，一个紧接一个的长吻，在她蠕动如一条干渴欲绝的小鱼的双唇上，放射出一串串呓语：

安怡，我不能没有你！

安怡，我不能离开你！

长吻衬着他那亢奋不已的满头金发，好像一道道的闪电，划过她墨玉般晶莹的眸子。她恍若一团带雨的云，被这闪电催开得通体情汁滚滚而下，她抚摩着他的金发，抚摩着他的脸颊，双臂又似蛇一样扭曲滚动在他宽厚的后背。她身上的每一个部位，都像蓄满了阳光和水分的大团春叶，膨胀着，舒展着，渴望去追逐初夏的诗意。

可她脑袋里的每一根神经，又都像一根根银针，在锐利地挑破春叶的初夏之梦。在这份刻骨无边的刺痛里，她双眼微闭，噙着泪水，泪水里顿然飘来莫泊桑的小说《在春天里》的一段话：

> 您可要当心爱情！它比伤风感冒、支气管炎、胸膜炎都要危险得多！它是毫不留情的，它会使所有的人干出不可挽回的蠢事。是的，先生，我想政府应该每年在墙上贴出这样的大布告："春天来了，法兰西公民们，要当心爱情呀！"如同在房屋的门口上写着："当心油漆！"……

最需要贴出这份告示的，该是中国政府。可它没有贴，政府似乎只想在爱情如同早产的历史事件一样发生时，抓他个人赃俱获。

不到十米远的一棵香栌树下，不知何时冒出了一对三十多岁的男女，说不是情侣，他们也在那里挽肩勾腰，喁喁私语；说是情侣，给人的感觉却矫情、生硬，仿佛是一对武林高手，被硬拉上台去演一出言情戏。安怡和乔迪走开了，这对情侣也随之走开，不近不远地在后面跟着，悠悠的耐性，好似咬一口就得咬出满嘴丝来的糖饼。安怡看了一下手表，快七点了，两人干脆往大门方向走去。

到了排云殿，那对情侣像突然出现似的突然消失了。安怡一颗紧悬在喉咙口的心，刚刚物归原处，左侧插出了一个戴鸭舌帽的男人，他边啃一块月饼边挨近她，胳膊撞了她一下。她没有吱声，以为他是不经心的，可他又转到右边，胳膊还撞她一下："喂，姑娘，咱们玩玩去！"

她说："我不认识你。"

乔迪推了那男人一把："你想干什么？"

两人随即加快步子，走到了颐和园大门。刚过门口，那男人竟冲过来，一把抓起她的胳膊，嗓门大得像他在救人于水火："走，别不好意思，跟我玩玩去！”

立马围过来四五个人，有男有女：“怎么回事？”“怎么回事？”

安怡的脸上气得红一道，白一道：“我根本不认识他，他要流氓，要我跟他玩玩去……”

一个女的脸上也顿时挂满了无产阶级义愤：“这男人是流氓，我好几次见他在颐和园捣乱！”

两个男人将他的胳膊往后一扭：“走，跟我们到派出所去！”

乔迪牵起安怡的手就要走，那女人却拽住她的衣襟：“你不要走，你得去派出所作证……”

乔迪这时多半意识到了什么：“我们还有事，我们得走……”

女人的手越拽越紧：“外国人自私自利，咱们中国人可不能这样。你不去作证，让派出所将这个流氓逮起来，过几天，他还会在这儿捣乱！”

一句“咱们中国人”，让安怡本该如刺猬的警觉，一下蜷缩了回去。她想：当着这许多中国人的面，一个外国人叫你不去，你就不去了？

她随众人去了，乔迪只能跟在她后面。到了派出所，戴鸭舌帽的男人被送进了后面的一间房，一个警察将她和乔迪留在了前面的办公室，问了一遍两人的姓名、年龄及住址，便将他们搁在了一边，自个儿看起了报纸。她站起来：“你这就算取证了？那我们走……”

对方狠狠地剜了她一眼：“我还不知道什么叫取证？取证的人还没来，你给我坐下，老老实实等着！”

这一等，等到了十点多钟，终于开来一辆北京吉普，车上下来三个男人。一个戴眼镜的高个子，将乔迪带去了另一个房间。剩下的两个留在了这间，开始问起她来。真的是取证，不过取的证与下午的事无关，他们问她，什么时候认识的乔迪，两人到过哪些地方，干过哪些事情，她是否得过乔迪的什么钱物……几近像两名推挡旋削配合极好的乒乓球选手，他们怎么问，她就怎么答，她只求能早点放自己回去。

“你们快点问吧，一会儿，就没有末班车了！”

“不要紧，呆会儿我们送你回去。”

院子里传来一阵杂沓的脚步声，乔迪像叫了一句什么，但很快被喝住了，随即吉普车发动，她估计他们送走了乔迪。

又过了半个多小时，吉普车回来了，安怡被带上了车，车上不知什么时候又塞进一个十七八岁的女孩子，一脸的惊恐，恍若刚刚从哪个犯罪现场逃了出来。车子走到新街口，安怡的家住南边，本该往南拐，却往东跑去。

“你们不是说送回家的吗？”

“都十二点多了，这么晚回去叫门，影响多不好，你还是先在我们那儿住一夜，明天早上再走。”

她一听，心想这也行，明早直接去单位上班。车子在一片黑幢幢的高墙下停了下来，一行人下了车，一个人问她：“你知道这是什么地方吗？”

“我不知道……”

一扇大铁门咣当一声开了，像寂寞的夜空上陡然滚过的一道雷电，令人心悚！

走进门去，影壁上的两行大字：坦白从宽，抗拒从严，在惨白灯光的照射下，宛如浮动在冰水里，让人周身一阵透骨的寒彻。安怡和那女孩，被锁进了一个四面被铁丝网住、浑如笼子的号子，女孩哇地哭喊起来：“你们放我出去，你们放我出去……”

安怡尽力使自己觉得一只脚虽泡在冰水里，可另一只脚还在岸上，她劝女孩：“他们不是说了，明早就让我们走吗，你不要叫了。”

女孩哽咽着告诉她，这地方是位于北新桥炮局胡同的北京市拘留所，老百姓都简称为炮局。安怡仍在冰水不断涌上来的心海里徒自挣扎，除了拘留所，难道公安局还会请我们去宾馆、饭店里过一夜？

次日一早，她叫住一个经过的警察：“请你开门，我要去上班，办公室的钥匙还在我这里……”

她手头正负责三幢房屋的设计，过些日子就得审查方案，工作挺紧张。

那警察过来怪怪地打量了她一遍，仿佛她是全聚德厨房里一只扒光了毛、已架上火却还想飞的鸭子，笑道：“你还想去上班？老老实实地呆着吧！”

她颓然坐下。万千思绪，思绪万千……

她想着自己绝对爱党爱祖国爱人民，无论如何是个好人的种种理由；她从电影、报纸、小说里，回忆我公安机关绝对料事如神、不枉不纵、保护人民、打击敌人的种种功绩。她越想越觉得自己不过是暂时掉进了一条小沟里，自己该赶快爬起来，配合公安人员去找出一个总藏在哪里的狰狞的误会。

初审安怡的是一个三十来岁、个头挺矮的女警察，不知是真有近视，还是因为右脑门上有道疤，得转移掉人们的注意力，她脸上架了副挺秀气的眼镜。倘若她干的是教师，或者是图书馆职员，这疤大约真可以忽略不计。她却干上了一份能够怒吼、容易撒气的职业，每每激动起来，这疤便涨红得似她脑袋上突然落下一片枫树叶子……

“乔迪对你说了些什么反华的话？”

“我们根本不谈政治。”

“你包庇外国人，这么多中国人不爱，却要去爱一个外国人……”

“我不是非要去爱外国人，而是两个人交往下来，感觉性格、兴趣都比较相投，就自然而然相爱了。”

“说得倒轻巧，你凭什么和外国人交往？”

“我凭什么不能和外国人交往？”

“中国的法律里，有哪条允许了一个中国人去和外国人谈朋友？”

“中国的法律里，有哪条写明了不允许中国人和外国人谈朋友？”

“我告诉你，除了外交人员和翻译，谁和外国人交往，谁就违法！”

“那你找出这条来看看。即便真有这条，毛主席教导说，具体问题得具体分析，也得看看对方是一个怎样的外国人。阿尔巴尼亚不是我们的兄弟国家吗？我又没有和资本主义国家的人来往……”

“好，好，你嘴硬！那我问你，一个二十岁的大姑娘，光天化日之下跟外国人钻树林子，你也不嫌害臊？”

“我没有钻过树林子。”

“那你有没有和外国人搂搂抱抱？”

“那你和你爱人谈恋爱时，一个走马路这边，一个走马路那边？”

女警察显然不以为存在什么误会，面目狰狞的是安怡本人。

监狱从人类历史上设计出来，肯定有心理学大师的参与。你不是还有几分精气神儿吗，那就在号子里撂你一段，在苦不堪言的孤独与对未来不可测的惶恐之中，蒸发掉你的精气神儿，宛如烤馒头片，一层层地烤去你的辩说和侥幸心理，叫你的灵魂灼痛起来，痉挛起来，如果不赶快从这烧红了的铁片上跑下来，你的灵魂就要面对被烤成碳黑物质的危险……

这一撂便撂了十天，安怡没有一刻不在想，这件事出去了该怎样向领导和同事作出解释？自己手头被耽误了的工作，又该如何交代？是呕心沥血地坚持自己是个好人，让公安局终有一天耸然动容；还是只要公安局漫不经心地打个喷嚏，自己便得一辈子脱不了感冒……

安怡一遍遍要求提审自己，这要求在一天半夜满足了她。

经过院子时，秋夜的寒气将她冻得哆哆嗦嗦，她进炮局时身上只穿了一件单衣。在颐和园原说要送她回家，后来又将她逮进来的一个男人，给她端来一杯热水，她赶紧将手捂在杯子上。

这人说了：“我们已经和你单位联系了，工作挺紧张的，想你赶快回去。我也去了你家里，拿到了你的日记，你爸、你妈也挺惦记你。年轻人嘛，有什么呢，无非就是和外国人交个朋友，说清楚不就行了。你好好说吧……”

安怡深入、细致地说了：

怎样认识的乔迪，在一起说过些什么话，扯到哪些关于中国的话题，还认识哪些留学生，和他们之中谁跳过舞，他们还接触了哪些中国姑娘……她脑子好使，人名、时间和地点还说得特清楚。如同一个从不需进百货公司的富人，一旦花起钱来有一种快感；一个正直、善良的人，一旦卷进一桩莫名其妙的案子，大抵也会有一种倾吐的快感。

安怡不知道她讲出这些，将给又开始剑拔弩张起来的中国社会，增添多少火药味；她只知道，倘若一个魔鬼不松开扼住她命运咽喉的手，哪怕要她在玻璃渣子上搂着魔鬼跳舞，她也会跳个兴意酣然，气贯长虹……

仿佛是她开始转变了态度，那男人也对她推心置腹起来。他告诉她：

“乔迪这家伙一贯敌视中国，他在东北还有两个女朋友。如果不是我们及时拉你一把，你还和这样的人在一起混，想想将来你的下场，真是不寒而栗呀！”

她已经关去了心囚里的爱情，一不小心，又溜出来添乱：

“我一星期要接到乔迪三四封信，有时一天还收到过两封。再说，他上午考完试，下午就赶火车来北京，他怎么可能在我之外还有女朋友？”

那男人没有恼怒，只是一副恨铁不成钢的模样，喟叹一声道：

“你看看你自己，已经堕落到什么程度了，宁可相信外国人，也不相信中国人。这样吧，你写个材料来。看看你认识错误的程度，认识得深刻，就早放你出去。认识得不深刻，放你出去了，你还会犯错误。”

对安怡的再次提审又是放在半夜，除了那个矮个头的女警察，房间里还有几个男人。

她兜头第一句话就是：“你写的交代，我们看过了，你回避了一个重要的问题！”

“什么问题？”

“你的男女关系问题。你今天就把这个问题给我讲清楚。”

这是一个颇有深长意味的反差：

在解放后生殖力与革命热情一样长盛不衰的中国，即便是在夫妻之间，男女关系问题，也是个只能干、不能说的问题。除非对方舌头变成了一块抹布，你想要中国人谈出自己的性意识、性行为，无异于想从他们的嘴里掏出一块象牙来。

这是一个暧昧不清的领域，以至于一些姑娘以为，只要和男人拉了拉手，便会生下孩子。一些新郎激动地来到了那片处女地，宛如饿汉见了满桌美味却不见筷子，竟挠耳抓腮，无从下手……这又是一个因暧昧不清而挺刺激人的领域：倘若想要搞倒谁了，在向他扔去的诸多块石头里，多半会有“男女关系”这块石头。倘若能处于合法审查者的地位，被审查者的问题里又有“男女关系”，这便像是注射了一针可卡因，一个个多半兴奋、燥热、穷追不舍、暗渡陈仓，俨然一次合法的意淫……

昔日见了“男女关系”这几个字，都像见了电弧光一样，唯恐躲闪不及的安怡，现在只能在这几个字里打滚。她交代了自己和乔迪有过几次搂抱，几次接吻，是他主动还是自己主动，她被迫去回忆他、或者自己什么时候，是否有过去穿越禁区的企图……

落在她身上的一道道目光，蚂蟥一样滑腻，梅雨之夜一样潮热，鞭子一般驱赶着可怜的她，要她去穿越仅仅存在于他们脑海里的那块禁区。她觉得这个晚上自己的衣服被扒光了，她决意自己不能在道德上也被扒光。

女警察盖棺论定道：“你不说上了床，我们就查不出来？你以为不承认上了床，你交代的这些，就不算男女关系问题，不算男女关系问题，我们还抓你干什么？”

安怡回到号子里继续写材料。宛如走进一家门口站了一条狼狗的帽子店，若空手出门便会被狼狗咬上一口，她依然不敢去要“男女关系”这顶帽子，却不能不给自己脑袋扣上其他的帽子：丧失立场，崇洋媚外，资产阶级思想严重……

这期间，她被两次带去公安医院妇科检查。第一次，是位女大夫检查的，检查完在屏风后穿衣服时，安怡听见她对什么人说：处女膜完整。

几天后，又被带去一次，这回换了一个男大夫，俨然他是个考古学家，而她则是具从长沙马王堆出土的西汉女尸，琢磨了好一阵。这回检查完后，她被带出去了，不知道在里面，他对公安局的人说了些什么……

关进来的第十五天，那位女警察头一次走进了安怡的号子，上上下下打量了她一遍，那片枫叶不见了，神情颇为平静。既像过去在学校时班主任找同学谈思想，又像是一个老师傅，在鉴定某件半成品能不能够出车间：

“你自己瞧瞧，这么一点年纪，就穿上了皮鞋，你自己也承认了资产阶级思想严重。既然这样，以后是不是通过劳动，好好改造改造自己的思想啊？”

安怡鸡啄米似地点头。从她一向挂满了阶级仇恨的脸上，安怡原以为她最终会给自己带来一张得劳改几年的法院判决书来，没有想到她带来的，竟是这句几乎在每个中国人耳朵里都打出了老茧的话。这时代，除了毛泽东，哪一个人不得改造思想，哪一次运动不冲着改造思想而来？再说自己带着图纸，扛着仪器，风吹日晒，这里画线，那里勘测，不也是劳动？

她以为自己可以出去了，她盘算着回单位后，要以更沛然的智慧与汗水，来洗刷这注定得进档案的半个月。

当晚，她被送到了北苑化工厂。

接受这件“半成品”的是王队长。只知道有劳改、不知有劳教的她，看着高墙上的电网、持枪站岗的战士，不禁茫然地问:“这是哪里呀？”

王队长忍俊不禁笑了，显然看她是件不合格的“半成品”。

“你呀，被判了两年劳动教养，还不知道自己到了哪里？”

二 黑匣之内

初进北苑，乍一看像是进了“渣滓洞”。

一个号子睡十几个人，木板搭的通铺，面对面，中间只剩尺把宽的过道。

几乎每一个位置都有讲究，谁挨着门，谁打呼噜，谁身上可能有脏病，谁患了哮喘，夜里咳个不停……而为了摆脱某一个位置，转移去新的位置，总伴随一番折腾。每一寸空间都流布有隐形火药，谁要是不小心碰落了别人的物件，或是臀部似一艘船，泊在了别人的码头，多半接踵而来的也是一阵鹅争狗斗。

一天三餐多是窝窝头，再加一碗菜汤，吃米饭和能闻到肉香的日子，一个月里就那么几次。每月家里人可来送一次日用品及少量食品，隔三岔五，便总有林林总总的“案件”发生。不是有人叫掉了肥皂、卫生纸，有人喊：我一支新的牙膏怎么就剩了半截？就是有人脸上涨红得似一块刚割下来的新鲜牛肉，猴急如整个国库被盗了的神情，可其实就是不见了一块桃酥……

开始的3个月里，每天和尚打座似地盘腿在铺上，除了读报学习，就是各自将自己的问题，竹筒倒豆子似的倒上一遍，此后相互把这“豆子”放进嘴里咬，谁将“豆子”咬得嘎崩生脆，咯咯作响，恍若狗啃骨头，谁便算批判深刻，表现积极。

安怡渐渐清楚了，北苑化工厂是个劳教工厂。女犯中多为小偷、诈骗和流氓团伙进来的。有一个绰号叫“东四小红”的女孩，被亲生父亲强奸后，拂袖而去，不再回家，先靠在外偷个仨瓜两枣为生，后来纠集几个家里管不了的弃学女孩，去同学家骗个七角八角，在街头巷尾砸几块玻璃，偷个电灯泡，或是和一帮野男孩，半懂半不懂地打情骂俏……能叫麻雀也就不算埋没她们了，她们却自称为“九鸟一凤”。每到放风时间，她们总和隔墙有关的男犯斗嘴解闷……

还有“思想反动”者。看批判她们的劲头，似乎个个家里藏了炸药包，想伺机去炸天安门，可自己交代的十有八九，不是自个脾气太大，就是领导心眼太小，头头看她们怎看怎别扭，于是一提拎，便像农贸市场上倒拎一只鸡一样，给拎来了这里……

还有妓女。一个三十出头、来自农村的四川女人，随做建筑工人的丈夫到了北京，离婚后操起了皮肉生涯，她大字不识一个，可倘若在她面前放个萝卜，她发言时水浪般波动的舌头，准能将这萝卜雕刻成一朵花来：

“我做这个，一是为生活所迫，要不我没有生活来源，二是为人民服务，为社会主义建设作出了贡献。来找我的，有工人、干部、军人、大学生，他们从这里走了以后，都特别兴奋，特别高兴，能够以充沛的精力，投入到工作和学习上去。而你们呢，有吃有穿，有一份体面的工作，要不就是国家、父母供着念书，可还要去找外国人。进来了，你们一个个伶牙俐齿，说是在谈恋爱，谈恋爱又怎么了，难道就比我高尚？我告诉你们，我从来只出卖身体，不出卖感情……”

与其说她在迷途知返，不如说她在现身说法。

与其说她在交代自己，不如说她在批判他人。

四川女人的这番话，指向性非常明确，指的便是“洋妓”，这个可能会使人误以为是外国妓女的称谓，并不是她这个“土妓”创造出来的，而是教养单位创造出来的，用以赠给那些所谓和外国人胡搞鬼混的中国女人。

安怡当然算是“洋妓”，她的号子里“洋妓”也不少，她们有的是大学生、演员，有的是医生和工人。

开始，安怡吓呆了，自己怎么会和这些人走到一起来?

社会，在她的眼里原来单纯得像一杯白开水；现在，宛如走进了人体解剖室，社会在这里展示了自己红红绿绿的五脏六腑，展示了像石子一样硌在胃里令它不舒服的东西，它急于要在大肠里排泄出去的东西，而她竟也被肮脏地置于大肠里，可她究竟干了些什么呢?

起先一段日子，安怡总在心里后悔：在炮局，我干嘛要屎盆子尿盆子，往自己头上扣呢?不扣，进来了；扣了，也进来了。我怎么没有想到，他们用的就是一种诱供的方式：你说吧，说得越多，我们就越早点放你回家。似乎这是你在家里偷了几块糖，只要承认了错误，父母马上就会原谅你。

它还会制造一种氛围，深更半夜，一人屋子男人，就是要让你特别尴尬，特别害臊，让你糊里糊涂说。我怎么就不能学学《红灯记》里的李玉和呢，倘若真要是打起仗来，被敌人抓去了，不要动刑，我就当了叛徒……

六十年代，便是这样一个充满了感召力的时代：雷锋，王杰，欧阳海，李玉和……一个青年即便关进号子里，也蝉蜕不去自己的革命觉悟。

六十年代，又是一个变得荒唐起来的年代，无产阶级专政的号子里，不乏向往革命的青年。

渐渐地接触下来，安怡发现在自己这个号子里，“洋妓”真有一二个是那么回事的，比如一个是孤儿，和姐姐住在一起，后来姐姐谈恋爱了，就一间房子，来了男友老嫌她碍事，她不得不一个人去街上遛马路。一次，在东单公园附近转，被一个外国人盯上了，两人发生了性关系。随后，他给了她 15 元人民币，她用这钱买了一双红皮鞋。她就穿着这红皮鞋给逮进来了，问她，她还不知道这人是哪国人，叫什么名字……

但多数人和自己一样，所作所为，实在是大大辜负了“洋妓”这一称谓发明者的想象力——

孟白鸽，原来是海淀区一所医院的医生。

一个在北京大学留学的苏联青年人，皮肤对花粉过敏，在国内没有治好。来北京后，每年三月间，像雪花一样撒满全城的杨树花絮，让他浑身搔痒，彻夜难眠。她用四处打听来的一个土方子给他治好了，他爱上了她，她随他去了苏联，生下一个儿子。

尽管她渐渐习惯了牛油、红肠和面包，也能讲一口流利的俄文，她却不愿放弃中国国籍。丈夫是书呆子，回国后在莫斯科大学读东方文化的博士，而她本人政治上的麻木，也一定不亚于她脚下的高跟鞋底。早不探亲,晚不探亲,她偏偏在中苏关系暗中开始交恶时回国探亲。上海、南京、成都，家人亲戚一一见下来，依依难舍，将签证日期给耽误了，她只得再去苏联驻华使馆办理签证。

许是苏方有些怀疑她，每次去使馆，都一再盘问她再度签证的理由，以及她在国内的行程，仿佛她不是在中国的地盘上活动，而是去了苏联奇形怪状的各种天线几乎布满天空的远东……

中方也未因她怀里揣着本国的护照而信任她，相反，她也被盯上了。最后一次，是她在北京饭店吃饭，过来两个人，似乎无意撞了她一下，旋即，其中一个嚷起来，他口袋里的一百元钱不翼而飞了。两个人认定是她偷的，不等她从一头雾水里回过神，就拖她去了公安局，一到公安局，她便被扣下……

这一天改变了她的一生，次日，她的赴苏签证就批下来了。

姜英，原来是一名演员。

她父亲是东北人,母亲是日本人,1945 年日本人溃逃时,贫病一身，无处可去，被她父亲拣来做了媳妇，没几年，父母都病死了，她被送到一个杂技世家里学武功，没读过书，只是解放后，在扫盲班里认了几个字。

杂技团在天桥演出时，她认识了一个中东某国驻华使馆的二等秘书，名叫萨里姆。此人经常来看演出，暗蒙蒙的观众席上，他一双瞟着她的金鱼眼炽热如火，分外突出，宛如两颗已经发火就要打出去的导弹……

他来后台给她献花，做了自我介绍。她问他，你怎么看不腻味？他说，看其他节目，当然会看厌。看你表演的叼花，我百看不厌，你不但功夫好，人也长得漂亮。

她惊讶于萨里姆能说一口流利的中国话，她却不明白他还有一个长处，萨里姆远比不少中国男人要清楚，对于什么样的女人，在什么场合，该组装什么样的汉字。

他开着小车，带她去北京饭店吃饭，进友谊商店买东西。像他的国家地底下那奔腾的石油，他花钱很大方，送她衣服、戒指、手表，还给她和她师傅一些钱。他看她的目光越来越火势簇拥，让她感到一阵阵电击般的晕炫和燥热……

他说：你以后不要再练杂技了，太苦了，咱俩结婚吧，我带你去我的国家。

她七八岁时起，就长在师傅家，还从来没有哪个男人给她说过一句体贴的话。顿然，她双颊飞红，芳心怦跳，只讷讷地说：去你们国家，我话都听不懂……

萨里姆黑发浓密、粗砺的脑门上，旋下一股英爽之气，奕奕逼人：有我呢，你永远是我的心，我永远是你的耳朵。

他拥抱她，他抚摸她，他一定要和她接吻。在一片春汛般泛滥开来的潮热里，她像一具正融解在水里的泥塑菩萨。可这菩萨的骨架是钢筋做的，当萨里姆几次脸若紫枣，大气长呼，瞳仁里发出猫一般野性的光芒，她似被蜂蜇了一阵哆嗦，她看到一条鞭子旋风般嚯嚯而来，她的武功是在这鞭子下磨砺出来的，这鞭子也从小告诫她必须恪守中国的道德传统。

她一次次拒绝了萨里姆要带她去外交公寓的要求……

就在这当口，公安局来人到团里找她——

“你认识些什么人？”

“我是一个演员，认识的人可多了。”

“我们问的不是中国人……”

“那就是指萨里姆吧，我和他谈朋友，没有干犯法的事。”

“他都交代了，你怎么还不老老实实交代？”

“他交代什么了？”

“他一星期飞一次香港，你们是不是在倒什么买卖？”

“是萨里姆倒手表，不是我倒。他对我说过，如果你们剧团里有谁要买，我可以给你，从中你能赚一点钱……”

“这么说，你倒清清白白。你知不知道，萨里姆是个大流氓，你和他乱搞，国际影响很坏！”

“他若是个大流氓，你们就把他抓起来。你说我乱搞，你看见了？”

“萨里姆交代你们发生了男女关系……”

“我发生了关系，我遭雷打电劈！你们去把萨里姆叫来，我要和他对质……”

姜英被带去了公安局，一关就是十三天，她算是团里的台柱子，团里来人想保她出去，可不但未能出去，一转又转来了北苑。

她还不认识“洋妓”这两个字，却偏偏选中她来当洋妓组的组长。即便故宫一夜之间从北京消失了，也不会比这个更让她震惊——天网恢恢，疏而不漏，在北苑，因为先后或同时被萨里姆追过进来的，就有七八个，再加上被他藏进汽车行李箱里，带进外交公寓给糟蹋的中国女孩，多达十三人。

大水冲倒龙王庙——自家人不认自家人。

几次集中洋妓们一起交代问题。安怡心悚地发现，这 13 个人，多数似吃了鸦片的狗一样兴奋，彼此之间拼命扑上去厮咬，非得咬出每一个动作、每一个细节，非得将每个人的心灵咬出一团血腥。既像是通过毁灭对方，来宣泄对萨里姆的强烈仇恨；又像是醋海泼天，于每一个动作、每一个细节里，倘若发现自己在萨里姆的天平上，没有足够的分量而引起的某种失落，更风卷乌云般膨胀起这一仇恨……

姜英说，我不问你们，你们也不要问我。可少有人愿意停止这场厮咬。

她交代道：我和萨里姆出去玩过，也被这个王八羔子抱过、搂过，可你们就是打死我，我也不会承认和他发生了关系。

这时，曾被萨里姆放倒在身下的中国女人们，纷纷在精神上高昂得像一座炮塔，以炮口般粗的喉咙，向在场的干部指控：姜英这是在抗拒交代，我们了解萨里姆这个家伙，他绝对不会放过手边的任何一个女人！

这时，安怡总悄悄地坐在一边，不是轮到自己被迫交代的问题，她从不开口。她的心里，却泪水滂沱，像被3月的雨雪浸泡的一片松软的土地。这泪水并不仅是为着自己，更多的是为一种美被毁灭，一种萨里姆似的恶却一马平川而洒下的。有时候，泪水竟爬上了眼角，常常是旁边坐着的郑荔发现了，胳膊碰碰她，她才赶忙掏出手帕，仿佛在不经意间擦去……

如果说，她因自己无端判了劳教，而曾对社会感到迷惑，并努力用一种偶然性去解释这一迷惑；那么，在了解了众多洋妓的遭际后，她便察觉了社会的某种必然性的丑陋。

她讲不清楚这种必然性具体是什么，却切切实实触摸到了它的力量，粗可放马，密不容针，不动声色时好似静水深流，一旦拧在了手里，便如浸了水的皮绳一样坚韧。除了真正的娼妓外，她们被带到北苑，都是被这股非个人所能抗拒的力量而裹胁的。

倘若不仅仅是自己，姜英，孟白鸽，还有其他人都撤走戒备，消除磨擦，敞开心扉，任凭真挚的泪水，一洗这阴暗的角落，所谓的“洋妓”组，在很大程度上，便不过是被这股力量吞进嘴里，又像吐瓜子壳一样吐出来的一座青春的废墟，一片爱情的坟场，一群红颜薄命的中国女子唱了世世代代都未能唱完的一曲挽歌……

安怡反复地咀嚼“洋妓”这两个字：

爱情是天然的、合理的，它不问种族、肤色、地位、年龄、家庭背景，乃至信仰。如果因种族不同、肤色不同，便被视为“洋妓”，那么超越了年龄、地位悬殊的结合，如同燕妮之于马克思，宋庆龄之于孙中山，这又叫什么呢？

如果这“洋妓”一说真能成立，那么中国古代的蔡文姬、王昭君，便是“洋妓”的老祖宗了；而移民社会的美国，各国王室之间频繁通婚的欧洲，则更是“洋妓”满街跑了……

为什么在中国，一部分人总能发明出一些词来，去攻击另一部分人，并亵渎人类最宝贵的尊严，最美好的感情？怎么歹毒怎么说，怎样刺耳怎样讲。如同安怡这时还得不出答案一样，她也还不知道，“洋妓”一说不过是牛毛细雨罢了，仅仅一年之后，积五千年汉文字垃圾之大成，“牛鬼蛇神”、“黑七类”、“狗崽子”……便像声震云天的黄果树瀑布，在中国的肩膀上滔滔而下。

号子里显然不是培养友谊的场所，它似一块坏死的息肉，只听凭自私与戒备在这里细菌般地滋长。安怡却和孟白鸽成了贴心的朋友，两人可谓惺惺惜惺惺。安怡和郑荔，也像有某种缘分：安怡一来就注意到：长得小巧的郑荔，有一张同样玲珑好看的嘴唇，却极少见它为话语所开绽。在号子里，她总尽可能地独坐一边，老朝自己这边望，像看一个静静的、美丽而又感伤的谜。常常在两人对视时，她才嫣然一笑，双唇顿然被微笑一刀剪开，露出闪耀玉光的贝齿……

郑荔并不是为“洋妓”进的北苑，她年纪小，只有十六岁，人也本分、老实，先编入小偷、诈骗组，一到该组开会，“东四小红”就欺负她，不是要她一个人翻来覆去交代问题，就是要她为自己捏脖子、敲骨头……干部们便将她调来了洋妓组。北苑的女劳教犯里没有设贪污组，可她犯的恰恰就是这档子事——

她的父亲，在北京丰台的一个桥梁施工队当管理员，为工作与队长发生了矛盾。队长脸上依然晴空万里，不见异色，背后却来了个釜底抽薪，派人去湖南老家调查他的成分，恰恰临解放时，她父亲在老家买了点地。母亲感觉到了什么，赶快要大儿子去老家一趟，将户口迁来了丰台，把郑荔和两个弟弟，接到了北京。来了没几天，队长脸上秋去冬来，一片凛冽，将她父亲打成了漏网地主，开完斗争大会后，又搞了一份现行犯罪材料，一劳永逸地将他送进了大牢……

中国有一句俗话叫：不怕贼偷，就怕贼惦记。

母亲既怕贼偷，更怕贼惦着。急忙把家搬到了朝阳区，一家人租了一间房。哥哥正上大学，下面两个弟弟该上学，唯有妈妈一个人在一家面粉厂做临时工，日子眼看就过不下去了。郑荔是个女孩子，当然得将她“牺牲”了，母亲托了几个人，最后母亲的一个朋友，上下活动，成全了她当“烈士”：丫头，问你多大，你千万记得讲十六岁，不要讲十三岁。

1962年，本该读初一的她，进了一个粮库工作，当的是搬运工，一开始，她连一袋五十公斤的面粉都扛不动……

她和母亲的血汗，惨淡地维持着这个家，刚刚两年，母亲英勇地倒下。敌人来自于她肚子里，不知道一个什么东西在里面张牙舞爪，母亲先是轻伤不下火线，坚持上班，也不去医院看，直到那东西将肚皮几近撑成了一个小丘，母亲终于给压趴下。送肿瘤医院检查，从肚子里哗啦啦抽出了一桶绿水，说是癌症，必须转到北京协和医院住院治疗。一入院，就得交上三百元押金。家里的每一个钢镚，从来都恨不得能掰成两半花，就是将房里的家当统统给卖了，也凑不足这笔钱。在北京举目无亲，父亲往日的几个朋友，也早就人走茶凉……

郑荔这时已调动了工作，每日里上班，手头过往着红红绿绿的钞票。也许是领导上像党相信刘胡兰、向秀丽等好儿女一样相信她，会计是她，出纳也是她。她却在领导的信任上钻了一个洞，小小的脑袋瓜里没转几个弯，便取出三百元，叫一个弟弟赶快给医院送去，她想得不复杂，账反正是在自己手里，等妈妈病好了，又能上班了，以两个人的工资，再勒紧一把裤带，这钱不要多久就能还上。

生活的构思，一下便让她的构思苍白无力。待母亲做完手术，主持手术的一位女大夫出来告诉她：你妈的病不行了，到了晚期，在手术台上又给缝上了。女大夫标致的五官，突然间倏忽远去了，只剩下一张急剧膨胀起来的脸，恍若一个巨大的乒乓球，在她眼前上下旋舞……

女大夫赶忙拉住要往地下倒的她，她问：那我该怎么办哪？

女大夫自然听不出这话里的另一层意思，否则十有八九，她会和多数中国人一样，当时就将郑荔扭送去了公安局，真如此，她便不会再堕落下去，也许倒是件幸事。女大夫让她坐下，边擦金丝眼镜，边擦出一句职业性的话：在医院里住几天，就送你妈妈回家，她想吃什么，就给她做什么……

母亲一辈子没有穿过一件好衣，吃过一顿好饭。家里难得吃一次红烧肉，她把肉块分到每个孩子碗里，剩下一点汤才倒进自己碗里，看着孩子们一个个嘴皮上油光闪闪，她脸上也红光拂动，好像是她刚刚吃下了一头猪。即便是眼下来日无多，她也不提饮食之事，坚决地为革命省下每一个铜板。

可再省也枉然，总得死马当作活马医，一包包中药，恍若洪水到来时堵去堤坝上的沙袋一样，迅猛地堵去她的喉咙。隔个七八天，大出血一回，送去医院，又再拉回来。这么折腾，退回来的一点押金很快没有了，郑荔又去掏社会主义祖国的窟窿，一次，两次，直到 1963 年 1 月，奄奄一息的母亲，决意要魂归故里，她跑去买好两个人的火车票，一共吃里扒外七百多元。

母亲临走时，单位里业已召开了大会，领导们慷慨激昂地要求同志们，积极投身到一场即将在全国开展的伟大运动，即以“清组织、清思想、清历史、清经济”为主要内容的社会主义教育运动，并警告那些有问题的人，放下屠刀，立地成佛，悬崖勒马，回头是岸。郑荔在听报告时芒刺在背，如坐针毡，可为了母亲入土为安，她还得最后举一回“屠刀”……

几乎前脚送走母亲和弟弟，后脚领导就找她谈话，要调她去另外一个粮库工作，她必须尽快办好这个粮库的财务交接。也许领导尚被她蒙在鼓里，这只是一次正常的工作调动；也许领导已经察觉了她背叛了革命的信任，引而不发，看她自己如何表演，可不管怎样，她都走投无路。

她为最小的弟弟烧好了最后一顿饭，看了一眼几近四壁空空的家。来到单位给哥哥打了一个电话，嘱咐他以后得经常回家。随后便抱起那个一串窟窿的账本，双脚瑟瑟抖抖，好似踩着一团棉花，进了领导的办公室……

要说郑荔的问题并不冤枉，七百多元钱，在当今的中国不算什么，当不得颐指气使的大款们在酒店里叫的一盘菜，在歌厅里点的一支歌，也不及官员们高级轿车上的一块玻璃钱，可在当时，却足足够得上一个普通干部和工人一年的工资。安怡，也不仅是她一个人，却对郑荔的贪污罪行产生不了半点气愤，相反还真有些高山仰止，视她为她那个苦难的家庭做了牺牲的“烈士”。

三个月后，安排女劳教犯半天学习，半天去车间劳动。活儿不重，只是手工拣去化工原料中的杂质。只要可能，安怡、孟白鸽和郑荔三人总呆在一起。

北苑对劳教犯们有诸多规定，有一条是上厕所，得报告队长，批准后还得两个人一块去，或许是怕谁想不开，带根绳子去那里一下寻了短见，三人中的两人就总一起报告。再有一条是互相不能给吃的、用的，否则就叫勾结拉拢，居心叵测。安怡家里或是孟白鸽的亲戚，送了什么吃的来，两人便装一些到口袋里来，进了厕所一把塞给郑荔。真是玷污了“友谊”二字，那厕所臭得不行，按孟白鸽的话说，出来好半天，才能散去衣服上的一股臭味……

夜里，安怡老做梦。她做得最多的梦是两类。一类是自己在办公室里画设计图，画着，画着，一阵风吹来，图纸吹去了院子里。她下了楼，赶到院子里，图纸又吹去了大街上。她追到街上，跑得非常快，好像是一头腾越于冈底斯高原之上的亚洲虎。两边的行人，个个恍若泥塑菩萨，木木地盯着她，其中有在学校里读书时的同学、老师，也有现在单位里的领导、同事，可没有一个人站出来帮她。好容易快追上了，却到了十字路口，车辆过往似过江之鲫。每当她的手要拣起图纸了，便有一辆车紧挨她的脑袋倏忽而过。

或者她随工程师们去刚竣工的大楼里验收，走着，走着，其他人都不见了，就她一个人，像闯入了迷宫，怎么转也转不出来了……

她常常冷汗淋淋地从这类梦里惊醒。再有一类梦，便是有关她和乔迪的。其中一个几近成了梦魇，好长日子在她心头挥之不去——梦里，不管是白云蓝天、青山绿水衬景，还是墨色如锅、灯光依稀作底，她能听到乔迪那醇厚似酒的笑声，摸到他那骨节分明的大手，可就是看不清他的脸，他的整个五官都陷没在蒙蒙的白雾之中……

俗话说，日有所思，夜有所梦。其实，安怡平日里很少想到乔迪，她竭力把对于他的回忆打发走。

一次父亲来探视时，告诉她，自她被抓后，乔迪来了两封信，家里想给她保存着。她马上说，不用了，回去就烧掉吧。再一次，她听一个新来的女犯说，在北京的外国留学生闹了一次集体游行，好像是为了争取更多地与外界接触。过了一个月，一天学习，由她念报纸，在《人民日报》一版的左下角，她看到一条简短的消息：全体阿尔巴尼亚留学生已于近日回国。看完了，也就完了，她不觉得自己有多少怅然若失的感觉。

可这回忆，颇像一头极善认路的野兽，只要来过一次，便总能咻咻地嗅着踪迹，又走到她的梦里来……

平日里，使她忧郁不安的是她的工作。她牵挂进来前，自己手头正设计的那三幢楼房，图纸是否能通过审定，下面的工作是否能如期进行？当然，她更忐忑不安：劳教两年出去后，单位上的领导，将会怎样处置她？

见安怡的脸上痴痴地有些发呆，孟白鸽总说："你又在拨弄那点破心事啊？怕什么呢，这世界上再缺什么，也不会缺人。是人就不能钻山洞，得要人盖房子。你还担心出去后找不着饭碗？！"

吃了几年面包，孟白鸽讲起话来，也像俄罗斯人一样奔放。这时，她多半领头侃起三人都曾看过的小说、电影，或者一起哼起某首歌曲。六十年代初期，出过一本《外国民歌二百首》，在青年人里风靡一时。这里面的歌曲，她和安怡大部分都会唱，郑荔也跟着哼起来，三人只能偷偷地唱。倘若发现了，孟白鸽这么个家庭背景，安怡"放着这么多中国人不爱，却要去爱一个外国人"，再添上点外国的什么东西，她们大抵会被视为拐跑了一个小小的郑荔，一块往思想上"叛国投敌"。

她们唱得最多的是一首墨西哥民歌——

黑色的眼睛，少女的眼睛，
墨黑的眼珠，明亮晶莹，
黑色的眉毛，美丽的头发，
是谁在梦里思念这样的人……

冤屈一旦有几个人比较了，冤屈便不那么躁动，孤独一旦被几个人瓜分了，孤独就不那么可恨。

而且，在公安干部们的谆谆教育下，安怡总算明白了劳教和劳改不同，劳改是对触犯了法律的人的处罚，而劳教只是人民内部矛盾里的最高行政处罚，她们还有公民权。安怡的心境日趋平和，觉得要打发掉这两年的时光，并不太难。

来北苑半年后的一天，队长突然宣布：

“报告大家一个好消息，你们关在北苑一定觉得很沉闷，现在政府注意到了，将送你们去渤海边上的清河农场，搞一些园艺劳动……”

话还未说完，下面女劳教犯们“哦……”地一阵欢呼起来，仿佛将要去的是一次郊游。

当然队长不会公开政府真正的用心，党的八届十中全会又向全党全国人民拉起了警钟：“千万不要忘记阶级斗争！”北京市的官员们，便几乎夜里也睁着一只眼睛睡觉，忙着要将首都抓成个水晶宫般的剔透通明。即便北苑的位置远在京郊，可在他们眼里，这也是水晶宫里一只令人不安的跳蚤……

当晚，在武装警察的押解下，她们登上了火车，去了一个她们从未听过的站名：茶淀。

清河农场，离北京一百七八十公里，位于天津市的宁和县境内。

清河靠近渤海湾，骑车去海边只要二十多分钟，原本除了一口口大苇塘，长着高可过人、密不透风的铁杆芦苇，就是一片寥廓的盐碱地。周围有72个自然村，不叫什么淀，就叫什么沽。解放前，这一带月黑风高，常有土匪海盗出没，绑架奸淫，杀人越货。解放后，犯人开始调集到这里进行劳役性的屯垦，是属于北京市公安局管辖的几个境外劳改农场之一，另一个著名的，便是位于东北北大荒的兴凯湖农场。

安怡她们来到清河时，农场已经发展得蔚为大观了。总场是首脑机关，设在茶淀，下辖五八一、五八二、五八三、五八四、五八五，共五个分场，此外还有一家造纸厂，一个机械大队，一个园林队。全场方圆30多里地，从茶淀火车站出来，沿这些分场和单位门口跑一遍，一路迤迤逦逦，开车得要半个多小时。

打1957年放出了一个据说是“阳谋”的口袋，让知识分子们钻，并想到得给钻进去的几十万右派分子一条出路，在这年九月十月间，国务院正式制定公布了劳动教养的条例后，北京城里大大小小的右派，不少先后走上了这条风尘路，清河农场便迎来了自己的鼎盛时期，干部、家属，连同劳改、劳教犯人，包括留场就业的，最多时达到了3万余人；同时，它也无意成了历史遗留在燕赵之地的一个黑匣子，多少年后，它还受到人们的关注……

比安怡她们早来近三年，二十年后因写大墙内的生活，而驰誉中国文坛的著名作家从维熙，在《冬天的往事——背纤行》一文里，为历史留下了一个触目惊心的清河农场——

> 他最初的落脚点是五八三农场，卡车刚刚开进壕沟包围的院门，就看见衣衫褴褛的老号，在壕沟旁的垃圾山上扒拉着东西吃，他们抓起烂菜帮子和秫秸杆儿，在身上擦擦就往嘴里嚼。他们对这些新号来临，显得司空见惯毫无兴趣，头也不抬像公鸡刨食一般，在散发着臭气的杂物堆上扒来扒去。
>
> 奔波了一天的我们，晚上领到了两个进口货，是两个鸭蛋般大小的"红色窝头"，它不是红高粱面捏成的，而是白薯面捏成的……两个小窝头下了肚子如同没吃一般，在营门铁矿不知饥饿滋味的我，头一天就受到了饥饿的威胁。我端起搪瓷缸子喝菜汤，里面有几条像蚯蚓一样的野麻曲菜，喝到最后缸子底部沉淀下一层厚厚的泥垢……

在这个当时约有百名右派的五八三分场，因饥饿导致的浮肿患者达到了1/2。严重者一旦倒下便再也站不起来，轻微些的只能在炕上挪动，或者虽能勉强下炕，两腿已虚空得似两团发酵的面粉，手指一按下去，就是一个洞儿。人人都关注着自个儿的生殖器，倘若它也肿得悚人，乃至周围皮肤破裂，流出了黄色的淋巴液，这给人繁衍生命的器官，便发出了生命濒临死亡的信号……

人们悠悠忽忽，走路轻飘飘的，说话轻飘飘的，丧失了思想，也失去了感觉，恍若是一群从昏暝中走来，又向昏暝中走去的幽灵。唯有在发现任何可填充进空瘪胃囊的东西时，那被肿成气球似的脸上挤成一条缝的眼睛里，磷火般绿荧荧的亢奋一闪，才让你感觉到尚存有几丝生命的气息。此外，你还真难分辨眼前发生的，究竟是在"人"还拖着条尾巴的远古，还是在人已经站起了数万年的当今：

两个新来的右派，在大田干活时偷摘了两根黄瓜，为了逃避检查以带进监舍，夜里用来充饥，两人相互帮忙将黄瓜塞到各自的肛门里。一名工程师，在晚上集合站队时，捕捉扑向灯光的带翅蝼蛄，捉到一只便向嘴里塞一只，有滋有味地大嚼起来，如果不是腮边溢满带腥臭味的酱色汁液，真好像是在吃着美味的法国大菜……

曾经导演过影片《智取华山》的原北影导演巴鸿，在田地里经常抓蛇吃，剥掉蛇皮，找来几根柴火棍儿一烧，辘辘叫唤的肠胃等不得了，也怕管教干部突然出现，就这么半生半熟地吞咽进肚里。不是反右斗争1957年本应走上工作岗位的北京农机学院毕业生陆丰年，有一天将在野外抓到的一条蛇、一只青蛙、一只癞蛤蟆和一只老鼠，在一口残破的铝锅里一起煮来吃了，当时混了个肚子囫囵，可到了半夜，他开始上吐下泻，浑身抽风似的哆嗦，几个钟头过后，更是神智不清，满面钱纸似的蜡黄，亏得抢救及时，否则差一点丢了性命……

> 牙膏、牙粉、鞋底、棉絮，无所不吃，至于吞吃这些东西是否具有延长生命的作用，人们无心问津，只要让肚子里装进去东西，就能得到精神上的麻醉。
>
> 为了能够生存下去，饥饿迫使最底层的人，向原始生活回归。其他类型的囚徒自不必说，就拿知识分子来说，也逐渐蜕变掉那层清高的外衣，露出原始的形态……

从维熙先生还提到了一个犯人们称作五八六的坟场，它是苇塘沼泽中的一块高地，四周是层层密密的铁杆芦苇，每到秋风凋敝，一片片朝天而立的银白色芦花，像为这些至死不得归家的饿死鬼招魂扬幡——

> 有时收工迟了，便会在苍茫的暮色中，看见平板大车上装运着棺材，沿着农场道缓缓向五八六行进（各个农场都是夜间埋死人）。后来老号对我揭了谜底：哪有那么多木料给罪犯打棺材，你看见的只是一口无底活棺材，到五八六的穴坑前把棺材罩儿一抬。一扬车把人就顺到坑里去了。埋完死人，把棺材罩拉回来，再罩

上其他死鬼。有时饿死的人多了，一个棺材罩不够使，就干脆裹上被褥，外边用席筒一卷，并排躺在大车上，拉往五八六……

安怡们是幸运的。

她们到来时，清河农场已从灾难里站了起来，劳改犯和被称之为“二劳改”的劳教犯们，靠着中国人顽强的生命力，靠着青筋如刻的双手、骨肋如镂的身躯，像饱浸苦雨的山门蕨草一样，又从一片幽灵憧憧、磷火闪闪的荒芜之夜里活了过来，脸上刚刚有了一点红润之色。高墙、岗楼和铁丝网依然交错，可万顷稻田里阡陌如裁，碧浪如茵，桃林、梨树林、苹果林，一列列修修婷婷，还有大片的葡萄园，藤虬枝漫，肥硕葱茏，以各自的色彩抛洒开去，渲染得渤海边上的这块土地，常常是一片波诡云谲的灿烂……

她们这群女孩子，远比右派先生们头脑简单。

已经五六年的改造生涯，使后者精神上伤痕累累，肉体上饱受折磨，他们似屡屡惊枪的兔子，趟趟火燎的蜂群，也有了蜂群般的敏感，兔子般的多疑。他们大抵不会因这一片波诡云谲的灿烂而感到轻松起来。凭着他们在中国被迫获得的惨痛政治经验，他们中的多数人一定看出了，眼下只是一次狂暴的激情与另一次更狂暴的激情之间的蓝色时期。

而且，他们不像真正的劳改、劳教人员，他们没有刑期，因没有刑期而变得离自由遥遥无期。就凭这一点，除去判了无期徒刑的人外，在号子里谁都可以以为是他们的大爷！无论是对国家前途的思索，还是对个人命运的前瞻，他们都在无边的茫茫苦海里沉浮……

安怡不同，当1957年那场“阳谋”铺天盖地而来时，她还是站在这“阳谋”之外，玩跳绳、踢毽子的小女孩。而三年困难时期，靠着母亲的省俭和粗粮细做一类的操持，还有父亲厂里已退休回了东北农村老家的工人，几次给父亲捎来农副产品，以报答他当年当老板时的善待，她没有觉得肚子里闹过饥荒。即便多数没有接济的人家，她也从未听说有人被活活饿死。

北京在这点上，颇似乔迪所说的中国男人，它便是中国的面孔，中国不想笑了，可它还得调动满脸的肌理，挤出起码的笑意……

和右派们比起来，无论是经历，还是智力，安怡她们都是小巫见大巫。

如同她们还远看不出，对政治并不感到兴趣的她们，其实也是在中国政治的流水线上，批发下来的另一种产品；

对于自己的将来，她们也好像在一块危卵石上谈情说爱的蚂蚁，缺乏起码的智力……

乍站在清河的土地上，嗅一嗅那裹着海风的咸腥味，与果木、稻田成熟气息的空气，安怡的心都要醉了！

园林队所在地叫“五科”，五科即农场的供销科，后来搬去了总场，因叫习惯了，便给这地方留下了这样一个不伦不类的名字。因开发最早，医院、商店、电影院……都设在这里，每到节假日，干部及其家属和留场就业人员，倘若不去远一点的塘沽、汉沽买东西，便都集中到这条街上来，倒也市井尘嚣，熙熙攘攘。俨然茶淀是华盛顿的话，那么五科便是清河的纽约……

园林队里全是女劳教人员，大约有一百五六十人，分成三个小队，每队三个班，“洋妓”们被编为了两个班，和在北苑一样，其他各班也都按错误性质划分。卖淫的和老鸨，自然和“洋妓”们一锅煮了，以便能泾渭分明，表现前者如来自四川的那位“土妓”一样高昂的“爱国主义”情操。小偷、诈骗者、流氓，大多编为一个班，再撒胡椒面似的在各班里撒进去几个右派，诸如从维熙的妻子、原《北京日报》资深记者张沪，这是人民内部矛盾和敌我矛盾的混杂，前者一些本应失血的脸上便有了几斑野火般的红晕，而后者总尽量维持着的一点尊严，便不时成了扔满月经带的厕所……

园林队住着两排长长的平房，后一排是宿舍，前一排是大门、食堂、浴室等地方，右侧被铁丝网给封住了，左侧一道砖墙，中间有一个小门，出去是队长们的值班室。两排房子之间的空地，便是她们的活动天地，大约只有半个篮球场大。可外面的天地，却非灰蒙蒙的北苑可比拟，虽出工、收工还得排队，干起活来却有足够的空间距离。园林队干的活，基本上就是在园林里，不是在桃林、梨树林、苹果林里打枝、喷药、锄草，就是去葡萄园里上架、打叉、培土、采摘，农忙时节才去稻田里帮着插秧。

对女性而言，劳动强度合适。无须加班，星期天休息。每月每人有二十多元的工资。吃饭买饭菜票，粮食定量多数人够了，主食多是白面、大米。有段时间，想起北京城里的居民，每月供应大米只有那么几斤，担心她们吃得忘乎所以，不知道自己姓什名谁，便拿大米去周围的农村里换棒子面来。

虽然不能上街，可只要手里有钱，每月商店里会送货上门一次，手纸、肥皂、卷烟、糖果……晚上一般都安排学习，偶尔一个月也放上一回电影，不是表现祖国山河形势大好、越来越好的新闻纪录片，就是论证“凡是反动的东西，你不打就不倒”的光辉真理的故事片，以催促她们改弦易辙，重新做人。

多数管教她们的干部，与安怡年纪相差无几。如果是学校里出来的，虽然身上穿了警服，差事又是在这岗楼、铁丝网满布的农场，脸上当然得挂上几分“对敌斗争”的意味；可是文明的力量总是无孔不入的，与这些被打成“洋妓”的同龄人相处下来，再认真推敲一下她们的案卷，文明便会稍稍脱离某种意识形态的禁锢，暗暗发问：

她们的学历与职业，她们的容貌与气度，无不似夏日里盛开芬芳的一树白槐花，即便这花瓣里爬有小虫，可就这样将花瓣顿然摇落，轻率得似扯一地纸屑，这合适吗？

当然，这文明是惊弓之鸟，不敢走出去太远，它很快又回到那身警服里来。但“洋妓”们能从这些干部的言行里感到，她们把本是人的自己当人看……

干部里，也有一二个，好像京剧里的生旦净丑，一亮相，一吆喝，便能知晓她不是来自李家淀的铁姑娘，就是原来做的是赵家沽的村干部……

到清河的当天，每个人照例要在一张表上，填写自己的“罪名”。已经有了大大觉悟的安怡，写的是“和留学生谈恋爱”。有一个姓李的队长，接过来一看，就说：那为什么判你劳教两年？

安怡说：我没有拿外国人东西，没有去他们宿舍里乱搞，或者泄露了什么国家情报，我也不知道错在哪儿。

对方接下来的话，活脱脱取之于那个四川“土妓”的知识产权：

你比卖淫的更严重，她们是为要钱、要东西干这事；而你呀，人家没给你钱，又没给你东西，你就这么贱，要去爱人家，要去和人家好，你的思想更坏！

李队长最大的嗜好是训话，几乎每逢训话必说：要没有你们这帮人，我们国家要干净多少，我们这些当队长的要省多少事。

一听这话，孟白鸽几次在安怡耳边嘀咕：要没有我们这些人，你还在脸朝黄土背朝天，这世界上有谁会拿你当个人物看？

1965 年的夏天来临了……

这时，对于中国的广大的青少年来说，听着课堂窗外那隆隆的雷鸣，惊慑于天边一阵阵金蛇狂舞似的紫电，多少年来被一种理念、一种思维方式给灌输得浑身蓄满了胆质汁的他们，脸蛋绯红如旗，两眼炽热如火，额头和手心渗出了毛茸茸细汗，恍若一团充满正负电子、却被困在了课桌上的云团，腾腾欲跃，急于冲上天空，在那神圣而又威武的雷鸣声中集合起来，以一泄暴雨如鞭荡涤大地的欢畅和嘶鸣……

安怡她们浑然不察。

在清河，伟大的“无产阶级文化大革命”，除了墙上日见增多的标语口号，队长们的手里，都有了一本红色的毛主席语录外，眼下还没有什么实际内容。她们沉浸在夏日的诗情画意里：

葡萄园里的各种葡萄渐次熟了，每天出工到了园里的第一件事，女劳教犯们都忙着找每一挂最顶尖的那几颗葡萄，它们总是最大、最甜，还带着晶莹的露水，就这么丢进自己嘴里，那份滋味，像梳发解痒似的解馋，像溢出的陈酒般柔香……然后才开始一天的采摘。

郑荔分工的那几丘是杂品种的，一起干活的还有几个年老体衰的男右派，他们经常开一只眼，闭一只眼，任她找个小筐，马奶子、玫瑰春、大九保、紫晚露……各种葡萄摘一点，偷偷给安怡、孟白鸽分别送去。

中午，饭菜送到园里，只要不是“铁姑娘”或者“村干部”值班，女犯们大多扒上几口，便不吃了。等收摊的一走，葡萄园里像刮起了一股股急风，簌簌地响动，又似嗖嗖地在跑动着什么野物，不一会儿，便钻出了几个女犯，她们穿过葡萄园，跳过排水沟，去了一趟桃林回来。桃林地下种了不少香瓜、西瓜，她们每人手捧几个，找上各自的姐们儿，躲去哪桩葡萄架下大啖一顿，吃完只需将瓜皮往土里一埋……

收工时，一般会让她们去池塘里游一会儿泳，以洗去一天的暑气。两口池塘相距百米，中间盖了两幢白色的别墅楼，据说中央和北京的一些领导，如朱德、彭真等人曾来此度假，楼里建有小舞台，赵燕侠来这里唱过戏。一条平坦的沙石路，由此直通五科，两边便是葡萄园，园外又是一列列修修婷婷的桃树、苹果树、梨树。

西天艳美若花的晚霞，给这一切蒙上了一层微醉的金色，并让它们宁静地统一于一幅意境寥廓、层次分明的景物画中。

泳后通体透着新凉的安怡，总会被这幅画感动，乃至感动得心尖发痛……只有当一阵裹着薄暮的海风吹来，一望无边的枝头上，那些成熟和未成熟的果子，都泥鳅般翻滚着，发出和美欢畅的呻吟声，如一首淳朴、野放的山歌，在她的心头悠悠升起来，安怡才会从这幅画里回过神来……

渐渐地，农场里有了些异样：

警卫力量加强了，对女劳教犯的管理不再像过去那样放松。男女劳教队里不断有新人进来，过去进清河，一般都是由公安机关一批批的送来，现在单个、单个的由单位送来的多了。年纪也轻，多是二十几岁的干部、工人，除“现行反革命”属传统产品外，罪名多闻所未闻：“黑帮爪牙”、“小爬虫”、“游鱼”……

像就要发生密谋、暗杀的中世纪宫殿里，总会先出现神秘的符咒和不祥的气息。

夜里常响起一串串怪异的声音，乍一听，以为是狼叫，可清河境内早没有了狼。再听，像是锯板机在豁豁牙牙地拉过夜空，只有仔细听，才能分辨出这是男人们嘶哑了的嚎哭声。他们是新来的劳教犯们，心里冤得慌，半夜里睡不着，一个个跑到场院里，对天哭上一阵，直到眼皮红肿，声嘶力竭，才算是发泄完了，又回去睡觉。

此后，又见一篷篷的火光，映红了夜空。右派分子们，有不少身边存有专业书籍。有几天夜里，既像是某种命定的默契，又像是一种迅速蔓延开来的瘟疫，人影如梭，扛的扛，提的提，最后是几个人用一辆板车装来，全堆在场院上，宛如是一次盛大的赶集。人们争先恐后地向书堆里扔着火种，那贪婪似蛇信子的火舌，顿然跃起来，在一张张汗光津津的脸上，舔出扭曲与虚幻。大片大片的灰蝶随之而起，带着大面积的刺鼻焦味，向四方引颈以望的劳改、劳教犯们，扩散着令人心颤的恐怖……

以为是失火了的队长们，领着警卫战士匆匆赶来，一看烧去的都是“封资修”货色，不管他们内心作何想法，他们也不吱声了。

接着，农场里便陆续有人自杀。

传遍各分场的一件自杀案的死者，五十年代初毕业于北京大学图书馆系，分配在新华社，为中央领导摄影。1957年打成了右派，送清河农场劳教后，决意洗心革面，重新做人。干起活来总是挑重的干，有病当没病。感冒发烧到40度，头上包块湿毛巾，毛巾热了到冷水里搓一把，扎上头又接着干。即便是脱肛，走起路来，一撇一挎像只螃蟹，可也要去大田里劳动。他最后的一份差事是养猪，家里见他瘦得好似纸袋，好容易从内蒙搞了几包奶粉送来，他却都喂给了怀孕的老母猪……

这些年来，不管是屡有同队的右派摘帽，得以重回北京，还是“文革”爆发，当年他拍照的中央领导，大都已是蓬头垢面，待罪之身，他脸上从不见焦虑，如同他脸上从不现欣喜。他走得没有半点迹象：

他值完了上夜班，交代好值下夜班的注意事项，便走了。直到吃早饭时，同屋的人不见他回房，床上又整洁如初，便心里嘀咕：莫不是潜逃了？最后，众人在一口养鱼塘边，发现了十几粒水果糖、半包花生米、一瓶未喝完的葡萄酒。瓶底下压着一张纸，除了交代他的一架半导体收音机和一辆旧得不能再旧的自行车，分别给谁外，下面还写着：

你们找到我时，我已经到了天堂。你们千万不要下水，刚开春，天气很凉，你们只要拉旁边槐树下的一根绳，就能把我拉上来。

原来，他投水前，将一根捆背包的绳子，一头拴在这棵树下，另一头拴在了自己的脚上……

园林队里，很长时间表面如初。可安怡好似一只刚刚钻出蛋壳的雏鸡，心里还是有些战战兢兢。每次父亲和母亲一起来清河探视她，她问起社会上的情况，他们总环顾左右而言他，走时却一遍遍叮嘱女儿：一言一行，现在得慎而又慎。

其他女犯的家属，间或会透露一些外面的消息，诸如不可一世的“东纠”、“西纠”红卫兵，国子监那回震惊了全城的批斗，老舍自杀于太平湖，长安街上贴出了“打倒刘少奇”的巨幅标语……

可在几个喁喁私语的小脑袋瓜里，即使投入巴尔扎克、托尔斯泰的全部想象力，安怡、孟白鸽和郑荔等人，也想象不出北京，还有整个中国，正陷于怎样的动乱与疯狂之中！

尽管如此，安怡一段日子以来，左眼皮一直抖抖地颤个不止。她已经有所觉察陷她于囹圄之身的社会的某种必然性，让她感到这场革命不会只在外面浩浩荡荡，而在农场里则是一道擦边而过的泉水。

她预感总会有什么事情发生，但不知道它将以怎样的形式发生……

一天早上，园林队的女犯正要出工，院子里冲进了一帮人，每个人的右臂上都戴着“红卫兵”袖章。领头的是一个二十岁上下的青年，身材瘦长，皮肤白皙，名字叫翟进。

他的父亲，原是北平一所大学的训导长，据说多次破坏进步学生运动，一解放，理所当然的因“反革命”罪而判刑，被送到清河劳改。留场就业后，其妻也来到清河定居。他本人1965年在北京一所著名的中学以总分第二名毕业，却没有能考上大学。一看政审表，几次招工，对方纷纷摇头像面拨浪鼓，他不得不回到父母身边，在农场子弟学校当代课教师。

每当夕阳西下，他常常来小白楼这边散步，很早就在女犯收工的队伍里注意到了安怡。他梳着整齐的小分头，上着白衬衫，下面是熨得笔挺的蓝布裤，眼睛瞪得几近成了一对蜻蜓，一扇一扇地扑向安怡。有一次，他还戴着一只口琴来，不管女犯们如何调笑起哄，站在远处，吹起了《红河谷》：人们说你就要离开村庄，我们将怀念你的微笑。你的眼睛比太阳更明亮，照在我们心上……

农场对于劳改、劳教犯人与异性的接触戒备很严，大抵只有在场院里放映露天电影时，男人们才能见到女人，女人们才能见到男人。尽管划定女人们坐在内圈，男人们坐在外圈，可腾挪游移、左折右趸的目光，依然能多少释放出身体里压抑已久的荷尔蒙来……

翟进便借此机会，尽量靠近安怡坐，他事先将求爱信和情诗装进一个天蓝色的信封，折叠两下后，以红丝带系在一块从海边拾来、纹理美妙的卵石上，几次将这卵石扔去安怡的脚下。

安怡拾起过一次，带回来孟白鸽看了，后者笑得前仰后合："这真是个花痴！不过在这人不人、鬼不鬼的地方，有这么个情种追着你，日子也多了些滋味……"

郑荔白了她一眼："那怎么行，你看看我们收工时，他站一边吹口琴的模样，你不觉得他有些可怜兮兮？"

安怡将信交给了平时待自己不错的焦队长，请她找到翟进本人说说：如果自己这辈子还能恋爱结婚的话，那至少是在劳教期满，回到北京有了工作之后。

以后，安怡便再也没有见过翟进……

此刻，他出现了。

"文革"在清河终于有了实质性的内容，虽然管教干部和警卫战士们还是按部就班，各司其责，但既然"文革"是场触及六亿中国人民灵魂的大革命，一场横扫一切牛鬼蛇神的大风暴，你就不能阻挡干部子女和留场就业人员子女的造反！一时间，清河地面上，有了十几个大大小小的兵团、战斗队，翟进做了一个五十几个人的兵团的"一一五"师的师长。今天，他将自己的平型关之战，选在了"洋妓"身上——

他一口气报出以安怡打头的七八个"洋妓"的名字，要她们站成一行，立即随他走。押到五科的一个灯光球场上，那里已是一片攒挤的人群。前面是临时搭起来的一排高台，上悬一个横幅：第"一一五"师批斗洋妓大会。一伙男女过来，给每个"洋妓"头上扣上一顶足有半人多高的尖顶高帽，再给每人脖子上挂一双不知道从哪里弄来的破旧高跟鞋。一个在子弟学校教美术课的年轻人．一手托色盘，一手在女人们的脸上画起来。

第一个被叫去画的，原是清华大学的总机接线员，眼皮涂成了蓝色，眼梢用墨线吊去了鬓角，眉毛画得翻卷起来，再把嘴唇描得一团猩红，两腮又是一大片惨白……各色颜料水，从笔梢上滚落下来，淅淅沥沥，爬满了脖子，浅绿色的外衣一会儿变成了一件迷彩服。

第二个要画的是孟白鸽，她对那位“印象派大师”吼道：

“你敢画我，我就把你的喉咙给咬断！”

看着她那母狼护子般的凶光，年轻人举画笔的手迟疑了，下面有人喊起来：

“一个苏修特务还敢这样嚣张，打死她！打死她！”

当即呼呼地站起来四五个大人和孩子，这时，焦队长不知怎的出现了，她接过年轻人手里的调色盘、画笔：“这些人都归我管，我来给她们画……”

安怡听见了焦队长的一句低语：

“孟白鸽，现在是什么形势，你还看不出来，不要再跟他们斗了！”

安怡头上的高帽子有些松，一低头，帽子就滑落去了地上。她正犹豫是自己拣，还是等红卫兵来拣，顿然觉得脸上被什么剜了一样。侧转头，她看到了一边站着的翟进，他双手环抱，在这群情亢奋的场合，他的神态反显得有点悠闲，像一个厨师在等着锅里正煮着的美味食物，像一名旅游者往自动取款机里塞进信用卡后，等着它吐出来绿花花的美金……

没说一句话，翟进拣起高帽子走了，安怡不知他打的是什么主意。

一会儿，他转了回来，手里多了一把老虎钳。他将帽子扣上她的头，她发现下面系的绳子，已换成了粗粗的铁丝。他用老虎钳扭起了铁丝，一阵阵浑浊的鼻息，热辣辣地冲去她的脸上，因为仇恨，也因为兴奋，他的瞳仁似猫眼一样闪闪放亮。他扭了一圈又一圈，铁丝渐渐地嵌进她的皮肉里，直到安怡的脸上，浮现了一片青紫……

被这个社会拒绝得太久、太多的年轻人，终于有了一次不容别人拒绝的机会。

闹哄哄开完了批斗会，“洋妓”还得去茶淀游街。她们一手撑着高帽，不敢让其掉下来，一手摸着台沿，从高台上小心地跳下来。轮到安怡了，还未等她弯下身子，后面飞来一脚，重重地朝她臀部踹过来。扑通一声，她被踢下了一米多高的台子，一条断了脊梁的狗似的趴在地上，额头被水泥地撞破了，血水一下糊住了眼睛。

一个人扶她起来，将什么软软的东西按住了伤口。又是焦队长的声音，因为气愤而变得有点撕裂：“翟进，你这到底是在造反有理，还是在公报私仇？”

让焦队长一声断喝，他多半从这不容别人拒绝的射精般的快感里，一下退了潮，他印堂发暗却女人般白皙的脸上，布上了女人式的忸怩之态：

“她不老实，磨磨蹭蹭……那怎么办？要不，我这就送她上医院？”

安怡挣扎着，从焦队长的怀里站起来：“不，我要走，我要和她们一起走……”

孟白鸽赶紧过来，挽住了她的一条臂膀。

她不敢再看翟进这张脸了，她觉得一个能用口琴吹出旋律优美曲子的人，也变成了恶魔，这事比恶魔本身还更令她感到害怕。

她还想，倘若今天遭受的这一切屈辱与折磨，真是“洋妓”们在这场革命里无可逃遁的苦难的话，她宁可一天去承受完这些苦难，她不想它们在日后再拖出条阴森森的尾巴来……

从总场游街回来，一路走，一路洒下血迹的安怡，在医院里被缝了5针，并输血800CC。

安怡显然低估了一台硕大的绞肉机的马力。

再一次探视，父亲反常的没有来，来的是母亲和弟弟。仅仅一个月没有见，母亲一向乌亮的头发，转成了半灰半白，举止和反应也开始呈现出老妇人般的木讷和迟疑。下巴上刚刚长出茸茸软须的弟弟，却一脱中学生的稚气，眼神里有了男子汉的刚毅……

安怡惴惴不安地问起父亲，母亲没有答理她，只是右手在女儿的胸前画了个十字后，自己双手合十，眼睛微闭，嘴里嚅嚅地念起《圣经》

来。母亲是个天主教徒，“文革”前，每个星期天，她都要倒几趟车，风雨无阻，去西城西什库的北堂作弥撒。

她似乎忘记了此行的目的，也忘了身在何处，刚刚还显得木然的脸上，被脑海里圣坛的芳香、圣水的鲜冽和蜡烛的光芒给打动，变得一片祥和，似乎还有一点神秘……

弟弟告诉她，父亲不在了。

半个多月前的一天，街道居委会的一个干部，领着一帮红卫兵来抄家。最近一些日子，社会上正在搞“清理阶级队伍”，凡是家庭出身、本人历史和社会关系有点问题的人家，都像篦子梳头、茅草过火似的给抄了一遍。本来家里自己早做了一番清理，该撕的撕，该烧的烧，闹得有几分像国民党从大陆溃逃之时。父亲有一叠保存了几十年的德国西门子公司的股票，烧它，它似不服，满屋子散发异味；用水泡它，它像下了水的鸭子，上得岸来抖动几下羽毛，依然又是干的。无奈，只好用剪刀，一一剪成碎末，再从下水道里冲走……

可那天不巧的是，弟弟为班上学农的事，派去了怀柔县联系，没有在家。安怡留在家里的一些物品，则大多放在他的房间。再就是这天下午偏偏停电，北京的3月，不到下午4点钟，房里就暗得像一杯淡咖啡……来人在父母房里和客厅都未找到什么可疑物，气氛也像淡咖啡一样有些沉闷。

这时，一个红卫兵在弟弟的房间里叫了起来：“有了！有了！”

一行人冲进去，只见他手心里放着一个制服纽扣大小的瓷像章：“这是蒋介石的像！”

他指了指书桌上的一个竹制笔筒，笔筒里还倒出了毛泽东、朱德等伟人的金属像章和一些纪念章，“蒋介石的像章就藏在这里面……”

似蚂蚁附膻，四五个脑袋一下挤去了那片手心上。瓷像章是白底勾以墨色，按说只要细加观察，还是能发现象章上的人是长了头发的，而蒋中正却有着一个举国皆知的大光头。但一个人这样认定了，众人也便这样认同了。

父亲、母亲立马被揪了过来，街道干部拧出了满脸真挚的无产阶级义愤：“好啊，老子是资本家，没少喝工人阶级的血，女儿是洋妓，勾结外国人。家里还藏着蒋介石的像章,妄图青天白日,东山再起……”

“革命不是请客吃饭”,当即一阵拳脚雨点般袭来,父亲赶快站去了前面,以身子护住妻子。他斩钉截铁地说:“我家里不可能有蒋介石的像章!”

“那你自己说说,这不是蒋介石,这是谁呢?”

母亲伸出手来,先接过去看。她眼睛里有少许的白内障,看不清楚。父亲接过来,他的眼睛只是老花,可也看不出来,“和毛主席、朱德的像章放一起,大概也是一位什么领袖人物……”

又是一阵纷飞的拳脚,那一下下噗噗的声音,像是发自精武馆。红卫兵们一边打,一边嚷:“你他妈的狗胆包天,竟敢称蒋介石为革命领袖?!”

“这老家伙是现行反革命,咱们送他去公安局”……

一行人扭着他,像押着个十恶不赦的囚犯,八面威风而去。走到半路,这威风便似瘪了气的车胎,父亲一下休克,滑瘫在地。众人快快地送去附近的一家医院。正赶上大夫下班,街道干部尚有些政策水平,她好说歹说,总算说动了一位大夫给看了。不到两个小时,父亲因为脾脏破裂,大出血而死。

弟弟清楚,安怡更清楚,那枚像章上画的是鲁迅先生。

因为干的是民用建筑设计,她对工艺美术方面的作品也一向注意。那是她一次进王府井的工艺品商店时,见柜台里放着的这种像章,构图浑朴古拙,色彩简练分明,颇似先生自比孺子牛的情操及其有棱有角的个性。且售价只要8角钱,她当即就买下了……

此刻,安怡才真感到:中国疯狂了,北京疯狂了,像激怒的巨象一样在生命的森林里践踏,像发情的母猪一样在仇恨的泥淖里打滚!

在女儿眼里,没有谁比父亲,更像是这个社会的顺民了:

公私合营后,上面派来了一个厂长,要他任技术副厂长,他马上说:厂子交给了国家,就该由党一手管起来。他主动去工艺科当一名科员。每一个运动,党叫干嘛他就干嘛,大跃进时,他拆掉家里的铁门、铁窗,送到街道的土高炉里炼钢。1961年,国家经济困难,要精简机构,他劝说妻子在单位里第一个报名,一夜之间,母亲由中学教师变成了一个家庭妇女……

解放后，他做的唯一一件敢于相左的事情，便是女儿被抓进炮局后，公安局到单位找他，要他揭发女儿的问题，他说：我敢以自己的脑袋担保，我的女儿在政治上、生活作风上决不会有问题……

一个纽扣般大小的像章，似一个盘子大的死扣，结果了一个清清白白的生命。

如果这像章上画的是蒋介石，就应该去死吗？这样做，和当年国民党在苏区搞白色恐怖，在谁身上翻出点红布头来也要杀头，究竟有多大的区别呢？

这像章上的确画的是鲁迅先生，可父亲已经死去，这不白之冤，即使日后有人来昭雪平反，又有多大的意义呢？

她眼前，陡然浮现出许多张翟进似的面孔，呼啸而来，扬长而去，既像狂欢于真理与自己的节日，又像浑浑噩噩于真理与自己的末日。她不知道这些本该天使般纯洁的同龄人，身上已充分展露的兽性，究竟是在哪片原始森林里滋生繁殖起来的。

她也难以预料，当未来回首今天的这一切时，他们将给自己一副怎样的历史形象？

安怡已将前额上的头发梳下来一鬏，企图遮住那块正愈合的伤疤。可看弟弟几次宛如被烧红的烙铁烫得弹跳起来的眼神，他还是注意到了。可一个多小时的探视里，安怡没有说，弟弟也没有问。临走时，他似一个兄长，将哭成了泪人儿的安怡揽在怀里：

“姐姐，父亲走了，我们三个人可要好好活着！”

安怡不死不活地过着，白天照例出工下园，夜晚总是泪水洗面。孟白鸽不再哼什么歌了，工闲时就这么陪安怡坐着，她知道自己无论再唱什么，再说什么，也扯不断安怡心里那份对父亲的怀念与愧疚。郑荔心疼瘦得几乎脱了人形的安怡，除了吃饭、上厕所得靠自己外，安怡其他的活儿，从洗衣服，一直细小到在牙刷上挤好牙膏，她都给包了……

唯一能让安怡止水般沉滞的双眼，闪动出未谢青春的鲜活，是尚未沉滞的时间——

离她二年劳教期满的日子越来越近。对此，她想了很多，回到北京后，自己一定要撑持好这个家，承担起一切家务，调理好母亲的身体，尤其是弟弟的前途。“文革”闹得大学也不招生了，自己可以和弟弟一起自修大学的课程。如果单位不要自己了，她记起自己和几个施工队头头的人缘不错，他们亲亲热热地称自己作“闺女”，那就去工地上挑砖、拌灰浆，做临时工，可千万不能因生计无措而分了弟弟的心思……

一天，焦队长叫安怡到办公室去谈话。她去了，习惯性地站在门口，焦队长牵她进来坐下，给她倒了一杯水。还迟迟疑疑，不见开口，又从抽屉里抓出一把糖来，塞到她手里：

“吃吧，这是我那口子出差去上海带来的大白兔奶糖……”

安怡顿感气氛有点不对，这不像是管教干部在和一个女犯谈话，倒像是两个异性男女间的第一次约会，一个正踌躇着找句什么话，从此将另一个人的命运和自己的系在一起……

焦队长终于说了：“安怡，这件事情，本来是明天开大会宣布的，我叫你来，是先让你有个精神准备。根据上级指示，你们这批人劳教期满后，不能再回北京了，因为‘洋妓’问题进来的，全部送去新疆安排就业，因其他问题进来的，则留在清河就业。你心里的想法，我也清楚，可你要明白，上级这样决定，也是为了你们好。眼下文化革命还没有结束，社会上还比较混乱，什么人没有？放你们回北京，很可能出个三长两短。再说，现在城里的中学生都要上山下乡了，你们若回到北京，谁给你们安排工作？”

当事后总场派人来调查焦队长到底给她说了些什么时，安怡其他的话都记不得了，她有印象的只是“去新疆”这几个字。

这几个字，从焦队长的嘴里一出来，她便痛彻在每一寸肌肤、每一处关节缝里，顿感自己的五脏六腑，像糊墙纸一样，被一层一层地剥了下来，最后被剥了个精光……

从办公室出来，走到号子门口，不过几十步路，安怡却像走了一个世纪！

她成了一个梦游患者，一会儿脑海里，雪花似的飘过她小时读过的唐宋边塞诗："大漠孤烟直，长河落日圆"，"五月天山雪，无花只有寒"。还有"羌管悠悠霜满地"，"西出阳关无故人"……

一会儿，她看见自己在池里起灰浆，两个小桶装满了，正要挑上肩时，夹着一摞书本的弟弟赶了过来，他将书本小心地在旁边的砖垛上放好，抢过扁担挑起就走。一会儿，她又好像走到了一口塘边，一根绳子蛇似的从水下钻出来，缠在岸上的一棵树下，旁边是一点散乱的食品，好清楚地看见里面有蓝玻璃纸包着的大白兔奶糖……

安怡又走回了办公室，焦队长正要锁门："安怡，你怎么了？"

"我好像……病了。"

焦队长摸摸她的额头："哎呀，真有些烧，你可能是感冒了……"焦队长带她去了医院，已成了行尸走肉的安怡，居然在这时还会声东击西。

她告诉大夫，自己这段日子失眠得厉害，能不能给一点安眠药？女大夫像老鼠被铁夹夹住了尾巴，一下哇哇地叫起来：这年月，我敢给你安眠药，你是不是想让我也去蹲号子？弄得焦队长看她的目光，也有了几分警觉……

她接过大夫给的半瓶阿司匹林，由焦队长送回号子里。孟白鸽、郑荔一下围过来，问出了什么事？焦队长显然无法多说什么，她倒了一杯水，看着安怡服下两片阿司匹林后，才交代两人："安怡病了，你们辛苦一下，一个值上半夜，一个值下半夜，好好照顾她。"

安怡躺在铺上，紧紧地闭住眼睛。她害怕稍一松懈，泪水夺眶而出，自己就得面对很快各自东西的孟白鸽、郑荔。

与此同时，她也紧紧地闭上了自己的心窗，她已隐约地察觉出这心窗外的世界，它无论干什么，都是振振有词的，都是冠冕堂皇的，似乎都是为着全人类的长久进步和长远利益，可它所干下的一切，却常常是以粗暴地蹂躏现阶段人们的尊严、情感与性灵为代价……

她对这个国家不抱任何希望了。

她对在这个国家里维持一家人起码的生活，不抱一点幻想了。

如果命运对于她，就像迄今为止所展示的，只意味着深重的耻辱和无尽的痛苦，她有勇气将双手果敢地扼去命运的咽喉！

号子里很静，只听见清河的土地上阵阵虫鸣骤然而起，好似一位灵感突发的诗人；又悄然滑落，如晶晶露水在晨光里湮入泥土……

安怡一点点地打开眼睛，郑荔腰靠着被盖，双膝枕头，也入梦了，脚下是焦队长留下来的一块手表。窗外正值十五月盈之时，天际浩淼，星繁似水，射进号子里的月光却有些冷，仿佛在触摸了因劳教即将结束而涌起的一个个好梦之后，它在为这些人，也在为这个世界的渺小无望而感到悲哀……

安怡敏捷得似一只猫。她找到几个钟头前只喝了一口的那杯水，又将半瓶阿司匹林全部倒在手里，就着水，分几次将药吞进肚里，不知道为什么，这件事一直像一个著名的典故，深深地烙在她的脑海里：

她的原单位有一位工程师，上大学前家里给包办的婚姻，工作后他和另外一个女人好上了，可妻子不答应离婚，每过一阵子，还到单位上来，状告他这个"陈世美"。组织上的苦口婆心，也未能让他回头是岸，他实在和那女人如胶似漆，两人好得分不开。一天夜里，他服下大量的阿司匹林后，死在了他心爱的女人怀里……

事情的结果是，几天后，病床边日夜陪着的郑荔，终于发现安怡微微地侧了一下身子，她蜡黄得似糊了一层黄裱纸的脸上，沉沉地吐出了一口气……

这时，一行西去的列车，在令人震颤的汽笛声中，和白茫茫的气浪里，徐徐驶过了嘉峪关。一方玻璃窗上，正贴着孟白鸽、姜英等人惊恐不安的面影……

三 没有祖国

安怡留场就业了。

乍看生活环境有了些变化，除了去北京、天津得经过批准，行动上有了自由。每月发给二十四元钱的工资，农场的伙食便宜，每月能节余下十元钱，寄给弟弟。住处也由号子里搬去了六个人一间的集体宿舍。劳动依然在园林队，但她常常被抽调上来，参加毛泽东思想文艺宣传队，去总场和各个分场演出。

与封闭的号子相比，生存环境却变得有些恶劣起来——

人有时比大地上的万物贱，可人毕竟不是万物，春天糟了心的萝卜，再也无法恢复水灵灵的生气了，可糟了心的安怡，打从阴阳界上被拖回来后，无须多久，便恢复了往昔的面容。她无须打扮自己，就是穿件旧工作服下葡萄园，一头秀发找块纱巾或者随便什么布条，在脑后挽起来，给人的感觉也是蛾眉杏眼，腮红颈白，曲线生动似碧水扬波，步态款款如杨柳扶风。

农场里长年难见到女人的男犯人们，过去偶然地见上一次，十有八九，无不心酥腿软。现在，因留场就业有了行动自由，又随文艺宣传队经常去各处巡回演出，在清河的男人里，她的名声大噪。为荷尔蒙压抑所苦的人们，巴望她的青睐，巴望她的爱情，好似厨房案板上的一条鱼在巴望缸里的水……

一些人，自己摸到宿舍里来找她。不管她认识不认识，不管她是否厌烦，嘘寒问暖，鞍前马后，呵护备至，洗衣怕她闪了腰，吃饭恐她磕了牙。比孙子还孙子，比绅士还绅士。可只要一开口两个人建立某种关系，遭到了她的拒绝，便一下还了英雄本色：你是什么东西，不就是给外国人操的野鸡，丢尽了咱中国人脸的洋妓！

一次，在一个分场演出，她人还在台上轻歌曼舞，台下骤然像江湖上杀出一批邪派高手，几个人厮打得不亦乐乎，最后还动了刀子。一调查原由，开始是一个就业人员，赞叹顺口涎流下来：这女人长得真他妈的迷人，怎么早没看到？散了戏，我就要去找她，只要搞上她，即便闹了强奸罪再进号子，我也不白活了！

此话被后面一排坐着的一个劳改犯听见了，此人的绰号叫“东北虎”，长得武高武大，他一下冲过去，给那家伙后脑勺就是一拳：告诉你，老子出狱后，第一件事就是要娶她，你若敢在她身上使什么坏水，老子杀过猪，一刀便能骟了你！

安怡正在后台卸装，李队长噔噔地走上来。打安怡自杀未遂后，焦队长便调去了总场教育科，不再直接和犯人打交道，园林队的管教工作，此后主要由李队长负责，她一脸炭黑，浑如包青天做了变性手术：

“一次好端端的演出，让你闹得鸡飞狗跳，你叫我说你什么好呢？”

更让安怡防不胜防的是，几乎每天都有求爱信。

有的，文如其人，满篇蝌蚪般扭动不定的文字，其实就是一句话：安怡，我想死了你。有的，文多半不如其人，先是一掬同情之泪，再倾吐衷肠，最后海誓山盟，天下美好的语言，几乎在这里便一网打尽，俨然个个都是再生的梁山伯与罗密欧。可是只要安怡回信拒绝，或是干脆不回信，若再有第二封、第三封信来，梁山伯与罗密欧便被打发去了原籍，操练笔的便成了业余的黄色作家，透过那一页页黄水泛滥的信纸看去，安怡和笔者几乎在旧北平时代便有了地下联系，俩人更在一起干过多少狂蜂浪蝶的事情……

这些信，有的到了安怡手里，有的却到了李队长的抽屉里。解除教养后，在有了诸多自由的同时，仍限制着通信的自由，就业人员的往来信件，还得经过管教干部的检查。

恍若刚刚亲睹了一个伤风败俗的现场，好几回李队长一手捏着这类信，一脸的神惊色骇，来找她：“安怡呀安怡，你这个样子下去，可太危险了……”

安怡成了缠在蛛网上的一只可怜兮兮的小虫，进退两难，动辄得咎，她何尝不想结束这种生活？

她本是个有洁癖的女人，过去无论是在家里，还是住在学校，她每天都要换一次内衣，床单、被套一个星期就得洗一回，现在住集体宿舍，几间房共用一个水龙头，衣服得泡好几天才能洗上。冬天还好些。每到夏天，六个人收工回来，一脱衣服，便好像走进了一家临街肮脏的小饭馆，什么气味都有。其中还有一位患了滴虫病的，性格大大咧咧，一个像埋了定时炸弹的屁股，一下这张床上蹭蹭，一会儿又那张铺上坐坐，你说她，她没有脾气，过后依然如故……

自回北京断了念想之后，一股浓稠得几乎能化成汁水的惆怅，在女留场就业人员中蔓延开来。当残阳如血，一点点地跌入渤海湾，当秋风长吟，色彩斑斓的大地，为之一天天肃杀萧索……在果园深处，在那条走不完的沙石路上，往往只要有一个人哼起一支歌子，众人便会跟着唱起来，任其像一朵面积愈来愈大的忧郁的云，在一座座胸脯的峡谷里游荡。

这支歌名为《秋歌》，是大名鼎鼎的川岛芳子关在国民党监狱里写的，“文革”期间，她妹妹金默玉也在清河农场劳改，便被带来了这里——

桂风飘摇，
又来到这小小的院子里。
枯的心肠死的灵魂，也有沉醉矣。
自己做错怨不得别人，有罪就自己受。
你可知道吗，悠悠秋风又是一年过，
得过且过，对酒当歌，悲来悲再说。
谁的青春谁不吝惜，
苦恼有谁人知？

再心比天高的人，最终总得面对现实。

歌唱完了，还是会去琢磨，天下哪座青山不埋人，人间哪块地面不升烟火？不能龙攀龙，凤属凤，那就权当自己是只老鼠，去找个会打洞的过日子吧……

眼见在清河境内，急匆匆赶去鹊桥上的男男女女越来越多，安怡的心里也有点活泛起来。她倒不是为某种感情所驱使，和乔迪的那番铭心刻骨的情感经历，像烧红了的烙铁一样，深深地灼伤了她的性灵，她不能再爱了，也不敢再爱了，她还牢牢记得乔迪那番关于中国男人的论述。

她只是想有个机会，摆脱农场里一拨拨男人们蚂蟥般的纠缠，摆脱那间常常蒸腾种种异味的宿舍，以及那个像埋藏了定时炸弹的硕大屁股。此外，她仍是一只惊弓之鸟，害怕在这多事之秋，农场里还有可能遣散人去新疆。而真有此事了，单身者自然是首当其冲……

一天，阴雨绵绵，无须去园里劳动，安怡去了农场图书馆。

就业后，她常来这里借书，经常给她办手续的，是一个叫孙蔚然的管理员。

此人 1947 年高中毕业后，因家境拮据，上不了大学，他的一个亲戚是军统中级官员，便介绍他进了一个军统特别训练班。学习了一年后出来，派他做了北平西城一个派出所的所长。那把小小的交椅尚未坐热，北平便解放了，因在“军警宪特”里摊上了“警”、“特”二字，被判刑劳改，到前两年留场就业，他已经是近四十岁的人了……

几个月前，一个姓何的就业人员，为他介绍了一个对象。女的姓张，三十几岁，因诈骗劳改，现也期满留场，正和安怡住一个房间。殊知几次接触下来，张某没有看中身体虚弱、言辞木讷的孙蔚然，却看中了力大如牛，且舌灿莲花的何某。

张某也不说破，干起老本行来依然圆熟得滴水不漏，三番五次地驱使孙蔚然去十几里外的一处大田，给在那里驻扎的何某送信，他不辞辛苦地送去了，又兴致勃勃地带着何某致张某的信回来，恍若这是关系到党和国家命运的“九评”，他以为这来往的信里，也沉甸甸地决定着自己的人生……

安怡挑好几本书，来找孙蔚然时，昏暗的角落里不见开灯，他正一个人伏在桌子上哭。哭声喑哑而又剧烈，犹如一条撕裂开来的布帛，不时搐动的肩头，影影绰绰，像是荒原里的一座孤坟，这是安怡头一回见一个男人哭得如此伤心。她想，他终于看到了自己身上的悲剧色彩，像将他卖掉了，他还在那里帮人家点钱。

像是她自己充当了这样的角色，一阵刻骨的酸楚，还有一种同是天涯沦落人的悲怆意味，好似海面上白茫茫的雾气，陡然在她的胸膛里漫卷开来，她说：“老孙，以后你再也不要去为他们两个送信了……”

他像是没有听见，瘦削的脑袋依然沉沉地埋在双臂里。一簇簇早生的华发，像是暗夜里一片散落在地的银针一样扎眼。顿时，安怡有了一股耶稣赴难式的冲动，或者说眼前有了一个诱惑，恍若是一朵蓝荧荧的火焰，美丽得似小精灵一样跃动着，见它渐渐无力、萎缩起来，人们竟有了伸手过去抚摩、扶助它的念头……

一句话，闪电般地脱口而出：

“你别难受了，我嫁给你。”

孙蔚然的小脑袋，一下抬起来，好似一只从梦里被猛然惊醒的鹌鹑：

“这……是真的？”

“真的。”

安怡事后知道了，他不是为发现自己被“卖”掉而哭，他是一个多愁善感的人，那天的绵绵秋雨，牵动了他思乡的衷肠。念及父母都是60多岁的老人，还得去地里猪狗一样刨食，空有他这么一个无能侍候在侧、奉养天年的儿子，他才泪作倾盆雨。

事后，安怡也震惊于自己这句脱口而出的话，打从上幼儿园开始，教过她的老师，没有谁不说她聪明。在家里，父母也总夸她，自己的事情自己能处理好，可怎么会在二十四岁上，一念之间，做出一个如此愚蠢的决定呢？

在她表态的次日，孙蔚然便去开了结婚介绍信，等不及收工，他追到葡萄园里，将介绍信交给她。她注意到往日他那张烟灰色的苦瓜脸，以惊人的速度变得容光焕发，好似一个奄奄一息的花蕾，在一场饱和的湿雨之后猛然绽开了。他见她沉默寡言，眼睛便立时瞪得圆圆的，仿佛只要眨个眼，这事便会栽落到梦里去……

其实，她正在心里顽强地说服自己必须愚蠢下去，除了原先的诸多理由之外，她还找到了两条理由：一是张某曾经说过他生理上有毛病，年纪又比自己大许多，嫁给他后，他应该不会像年轻男人一样纠缠不休。

再就是自己并不爱他，却嫁给他，这也许对他不公平，可他这么个情况，也难再娶到别的女人，他也算值了……

终于有了一角属于自己的小小天地。一张桌子，是用几个肥皂包装箱改做的，两副铺板往两条长凳上一搭，便成了床，只买了些锅碗瓢盆等生活必需品。安怡在杜绝了农场里众多男人梦魇般的追求后，却和一个几乎完全陌生的男人住到了一片屋檐下。

孙蔚然对她好得不能再好，她要洗澡，脱下工作服，他已经打好了热水。洗完澡，他接着去洗她换下来的衣服。她晚餐想吃鱼，他连夜骑自行车，走了二十多里路到海边，赶早市买来一角钱一斤的大黄鱼，中午那鱼就在她的碗边，变成了一堆骨头。人都是某种条件下的产物，当有条件了，她又习惯起一个人睡觉，他将床让给她睡，自己长年搭地铺……

似乎他的精气神儿，全使在了滚落于妻子身上的一双眼珠上，他在她面前，和他当图书管理员一样，不到非得开口时，他没有话说。安怡觉得这样也好，两个身世、经历若不是在清河发生交叉，本南辕北辙的人，硬要无话找话说，彼此都别扭。好在“近水楼台先得月”，她把大量的业余时间都花在了看书上。

可有时，她从书本上抬起头来，见他无论在做什么家务，或是木桩似的陪坐一边，都像是自己沉默的影子。八平方米的小屋里，没有一点生气，像是一个深深的幽暗洞穴，她的汗毛竟会直立起来，人变得有点歇斯底里。一次，她拿起桌子上的一个玻璃杯，向地上摔去，哗地碎了，孙蔚然没有吱声，赶紧拿扫把扫去一地的碎屑，扫得差不多了，他抬起头来，满目乞怜之色：

“安怡，你要是心里不痛快，以后你就骂我，打我，千万不要再摔东西……”

她真火了：“我摔掉一个杯子，就换来你这一句话吗？”

他急得脸上由灰转红，由红转白，声音里竟蒙上了一层颤颤的哭意：

“你要我讲什么好呢，我孙蔚然……这辈子能娶上你这样的女人，还有什么……可讲的呢？”

她听了，一下变得啼笑皆非。

一年后，孩子呱呱下地了，这是一个在双方意料之外的儿子，取名清河。

一个星期后，农场搞战备疏散，凡是原籍在农村的就业人员，一律遣返回原籍，结了婚的女方随男方走。尽管前方莫测难料，安怡对清河也没有什么留恋难舍，她需要告别的只是郑荔。

后者找了一个劳教就业人员，此人原是北京一家大工厂的技术员。“文革”初期，随同事们一起给领导贴大字报，柿子拣软的吃，领导一翻档案，知他出身不好，便杀鸡给猴看，将他打成了故意搞浑阶级阵营的“游鱼”，又将其送来了清河。在确定关系之前，郑荔领他到了安怡家里几次，安怡见他人长得挺精神，谈吐之间颇有修养，且学工的出身，要做个什么事，手脚都灵活，便在郑荔七上八下的心里，画了一个圆。眼下，他们正筹备结婚……

说是告别，其实就是两人抱成一团，哭作一堆。想起去了新疆后便再没有了音信的孟白鸽，更有了生离死别之感。安怡带着一双哭得肿成红桃似的眼睛，上了小四轮的拖斗，接过丈夫手里嗷嗷待哺的儿子，撩开衣衫就给他喂奶……一家三口人，还有全部的家当，都在这小小的拖斗上。

在路上颠簸了一天后，安怡的一身骨头架都要散了。由丈夫押运行李，她则带着孩子，又坐了九个小时的长途客车，三个多钟头的马车，才到了孙蔚然的老家。这是冀西北靠近内蒙的一个县，他庄上离县城还有 50 多里地。

一路上，对于农村生活的艰苦，安怡已作好了思想准备，可她打小生活在北京，从未到过农村。在她的概念里，天下最苦的地方莫过于劳改、劳教农场了，在清河自己都有饭吃，在农村哪能苦得没饭吃呢？

她也没往日后的政治处境上多想想，在清河五年，尤其是留场就业以后，她已经习惯了一种不平等中的平等，不自由里的自由，前者是和外部世界比，后者则体现在与她有同样身份的人们之间。现在既然走出了专政机关的高墙大院，回到了孙蔚然思之念之的家园，自己能享用的平等与自由，虽不说会比清河更多，可总不至于比清河更少……

安怡啊，远不及中国农民们的政治眼光。打“土改”后一回回阶级斗争，尤其是经过“文革”的锤炼，往日温情脉脉的宗族联系，野草牛皮般坚韧的宗法纽带，早就成了遥远的绝响。在这眼光下，好似一个跳蚤黑一点，几个跳蚤黑一堆，有几个人能不赫然于脸，愤然于胸呢？

孙蔚然的父亲是老富农，母亲自然是富农婆。他唯一的哥哥是历史反革命，原判刑十六年，后因为严重的肺气肿，办了保外就医，就医谈不上，只能在家里等死。孙蔚然又是历史反革命，她本人，农场里转过来的材料是“洋妓，有流氓行为”。

也许农村文化和城市文化，在这一点上表现了鲜明的差异，在口头性文学很是发达的农村，农民们大多数从骨子里并不反对性事上的偷鸡摸狗，只要偷到的不是自己的老婆。倘若不动真格的，白天在田头场院，几个女的抱住一个男人，或是几个男人放倒一个女人，捏她几下，摸她一把，也是一大快事。既然如此，农民们搞不清楚什么叫做“流氓行为”，更不知何谓“洋妓”。

犹如乡间在众多的菩萨里只认玉皇、关公、灶王爷等几个菩萨，在中国众多的政治帽子里，他们只认“地主”、“富农”和“反革命”……

庄上人，给了安怡一个不合逻辑却合乡俗的称呼：小富农婆。

每天晚上，一家六口人，有四口得去村里接受批斗。一排瑟瑟缩缩、腰弓成虾米的阶级敌人里，丈夫家占了40%，若不是大队书记看有一个在床上爬滚的孩子，要安怡留在家里，一村的阶级敌人里，一家人便占了一半……

因为有过一番“洋妓”的遭际，安怡的脸皮，已经有了足够的厚度，去抵御这份政治上的压抑。生活上远超出她想象的严酷与艰辛，却让她有了一股与日俱生、越来越强烈的犯罪感。

队里给的基本口粮有限，主要得按工分给粮。一家人，老的老，小的小，病的病，拼死拼活做，一年下来能有多少粮食？这粮食给的多是红高粱面，粗砺，发粘，特别不容易熟，村里人都用来贴饼子吃。怕清河消化不了，饼做得薄薄的，中间却还是硬生生的。于是将上面熟了的拨下来，中间的给碾碎了，再熬粥喝。即便如此，儿子吃了也消化不了，常常腹胀得在炕上打滚……

书记知道了，扣下孙家一点红高粱面，多给了些胡萝卜、白薯。这两样东西，煮烂了，甜甜的，糯糯的，孩子开始挺喜爱吃，多吃了些日子，他又腹泻不止，最多时一天拉了十八次肚子。一年只分十几斤白面，孙蔚然的哥哥，眼睛绿绿地盯着，还有老人，孩子能吃几口？她想给清河弄些白面，可没有钱，离开农场时，发给了他们二百元钱的遣散费。回到村里，从未见过这许多钱的父母，一下收去了，他们指望这钱能治好不能下地、只能吃饭的大儿子的病。

一天，有货郎担从门前过，她将自己的一双长辫子铰了，卖了不到二元钱。清河见那挑子上有红得似云锦的苹果，从未吃过苹果的他，揪着妈妈的衣襟，嚷着要买，她一下抱清河进了屋告诉他，那不是真能吃的东西，乡里穷，是用泥巴做的给菩萨的供品，她用这钱，买了一点面粉，做面条、做馒头给清河吃，看着儿子吃得咂咂有声，滋滋有味，她的心里没有一次不在抽搐：下一顿怎么办？下一顿怎么办？

几近四壁空空的屋里，她实在没有什么好卖了。孩子依然在胀痛和腹泻两极间挣扎，人瘦得抱在怀里，好似抱着一根糟空了心的木柴。看着清河那对几乎随时都像饿猫一样在觅食的大眼睛，安怡觉得这样的日子每过一天，都是在对一条无辜的生命犯罪！

她终于对丈夫说："我要离婚，不为别的，就为孩子。"

孙蔚然叹了一口气："从回村起，我就看出来了，咱这清河和你一样，都是城里人的命，你母子俩能走了也好。不过，在咱村里，还没有发生过离婚的事，我担心，这事不一定能办成，倘若能成，我只有一个要求……"

他的脸上陡然红起来，像大姑娘头一回上了花轿。安怡见他吞吞吐吐，不知他心里在转着个什么主意，激将道：

"你一个大男人，老婆、儿子都要走了，你还有什么不好说的呢？"

憋了一阵后，"这地方解放二十多年了，人还挺封建。男人如果生理上有毛病，和女人不会生孩子一样，挺遭人忌讳的。我想去离婚总得问个原由，你莫要说出这事来……"

安怡不禁扑哧一声笑了。她没有料到，在婚后两人好容易才有的这番内心交流里，他先着急的是这事……

次日，在地里干活，刚好大队书记领着几个人过来，安怡赶快跑过去，对书记说有件事要给领导汇报。书记挥了挥手，要一行人先走，自己笑吟吟地留下了。

这是安怡第一次如此近距离地打量书记。也许是过去在部队上吃了苦，她听说 1963 年他在莽莽雪海的中印边境上打过仗；也许全大队七八百号人的吃喝拉撒睡，还让他揉碎了心，不过三十几岁，却有一张暗得出奇、病态的黄脸，好似刚出土的千年陶器。他笑的模样，则很是天然未凿，恍若归真反璞，让安怡感到柔和、亲切。

他听了她离婚的想法，马上表态道：你早该和这家人分道扬镳了！我给你开证明，明天你们就去公社办离婚。你别担心以后的生活，大队安排你做广播员，风吹不着，日晒不着，一年记三千工分，农村需要你这样有文化的人……

走去公社的路上，一个满怀信心，恍若从此别有洞天；一个满腹压抑，俨然真的被别人卖了，还不得不为别人算钱。

公社文书问："你们为什么离婚？"

安怡答："当时我年轻，对婚后必须要有精神生活不懂。两人感情不合，岁数相差太大。再说，他家的成分也影响我和儿子，为了孩子我得离婚。"

"他有没有什么对你和孩子不好的地方？"

"没有，他这人挺老实，对我和儿子也很好，错误是我造成的，怪我当时太年轻……"

文书要安怡出去呆一会儿，问孙蔚然："你老婆是不是在外面有了相好？"

"没有，她是个挺规矩的女人。"

安怡又被叫了进来，文书说："那好吧，咱们现在来谈谈孩子归谁？"

孙蔚然的压抑，终于有了一点小小的爆发，他抢说道："儿子得归我。我在这世上，再没有别的骨血了，我年纪这么大，头上还戴着顶帽子，不可能再结婚了……"

说毕，已是眼里泪影婆娑了。安怡低下头来，眼角也有了些许的潮热。沉默了一阵，文书道："那就这样了，孩子归父亲。"

话刚落地，安怡的头抬了起来，一脸的泪光闪闪，像是刚从水里打捞上来，几近虎狼长啸："不！儿子得归我，我就是为这离的婚！"

一条蹦跶了两下的鱼，自己又回到了案板上，孙蔚然不迭地说："儿子归她，归她……只是我人在乡下，无能力给孩子抚养费……"

"我不要你的抚养费，我会在北京找份临时工做。你放心，日后我有吃，儿子有吃，我没吃，孩子也有吃。"

文书又问："那财产怎么分割呢？"

"家里没什么财产，我只带走自己的行李、衣服，剩下的东西都归他。"

文书拿出了离婚证书，要往上盖公章。那手又停住了，目光沉沉地在他们两人身上打转："这世上哪有你们这样离婚的，他不说你一个不字，你不说他一个坏字。我看出来了，你们这哪是感情不合？倘若不是为了政治原因，你们不会离，我也不会给你们离……"

文书叹了一口长气，才把公章盖了上去。

走的那天，孙蔚然借了一辆小毛驴车，送她和儿子去县城的火车站。全村能走动的人，几乎都到村头来看这一幕，颇像是在夹道欢送，可古老的村庄，不会欢送一个敢于和它的传统挑战的人。怀着不同心情的人们，只是为一个共同的好奇心所驱使：

这到底是一个怎样的女人，怎么能将本该你死我活的一场离婚，化解得鱼不惊，水不跳，恍若两个陌生人在路上擦肩而过?

安怡在一片普遍阴沉的目光里，发现了大队书记同样阴沉的眼神，她觉得自己辜负了他的期待，赶快调过头来，吩咐孙蔚然开路……

回到北京，弟弟到车站接她。

姐弟俩有一年多没有见面了，她随孙蔚然回乡不久，写了一封信给弟弟，他很快就来看了她。在这之前，她一直不愿告诉家里，自己的命运又做了一次自我愚蠢的改变。弟弟抱起头一回见面的外甥，看清河长得似个瘦猴，眼珠子里不停地眨巴着对北京的好奇和不安，心里一个劲地疼得不行。一会儿，摸摸他只有几根稀发的小脑袋，一会儿将他的两片小手心放嘴边亲了又亲……安怡的心里，涌起了一股深深的暖意。

还让她感到欣慰的是，弟弟在厂里有一个好师傅，周围有一批习相近好读书的朋友。其中一个朋友的父亲，是延庆县里世代相传的老中医，得知母亲的病情后，开了一个方子，有几味药市面上买不到，老人家自己去深山里采摘，然后要儿子送了来。母亲已服用了几个月，神思恍惚、反应迟钝的毛病基本上好了，现在她又操持起了家务。

此外，弟弟还告诉姐姐，因为显而易见的视觉错误，父亲的问题在他所在的厂里，第一个获得了"解放"。结论依旧是"文革"前的"工商业者”，银行里的存款被解冻，还发了一笔抚恤金。弟弟要她安心在家里住上一阵，有朋友帮忙，找份临时工做不会太难……

回到家，放下东西，母亲的魂就被清河给勾去了，趁她忙上忙下，恨不能自己的心肝也摘下来给外孙吃，弟弟领她去街道办事处报临时户口。

值班的显然有点漫不经心，她问安怡：你是从哪里来？安怡说了地方，她马上说：你是知识青年啊，这一段知青回来的不少……她从抽屉里拿出一张表来，要安怡自己填，她自己便拨起了电话。像是找一个什么人，要体育馆国庆之夜的演出票。

一提到国庆之夜，少年时代温馨的回忆，像放电影一样，顿时掠过安怡的脑海：

这是天安门广场上那似花团锦簇、孔雀开屏的壮丽焰火，这是十里长安街上镶嵌在各个雄伟建筑物上的万顷珍珠，这是北海公园里与扑扑篝火和猎猎队旗一起飞扬的歌声：我们是共产主义的接班人……

自从她走进炮局的那扇黑森森的大门起，一种因被这个国家所排斥、所专政，而渐渐消失掉的祖国依附感，又似涨潮的海水一样，漫过了她的心胸，她有了几分激动。又想起从此在北京的新生活，连握笔填表的手，也微微颤抖起来……

9月29日的晚上，安怡和母亲聊完天刚睡下，响起一阵咚咚的敲门声。尚在看书的弟弟过来开门，进来两个户籍警，他们问：“安怡报了户口吗？”

弟弟答：“报了。”

“把那报户口的条子给我们瞧瞧。”

安怡赶紧找出那张条，给了他们。一个年纪轻些的，接过条后看都不看，一下塞进兜里：“你这张条作废了……”

“为什么？”

“你是什么人，你还不清楚？”

“我是什么人？我是我妈的女儿，我弟弟的姐姐，我住在我妈家里。”

“好吧，那我告诉你，哪怕这屋里住着玉皇大帝，你是他老人家的金枝玉叶，可只要你还是劳改、劳教释放人员，就不能在北京过国庆节！”

一家人都傻了，好似一组雕塑站在那里，只有目光里透着无边的悲凉。

恍若面对一头被缚了身子、等待宰杀的老牛，那年纪大些的警察，一定触到了这股凉意："这不是我们刁难你们，政府就是这样规定的。你们母女俩、姐弟俩，还有什么未说完的话，今夜就说个透。话说完了，就抓紧时间休息。明天可一定得送安怡上路……"

仅仅五天，安怡哪里来，又哪里去。

在这条黄尘滚滚、暮霭沉沉的路上，不让一名弱女子有自己的亲人。

一个中国人，却形似四海流浪的吉普赛人。

回到村里，安怡在一个老贫农家里租了一间房住下，这房原本是主人家放柴禾的杂屋，她从家里特意带来一把自行车链条锁，用来锁门。

头天出工，大队书记便把她叫住了，说是他说的话他还记得，要她随自己去广播室办交接手续。到了广播室，空无一人，书记正襟危坐了，也要她坐下。他说的意思是：

她走后的这几天，他没有睡过一个好觉。可他历来办事不会强人所难，一意孤行。她去了北京又回来，这便是天意命定的他们两人的缘分。他是一个现实主义者，相信现实的力量。她的现实是孤儿寡母，走投无路，他却可以给她带来这样的现实：或是给他一个月的时间，他去和老婆离婚（他说，换上别的女人，他说办了就办了，可这女人是公社一位副书记的妹妹，他得多使一些劲），然后她嫁给他；或是实行"一国两制"，她做他的相好，他安排她即刻上任广播员，每年明里暗里给她四千工分。

不管她接受何种安排，他都保证从此在政治上，她是一个堂堂正正的人（讲到这里，他脸上涌起了几分猥亵的笑意：你不要被你的档案吓怕了，不过几张纸，老子明天早上就拿它来揩屁股！）在生活上，母子俩不愁吃，不愁喝，不愁穿……

也许书记是这样的一个人，需要深刻的时候，他能摆出深刻。需要温和的时候，他能堆出满脸的亲切。需要施之以无耻的时候，他能比流氓干得还惊心动魄！他身体里有一个可以生产各种血清的工厂，能够根据外部情况，随时为他提供适当的情感血清。

眼下，他一定觉得，自己无须对安怡动粗的，倒不是因为她大小是个文化人，而是他以为在脚下这块地面上，自己即使不是皇帝，也是口含天宪的太监。他的权势，如同安怡枯辙之鱼的困境，明明白白地摆在这里，她必然会二者择其一地接受他的安排。

书记宁静地等着她的回答，脸上的笑容依然处子似的天然未凿。安怡一下又想起乔迪那番关于中国男人笑容的评述。她站起来，默默地走到门口，这几秒钟之间，书记有了一个判断，她这是去关门。脑袋里也拍电报般地拍上了一行兴奋：城里的女人，真他妈的主动！

安怡转过身来："我配不上你，也没有资格当广播员。我还是去地里劳动改造……"

当天夜半，她的房门被撞得咣啷、咣啷响，书记在外面喊着：你开门，我得再给你说几句话……随之，一股股浓烈的酒气，从门缝里钻进来。

她害怕极了，睡着了的清河也惊恐地哭起来，主人家那屋却不见半点动静。门被捶得几乎要炸开，她赶紧将儿子抱下床，拼死力气将床抵住门，又把一个箱子压在床上。等她自己也坐在了箱子上，准备打一场持久战时，外面却响起了一串串几近雷动风鸣的呼噜。

次日早上，房东发现了烂醉在安怡门口的书记，他什么话也没说，将书记扶回了家……

过了几天，大队长来找安怡，说是他租一间房给她住。

她听说队长与书记之间有些过节，可当了书记的面，他又唯唯诺诺。她不敢答应，怕从狼窝里又掉到虎穴里。大队长恼怒了：寡妇门前是非多，要不是他大舅子打了招呼，我才不会不想吃肉，却给自己惹一身腥哩！

安怡听明白了，这是那位公社副书记的意思。她搬了过去，这是一间偏屋，只有朝西有扇小窗户，光照不好。但队长家有个院子，将结实的院门一关,夜里便可高枕无忧。而且,队长的母亲一生吃素信佛,模样长得慈眉善目,不是个怒目金刚或是无风也起浪的主……

过去在农场,安怡干的园艺活。随孙蔚然回村后,一半是他照顾她,一半孩子也离不开她,她在家里带儿子,现在她必须到大田里劳动了。

夏天三伏天耪高粱地,一人多高的叶子,闷在里面蒸笼似的,她不敢穿长袖衣,穿的是短袖,那边缘锋利的叶子,在胳膊上一划一道口子。还有满头满脸的花粉,又给汗粘着,全身像贴在一层滑腻腻的橡皮里,别人耪到地头了,可到树荫下歇上一会儿,她不行,她还未耪到一半。待她也耪到了地头,一片地上早没有了人影,人们骑上自行车去其他地了。她躲在高粱叶子里,脱下衬衫,哗哗地拧出几把水来,又穿上身,赶紧上来再出发。村里的地分得很散,到最远的一片地,得走五里路,她却没有自行车。

安怡干活还得带上儿子,这时清河还只有三岁多。收小麦时,她让他一个人在地头上玩。一会儿,他便玩倦了,要她抱。她用一根腰带将儿子绑在背上,埋头接着割麦。生产队长见她摇摇晃晃,人几乎要摔倒,便叫她和老太太一起,去割完了的地里拾麦穗。近中午时,带去的一壶水已经喝完了,儿子又喊口喝。她要他忍忍,清河光着一双小脚丫,自己跑去了一口浇地的机井边,要用巴掌接铁管里的锈水喝。迫于无奈,她在旁边找到一个空罐头筒,用一根绳子拴住,投到机井里荡上几荡,再拎上来时,那筒水面上,浮游着一只只红色的小虫……

平原地带没有柴禾,一年四季烧的不是高粱杆,就是棉花枝。冬天队里常分棉花枝,所谓分,就是去地里拔,拔到谁手里就归谁。还只早上四点钟,天地间一片浑沌未开,就响起了叮当叮当的敲击铁轨声。大队有五个生产队,每个队都是系一段铁轨在树上当钟敲。也不知道这是不是本队的,安怡就把儿子叫起来,先烙好三张饼,灌上一壶开水,给清河系上围脖,拔脚就出了门。

到了田里,别人家大大小小七八口,手里又多半使有老虎钳,拔起来几近风卷残云,一下便倒下一大片。安怡没有老虎钳,力气小,手心嫩,看那气喘吁吁、趔趔趄趄的模样,真不知是她拔棉花枝,还是棉花枝拔她。好容易有了一小堆，两手上却火烧火燎似的，脱下手套一看，全是一粒粒紫色的血泡。偏偏这时，别人家的孩子脱兔似的机敏，都在四处出击，把别人弄下来的棉花叶子往自己堆上拢。棉花叶子也是可以烧的好东西。清河却拖着一把耙子瞎转悠，她一着急，虚火攻心，便往他的小屁股上狠揍了几拳！

儿子哇哇地嚎哭起来，这一嚎，犹如一个激灵，让她一下“阳衰阴盛”：儿子太小了，人生再坎坷，生活再严酷，他一双黑是黑、白是白的大眼睛里，能装进什么呢？

看着别人家车推肩扛，又班师另一块地了，她抱起儿子亲了亲，放下他，背上一捆棉花枝，由着孩子象征性地抓起一把棉花叶，赶紧跟了过去……

安怡这样下来，一天只能挣6分，队里的女劳力一般都赚8分、9分。到了年底一算，她能赚到自己的口粮就不错了，有时还欠队里的钱。

好在离开北京时，母亲硬要她带上一千元钱，这钱她主要用来给儿子买白面吃。此外，她自己吃得很少，她已经习惯了红高粱面，只是在有病时，她才给自己做一碗热汤面条喝。她可能永远不会习惯的是，当地农民每户人家一口大缸，腌着芥菜、白菜、红白萝卜……除了年节，一年到头就是吃这咸菜疙瘩。她总想吃绿油油的鲜菜，有时想得眼睛都发绿了，便去集上买一把，或是当大队长的母亲在菜园里间苗时，将老人家间下来不要的菜苗，讨来回去炒了吃……

在一盏如豆的油灯下，安怡深藏着一个似灯焰一样颤抖不已的恐惧：

自己已成为一个乡下妇人了，难道自己的儿子，也要做一个只见鸡飞狗跳、只玩柳叶与泥巴的乡野小童？

她给儿子讲丑小鸭、美人鱼，还有卖火柴的小女孩、渔夫与金鱼的故事。

她到处寻纸盒子，将它们剪成一片片，在上面写：我、你、他、马、牛、羊，还有“毛主席”、“爱祖国”、“爱人民”、“开学了”……教清河每天认5个字。

当儿子有了睡意，伺候他睡下后，她常站在西窗边，望着几颗疏星下黑沉沉的无边原野，心想：日出而作、日入而息，就差没有掘井而居、饮血茹毛了，这样的日子，连着一份深深的孤独，究竟何时是个头呢？

依然不时有好事者来给她提亲，那如簧之舌上，总绽露出一种贵金属的光亮：

或是木匠一类的手艺人，两天打一个柜子，便能赚十六元钱；或是公社会计一类小有实权的人物，虽是个瘸子，却上无二老，下无弟妹，旱涝保收拿着国家工资，几年来积攒下二千元钱……她都没有反应。她唯一所想的，是在哪里找份临时工，哪怕是在小镇县城里也好，只要能将自己和儿子从农村里解脱出来。

有一年，郑荔写信来，说是她丈夫的堂兄，是本省巨野县经委的一个副主任，只要找到他，解决个工作没问题。安怡的心活泛了，等挨过了麦收，她买了几包点心，两瓶酒，说是母亲病了，得回北京一趟，请大队长的母亲为自己带几天孩子，老人家挺乐意地答应了。

坐了六个多钟头的长途汽车，到了保定，次日中午又转车，下午4点钟到的巨野。

问路问到县经委，传达室说没有这个人。这时出来一个干部模样的人，她拦住他问，这人挺客气，告诉她，这信上的单位写错了，不是县经委，应该是县计委，她要找的人是计委的一个副主任，又给她指了去县计委的路。

找到计委，一溜大门紧锁，已经下了班。她想，这时他一定在家，可以去他家找。又问了几个人，确定县计委的宿舍在县政府大院里。待最终摸到计委的宿舍楼时，她见一个满脸络腮胡、拎着一瓶酒要上楼的男人，问：请问唐主任住哪里？

对方将她上下瞅了一遍，落在她墨绿色的旅行包上的目光，尤其沉甸甸的，咧嘴笑道：你别找了。为啥？唐主任一家人，早已以医院为家，他患了肝腹水，去见马克思就是这几天的事了……

这时，已是7点多了，宿舍楼里，一排排窗口橘黄色的灯光，将她泻成了个电线杆子似的投影。窗口里传来几对青年男女的嬉闹声，传来摸麻将的稀里哗啦声，传来一个孩子奶声奶气的唤妈妈声，还传来什么东西投进热油锅里的爆响声……

一时间，满身仆仆土尘的安怡，竟不知道自己这是站在哪里，自己又为什么来了这里。

唯有一种刀片般遽然划过的感觉，像浇注水泥地一样压满了她的脑海：自己是站在生活壁立千仞的尽头！

她想哭，可哭不出来。她想喊，嘴唇张开了，舌头摇动了，就是发不出一点声音。好似一支伶仃可怜的蒲公英，再也集合不起它那随风而逝去的纷纷花絮……

有什么东西落到了她头上，她拿下来，是一串苹果皮。她见一个单元门口站着两个女人，正盯牢了她，脸上挂满了狐疑。她赶快走出县政府大院，回到汽车站。她身上没有大队开的证明，不能去住旅舍。就是有证明，她也不会住，舍不得花这个冤枉钱，像在保定一样，她得在汽车站里坐上一夜……

春去秋来，河冻河开；

高粱红了，棉花又白……

屈指之间安怡带着孩子，已经在乡下呆了 9 年。

这其间，无论是周恩来、毛泽东相继去世，还是“四人帮”一朝覆灭；无论是华国锋红光满面地在天安门城楼上，向欢呼的群众致意，俨然要领导中国人民走向一个新的世纪，还是邓小平在消失多年之后，首次出现在天津的体育馆里，顿时涌起山呼海啸似的掌声……

这一切深刻地影响了当代中国社会前进的历史事件，像发生在玻璃珠子一样冷峭的月球上，发生在动荡不定的黑非洲，离那个在高粱地里蒸腾着汗水也蒸腾着精血、在热锅里贴着饼子也贴着日月的女子，还显得太遥远……

只是在 1979 年，头几场满天飞舞的大雪，将整个华北平原变得一片原驰蜡像时，她冷了好久的血，才渐渐地热了。她早已如灰烬的心，才悠悠地旋出了几簇明丽的火星。

这一年里，翻开报纸，没有一天不提落实政策。早上醒来，没有一个早上不闻平反、昭雪了哪件冤假错案。

多少年来，人被压抑得越来越小，扭曲得越来越细，最后一个个被装进了沙丁鱼罐头里，统一的尺寸，统一的标签，天下安安静静。而现在，一个个又似弹簧一样从罐头盒里跳出来，满世界地叙说种种非人化的苦难，满大街地呼喊，要迎来一个将人还给人自身的时代！

弟弟来信告诉她，当今的京都，人满坑满谷的地方，不是有了西方影片上映的电影院，有了外国文学名著卖的新华书店，而是位于西单、常常灯光彻夜不息的中央组织部……

昔日，被一个煌煌大都似吐一只瓜子壳给吐出来的安怡，终于又回到了她为之付过汗水与心血的大街上。当然，她不会去找中央组织部，她还远不够归那里管辖的干部。

她先去了原单位，原先的同事多半还在，与她同期毕业到单位的同学，有的已经当了领导。人们几乎一眼就认出了她，并惊讶她驻颜有术，年轻不老，仿佛她是一位刚刚从地中海上旅行回来、又进了高级美容院的巴黎贵夫人。

问起她这十五年来的经历，她不愿多讲，不过蜻蜓点水，大而化之。女的，人人泪珠如串，男的，个个感慨系之。沉醉于满腹同情心的一位领导，请她进了自己的办公室时，好似一个捏在手里的钢镚，一下由正面转去了反面！

“你这个问题，当年不是单位处理的，是公安局直接办的。公安局若给你平反了，我们马上为你办复职手续……”

安怡回到家里，写了要求平反并回北京的申诉材料，交给了炮局，对方要她回家去等消息。二十多天后，给弟弟单位来了一个电话，通知她第二天去。

像她一样，来这里要求解决问题的人显然不少，在办公室外候了一段，等着叫自己的名字。见进进出出的，真是沧海桑田，当年审讯她的人，包括那个脑门上像落了一片枫树叶子的女警察，都不见了。不知怎的，她却感到，在这匆匆流动着各种气息的空气里，还隐隐地停留有他们当年的呼吸……

一位年纪四十出头的警察，找她谈了：你的情况，我们已经复查了。当时比你情节严重的，或是比你轻微的，都是这样处理的。现在上级也没有下达一个文件，要推翻这样的处理。所以，你的问题不能平反，你也不能回北京。

这人似乎动了恻隐之心，说完这番公事公办的话后，他站起来，送安怡到门口，又主动握了她的手：你还是先回去，看看形势怎么发展再说吧……

回到家里，晚上一个原单位的同事来看她。听她讲了公安方面的态度后，给她透露了一件事。这同事的丈夫在法院工作，他听说最近有一位中央首长，晚上路经西长安街边上的民族文化宫。从车窗里看去，不少打扮得花枝招展的姑娘站在门口，有的被外国人搂着个兔子似的搂着，有的则像惹蝶的柳浪一样去贴外国人。首长要秘书下去，看看怎么回事，回头再来汇报。秘书去门口泡了半个多钟头，发现文化宫里在举行舞会，十元钱一张的门票。姑娘们是要外国人请她们进去跳舞，跳得兴意阑珊了，便成双成对的叫出租车走了……

类似事情，在上海也有。在复旦大学、同济大学门口，晚饭后常有女孩子们等着，见有外国留学生出来，便上前去搭讪。若是白人，多半铩羽而归，若是黑人，则命中率颇高。一对对勾肩搭背，浪笑秽语，视若无人，中国学生和路人们，无不为之侧目！

据说一个黑人留学生，是哪国什么部长的公子，利令智昏得在外国的报纸上，就此写了体会：上海姑娘，一主动，二卫生，三便宜，可谓是世界上最好的妓女。

这份报纸，及时地摆在了那位中央首长的案头。为此，现在上面传达下来的精神是，对于此类有辱国格的飞莺流燕，必须严加管束，直至判刑、送劳动教养。

弟弟听了，感叹道：中国刚刚开了一点门缝，你说干点别的什么不好，非得干这丢人现眼的事！姐姐啊，你这假“洋妓”，这回可被这帮真“洋妓”给害惨了……

几乎半个北京城的人——

在为平反、为昭雪、为亲人最终进了八宝山而激动；

为复职、为搬回老屋或迁去新居、为又有了小车和电话、为子女调回北京、有的还将委以重任而一片喜气洋洋的时候；

安怡依然是一只瓜子壳；

一只煌煌大都吐出了便不会再收回来的瓜子壳……

四 烟云远去

1982年，在弟弟一个朋友的鼎力帮忙下，安怡终于带着孩子离开了农村。

虽然户口还留在那里，人却成了固安县一家工厂里的临时工。

次年，该厂的一个车间主任，下了班后，在厂长办公室里，约她谈了一次话：

打见你第一眼起，我就想你不是一般的女子，倘若我得不到你，我这辈子枉为人生。我从厂长嘴里证实了我的感觉，能猜到你的心里在想什么。我不会说那些卿卿我我的话，我也是经历曲折的小人物，眼下更搬不出一条愧于做你人生伴侣的条件。我请求你等我两年，那时才回答我行，还是不行。

没有等两年，还差三个月，他黑黑瘦瘦地站到了安怡的面前。这时，他已离了婚，为了离婚舍弃了一个心爱的女儿。还在与固安县一河之隔的大兴县，办了一家供水设备厂。

他对她说：我没有能力将你和儿子办回市区，但户口可以落在大兴县，这也总算是北京的地面了……

1984年，安怡和他结了婚。

他要她给他生个孩子。她带清河带怕了，她不愿生。她去北京工业学院，自费学了半年的工业经济，回来在丈夫的厂子里管财务。

丈夫聪明，肯干，钳工、电工、钣金、电焊，会的技术很多。他以为自己是厂子的上帝，遇事一言堂。干得好的，撒烟喝酒，称兄道弟；干得不如他意的，开口泼骂，加以老拳，基本上停留于手工作坊式的管理。

“春风潜入夜”，安怡渐渐地参与其中，化粗于细，化情于理，责任到人，厂里的管理日臻井然有序，产品质量更上层楼，业务范围不断扩大，几十个工人的平均年收入，达到六千余元，这年厂里也获纯利十二万元。工人们称安怡为老板娘，有了些什么事情，即便看到老板过来，也宁愿先避去厕所，过会儿再找她说……

丈夫似乎觉察出什么，不再和她说厂里的事情。床上，要求生个孩子的呼声却日益高涨。一次，她一觉醒来，见他倒在躺椅上。烟雾如墙如被之中，一双虎钳般有力的大手，似芊芊春草轻拂一张小女孩的照片，她的心一下软了……

次年，她生下了第二个孩子，是个女儿，取名近京。

满月那天，丈夫的亲朋好友，将家里填得满坑满谷。她听到他在客厅里说：这回安怡可跑不了了！

她完全地陷入家务之中，她似伊拉克至今未摆脱联合国的封锁，她也走不出两个孩子小鸟依人般的目光。丈夫一手抓“革命”，一手抓生产，两手都硬，更是忘情于厂子的发展，常常三星西斜不回家。但有一条雷打不动，每个星期他都要开着自己的北京吉普车，去市区采购，无论吃的、穿的，还是用的，什么高档，什么时髦，他买什么。他对妻子说：

咱们都是苦孩子出身，咱们的孩子可决不能再吃第二遍苦，遭第二茬罪。只要你一心料理好这个家，我一心管好这个厂子，别人有的，咱们孩子要有，别人没有的，咱们孩子也会有！

安怡一半被他“可上九天揽月，可下五洋捉鳖”的雄心壮志所打动。一半也想，世上总是多数女人做贤妻良母，真做好了贤妻良母，也算是自己给自己平反。

结婚时，为迁户口，她回了一趟孙蔚然的家。

此行还有一个收获，已过不惑之年的书记，因人民公社体制的解体，终于变得不惑了，他将她的档案给了她。犹如一盒淋湿的火柴，老妪一条早压进箱底的裙子，揭开这份对这个社会失去了任何作用的档案，里面乱七八糟的内容，不由得她啼笑皆非：

有一叠是一个名叫黄晓丽的女人的案情材料，一叠是十几个外国留学生的国籍、姓名、年纪，在哪个学校学习，以及他们各自和哪些中国女孩子有联系。再有几页纸，是在清河农场时，几个女劳教人员写的揭发材料，诸如她和郑荔、孟白鸽等人互相包庇拉拢，在厕所里偷给食物，在葡萄园里一起唱外国歌曲，思念某个外国人……

真正应该装进去的，几乎没有。比如公安医院的检查证明，她自己写的交代材料，审讯笔录。有的只是一页除了题头外，连标点符号全算上才 9 个字的定性结论：

洋妓，是流氓行为。

对于这改变她一生命运的 9 个字，没有谁来给她平反，她只能用一生来给自己平反。

这两年，孩子们都大了，清河早去了他父亲厂里学技术，现在已经能独挡一面了。近京也已经上了小学。白天，安怡常常一个人呆在家里，干完家务事，她心里便有些空落落起来。她会想起自己这一生中很多事情：

少年宫合唱团。初中毕业时填志愿。在建工学院里上的第一堂课。校园里，她常去树荫下温习功课的那一排香栌树，栌叶状如大钱，略呈椭圆，艳阳逆照，如火如荼。北师大的那次溢满青春旋律和理想火焰的晚会……自然，还有她设计的第一张蓝图，炮局、北苑、清河农场的日日夜夜。

有时，她甚至会想起乔迪来。她极力在烟云般远去的记忆里捕捉，那天在颐和园分手时，他究竟穿了件什么颜色的衣服。她会算当年那一头金发、有着海水一样湛蓝的眼睛的小伙子，现在大概已到了知天命之年。她还思忖：

在和整个东欧一样，已经“红旗落地”的阿尔巴尼亚，家庭出身于老游击队员的乔迪，将会怎样想，怎样说，以及怎样应付日益严峻起来的生活……

可想完了就完了，犹如水打不湿脚下的大理石地面，也像她掸去围裙上的尘灰，掸完了再围上腰，一个家庭主妇，下面该干什么，还干什么。

丈夫有一次回家，见她怔怔地坐在那里，看电视里她永远也看不明白的足球赛。他跑了好几家商店，给安怡买来一大堆卡拉 OK 带，还有香港、台湾的言情、武打录像带。

卡拉 OK 带基本上是流行歌曲，不是甜得发腻，就是“少年不知愁滋味”，却偏要装得像是在人生的五味缸里泡了五百年。她有时不自禁哼出来的曲子，还是那本《外国民歌二百首》里面的。言情片淡而无味，肥皂剧也像肥皂泡一样，虽不无一刻的绚烂之处，可她只要随便从自己人生感悟的哪个线团里，抽出一根针来，就能戳破了它。

武打片，则全部被儿子清河接管了去，也许是小时候在农村，他受够了歧视和欺负，眼下他便一眼不眨，出神入化，将自己变成了屏幕上那些深得掌门功夫、剑走偏锋的武林高手……

渐渐地，家里有了一些找安怡的电话。开始是在北京建工学院读书时的一班同学，彼此间恢复了联系，一年里要聚会一、两次。同学里数她的经历最坎坷，大家也总问到她。她感谢大伙儿的关心，却并不打算享用这份关心。聚会，她还未去过一次。可同学间，又尤其是女同学，总有时难免为另外的一些事情，给她打电话。

她一接电话，丈夫只要在家，他发福了的棕熊般的身体，便恨不能钻去那电话线里。她一放下电话，他便说：每日里你和我，没有几句话好说，可一拿起电话来，你的嘴巴就成了哗哗敞着的水龙头……

有一年春节同学聚会，她实在推辞不了，只好去了。她洗了头发，换了一件款式新颖却不失端庄大方的西服。出门时，他将清河、近京喊过来：

你们看看，你们的妈妈今天打扮得多精神，像是去会情人似的。

连孟白鸽几次从日本打电话来，他也有如珠妙语出来：你求她好好为你联系一下吧，将你也弄到日本去，找一个有钱的好主，米西米西，别再跟着咱们在中国受罪了……

丈夫的心，最终像船锚一样落实沉了，是在孟白鸽从日本回来，几个当年农场的女友在一起聚会。那天，他开车送安怡去。

孟白鸽去了新疆后，一直熬到八十年代初，才和苏联的丈夫取得了联系。他早组织了新的家庭，却不忘旧情，带着已长成十八九岁小伙子的儿子，赶来中国看她。等见面时，她看到的是喀什一家医院太平间里，两具冰凉的尸首。由乌鲁木齐来的长途汽车翻车了，儿子当时就断了气，父亲拖到医院，经抢救无效而亡。

经人介绍，她和一个来新疆帮助勘探油气田、丧偶多年的日本人结了婚，随此人去了日本。共同生活不到五年，她无法忍受晚上最早十一点钟回家时的丈夫，那一口浓烈得几乎能在长坂坡上吓退一百五十万曹军的酒气；她也无法深入到日本人的生活里去，透过那彬彬有礼、繁文缛节的举世皆知的外部形象，她觉得这个民族的骨子里，深藏着一个令人捉摸不透、隐约不安的谜……

离婚后，她在鹿儿岛市开了家门面不大的美容院。现在，她正想找个合适的地方，把这美容院搬到北京来。

姜英，1975 年特赦释放全部国民党县团级以上军警宪特人员时，她以旋风般的速度，嫁给了同一农场里一个在这级别之上、原籍北京的男人。他回到北京两个月后，她也回到了北京，她开玩笑说：共产党将我赶出北京，国民党带我回了北京。

这男人比她大 18 岁，在美国有一个前妻生的儿子，开放之初，靠着这儿子的几笔汇款，她在北太平庄开了一家装修不错的饭馆。这是那一片的第一家私营饭馆，因价廉物美，生意颇为兴隆。1992 年丈夫病逝后，儿子随之与她这个继母断了来往，可这时她的饭馆已发展到三家。自己已是半百之人了，无须再干了，她一一承包给昔日杂技团里几个盼着下海的同事。自己轮番筛选，最后选中一个湖南来京做保姆的姑娘，做了干闺女。

每日的时光，不是公园里做减肥操，去赛特、燕莎、百盛，看看又有什么新的洋玩意，就是找几个女友堆方城，常常一堆便堆到东方既白。

再有一件让她乐此不疲的事情是，在一双瞪得似铜铃的大眼下，考察那些可能做她未来女婿的男人。已经先后有几个小伙子叫她妈了，她总及时地打断这一称呼，她决不掉以轻心，以保证日后江山不会变了颜色……

唯有郑荔是工薪阶层。她丈夫 1979 年获平反，调回原单位后，1982 年首批被晋升为工程师。她得以照顾进了该厂，算重新参加工作，当了仓库保管员。

许是往日的“贪污”罪名，别人早已淡忘了，却磐石般在她的心里搬之不去，她对工作兢兢业业，一丝不苟，几乎连每一个铆钉，每一根锯条的领用，都记录得清清楚楚，俨然她是在为国防部看管一个核武器库……

1985年，她被评为该行业的劳动模范。

一天，有一家报社的一位女记者来采访她，她惊愕得当时昏死过去。记者更感动了，以为这是“火线负伤”，次日又在厂宣传部一个干事的陪同下，找到她家里，她嗫嗫嚅嚅，脸上阵红阵白，丈夫好歹替她说了几句。记者回去却妙笔生花，写出一篇近2000字的特写。清样还让她看过，可此后泥牛入海，再无了动静……

安怡的丈夫，以长城般的勇气和耐心，坐一边听着这几个女人的谈话。

不是“白头宫女在，闲坐话玄宗”。因为“洋妓”的案情，走到一起来的她们，谈话中几乎没有谁涉及当年炮局、北苑、清河的那一段生活，她们只是相约什么时候，几个人一起去清河看看，那个葡萄园，那片桃林、梨林、苹果林，现在怎么样了……

对窗外那个花花绿绿、令人眼花缭乱的世界，她们也没有兴趣。

她们聊的是别后各自的经历。言语间不无苍凉，又不无自嘲。口气里，不无遗憾，又不无自足。有时谁的一句话，简略到他还不知道是什么意思，众人就由其而去。有时，谁的一个眼神，引发片刻沉默，他莫名其妙，她们则像已心领神会……

显然，没念过几年书的他，尚看不出来——

这是一个特殊的小小群落；

一个对外蚌壳般封闭对内心灵相印的群落；

一个遗忘着历史却又将历史深埋于心的群落；

一个疏远着沸腾的世界却衬托出这个世界沸腾的群落。

他能看出来的是：

跟着这几个女人，妻子近年来似有莫名烦躁的脑袋瓜里，吸不进一丝火药味，他能放心她回到家里，不会发动一场情感“暴乱”。

回去的车上，他对安怡说：

今后，你要觉得无聊，就来这里和她们搓搓麻将。赢了，算你的，输了多少，我认了！

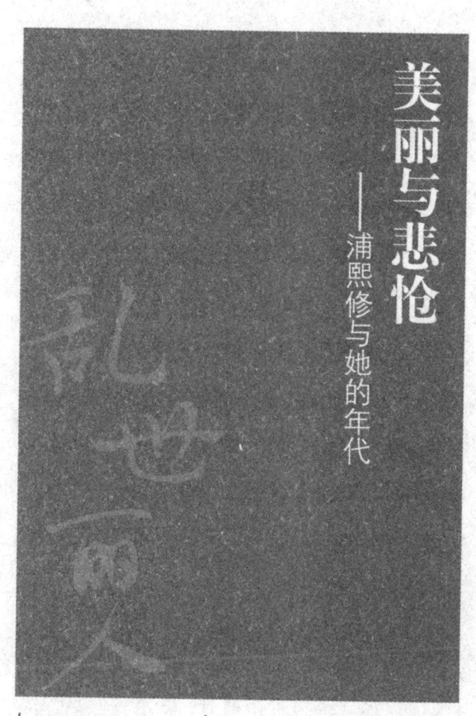
美丽与悲怆
——浦熙修与她的年代
亂世丽人
L u a n s h i L i r e n

目录

引 子

浦熙修，一个当代中国大多数人都感觉陌生的名字；

一个只有去翻阅五六十年前的旧报纸，伴随着历史的尘灰簌簌地往下掉时，才有可能去注意到的名字。

那个年代离当今的中国越来越远，那个年代的人们的悲欢离合，爱恨歌哭，亦如被烟雾笼罩住了的远山一样，正变得漶散、空濛起来。某个年代一旦遁入了历史，再惊心动魄的内容，再变幻莫测的境况，也似被榨去了鲜汁的果子，留给后人教科书的只是筋筋巴巴的几条。而这个年代的人们的命运，更是绝大多数似沙粒一样，可以忽略不计。

在历史的浩淼长河里，命运只是一个缺乏想象力的三流作家，写不出多少新意迭出的人生模式来。所谓“年年岁岁花相似，岁岁年年人不同”，不过是人以高级动物自居于这个星球之上的优越心态，倘若按与人置于同一生物链的花草的目光去看，枭雄玩权力如蛟龙得雨，商贾逐金钱似鹰隼盘空，文人标脱俗于剑胆琴心，骚客倾缠绵于侬词丽句，还有无数芸芸众生们的飞短流长，生老病死，年年代代这一切有多少实质性的不同？

尽管如此，我一直忘不了那个年代。

不仅仅是因为我的父辈，以青年与中年经历过它，迈进一个新时代时，他们中很多人已经是一身伤躯，一头白发；还因为你对今天的中国，可以诉之以种种的牢骚与失落，愤懑与压抑，可当你回头看看，在哪朝哪代，中国的老百姓，何曾拥有今天这样开阔的视野与思绪，如此丰沛的机会与选择，你便会承认，称当今的时代为太平盛世，大约是感觉太好了，可称之有几分太平气象，大概是不会为过的。而这一气象，恰恰是从那个年代里派生的，两者间形成的强大而又急剧的历史张力，让两百年来中华民族懒懒散散的血脉，恍如塞满了泥沙、咻咻而过的黄河，在20世纪最后的二十年里，一下飙飞了，爆发出震惊了世界的砰然巨响！

我也时常想起浦熙修来。

八十年代以来，凡在报刊上难得地看见有关她生平的文字，读过后我均做了笔记；凡遇到有可能知道或听说她遭际的人们，我都不揣冒昧地尽力去和他们谈谈。我想在历史的长河里打捞起她的音容笑貌来，我想在早已是另一番时空的红尘里，感觉出她的纷繁思绪，它们曾有过鱼龙蔓衍的美丽，更有过幕燕釜鱼的悲怆……

一 毛主席站在她的身边

浦熙修，1910年生人，籍贯江苏省嘉定县（今划归上海市）。父亲浦友梧，南京商业专科学堂毕业，此后只身供职于北洋政府交通部，当会计科里的一名小职员。1917年因生计所迫，举家迁往北平。

浦熙修是一块读书的料子，小学、初中成绩门门优秀，数学在班上更是独占鳌头。因为家里经济拮据，读完高一，便体谅父母的苦衷，自立于社会，先是在小学当了几年代课教师，继而靠自己积攒下来的学费，考入女师大中文系。在这里，三四十年代饶有名气的女作家陆晶清，与她同系不同班。她却还是给前者留下了深刻的印象："浦熙修不属于'闺秀派'，也不是'活动家'，她的同班同学有的称她为'名士'，因她不讲究穿着，不好打扮。她没有脾气，脸上的一对酒窝特别显得善良与温柔……"

浦熙修，1946年于南京

在女师大，经同学介绍，她结识了时任

神州国光社北平分社经理的袁子英先生，不久两人成婚。女师大毕业后，她应聘为一所中学的教员，又生下一双儿女。1936年，浦熙修的父亲和丈夫均在南京工作，她也来到南京，一时找不到工作。以丈夫的收入完全可以像个蚌壳一样将这四口之家给温暖地包裹起来，她却视壳里的珍珠为一个古老的梦，可社会视已婚且带着两个孩子的她，想做一个职业妇女，也是一个非现实的梦。最终是《新民报》帮她圆了这个梦，但不到一年，卢沟桥事变后紧接淞沪抗战，南京危在旦夕，该报迁去重庆，她却呀呀儿女绕膝，无法同行，直到两年后婆婆到了身边，她才重返《新民报》工作。

浦熙修与女儿袁冬林

浦熙修在重庆的七年多时间，是她记者生涯里最辉煌的日子。

她擅长写政治新闻和头条新闻，她先后采写过宋氏三姐妹、史沫特莱和参加旧政协会议的周恩来、董必武、王若飞、叶剑英、吴玉章、邓颖超、张澜、罗隆基、沈钧儒、黄炎培、梁漱溟、章伯钧、王云五、傅斯年、郭沫若、孙科、吴铁城、陈布雷、陈立夫、邵力子、张群等沉重地压在中国现代史双肩上的人物。她与《新华日报》的石西民、《大公报》的高集等五人，以抗议信的形式，率先报道了1946年2月10日发生在重庆的震惊国人的“校场口事件”。次年5月20日，南京学生六千余人向参政会请愿，遭到国民党当局的血腥镇压，浦熙修率领几个记者采写了事件的全过程，又努力获得报社负责人的许可，以整版篇幅刊出了这一事件的长篇报道，让蒋介石插满和平花束的彩车下，滚动着的竟是履带碾过血肉的真相，大白于天下，当即引起强烈的社会反响，也令南京政府如芒在背，如骨鲠喉。不久，《新民报》被勒令停刊，她本人也被列入了黑名单。

无论是写事，还是写人，她无不翔实传神，在春秋笔法之中，力透纸背地传达出自己的爱憎。在当时，《新民报》风行于大江南北，尤其它的头条新闻为广大读者所盛赞，而它们大部分出自于她的手笔。

名闻遐迩的她，很快就担任了该报的采访部主任。《新民报》停刊后，经钦本立介绍，正在香港创办《文汇报》的徐铸成立即聘她为特约记者,1948年9月9日香港《文汇报》的创刊号上,即发表了她署名“青函”、发自南京的通讯《改革币制内幕》，揭露了国民党发行金圆券是一场搜刮民脂民膏的骗局。11月16日深夜，浦熙修遭突然逮捕，当特务们破门而入时，她仍握笔在稿纸上书写眼前这个已见尽头的如磐长夜的挽歌——《南京政府的最后挣扎》。她先被关押在南京卫戍总部看守所，继而送宪兵司令部，最后转到国防部保密局特刑厅关押。直至蒋介石佯称下野，李宗仁代总统求和，以释放政治犯作为条件之一，又经总统府秘书长邱昌渭出面保释，浦熙修才重获自由。

1946年春，浦熙修（右）与邓颖超在重庆

也是在这一时期，浦熙修和中国共产党人结下了亲密的友谊。因为她的妹妹浦安修是彭德怀将军的夫人，1946年以后，先是在重庆，后是在南京，她都是曾家岩50号周公馆、新华日报采访部和梅园新村的常客，并把共产党的声音通过自己的笔传达给国统区的广大人民。因为在姐妹中排列老二,安修叫她为“二姐”,八路军办事处和《新华日报》的同志，见了面也随着尊称她为“浦二姐”。周恩来和邓颖超见到她，总是说“熙修是我们的亲戚”。她也视自己是共产党人的当然亲戚。皖南事变后，为防止反共浊浪进一步蔓延，党组织决定要秘密疏散一部分力量离开重庆，从为他们介绍掩护关系，到购买车票、寻找交通工具，她无不争先恐后，殚精竭虑……

以后到了南京，国共和谈破裂，中共代表团被迫撤离前夕，代表团与新华日报办事处的联系，立即处于特务的严密监视之下。有一包重要文件需要从办事处取出，代表团的梅益为之忧心如焚。她知道后，马上驱车前往办事处所在的中山北路，到了前门一看，已有特务布哨，又赶忙转去一般人不知的后门，装作找人问路的模样进了办事处，文件到手后刚刚上车，突然一阵凄厉的警笛声，伴随一片“咚咚”的脚步声，向她压了过来。她吩咐司机向美国大使馆的方向疾驶而去，仿佛中国的“人权”是一窝洋鸡蛋，只有置于洋人的眼皮底下，才能孵化出一点点毛茸茸的内容，特务们果真怕在美国大使馆门口抓人而引起麻烦，从而让她得以逃脱……

梅益日后在一篇文章里这样写道：

> 凡是我们希望她做的事，她从来没有推辞过，总是不顾个人安危，全力以赴去做。

浦熙修还不仅仅满足做一个“亲戚”。

建国后历任中共上海市委宣传部副部长、部长、市委书记和国家新闻出版署署长的石西民，在逝世前四个月，和五十年代《文汇报》驻京记者谢蔚明先生有过一次长谈。他告诉后者，浦熙修在重庆一度很苦闷，曾经向他表示要离开重庆到延安去。他劝她以党外人士的身份留在重庆工作，起的作用更大。在这之后，1945 年里，八路军驻重庆办事处组织新闻界代表团访问延安，《新民报》分到一个名额，本是她去的，那时她和丈夫的感情已经岌岌可危，对她的思想倾向十分清楚的袁子英，担心她一去泥牛入海，便去报社多方阻止，报社才改派了赵超构先生去……她在重庆时的苦闷，其实是源自于政治生活与情感生活的两个层次。1947 年，她与袁子英终因志趣各异，在南京宣告分手。

石西民(1912—1987)，浙江浦江人

1949 年 9 月 21 日，下午 7 时 40 分，第一届中国人民政治协商会议在中南海怀仁堂隆重开幕。在六百多位代表中，有来自新闻界的徐铸成和浦熙修。他们一位是名闻遐迩的《文汇报》总编辑，一位是正筹组中的该报驻京办事处主任。

他们庆幸自己随一位旷世的巨人，站在了一道光芒四射的历史门槛之上；

更庆幸《文汇报》在一个风云变幻的大时代里，做出了正确的选择——

这是一张百折不挠的报纸，1938 年 1 月创刊，因坚持抗战，于 1939 年 5 月被敌伪勾结租界当局加以扼杀。1945 年复刊，因鲜明地以争取和平、民主，反对独裁、内战为编辑方针，被读者誉为大雾弥天里一座民主的灯塔，1947 年 5 月又遭国民党封禁。这却是一张无任何政治背景的民间报纸，靠着国统区的广大人民群众扶植了她的成长、壮大。当因国民党施以政治高压和在白报纸配给、银行周转等方面刁难，使报社几近抱恨终天之时，报社公开了自己的危机并征募读者股份。出乎预料的是，尽管这时社会动荡，货币贬值，物价飞涨，民生凋敝，可在短期内就收足了预定额的三分之二以上，多数是一股、两股的零散户，基本来自生活清贫的知识分子和下层的劳动人民……

他们一定在想，如果说在国民党严酷的专制统治下，《文汇报》都能够得以生存的话，那么在一个中国人民从此站起来了的新时代里，这份民间报纸便如鱼得水，如虎添翼，更能以呼应人民的心声作为自己的神圣使命。新闻记者不一定是无冕之王，但肩头担负着这一神圣使命的新闻记者一定是无冕之王。

10 月 1 日，天安门城楼。在盛大的开国大典上，刚刚担任了政务院总理的周恩来，竟然注意到了一个记者的存在，他又亲热地称她“熙修”，问起她在北京的工作进行得怎样。两个人正聊着时，周恩来注意到毛泽东朝这里投来的目光。他当即牵起浦熙修的手，来到毛泽东的身边：

“主席，给您介绍一个人，这位就是彭老总的大姨子浦熙修女士。”

毛泽东的脸上一下亮堂了：

“哦，你就是那位坐班房的记者！”

浦熙修万万没有想到，作为无时无刻不在把握一个“天翻地覆慨而慷”时代的巨匠，毛泽东竟然知道自己这一段的经历。这是她第一次见毛泽东，1945 年本有可能随记者团去延安，她极盼望采访具有传奇色彩的毛泽东，再去会会在抗战中功勋卓著的妹夫，结果一次历史性的采访，连同一份殊荣，给了赵超构，为此几年里她一直感到深深的遗憾。次年，毛泽东飞来重庆，参加国共和谈，她曾去机场迎接。这次，她大约只是站在远处，看到了那划过山城薄雾的魁伟身影……

此刻，毛泽东就站在她的身边，她紧紧握住他那双厚实而又温软的大手，在一片兴奋、紧张、激动之中，言语的功能顷刻间萎缩了，唯有泪眼婆娑。她透过晶晶亮亮、溢荡不定的泪影，看到的是一片瑰丽、祥和、遍及人间的金光，她的耳边顿然响起一支歌来，一支眼下正唱遍大江南北、长城内外的歌：

> 东方红，太阳升，
> 中国出了个毛泽东……

二 色彩斑斓的“时装”

1955年里，浦熙修一定有些纳闷，1949年6月21日在上海复刊的《文汇报》，怎么在自己的历史上又被第二次停刊了？说是为着中国新闻界全面学习苏联的需要，得将《文汇报》改变成苏联《教师报》的性质，原报停刊，报社迁往北京，自这年的10月1日起改出周双刊。

徐铸成（1907-1991年）江苏宜兴人

浦熙修注意到，徐铸成颇有些百无聊赖。

报社迁往北京的那些日子里，他常去叶圣陶先生家里喝老酒，有时也邀叶老一起去听昆曲。记者谢蔚明这几年常驻北京，算是半个京城人了，陪着徐先生几乎看遍了各个大小戏院，就连杂耍也不放过。徐铸成1926年借他人文凭考取清华大学，读了半年，借文凭一事被原籍母校揭发，再加上在车站当一名小文书的父亲实在负担不起，不得不退学。次年，又考取了免收学费的北京师大。于是，他还去这些地方转转，在沧海桑田、物是人非的境界里，去凭吊自己这代人的青春……

浦熙修默默地观察着老总，感觉在他的心里回首人生有些许苍凉，可展望未来：一个在时代的风涛里放纵笔墨、也驰骋风骨的老报人，却要将自己报纸的缆绳系在教育部的桩子上，从而失去自己的声音，只咀嚼它的声音，心里也同样有几分苍凉……

1956 年，中国的宽松，似乎首先体现在大街上人们衣着的变化上。

二月间，共青团中央和全国妇联联合召开了一个座谈会，与会者纷纷指出：漂亮的衣服并不等于资产阶级生活方式。相反，与新中国日益增长的物质需求和精神需求相一致的是，人们的衣着也应该丰富多彩起来。三月中旬，在北京举办了新中国第一个时装展览会，浦熙修去看了，观众人山人海，以至于展览会不得不延长到月底才结束。初夏时，一位访问中国的西方作家参加了一个舞会，在施特劳斯的圆舞曲和格什温的两首曲子里，北京的姑娘们穿着色彩鲜艳的花裙在旋转，宛如春之田野上一片翩翩起舞的蝴蝶。他注意到，还有穿旗袍的，其两侧的开口高至膝上一英寸。

在中国的政治生活里，也在开始推出色彩斑斓的“时装”来——

4 月 25 日，毛泽东在中央政治局会议上，做了《论十大关系》的讲话，这是一篇建国后他对中国社会的诸种矛盾，总体把握最为客观、

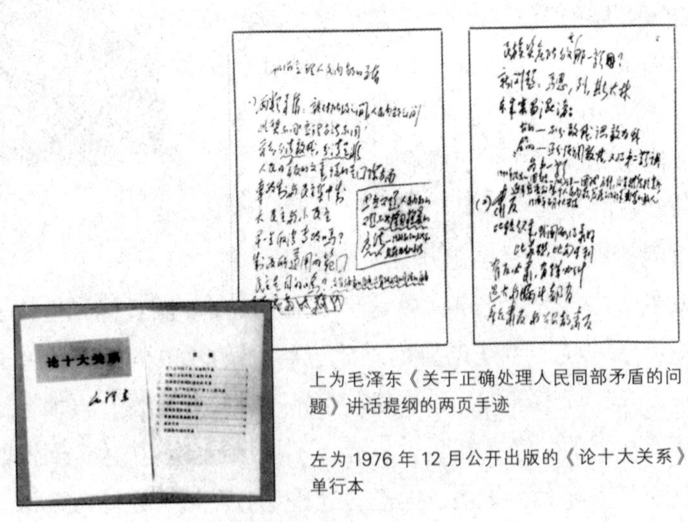

上为毛泽东《关于正确处理人民同部矛盾的问题》讲话提纲的两页手迹

左为 1976 年 12 月公开出版的《论十大关系》单行本

1957 年 3 月，周恩来总理在杭州人民大会堂广场，向广大干部和群众传达毛主席《论十大关系》的讲话

清醒的讲话。其中，在党与非党关系方面，毛泽东提出了“两个万岁”的思想：

> 我们的方针是要把民主党派、资产阶级都调动起来。要有两个万岁，一个是共产党万岁，另一个是民主党派万岁，资产阶级不要万岁，再有两三岁就行了。在我们国内是民主党派林立，我们有意识地留下民主党派，这对党、对人民、对社会主义很有利。打倒一切，把其它党派搞得光光的，只剩下共产党的办法，使同志们中很少不同意见，弄得大家无所顾忌，这样做很不好……

这便是不久后提出的党同民主党派“长期共存、互相监督”的方针的出处。

4 月 28 日，毛泽东又在中央政治局扩大会议上，提出“百花齐放，百家争鸣”应该成为党的科学和文化工作的方针。

身为中宣部部长的陆定一，为之欢欣鼓舞。5 月 28 日在中南海怀仁堂里，面

50 年代末，陆定一在中南海家中

1956年5月2日，毛泽东在第7次最高国务会议上，宣布了“百花齐放，百家争鸣”的方针。26日，中共中央宣传部部长陆定一在中央宣传部举行的报告会上做了《百花齐放，百家争鸣》的报告，对中共中央的方针做了全面的阐述。图为毛泽东在第7次最高国务会议上讲话

对台下一千多位学术文化界知名人士，他像一个模特儿一样，以激情款款“走”来，从一个又一个角度，展示这袭“时装”的风采——

> 我们所主张的“百花齐放，百家争鸣”，是提倡在文学艺术和科学研究工作中有独立思考的自由，有辩论的自由，有创作和批评的自由，有发表自己的意见、坚持自己的意见和保留自己意见的自由……
>
> 我们主张政治上必须分清敌我，我们又主张人民内部一定要有自由。“百花齐放，百家争鸣”，是人民内部的自由在文艺工作和科学工作领域的表现……
>
> 贯彻“百花齐放，百家争鸣”的方针，全党必须去掉宗派主义、去掉过多的清规戒律、去掉骄傲自大，坚持谦虚谨慎，尊重别人，团结一切愿意合作或可能合作的人……

此后不久，中宣部分工领导报刊工作的张际春副部长，电邀徐铸成和浦熙修去谈话。谈话里，他正式通知撤去改《文汇报》为《教师报》

邓拓（1912—1966），原名邓子健、邓云特，福建福州人，当代杰出的新闻工作者、政论家、历史学家、诗人和杂文家

的方案，希望在一星期之内交出一份编辑方针和一份复刊计划。

顿时，报社里压抑的气氛一扫而光，上上下下忙得人仰马翻。一连邀请首都文化教育界知名人士开了几个座谈会，征求对复刊后报纸的希望和意见。编委会讨论通过后，由徐铸成执笔写成初稿。因为解放前两度在《文汇报》工作过、时任《人民日报》国际部美洲组组长的钦本立，来报社串门时几次说道：《人民日报》总编辑邓拓，对徐铸成的办报风格颇为赞赏，认为复刊后的《文汇报》要充满“书卷气”，该是“读书人看的报纸”，徐铸成和此时已任副总编辑的浦熙修便又带着初稿去征求邓拓的意见。

在金鱼胡同附近、陈设很是简朴的家里，邓拓像老朋友一样接待了他们。看完初稿后，邓拓率直、具体地谈了几点意见：

《文汇报》一向和知识界有密切联系，对开展双百方针，比别的报纸更容易取得他们的信任。报纸复刊后，要鼓励知识分子畅所欲言，消除思想上的障碍，以更大地发挥他们建设社会主义的积极性。随着文化高潮的到来，应放眼祖国各地，不妨多派记者深入各地，直接下到基层采访，不必由党委层层介绍下去。否则，只看到领导让看的事物，报喜不报忧，看不到真相和全貌。目前，《人民日报》在国际上的影响，还只限于欧亚社会主义国家。而在西欧、美洲、日本和东南亚，《文汇报》和《大公报》的影响较大。在这方面，你们要多发言，多组织报道……

不转弯抹角，无浮词套语，这番直截了当的交谈胸臆，使见多识广的徐铸成、浦熙修两人有了醍醐灌顶之感。告别时，一种大知识分子在共产党大干部面前总会有的矜持，或者说像糖纸一样包裹着某种程度自卑的矜持，也像大热天的糖果一样化了，徐铸成毫不客套地说道：

“我们将尽力将《文汇报》办好。但要求您两件事：一、经常给我们批评和帮助；二、将钦本立同志割爱给我们。”

邓拓面含笑容，连连点头：

“这些不难办，我一定尽力帮你们的忙。”

编辑方针和复刊计划如期送到了中宣部。张际春审阅后，要徐铸成先干起来，不必坐等中央批示。当报社迁回上海后，中央的批示下来了，除了表示同意外，还加了一句话：“要让徐铸成同志有职有权。”

1956年里姗姗来迟的《文汇报》，赶在年底前粉墨登场了，恍如点穴一下到位的武林高手，一开场，报纸就敲响了中国“电影的锣鼓”。

国产电影的现状是，建国后虽也有观众欲睹为快、耳熟能详的片子，如《白毛女》、《天仙配》、《董存瑞》、《平原游击队》等，但总体上，无论是在数量还是在质量上，广大观众表现了相当的失望。有统计数字表明，从1953年到1956年6月，国产影片总共发行了一百多部，其中有70%没有收回成本，有的只收回了成本的10%，更有甚者，全部门票收入还不够画几张电影海报。

事情就是这样奇怪，一边影片拍得惨不忍睹，似乎是在肉类加工厂屠宰车间里冲洗出来的；另一边，国内最优秀的演员们却不必为此羞愧得心肌梗死，纷纷送去医院抢救，因为他们的艺术生命，多半都在隔壁的冷冻车间里被搁置起来。赵丹五年来没有正儿八经地拍过什么片子，东两三个镜头，西三四个镜头，好容易在《为了和平》里当了一回帝国主义分子，有了两场戏，名字却不能打在片头上，理由是片头只能是正面人物呆的地方。在香港时，有着一身喜剧细胞的韩非，三年时间里拍了二十多部片子，可1952年回到上海后，只在《斩断魔爪》里演了一个角色，此外整整四年里一直没有上过舞台与银幕。小家碧玉型的上官云珠，更是被手大脚粗的“工农兵群众”一脚踢下了银幕，像是为防迷恋她的老观众为她举行追悼会，七年来仅仅让她在一部片子里，彗星似的露了一下脸。在银幕上说不上台词，她便在生活里说，若有人问她：怎么如今在银幕上看不到你的影子？她马上伶牙俐齿地说：

“我们正忙着学习呀！现在拍一个戏可不像以前那么草率了，慢工出细活，所以剧本也少呀……"

《文汇报》上，雪片般的来信、来稿。一场热闹了三个月的"锣鼓"，为着要敲掉电影界一个公式化、概念化的框框，一个既不尊重艺术规律又不尊重演员的框框。

与中国政治生活呈现松动形成强烈反差的是，国际共产主义运动的形势却日趋严峻起来。

1956年2月14日至25日，苏联共产党在莫斯科召开了第20次代表大会。会议期间，苏共中央书记赫鲁晓夫做了题为《关于个人崇拜及其后果》的秘密报告。恍如一个超级气功大师，他将多年来蜷缩于一个宇宙黑洞般的体制内所聚敛的全部内气，猛烈地给释放出来，顿时，国际共产主义运动的奥林匹斯山上的宙斯神，隆隆地滚下了山，倒在了"暴君"、"刽子手"的泥沼边；一个原本堂皇的斯大林模式的社会主义大厦，也剧烈地摇晃起来，再也承受不起的虚假成就和再也承受不起的血腥味，随吊有巨型水晶灯的天花板往下掉。痛苦与泪水则好似从地板的裂缝里纷纷钻出来、吱吱乱叫的老鼠，窗上一块块信仰的玻璃也大面积迸裂开来，发出一阵阵令人心碎又令人心悸的声音……

赫鲁晓夫（前中）在苏共二十大上

团结工会的领袖瓦文萨

东欧更是风雨飘摇。

同年6月28日，波兰工业中心——波兹南的工人们首先发难，要求改善经济条件和允许更多的行动自由，在部分群众游行示威的口号里，表现了对苏联的敌视。当局出动军警镇压了骚乱，结果却引发了全国更大范围的抗议浪潮，经济领域的要求迅速上升为政治领域的要求……

多瑙河畔如诗如画的匈牙利，也濒临内战的边缘。布达佩斯，倒在了冲天的火光和殷殷的血泊之中。从10月23日到11月4日，这十三天里，被冠之以“斯大林”型的苏军重型坦克，两次隆隆地碾过匈牙利的土地。十三天里，先是匈牙利的一届政府宣布解散共产党，取消一党制，退出华沙条约组织，实行中立，并呼吁联合国的援助以捍卫它的中立；而后是另一届政府致电联合国，坚决反对把匈牙利问题国际化。十三天里，有上万公民死于动乱，最后一个付出生命的是纳吉，不过他是在一年之后，因为这主政十三天的责任，他被处以死刑。当他走上绞刑架前，留下的最后一句话是：

“匈牙利事件”中裴多菲俱乐部的知识分子

“社会主义的、独立的匈牙利万岁！”

知识分子拿不出钢绳和切割枪去推倒斯大林铜像，也少有勇气爬上高度足以俯瞰整个布达佩斯的楼顶去摘掉红星，匈牙利事件的主力确是工人阶级。枪林弹雨中，与苏军对抗的民间武装力量，两支最大的队伍均由工人组成。即使在纳吉内阁被苏军的坦克所推翻，新内阁还没有从莫斯科到达布达佩斯之时，也是由各民族经过民主选举产生的中央工人委员会，在维持大地和天空的呼吸，并从中传达出人民的意志。

毛泽东看到的则是，一个温文尔雅、从来只使用思想不使用枪杆子的阶层，却在十三天之内，比明火执仗的军队，更能有效地颠覆一个兄弟国家的无产阶级专政，更能迅捷地使工人阶级和劳动人民陷于重吃二遍苦、重遭二茬罪的悲惨境地。

这个阶层就是知识分子。

他还牢牢记住了一个名字——“裴多菲俱乐部”。

但在毛泽东的笔下，中国依然是阳光明媚，花香鸟语。

与年初比起来，他对于国家和知识分子的想法，眼下并无多少改变。他在长江里一口气游了二十公里，又痛快地吃了一盘武昌鱼后，挥毫写了一首诗，其中两句是：“不管风吹浪打，胜似闲庭信步。”

他还对高级干部们说：

> 像匈牙利事件那样的全国性骚乱，不可能在这里发生，至多是一小撮人到处闹事，要求所谓的大民主。大民主并没有什么可怕，你们中有的干部对此感到害怕，我看没什么可怕的……

毛泽东庆幸自己建国后一直关注了意识形态领域内的斗争的同时，仍相信思想改造对于中国知识分子的作用。

更重要的是，他不是斯大林，更不是曾任匈牙利共产党第一书记、被称为是斯大林优秀学生的拉科西。

他是中华人民共和国当之无愧的缔造者与领导者。

他从未枪毙过自己的政敌，祸及满门，或是将他们给流放到“西伯利亚”。即使在他的眼里党的“八大”，好似一张能试出酸碱性的石蕊纸一样，已经试出了他的某些同事心灵的真实颜色，他对他们仍客客气气。

他还在金刚山下打败了不可一世的美国人，让只有三条半驴腿的贫下中农，改写了中国农村几千年的历史。他叫一位星期一尚拥有一家工厂的资本家，星期五便拎着包准时去这家工厂高高兴兴地上班。他还鼓励人民解放军的军官与士兵睡同一个炕头，并为他们洗袜子……

中国的老百姓也不是苏联、匈牙利的老百姓。无论是每年国庆节他登上天安门城楼，还是他去全国各地视察，“毛主席万岁！万岁！万万岁！”的呼喊声，犹如滚滚春雷一样摇撼着山川。他亲见不同职业、不同年龄的人们，在他面前情不自抑，红光满面，嘴唇嗫嚅，豆大的泪水夺眶而出，握着他的双手颤颤抖抖，久久不能舍去。

他听身边的工作人员讲，从全国各地来的列车快要到北京时，列车里都要广播：“亲爱的旅客们，我们很快就要到达伟大领袖毛主席居住的地方——北京了……”这时沸腾的车厢一下安静了，无论大人、小孩，几乎人人眼里泪光闪闪，脸上沉浸于一种朝圣者式的宗教表情里，恍如随着车轮的飞驶，越来越清晰地感觉到了那位巨人深沉、博大的呼吸……

为此，毛泽东没有打算放弃关于矫正机制的设计草图，相反倒急于完成它。因为他的肩上，有了一种使命感：斯大林走了，斯大林这把刀子俄国人也给丢了。社会主义阵营的航船上，必须有人把正舵轮，开辟出一条新的航道来。

三 着急上火的《文汇报》

1957年的春天，比往年来得都要早。

草丛还留着残雪，湖里还结有冰层。只不过经过几次急骤而又温和的雨水，冬日枯索的树枝便在雨水的浸染中膨胀起来，茸茸的鹅黄新芽渐次爆开。随即一冬懒于梳妆的画眉，就在日愈转绿的树枝上一试自己的新声……

然而，最浓郁的春信，并不是来自让江南铺上一层锦绣的粉红色桃花，嫩绿的柳雾，以及雪白的山茱萸花。而是来自北方一位魁梧的身影，一个从1956年风跌浪宕的大河里撞击思索也获得力量的中国之春的纤夫。

2月27日，毛泽东以国家主席的身份，召集了第十一次最高国务（扩大）会议。在这个有一千八百位党内外负责人士参加的会议上，他做了长达四个多小时的题为《关于正确处理人民内部矛盾的问题》的讲话。接着在3月6日，举行了中共中央全国宣传工作会议。徐铸成先生被邀请参加了这个会议，而且，他和《人民日报》总编辑邓拓、《大公报》总编辑王芸生、上海《解放日报》总编辑杨永直、《新民晚报》总编辑赵超构等位，作为新闻界代表，在3月10日下午，受到了毛泽东的单独召见。

1957 年 2 月 27 日，毛泽东在最高国务会议第 11 次（扩大）会议上发表《关于正确处理人民内部矛盾问题》的讲话，全面分析了社会主义社会的矛盾，指出要正确区分和处理敌我矛盾和人民内部矛盾，把正确处理人民内部矛盾作为国家政治生活的主题

他留下了两个极为深刻的印象。其一是丰泽园内，庭院中并没有什么特殊布置，院墙看上去斑斑驳驳，未经整修。会客厅里，只有一张长桌。周围是一圈任何办公室里都能见到的普通椅子。“功高任重的伟大领袖，生活如此简朴”，使他“惊讶不已”。

再一个是，陪同接见的人里，没有刘少奇、周恩来，或是其他政治局成员。只有一位康生，几年里他一直在家养病，政治的风景线上颇为沉寂，此刻他却破门而出了，他像是这样一个人：党内太平时，他病病歪歪，只有闭门摩挲古玩，或是吟风弄月；党内稍感觉异常，他便精神硬朗得能在结实的水门汀上扎个窟窿。他又像是一头颇得主人赏识的狮毛狗：主人不用它，它无声无息，偏于一隅，悲哀与凄凉，只拌着华贵的狗食咽进肚里；然而只要主人一叫它，或者不必叫，它就自己来了，总能让主人在颇为孤单的时候平添几分温暖，或是让主人在某种世相未脱混沌之时，就变得异常地“清醒”……

一进门，康生就向毛泽东介绍：

“主席，这位就是徐铸成同志。”

毛主席立即伸出一双大手，紧紧地握住徐铸成的手说：

“你就是徐铸成同志？你们《文汇报》办得好呵，琴棋书画、梅兰竹菊、花鸟虫鱼，应有尽有，真是办得活泼。我下午起身，必先找你们的报纸看，然后看《人民日报》，有工夫再翻翻其他报纸。”

落座后，康生先开口：

“各位有什么问题要请示主席的，请提出来。”

沉默了分把钟后，邓拓轻轻地对徐铸成说道：

“铸成同志，你先谈谈吧……”

因敲响了一场“电影的锣鼓”，时任中共上海市委宣传部文艺处处长的张春桥，表示了很大的不悦，心头正有几分沮丧的徐铸成，便先开口了：

“我们从旧社会过来的人，对马列主义没有学好，在报纸上如何开展双百方针，感到心里没底。抓紧了，怕犯教条主义的错误；放松了，又怕犯修正主义的错误。请问主席，该如何办好？”

毛泽东听出了徐的弦外之音，他含笑讲了半个多小时。虽表示明确地支持这场“电影的锣鼓”，却没有明确地给徐铸成一块能不犯错误的“法宝”。但他在原则性谈完防止片面性的问题之后，又说的一番话，真让徐铸成有如听到了天音：

> 说到办报，共产党不如党外人士。延安办报，历史也很短，全国性办报更没有经验。办学、搞出版、科学研究都是这样。全国有五百万的知识分子，其中的共产党员不过是一个小指头。说共产党不能领导科学，这话有一点道理。现在我们是外行领导内行，搞的是行政领导，政治领导……
>
> 年内要开始整风，要用小小民主的方法，在小民主前再加个小字，就是毛毛雨下个不停，先整共产党。现在我们有些同志装腔作势，他们没有本钱，又要做官，不摆架子就不行……

那天下午，兴致冲冲的徐铸成从中南海里一出来，好似初恋时约会，急于要见到浦熙修。他径直回到办事处，不见浦熙修的人影，说是出去采访了。他等不得她回来，当即拉上在家的谢蔚明、杨重野等几个人，去了中山公园。叫了几杯上等的龙井茶上来，那碧清的茶水颇像他此时的心境，经过毛泽东这一番耳提面命，似乎不仅仅是这一年以来国内外的风风雨雨，他看清楚了，就是中国前二百年、后三百年的事情，他也一眼见底。

感觉到他有什么好事情要告诉自己，浦熙修一回来，就出现在他的面前，一脸笑意盈盈。徐铸成绘影绘神地告诉了下午毛主席的接见，随即再三交代：

《文汇报》本来就持有“人弃我取，人无我有”的办报方针，在眼下对于“双百”方针的贯彻与宣传中，在即将开始的整风运动的报道中，《文汇报》一定不要辜负毛主席的教导与信任，一定要大张旗鼓而又切切实实地反映知识分子的心声。而首都作为中国知识分子的云蒸霞蔚之地，驻京办事处工作得怎样，采访的范围与角度如何，在很大程度上将决定报纸的分量与影响……

全国宣传工作会议闭幕后的第三天，被委以中国新闻界访苏代表团副团长的徐铸成，带着对浦熙修的完全信任，也带着一身的大红大紫，踏上了由北京飞往莫斯科的飞机。

大江南北，日见柳色转绿，花深似海。由初春而仲春，但仍有众多的知识分子心有余悸。自 5 月 1 日开始，中国的知识分子和各民主党派，以突然获得的自由批评的权利，走进了一个与过去氛围完全不同的新天地：几乎所有政治的压力都稀释了，代之而起的却是自身好似春笋拱土般膨胀思想的压力。几乎所有夹杂冰碴的目光都融化了，似春汛一样包围你的是水蜜桃般饱满的笑容……

从大气层进入太空会产生失重。

从黑暗里猛来到阳光下会有一时的晕眩。

最初几天，知识分子们便有这种“失重”与“晕眩”之感——

我们说些什么呢?

我们能这样说吗?

江苏一些党外人士认为争鸣是“诱敌深入，聚而歼之”；

成都的教授们似乎约定俗成,全部“金人缄口”,害怕“零存整取”,将来算总账；

东北某大学一位教授在自己书房的墙上贴了副对联，上联是“守口如瓶”，下联是“身心安宁”；

毛泽东在中南海怀仁堂接见文艺界著名人士巴金（右一）、周信芳（右二）等

刚刚被公私合营了的工商界人士则说，私方好比刚进门的新媳妇，摸不透婆婆和丈夫的脾气，不敢放也不敢鸣…….

对此，在《文汇报》里，没有比钦本立、浦熙修两位更着急上火的。

徐铸成访苏前夕的嘱托，邓拓电话、信函里的一再肯定，已经使他们食不知味、寝不能寐了，何况在这之后又有政治局候补委员、中宣部部长陆定一的夜访。那是在4月份，上海市委办公厅通知主持编务的常务副总编辑钦本立，说是毛主席要来《文汇报》看看，交代他这段时间里不要外出，同时还得严格保密。他好容易将草原上马驹腾欢般的兴奋赶进了心灵的马圈，又布置下面将各办公室和楼道打扫得干干净净，望穿秋水似的等了几天，一天夜里十点多钟，走进报社的是陆定一。一见面，他的第一句话是：

“你们的报纸办得好，有生气，有情况，有办法。”

进了办公室，往钦本立对面的椅子上一坐，他问：

“这个位子是谁坐的？”

“是徐铸成坐的。”

陆定一两手往扶手上一摊，又打量了办公室一圈．似乎被这房间里浓浓的纸墨气息所陶醉，又问钦本立：

“你看我来当总编辑好不好？”

几乎陆定一前脚走，后脚钦本立就拿起电话，将陆的夜访告诉了浦熙修。尽管这是句风趣话，可浦熙修体会在这风趣之中也未免不含有几分羡慕。有如此显赫身份的陆定一，决不会去羡慕一般的报纸和一般的报人生涯……

陆定一是来鼓励《文汇报》积极投身于大鸣大放的。事后，浦熙修听说本来是毛主席准备在经过上海时，亲自来做这番鼓励的，但不知什么原因没有来成，才特意委派陆定一前来。“女为悦己者容”，“士为知己者死”。既知己，又悦己，浦熙修怎不拿出双份的苦心、双份的努力，将《文汇报》引向日后被斥之为的“资产阶级方向”？

1957 年初，开会坐在毛泽东旁的陆定一表情喜悦

在驻京办事处，十二名记者，除了留下一位看家，包括副总编辑兼办事处主任浦熙修，全都似离弦之箭一样撒去了京都的各个角落。近一点的地方，乘公共汽车去，远一点的地方，便坐小车去。浦熙修与国务院打声招呼，办事处就进口了一辆英国产的轿车。那时，中央领导人和部长坐的车，不过只是“吉姆”、“华沙”一类的苏联、东欧车，局长们能坐上小车的，就像今天要找不坐小车的处长一样艰难。显然，坐着这样鹤立鸡群的轿车走进了哪个单位，心里的感觉便更有几分像是“无冕之王”了……

从燕京大学新闻系毕业不久的一个年轻人刘光华，才气横溢，性格活跃，他便跑高校，尤其是掌握北京大学的动态。其时，在校园外一片鸣放高潮的呼唤下，自五四运动以来，一个一点火就酒精灯般发出蓝荧荧火焰的精灵，宛如苏格兰尼斯湖里的水怪一样，从未名湖里急剧地升腾起来，并在北大学生们青春的血脉里躁动。在大膳厅及附近宿舍的墙壁上，“忽如一夜春风来，千树万树梨花开”，贴满了红的、绿的、或是用旧报纸写的大字报。有论理的杂文、短评，有开门见山的口号、律动着马雅可夫斯基风格的诗歌，有的抨击了某些党员的特权思想和宗派主义倾向，有的对学校的各项工作提出批评建议，诸如：政治课教学中存在着严重的教条主义，但是在是否取消或改进上，有不同看法。必须大大加强校务委员会的作用，可在是否取消党委负责制上，又存在歧见。普遍一致的意见是反对入学时硬性分配专业，要求扩大选修和旁听课程的范围……

党组织也在支持鸣放，号召党员带头鸣放。不愿意写就组织你说，全校各系各个部门纷纷召开座谈会，发动群众和团员给各级党组织提意见。你说不出子丑寅卯，就说鸡零狗碎，你对校内没有意见，也可谈谈校外的所见所闻。此后，不等规模的、自发或是有组织的辩论会出现了，大膳厅前的广场，开始被人们称之为“海德公园”，成百上千的学生在这里倾听一场场激烈的辩论。学生会规定每日从下午5时至10时为辩论时间，广场上搭起了讲台，并专辟了两间教室装上播音器材以向全校广播。

5月27日的《文汇报》上，发表了一篇题为《北京大学“民主墙”》的通讯，这篇通讯由刘光华采写，浦熙修签发，其结尾显然流露出他们为北大校园里这充满了心声与活力交响的初夏而感到欢欣、鼓舞——

> 就在这个激荡的时候，我看到了同学们是多么的有条不紊，遵守着秩序。他们照样地用心听讲，在实验室专心一意地工作，在运动场上打球，图书馆中仍然是座无虚席。年轻的孩子们，尽管他们唇枪舌剑，争辩得面红耳赤，但没有人不尊重对方所出的大字报和发言的权利。他们自己要讲话，但也让别人讲话。
>
> 我不禁想：我们党有这样生龙活虎的年轻人，什么困难也是能克服的。

几乎每天要去梅兰芳府邸串一次门、程砚秋请人吃饭也常常拉去作陪的谢蔚明，则在戏剧界如鱼得水般穿梭，他着重为被称之为京剧花旦一绝的筱翠花鸣不平：解放后他的一出出拿手好戏，不是因为“封建毒素”被封，就是以“宣扬色情”遭禁，弄得他后来不必出门了，成了挂在凄冷角落的蛛网里，一只靠编织昔日舞台绚烂回忆而打发日子的蜘蛛……

杨重野则对肃反“扩大化”有了兴趣，也许是因为自己遭际的坎坷：

他四十年代就在《文汇报》工作，出于对共产党的仰慕之心，他不畏风险去了东北战场采访，并发回了不少宣传共产党的报道，据说很受战士们的欢迎，林彪、陈云、彭真等人也都认识他。他随“四野”进关到了华北，留在了《石家庄日报》，报社社长是张春桥。此后，他便渐渐成了一条被晾在海滩上的鱼了，再转去新华社，连海滩上也不让鱼呆了，晾在海滩上多少还能触及涨潮时推上来的海水，这时更将鱼挂了起来——他被分去搞资料。他明白在自己的履历上，几乎从他走出《文汇报》起，便有一道怀疑如舞台上的聚光灯一样时强时弱地跟随着自己；他想不明白的是，怎么能凭这貌似有形、抓一把过去却两手空空的“灯光”来处置一个人的前途呢？

他重新回了《文汇报》。鸣放期间，他采访民革中央常委、全国人大常委的黄绍竑先生，后者向他说，肃反运动中不少清白无辜的人受到了惩罚，原因在于中国至今没有民事、刑事法典法规，只有个别的条令。反贪污了，拍拍脑袋，来个惩治贪污条例；要肃反了，摸摸下巴，又来个惩治反革命条例……有了法律反而可能束缚自己的手脚，不如这样制定临时的政策，怎样方便打击敌人，我就怎样打击！在法律服从于运动、等同于政策的搞法下，冤假错案的大量出现便是不可避免的了。黄先生向他提供了一些看来是有凭有据的材料，杨重野据此写了一篇不短的报道，在本报刊出后，新华社又向全国发了通稿，一时间引起很大反响。

记者们一般上午出去采访，下午或是晚上回来写稿。每天紧张得似走在枪林弹雨里，有时连喘口气的工夫都没有，就得即刻趴在桌子上动笔写稿。因为五十年代电脑、传真等现代通讯技术，还在孩子们读的科幻小说里，稿子写完，先得经浦熙修把关，她审毕后交办事处的译电员译成电码，再由通讯员送邮局向上海方面拍电报，而这一切必须在十一点钟左右完成，凌晨二点在上海的编辑部便截稿了。

无疑，最辛苦的是统领全局的浦熙修了。

她起得最早，总是赶在上班之前便进了办公室，大家到齐后，一一听取各人当天的活动计划，然后她提出看法，让大家明确编辑部在导向上的要求。倘若通过有关渠道了解到中央最新的精神，她也在这一简短的碰头会上讲一讲，使大家在采访中有所遵循。她本人也出去采访，亲自组织有关恢复社会学研究方面的鸣放。她曾一天之内走访了北大燕东园、燕南园、燕西园，去采撷七八位教授的鸣放意见，她一定觉得，在眼下这个新中国罕见的思想丰收的季节里，自己该带头努力摇动驻京办事处这台榨果机，以使更充沛、更鲜活的“果汁”，能从《文汇报》的字里行间流淌下来。

夜里，她睡得最晚，也许除了丰泽园里伟大领袖那通宵达旦、曾被多少诗人浓墨重彩讴歌过的灯光外，她房间里的灯光也该是偌大一个京城里最晚熄灭的。常常过了十二点之后，她还要越过千山万水与钦本立通话，或是报道最后采访到的重要新闻，或是交换对哪块版面、哪篇稿件的看法。她本来就长年患失眠症，这时只有靠服用大剂量的安眠药，每天才能睡上有限的几个小时……

浦熙修不但是个实干家，还是个“外交家”。

在鸣放之前，因为《文汇报》追求民主的传统和浓浓的书卷气，浦熙修在重庆七年任《新民报》记者时，在高级知识分子中已有的广泛联系与影响，再加上办事处正处于市中心的灯市口，高级知识分子们来市里或是打此经过，总要进办事处坐坐。罗隆基、费孝通、潘光旦、曾昭抡、向达、华罗庚，著名翻译家高植，著名电影表演艺术家金山，以及在重庆时与浦熙修形影相随、同样蜚声遐迩的《大公报》记者、时任《旅行家》杂志主编的彭子冈，还有也是《大公报》出身的老报人、时任《人民日报》国际部西方组组长的高集……常常人未进门，声音就已落地，“浦二姐，浦二姐……”一个个叫得亲亲热热，也不管自己的年龄是不是该配有这样的“二姐”。

她也真热情得似个“二姐”一样，过些日子总要请大家聚在一起吃顿饭。文化人大抵都是些美食家，为了满足他们那精细而又刁钻的味觉系统，她先是经北大几个教授推荐，去北大借了一个厨师。每回聚餐都得借一次，总不是个事，原《新民报》负责人陈铭德先生是四川人，向她介绍了个川菜“大腕”，她又派人不辞辛苦地去成都给请了来。这厨师烧出来的菜，还真让那些味觉系统快速运转得似在铁轨上跑着的车轮……

鸣放以后他们就来得更勤了，办事处俨然成了京城一个社会名流的沙龙。在满足食欲之外，也畅快地发泄那种自身膨胀思想的压力。难怪浦熙修能够眼观六路、耳听八方了，当时办事处发来编辑部的稿件，几乎涉及到了文教战线各个领域的热点问题。她还趁热打铁，请对方就这些热点问题给《文汇报》写稿，有过一件或许费孝通先生早已忘记了的逸闻：他答应写稿，但提出自己囊中羞涩，得预支稿酬去买支好笔。浦熙修真去买了支 51 号的派克金笔，又给他送去。没几天鸣放的形势就陡然逆转了，此笔再好也没能为《文汇报》派上用场，大抵一开张便用在了写那些连篇累牍的检查、揭发材料上了……

储安平（1909 – 1966），江苏宜兴人。中华人民共和国成立后曾出任新华书店经理、光明日报社总编、九三学社宣传部副部长等职

自 5 月中旬起，全国知识界大鸣大放渐成燎原之势。为毛泽东的真诚与信任所打动，并竭力去为他老人家打消知识分子顾虑的，新闻媒介里，首推《文汇报》和由储安平先生主持的《光明日报》。而在《文汇报》里，浦熙修真不愧是个鞠躬尽瘁的马前卒啊。二十七年后，当回忆起这段已被正本清源的岁月时，徐铸成先生写道：

人民日报

全党重新进行一次反官僚主义、反宗派主义、反主观主义的整风运动

整风的主题——正确处理人民内部矛盾

中国共产党中央委员会关于整风运动的指示

（一九五七年四月二十七日）

1957 年 4 月 27 日，中共中央作出《关于整风运动的指示》

> 假如当时的《文汇报》有一点成就和可取之处，那首先应归功于邓拓同志的全力支持。就我们自己的同志来说，我以为，致力

最大、贡献最大的，应推浦熙修同志。

——(《怀念浦熙修同志》)

四 或许是杯弓蛇影

1957年6月14日，《人民日报》发表了编辑部文章《文汇报在一个时间内的资产阶级方向》。文章指出：

> 上海文汇报和北京光明日报在过去一个时间内，登了大量的好报道和好文章。但是，这两个报纸的基本政治方向，却在一个短时期内，变成了资产阶级报纸的方向。这两个报纸在一个时间内利用“百家争鸣”的这个口号和共产党的整风运动，发表了大量表现资产阶级观点而并不准备批判的文章和带煽动性的报道，这是有报可查的。这两个报纸的一部分人对于报纸的观点犯了一个大错误。他们混淆资本主义国家的报纸和社会主义国家的报纸的原则区别……

两家在过去登了大量的好报道和好文章的报纸，何以会在一个短时期内，突然窜到“资产阶级报纸的方向”上呢？而且这一是各民主党派中央机关报，一是民间性质的报纸，何以会配合默契、南北呼应地发表“大量表现资产阶级观点而并不准备批判的文章和带有煽动性的报道”呢？这答案，即使对于只有中学生的政治智商水平的人，也是显而易见的；而且犹如救生圈对于溺水者一样，又是对方必须接受的。

中国搞市场经济是这几年的事情，可政治上的市场化早有年头了，只要斗争需要，一批批优质的“揭发”便很快从流水线下来上了市：

《光明日报》总编辑储安平是根据社长章伯钧的授意办报，于是民盟内揭出了第一条纵向反党之链“章伯钧——储安平——《光明日报》”。《文汇报》副总编辑兼驻京办事处主任浦熙修对罗隆基言听计

章伯钧、沈钧儒和罗隆基（从左至右）

1956 年周恩来、马叙伦等在中南海

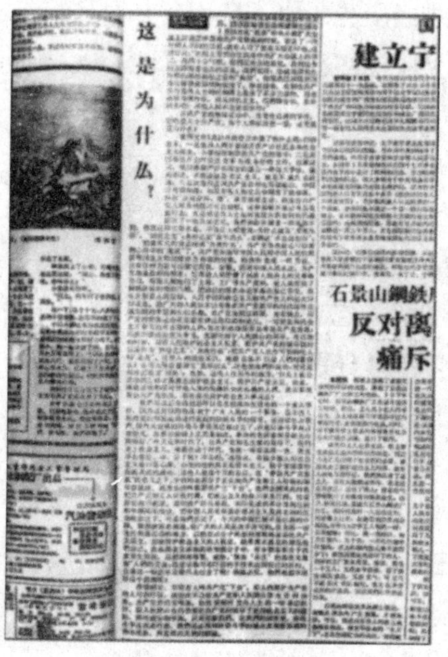

这是为什么？

建立宁

石景山鋼鉄

反对离

痛斥

1957 年 6 月 8 日，《人民日报》发表社论《这是为什么？》，正式揭开了反右派运动的序幕

从，于是民盟内又揭开了第二条纵向反党之链“罗隆基——浦熙修——《文汇报》”。

这两条纵链有没有横向的联系呢？用民盟中央副主席马叙伦先生在民盟中央一次紧急扩大会议上的发言来说，这便是“章伯钧、罗隆基两位副主席的反党反社会主义言行不是偶然的，而是有其历史的思想的根源，我个人尤其深切体会到这一点，我前几年就曾为了调停章、罗之间争权夺利的冲突而伤尽脑筋。应该指出，章伯钧、罗隆基等有浓厚的资产阶级个人主义的野心，他们可以为个人野心而冲突，也可以为个人野心而联合……”

在这之前，6 月 9 日至 14 日，《人民日报》已经发表了《这是为什么？》、《工人阶级说话了》等五篇社论。同时，北京、上海、天津、沈阳、鞍山等城市的工人群众纷纷举行座谈会，声讨右派分子反党反社会主义罪行的消息，也汪洋恣肆遍及国内大小报纸。犹如中国的任何一个政治运动，乍看上去无不合瓜熟蒂落、水到渠成的逻辑，无不有五岳摩天、四海呼应的浩荡，反右运动一开始也很注意了自身的群众性。

然而，不是所有的“右派分子”都一下意识到自己已经从列车上被甩了下来，那时还不像后来中国的好人要习惯将自己当成“坏人”那般容易。浦熙修便是其中一位，她还俨然端坐在车厢里，只是随身子的猛烈摇晃而惊讶：这列车何以作如此急、如此大的转弯？

她有事情可径直走进周恩来的办公室。中国威风凛凛的十大元帅，她见了也几乎都能走上前去打声招呼。过去倘若她对党和国家的大政方针有什么不解之处，她总去找党，她似孩子有道题目不会做了，总要去问自己的父母。这既出自于她自感与党之间的那种近似于血缘关系的情感联系，也出自于她努力追求的白璧无瑕般的职业品格，因为她不仅仅是一个记者，还是《文汇报》伸向中国政治天空的一片雷达天线。

《工人阶级说话了》一出来，浦熙修就给陆定一打了电话，她问对方：这篇社论的发表，是否意味着大鸣大放已经结束？陆定一做了否定的回答，口气仍像往日一样亲切、随和，她感觉不到一丝自己或是《文汇报》已被视为异端的迹象。

作为中共中央政治局候补委员，陆定一不会不清楚，一场强劲的政治风暴，业已在一年多来阳光朗照、百鸟闹林的中国开始登陆了。可这并不意味着他要误导几个月前他还颇为心仪的《文汇报》，在这场风暴中粉身碎骨。从他在“文革”里的磨难经历看，他还是一个书生气十足的高级官员，而不是那类心眼犹如网眼一样密布的政客。可能的答案是，虽然反右斗争的最强音是毛泽东本人发出的，但这时，中央政治局却还未对大鸣大放、整风运动和反右斗争这两者之间原本极为排斥的关系，作出正式的决议和解释。

《文汇报在一个时间内的资产阶级方向》的编辑部文章出来后，浦熙修火急火燎地赶回上海，和徐铸成、钦本立一起，应付这突发的“七七事变”！其实，这社论出来之前，邓拓已经分别给他们三位打了电话，除了提前打个招呼外，他还要他们采取主动，先自行检查。这招呼却打得一头雾水，让三人绞尽脑汁，也想不清楚一向对本报予以支持和关照的邓拓，这回葫芦里到底卖的是什么药？

徐铸成向钦、浦二人交代好“既定方针”后，便去苏联访问了，一去四十四天，待他五月下旬回国时，大鸣大放的高潮已经过去。在这被称为“文汇报的资产阶级方向”期间，《文汇报》的编务是由钦本立主持的。在莫斯科时，徐铸成好容易在大使馆里找到几张最近的

《文汇报》，作为在中国这样一个社会环境里成熟起来的老报人，一个重要的编辑技巧，便是对于内容尖锐的新闻，标题应力求平淡，而内容一般的标题则不妨打扮得突出些，可这几张报纸的处理恰恰相反。一回到北京，他即跟钦本立通了电话，问对方标题的处理像吃了火药似的，火气为何如此之大？钦本立像是哑巴吃了黄连，百口难辩。直到“文革”后，徐铸成才了解到这一时期，钦本立几乎天天接到柯庆施的指示，要《文汇报》为大鸣大放火上加油。此外，在这一期间，据说钦本立几乎每天都要和邓拓通电话。

为了查实这一“据说”,我曾问过前《世界经济导报》的一位记者，他告诉我，钦本立在办报上有两个很鲜明的特点：其一是强调报纸在关键的时候，要起到关键的作用；其二是报纸要“得气”，即能把握高层的想法，了解幕后的动态。在主编《世界经济导报》期间，钦本立的主要工作似乎就是打电话，给驻京办事处打，给宦乡打，给杨培新打，给苏绍智打……与一切在他眼里能“得气”又能将“气”输送给他的人联系。无论是在他的办公室，还是他的家，每月电话费都多得让报社会计的心狂跳不已，仿佛他的呼吸器官放在了千里之外的北京，每天如果不能从话筒里听到来自北京的声音，他的生命、他的思维都失去了活力。由此可以认为，在1957年上半年里，作为原本就从《人民日报》调过来的钦本立，给自己的前上司邓拓打电话，不但是自然的，也是必然的。

钦本立和《世界经济导报》同仁

虽然三个人里没有谁在嘴上贸然说出来，但心里都在想，是不是邓拓领受了何人的旨意，有意发布假的“天气预报”，将《文汇报》这条船及船上的老部下，引向大鸣大放的风急浪高的海上，并最终导致其触礁沉没呢？

九年之后，我估计他们三人还不一定能清楚这里面的水深水浅，但他们终于打消了曾对邓拓的怀疑。1966年5月16日，在这后来被称作“五·一六通知”的特别的日子里，全国各报转载了戚本禹发表在《红旗》杂志第7期上的文章《评〈前线〉、〈北京日报〉的资产阶级立场》，内称：

> 邓拓是一个什么人？现在已经查明，他是一个叛徒，在抗日战争时期又混入党内。他伪装积极，骗取党和人民的信任，担任了人民日报的重要职务。他经常利用自己的职权，歪曲马克思列宁主义、毛泽东思想，推行和宣传他的修正主义思想。1957年夏天，他是资产阶级右派方面一个摇羽毛扇的人物……

次日深夜，在天空上越集越厚、越涌越低的乌云中，年仅54岁的邓拓闪电般地扑上前去，在滚滚而来的“文化大革命”的车轮下，掷去了一颗书生血迹斑斑的头颅……

正当浦熙修诚惶诚恐、如坐针毡之时，石西民来见了她一面，他正担任中共上海市委书记兼宣传部长。解放前，他长期在国统区从事党的新闻工作，与浦熙修有过颇为密切的联系，在个人感情上也曾一度倾慕于她……这天，他告诉她，《文汇报》的问题基本上解决了，她可以放心。鉴于他是柯庆施的亲信，后者带着他一道来上海走马上任，而柯老是人所共知的“毛主席的好学生”，石西民的这一消息无疑是“通天”的。当她把这一消息转告徐铸成、钦本立时，“七七事变”几近一下化成了“台儿庄大捷”，兴奋得徐铸成亲自执笔，写下了《明确方向，继续前进》的社论，恍如前一阶段本报只是戴了一副蒙上水汽的眼镜，现在只要揩去水汽，本报一样可以在中国的大地上走得山青水绿……

1957年，柯庆施陪同毛泽东在视察上海国棉一厂看大字报

6月18日晚，决意要跟上新形势的浦熙修，将全国著名的劳动模范孟泰、王崇伦等人邀来了办事处。在一起聆听了公开发表的毛主席《关于正确处理人民内部矛盾的问题》的广播后，劳模们当即举行了

座谈——

王崇伦说：葛佩奇说工人生活没有提高，我们工人很生气。国民党统治时，一面袋的钱只能换一袋高粱米，而我们今天能吃肉、大米和白面。鞍钢的工人们现在有四所业余中学，一所业余大学，一百四十六个浴室及许多幼儿园。右派分子们的反党、反社会主义的言论，给我们敲起了警钟，叫我们警惕，现在不能睡太平觉……

葛佩琦（1911—1993），山东平度人。1957年被错划为右派并被捕入狱。1975年获释，1980年获平反

孟泰说：领导干部过去流血流汗，今天负的责任又重，他们生活多受到一些照顾，我们工人决不反对，但实际上他们的生活跟我们工人一样。如有人问："猪肉少，谁吃了？"我说，是因为我们工人和劳动群众吃了，因为大家生活都好了嘛！葛佩奇说只有党员干部生活提高，我认为他是糊着两眼说瞎话……

座谈一直进行到午夜，临别时劳模们又叮嘱浦熙修，要《文汇报》转告全国人民，工人阶级坚决拥护党和毛主席，走社会主义、共产主义的路，坚决粉碎资产阶级右派分子的猖狂进攻，如果必要的话，我们愿付出生命和他们作斗争！

6月21日，罗隆基由锡兰首都科伦坡飞回昆明。

此次出行，他是作为中国人民保卫世界和平委员会的宣传部长，随该委员会主席郭沫若率领的中国代表团，出席了在科伦坡举行的世界和平理事会全体会议。在年过花甲的他，穿一身纯白的西装，结一条绛色的领带，用他会内会外那妙语横生和汉语一般流畅的英语，与各国代表一起切磋如何在这颗星球上以橄榄枝战胜炮火之时，罗隆基决不会想到，放他出国多半也是一根橄榄枝，以遮掩着一场朝他越逼越近的炮火……

饭店恍如一片树叶在秋风中簌簌摇晃，可红土高原上的昆明并没有发生地震。《人民日报》、《光明日报》、《文汇报》等一张张报纸，都像是被打红了炮膛的火炮，是报纸上蚁阵一般涌动的一篇篇关于他反党反社会主义“罪行”的指控与揭发，将他打得灰头土脸，炸得心壁摇撼。罗隆基竭力撑持起自己的心壁，一连往北京挂了三个长途电话。

第一个电话，打到章伯钧家里。他质问已经承认了“联合”一说的章伯钧，历来民盟中央内龃龉不断的两人，是怎样“联合”的？

第二个电话打给叶笃义。罗隆基当上民盟中央副主席时，他担任了民盟中央办公厅主任，两人的关系也比较密切。罗隆基问叶笃义，章罗之间何以有“联合”一说？这究竟是怎么一回事？叶笃义却几乎和他一样，虽有人称他为章罗间的“联络员”，但他对于自己何时何地执行过这一“联络”任务，也是一头雾水……

最后一个电话是打给浦熙修的。

不见黄河心不死的浦熙修，如同她将孟泰、王崇伦等全国劳模视为一支精干的救火队，请进了《文汇报》，便以为自己的报纸能火海逃生一样；她本人，还有《文汇报》，已站在悬崖边上，冷风嗖嗖，她却不相信中华人民共和国的堂堂两位政府部长（注：章伯钧时为中央人民政府委员兼交通部部长，罗隆基时为中央人民政府政务院政务委员兼森林工业部部长），会给一脚踹下万丈深渊。在她眼里，眼下或许只是杯弓蛇影，还有知识分子们为了解脱自己而撕咬别人的一场没有章法的混战。

她在电话里安慰罗隆基，不要被报纸上那些弥漫了火药味的话给弄慌了神，问题并不严重，回到北京该检讨的检讨一下就行了。她真是这样想的，党洞幽察微，能够把一百多年的筐里一堆乱麻似的旧中国，短短几年间织成一匹光彩照人的锦缎；怎么会在整风的大海上，仅听那泛出铁锈味的泡沫的鼓涌，便将紧随党的舷尾出没于风涛里的海鸥，视为一条穷凶极恶的鲨鱼？

女人是水，男人是火。浦熙修的话，一定让罗隆基感到了自己身上有一股侠客式的冲动，他冷静下来后多半会同意她的看法。民盟内部几乎无人不晓，中央统战部也有风闻，这些年来章罗之间歧见不断，摩擦不休，这一铁砣般的事实，怎么能够化成一盆糨糊，去糊出一个耸人听闻的“联合”之说呢？

浦熙修与罗隆基

他们相识于1946年初，在重庆召开的旧政治协商会议上。这一年罗隆基50岁，浦熙修36岁。她去采访作为三十八名政协代表之一的他。在这之前，他结了两次婚，又离了两次婚；而她则有一双儿女，因与丈夫志趣相左，婚姻已名存实亡。早就不是生活的原野上咋看咋都是五彩缤纷的年龄，早该没有那种好似电光石火、奇峰突起式的一见钟情，他们却一见钟情了。她不会为他炙手可热的名气所吸引，作为风行大江南北的《新民报》的采访部主任，她自身就饶有名气，如同他也不会仅为她的清丽所陶醉，他的前两位太太都有沉鱼落雁之容……

罗隆基，江西省安福县人。这个位于该省西部的小县，虽名不见经传，却给现代中国推出了四位人物，除罗隆基外，还有同进了清华大学、又都从美国留学归来的王造时、彭文应，还有一位是担任过国民党中央宣传部长的彭学沛。

祖父经商，父亲以教私塾为业。罗隆基天资聪颖，又受家教熏陶，1913年夏，北平的清华学校（即清华大学前身），在江西直接从小学毕业生中招考，他以全省总分第一的优秀成绩入选。进校后担任过校学生会主席和《清华周刊》主编，并饱蘸青春的热血，第一个在清华大学的校史上，写上了五四运动的光辉……1921年夏，罗隆基从清华毕业，同年秋前往美国，入威斯康星大学攻读政治学。获得硕士学位后，去英国伦敦大学经济学院进行了为期一年的研究工作，导师是英国著名政治家、费边社会主义代表人物拉斯基教授。此后又回到美国，在哥伦比亚大学攻读博士学位。留美期间，一度担任中国留美学生会主席及季刊《中国学生》的编辑。

1928年罗隆基学成归国，先后在上海中国公学和光华大学担任政治学系主任兼教授，主讲政治学和近代史。出于对胡适、梁实秋的友谊，还担任了《新月》杂志的主编，他对文学性质的该刊进行了改革，倡导发表抨击时政的时评、政论，自己更是身体力行，长袖善舞。原本主张知识分子在国共两党之间走第三条道路的他，很快在中国政治的足球场上，踢牢了蒋介石这只“球”，且踢得潇潇洒洒。

他来到天津，被聘为南开大学教授和《益世报》主笔，以后又兼了北平《晨报》社社长。犹如他下笔千言、倚马可待的才情一样，他每月几处加起来，千余元的大洋收入也银光哗哗地流淌。他有洋房、自备的轿车，请来的专业厨师，无论西餐中餐，都能玩得风生水起。就在这铺着纯羊毛地毯的洋房里，美食伴着美思，他的笔灵动飞扬，从第一篇社论《一国三公的僵政局》起，没有一篇不让蒋公的臀部不觉得火辣辣的，一时间《益世报》名声大振，从一份教会小报而一跃成为为当时全国最有影响的报纸之一……

蒋介石的手下人，可能上洗手间的工夫也在想，怎样给熟稔西方民主政治的罗隆基，上一堂中国流氓政治的课：

在上海时，教育部勒令光华大学解聘了他，又有特务突然闯进中国公学带走他。他遭监禁六小时后，胡适、宋子文闻讯赶来，将其保释。到了天津，1933年秋的一天，罗隆基离家去南开上课，车到校门口，迎面开来一辆敞篷卡车，上面站四个壮汉，人人拔出手枪，十余发子弹蝗虫般射了过来，如果不是小车后背给挡着，他早给打成了马蜂窝。次日晨，京沪友人们的唁电便在他夫人的手里泻成了一条瀑布，望着这哀思袅袅、悲愤滚滚的瀑布，一时间他一定反应不过来：到底是蒋介石送了他一个“黑色幽默”，还是他给不苟言笑的委员长开了

左起：罗隆基、沈钧儒、张澜、左舜生、史良 、章伯钧等民盟早期领导人

一个玩笑？

抗战时期，罗隆基参与了民盟的创建，是政治纲领、宣言、组织章程的起草者，并在全国第一次盟员大会上，当选为中央执行委员兼宣传部长。他被派到昆明，一边在西南联大任教授，一边筹建民盟云南省支部。在他介绍下，闻一多、李公朴等著名进步人士加入了民盟。他和云南省主席龙云私交不错，又和共产党驻昆明的代表频繁往来，最终使昆明与延安建立了秘密电台的联系。1944年春，罗隆基参加了由中共南方局发起的西南文化研究委员会，出版进步书刊，推动民主运动。

1946年旧政协会议召开前夕，蒋介石对章伯钧、罗隆基这两颗咬不动吞不下的铜豌豆采取了怀柔政策：除了国防部长、外交部长，要当什么部长都行！

章伯钧的回答似乎缺乏幽默感：

“就是给我干国防部长、外交部长，我也不干！”

罗隆基则与来人觥筹交错，酒酣耳热，他放出来的话是：

“我要当就当外交部长，我能讲一口呱呱叫的英语，保证能当一个呱呱叫的外交部长！”

来人是同乡兼同学、此时正在国民党中央宣传部部长任上的彭学沛。罗隆基一口戏言，彭学沛一笑置之，只丢下一句话：

“努生兄，虽然别人叫你‘罗隆斯基’，你我同乡同窗，我却知你并非‘布尔什维克’，共产党也不会重用你的。现在他们只是要利用你，而决不会信任你……”

罗隆基也一笑置之，难道你国民党不是想利用我，而是会信任我？他更是“罗隆斯基”了：在参加旧政协的党派里，民盟的代表比国民党多，更比共产党多，每一票无不举足轻重，但仍同共产党私下定有协议，即对重大问题事先交换意见，互相配合。在小组里，他和共产党代表王若飞好似哼哈二将，轮番上阵，将号称“中国宪法学专家”、曾任国民党外交部长的王世杰涂在党国身上的“民主”金漆，给一片片地刮了下来，露出了中世纪里封建古堡白森森的躯壳……

“罗隆斯基”，浑如顿河流域的自由哥萨克，走到哪里，都骑在自己意志的烈马上，高举锋光闪闪的爱憎，让人们的眼前无不掠过一片红色的旋风——

在特务密布的闻一多、李公朴的公祭大会上，他对着话筒吼道：

“李闻两先生倒下去，千千万万同胞在他们的血泊中站立起来！”

在南京晓庄学校为陶行知先生举行的追悼大会上，他几乎就在蒋介石的眼皮底下说：

“‘晓庄’的晓字，就是天亮了的意思……陶先生真的死了吗？不！陶先生死不了，埋不了，有他满山满谷的论语，正是医治中国的良方。陶先生埋葬的地方，就是天亮的地方。我们要用陶先生的一部论语，把中国变成晓庄，变成天亮的地方！”

一个理想，一个饱经战乱与忧患磨砺的理想，让浦熙修与罗隆基相互认知。

一种人格，一种不为强权所屈服，只为真理而折腰的人格，让浦熙修与罗隆基互相引为知己。

也许，罗隆基的绅士风度，还有那种典雅而又精致的生活方式，也让浦熙修心动。而浦熙修因为东奔西颠的记者生涯及缺乏爱意的家庭生活，那张白皙、蕴藉的脸上，流泻出一层疲惫尚有几分忧郁的温柔，也让罗隆基看了心疼。总之，他们感到在茫茫人海里，自己的心，早就像鸽哨呼唤碧空一样呼唤着对方……

旧政协会议召开的次年，浦熙修断然在南京与丈夫分手。中国人民推翻蒋家王朝的斗争正风起云涌，作为这场斗争的两员猛将，他们还无暇安排自己的生活。不久，浦熙修在南京锒铛入狱，罗隆基积极奔走营救。解放前夕，罗隆基又在上海遭特务软禁，浦熙修冒险前去探视。直到 1949 年初冬，经政务院安排罗隆基在北京乃兹府胡同 12 号原北大校长蒋梦麟公馆安家，而《文汇报》驻京办事处又在东单灯市西口朝阳胡同找到房子，两处相距不过百米，两人才三天两头见面，心有灵犀、嘘寒问暖之状，也令京都知识界几乎尽人皆知……

这又是一出令人唏嘘不已的爱情悲剧。

尽管只有一箭之遥，浦熙修却始终未能明媒正娶、披红挂彩地走进乃兹府胡同。对于她与罗隆基的结合，彭德怀夫妇坚决反对，官方妇女界的头面人物也一个个断然摇头。自然，这是为着浦熙修前途的好心，但从中是否也能发现一种早隐隐融于血脉的关于自家人与外来客的敏锐区分？仿佛在他们眼里，在统战的旗帜下，你罗隆基可以做政务委员，可以担任部长，但实打实的婚姻无法统战，你就是不能做共产党的女婿！

彭德怀与夫人浦安修

可以理解一对儿女有些情绪。平常他们住校，罗隆基不时过来坐坐，或者浦熙修自己过去。每逢星期六晚上，或是节假日，儿女便来办事处看望妈妈，这看望的内囊便有了几分走样：形影相吊的罗隆基，难免不思念近在咫尺的恋人，可只要办公室的电话一响，他们顿起中南海卫士般的警觉，马上赶在母亲的前面冲过去。据说电话倘若被女儿接到了，她只说妈妈不在；如果是儿子接到了，多半就是两个字："混蛋！"随即将电话重重地挂上……

早年敢于与命运抗争、乃至不畏生死的浦熙修，现在却畏惧人言。没有女主人的罗府院冷房旷，花暗苔深，罗隆基望穿秋水，死死地等了她十年。浦熙修又不畏人言，两人虽不能朝夕相处，耳鬓厮磨，却一样情炽意烫，卿卿我我。自打相恋起，他给她写信就称其为"熙修小学生"、"亲爱的小学生"，而她也以"小学生"自居，凡事不能决断就找他拿主意，自己的文章也不时送他修改，为着方便，他在家里给她专门辟出一个房间……

耳里塞满外面的流言，又日日眼见对面桌子坐着、一闲下来便显得有些郁郁寡欢的浦熙修，有一次，谢蔚明不禁关切地问道：

"浦二姐，你和罗先生的事情到底打算怎么办啊？"

她顿然似梨花带雨，脸漫泪光：

"只能这样了……我知道外界说什么，也知道我对不住罗先生，可我又没法子和他分手了……"

这不是中国百万中年男女宛如吉卜赛人一样可以漂泊于情爱之河的八十年代，也不是情人现象已经比比皆是、而在京沪等大城市老人们实行同居业已得到官方默许的九十年代。教养与地位非同一般人的罗隆基和浦熙修，被迫走在这伦理与情感时时冲突的狭隘小道上，无疑得付出不小的名声代价，内心世界更得经受一回回岩浆般翻腾的巨大痛苦……

浦熙修付出的代价是，很长一段时期以来，她就从一张张"马列主义先生"和"马列主义太太"们见了她皮笑肉不笑的神情里，感觉了党与自己关系的疏远。罗隆基付出的最终代价是，在旧中国两人有一人罹难时，另一人还有自由之身可以为之斡旋；但这一次他在被葬送于政治火海之时，他暮年才获得的冰清玉洁般的宝贵爱情，也同时被葬送了！

他始终在期盼他和她的名字能公开列在一起，以展示于世人；结果他等到的这一天，并不是在大红的婚礼请柬上，而是在把她和自己绑在同一根耻辱柱上的《人民日报》上……

五 两帅之间还有一帅

7月1日，《人民日报》发表了《文汇报的资产阶级方向应当批判》。这篇社论锋芒料峭，可谓字字千钧：

> 严重的是文汇报编辑部，这个编辑部是该报闹资产阶级方向期间挂帅的，包袱沉重，不易解脱。帅上有帅，攻之者说有，辩之者说无；并且指名道姓，说是章罗同盟中的罗隆基。两帅之间还有一帅，就是文汇报驻京办事处负责人浦熙修，是一位能干的女将。人们说，罗隆基——浦熙修——文汇报编辑部，就是文汇报的这样一个民盟右派系统……
>
> 整个春季，中国天空上突然黑云乱翻，其源盖出于章罗同盟。

浦熙修看了这篇社论后，好长一段时间浑身冰凉，呼吸也像是停止了，恍如成了幽深、远古的金字塔里一具不知外面是何年的木乃伊。时任《人民日报》国际部主任的高集，这天特意来了办事处，以肯定无疑的口吻告诉谢蔚明，这篇社论是毛主席亲自写下的。当谢蔚明又将此事战战兢兢地说给了浦熙修听时，她木木的脸上又活了，浮现出令人心悸的巫婆般怪诞的笑容……

在这篇社论里，毛泽东一而再地点到罗隆基，这是可以理解的。早有论者指出，这是为着后者那一句伤害毛怎样估计也不为过的话。当时任中央统战部部长的李维汉，在自己八十年代出版的《回忆与研究》一书里提到：在民主党派、无党派民主人士座谈会开始时，毛泽东并没有提出反右，我本人也不是为了反右而开这个会的。两个座谈会反映出来的意见，我都及时向毛泽东做了汇报。在5月中旬作第三次或第四次汇报时，……及至听到座谈会的汇报和罗隆基说现在是马列主义的小知识分子领导小资产阶级的大知识分子、外行领导内行之后，就在5月15日写出了《事情正在起变化》的文章，发给党内高级干部阅读……这篇文章，表明毛泽东同志已经下定反击右派的决心。

令人难解的是，《光明日报》与《文汇报》，在“资产阶级方向”上曾被视为等量齐观，可社论里未提及储安平的名字，提到浦熙修却下笔极为辛辣、极为凝重地称之为“两帅之间还有一帅”、“一位能干的女将”……有人以为，用今天的话来说，浦熙修是罗隆基的情人，毛泽东对后者暴风雨般的愤怒，难免不倾泻一些到她头上来。我对此不以为然，用男女之情这块石头打人，尽管在中国比比皆是，但这只是河沟里鱼虾们玩的把戏。历来重在政治上、方向上看问题的毛泽东，不会去拣这块石头，从而脏了自己的手……

但一扇巨大的风车，以有条不紊的叶片，将浦熙修所有善良而又天真的想法给全部击得粉碎，很快还有她的全副身心，也被这叶片给卷得支离破碎。

中华全国新闻工作者协会勒令她作出交代，“当时正在《北京日报》礼堂举行全国记协反右斗争大会，每天开一次会，主要是批斗我和浦熙修同志。提法是：批判浦熙修的反党罪行，对我则为：批判徐铸成的错误言行。显然有区别，大概我这是被放在火烧阶段，而浦熙修则早已列入打倒对象了……”（徐铸成：《“阴谋”——1957》）

她是民盟中央候补委员，民盟中央当然要开她的批判会。在全国妇联执委会，女人们变得比男人们更亢奋。浦熙修像猎狗一样气喘咻咻，有时一天要赶两三个批判会。开始时，每走进一个会场，她都竭力将打散的心智装回到自己的躯壳里去，好似逢人便絮絮叨叨儿子走失了的祥林嫂，她一遍遍地解释——

“罗隆基和章伯钧是互不对头的……”

“有人说，《文汇报》和罗隆基有关，这是不符合事实的……”

“我和罗隆基有十年关系，但是《文汇报》却和罗隆基没有关系。《文汇报》只借罗隆基家请过一次客……”

作为罗隆基的红颜知己，浦熙修十分清楚罗隆基与章伯钧的关系。

章伯钧（1895—1969），安徽桐城人。中国民主同盟和中国农工民主党创始人之一

罗隆基是一个长处与短处都十分鲜明、而且透明的人。他性格旷达却又心有芥蒂，他心无百忌、直言不讳，却又咄咄锋芒，不免伤人。这里有一个很典型的例子：

储安平到《光明日报》赴任时，决定将报纸改版。他先去请示了担任社长的章伯钧，后者对此讲了十三条意见，他听得心花怒放，跃跃欲试了，可后者又交代说：你还得去老罗那里一下，因为在民盟中央里是他分管宣传。储安平又去了罗隆基家里，听完对方的想法和章伯钧的意见后，罗隆基顺口就犯下了在中国官场上即便是个白痴也难犯下的忌讳，他说：伯老的这些意见，作为框架是不错的，但要有可操作性，你还得靠我将它们细致化。

与其说储安平感到了罗隆基在自夸，莫如说感到了他自夸时孩童般毫无羞涩的可爱。

他又说，我开一个名单，名单上的人都是文教、科技界的一流人物，可以组成《光明日报》的智囊团。你去把他们请来，我们就改版事宜开一个座谈会……

储安平按罗隆基的意见办了。几天后，名单上的人都被请到了罗隆基家里，大家刚刚在客厅里一一落座，门外走进一个名气不小的作家。不知是储安平在名单之外自作主张请来的，还是作家自己撞上门的，罗隆基刚刚还眉眼活泼、面容生动的脸，一下便水泥似的凝固了。他缄默不语，不宣布开会，又不作任何解释，在众人一片投向他的纳闷目光中，他的目光冲破重围，犹如利剑一样直指那位作家。十分钟过去了，一刻钟过去了，直到作家终于意识到自己眼下成了一块沉重的石头，不搬开这块石头，客厅里就将有永远的缄默，才踽踽离开了……

储安平过意不去，送作家出门后，对罗隆基说：

“老罗啊，你这是何苦呢？不就是开个会吗，又不是政治局开会……”

“今天到会的人,都是《光明日报》智囊团的成员。他算什么作家,不过是一个语文教员，远没有进智囊团的资格和声望，我不能不请他走！”

梁实秋在一篇文章里，写过这样一句话：罗隆基可以领导一个大的运动，但交不了一个朋友。在浦熙修看来，梁先生的这话未免太刻薄了，而且也是前后矛盾的：既能领导一个运动，怎会交不上一个朋友？从昔日经他介绍加入民盟并共同为民主奋斗的密友李公朴、闻一多，到一直与他往来密切的费孝通、钱伟长、叶笃义、潘大逵……在罗隆基的周围，始终有一个朋友的圈子，他们均留学于英美，在民盟内部被称为“英美派”，而且个个学贯中西，才高八斗，堪称是中国知识分子的精英。

政治活动经验极为丰富、老道的章伯钧，则远比罗隆基清楚：没有妥协就没有政治，没有分寸感的政治家就像摸遍全身也找不到乳房的女人。你只能要求你的孩子目光里溢满诚实，你不能要求政治在众人面前赤身裸体。像罗隆基这样直言无忌、宁折不弯去搞政治，在旧社会，兴许能做个掠起红色旋风的自由的“哥萨克”，但到了新社会，便有几分似未掌握好平衡术就走上了钢丝绳的杂技演员，哪怕再心高气盛，总有掉下来的时候……

对罗隆基，章伯钧一边尽可能地做到尊重他，逢有大事情总是找他商量；另一边，又总在戒备他，如有了合适的机会，章伯钧也未免不乐意在他历来良好的自我感觉上敲打一顿。也曾担任政务院政务委员、原燕京大学教授张东荪被突然宣布为“特务”之后，适逢全国开展“三反”、“五反”运动，章伯钧抓住罗隆基与张东荪并非一般的关系，以及他的名利思想，在运动期间不轻不重地干了他一家伙。好似被浪花湿了羽毛的鸭子，上得岸来抖抖双羽，立马身上就不见了一颗水珠；罗隆基虽然难过了一阵子，但不久他破了的自我感觉不仅修补如新，而且更皮实了——他当上了名列章伯钧之后的民盟中央第二副主席。由此，不但两人的摩擦更加趋于表面化，似乎罗隆基那个圈子的人对“伯老”也视为路人。自然是近墨者黑，近朱者赤，在常常来《文汇报》驻京办事处满足自己那精细而又刁钻的味觉系统的"美食家"里，从来不见"伯老"的影子。情感的力量真是无孔不入，即便是待人接物总求持平态度的浦熙修，在提到章伯钧时，也有几分微词……

但徐铸成却不太买罗隆基的账。别说是听罗隆基指挥了，就是罗隆基来的稿件，徐铸成也不一定刊登。或许对浦熙修、罗隆基两人的关系有些隐隐担心的他，总会不自禁地找个什么地方发泄一下；或许真是稿子本身写得不合报纸要求，他曾退过他两次稿。有人劝道：退回给他不太妥吧，他可是民盟中央的副主席，别的报刊请他写，他还不一定写……徐铸成的回答是：我不管他是什么副主席，我只就稿子论稿子。据说，下起笔来历来战无不胜，乃至有时国务院的报告周恩来也请他去润饰的罗隆基，为此一次在民盟中央开会时，他悻悻然地说：还说是什么知识分子的报纸，竟连我的稿子也不登……

自从"胡风反革命集团"成员之间往来的信件被诉之以手枪、发报机、毒药一类的"反革命材料"后，中国人对于查抄他人的信件，便有了性变态者搜罗女人用品般的爱好。人们要浦熙修交出罗隆基给她的信件，随后她的前夫又揭发说：1947 年，罗隆基曾嘱咐她以后的信要留起来，从此她便把往来信件都缜密地锁进了报社里……浦熙修被迫交出了三封解放前的信，并一口咬定：其余的再也找不出来了！

此时，反右运动正在全国形成烈火干柴、铺天盖地之势。

从下刀之准确、见报之迅速上，后人可以发现，当时弥漫于国中、好似惊涛拍岸的工农兵大众的种种言论和文字，十有八九，经过了领受旨意的文化人的剪辑与润饰，但一般地说：

> 人民看来是全身心地赞同对知识分子的迫害。关于知识分子的自治和持不同政见的思想，在知识界以外是很少得到理解和支持的。指责知识分子不忠于党和伤害了党，这种说法打动了大多数人民，因为他们仍然投身于党和毛泽东改造中国的事业。知识分子从整个人民中被孤立了起来……
>
> ——(罗德里克、费正清：《剑桥中华人民共和国史 1949 年—1965 年》)

似乎没有比动员广大的工农兵大众来对付知识分子更奏效了，这不仅仅是数量上巍巍昆仑与一抔黄土的区别，更重要的是在中国尚未由传统的农业文明向现代的工业文明做出根本的跨越之前，尤其在中国的新民主主义革命被视为工农大众的胜利，而知识分子只不过是作为一群破落户子弟被收留上这趟新的时代列车之时，身为新旧文化的两重载体、远没能形成相对独立的阶层的知识分子，一旦处于与整个工农大众对立的境地，一种犹如狂风中柳絮的精神无法着陆的迷茫感，一种好似蚂蚁翘首大象巨足的自我渺小感，一种几近儿子背叛了父母、吃了他们的用了他们的却不被他们所认同的道德愧疚感……便成了交汇众多知识分子心头挥之不去的一个梦魇了。

正是这个梦魇，在很长的时间里，在很大程度上，使理性蒙上眼睛，骨头流失钙质，本该礁岩般坚守的漫长沉默，化为了虽撕裂自身也要去媚俗于一刻的泡沫……

1957年，在利用民粹主义所形成的巨大舆论压力外，再加以充分利用的就是一种人们对于生存的恐惧：你是只蚂蚁，组织若接纳你，你便在一张社会巨大而又无比细微的网络上，有了一个不一定太好却能平安的位置。若不接纳你，这网络便成了一块你怎么也塞不进脚的厚玻璃，无论爬去哪里，早春的第一点冷雨就能击穿你的皮肤，深秋的第一片落叶就能打扁你的脑袋……

在一个专制气息远未能肃清的社会里，比起宇宙中的黑洞来，恐惧有着更强大的力量，中华民族传统中那些积淀千古、稳定似泰岳华山的伦常关系，一下被冲决得颠倒了个，被历代士大夫引以为楷模的屈原、太史公的光照史册的气节与品格，顿时成了纷纷散落于政治茅坑里的手纸、卫生巾——

如同儿子可以揭发父亲，1957年6月19日，《文汇报》在第3版上发表了一篇题为《章伯钧的儿子章××同父亲划清界线》的消息；

如同学生可以揭发老师，5月间，钱伟长向来访的记者大大地夸奖了一番自己的得意弟子胡××等人，为的是让总像小虫一样围绕他们飞的“红眼病”，气得跌断翅膀。两个月后，在清华大学万头攒动的会场上，胡××本人则像一只小虫翩翩地飞到了台上：

交通部干部批判部长章伯钧

“钱伟长所谓热心指导青年科学研究工作，他的目的并不是在于为人民培养出更多的科学干部，以便发展社会主义的科学事业，而是企图通过指导科学研究工作来培植自己的私人势力……我获了科学奖金，钱伟长抓住这个机会，把我做了不正确的介绍和宣传，去煽动青年的个人名利思想，去反对党的思想教育，这不能不使我感到愤慨。”

如同朋友可以揭发朋友，自抗日战争时期在重庆作为《大公报》记者与浦熙修形影相随、并被文化界同视为巾帼二豪杰的彭子冈，在7月2日全国新闻工作者协会举行的批判会上，她违心列举了“浦熙修最近几年越来越走向反党立场的事实”，她说：“直到上星期我到浦熙修家里帮助分析她自己的错误时，她还一直在为罗隆基打掩护，把罗隆基描写成一个专心在书斋里搞文艺创作的人……”

《人民日报》的一位老记者，十年前在南京“下关惨案”中和浦熙修同遭国民党特务的毒打，可谓患难之交，可在7月5日全国新闻工作者协会再次举行的批判会上，面对经过连日来多方面的车轮大战已支撑不住、病恹恹好似一个纸袋飘进会场的浦熙修，他也言不由衷：

“浦熙修是章罗联盟中一个重要角色，她在罗隆基出国后替他撑了半边天。6月8日《人民日报》社论《这是为什么》发表后，浦熙修一面派人去《光明日报》观察动静，另一方面自己出面张罗费孝通等人写文章为储安平辩护，指挥若定，想以螳螂之臂压倒全国人民反右斗争的声势。”

“浦熙修在座谈会上装出一副诚恳的面孔，说自己‘天真’、‘糊涂’、‘无辜’，但是在交代和罗隆基的关系时只拿出罗隆基给她的三封信……和罗隆基‘十年密谋，同床共语’，难道和他的关系只有区区三封信吗？”

会前，自然是奉命，这位老记者还做了谢蔚明的工作。他邀后者去了附近的和平餐厅喝咖啡，伴随小勺摇出的一股股扑鼻的浓香，他也一丝一缕地摇走了后者本想在狂澜既倒前装聋作哑的决心：

“浦熙修的事情，现在闹到了毛主席点名、举国皆知的地步，只能怪她自己咎由自取了。你和她在南京的时候就是老朋友，在驻京办事处，你们又桌子对桌子，整整共事八年，她的情况你应该知道得最多。你想想，是不是下次开会时，你也该起来揭发她？”

在5日的批判会上，清瘦似伞柄的谢蔚明，果然徐徐撑开了满脸的愤怒：

“浦熙修十几年来常常以共产党的‘忠实朋友’自命。事实上早在十几年前浦熙修已经和共产党划清了界限，她的前夫袁子英曾经和她约定过，袁不参加国民党，浦不参加共产党。当时浦熙修是答应了的。”

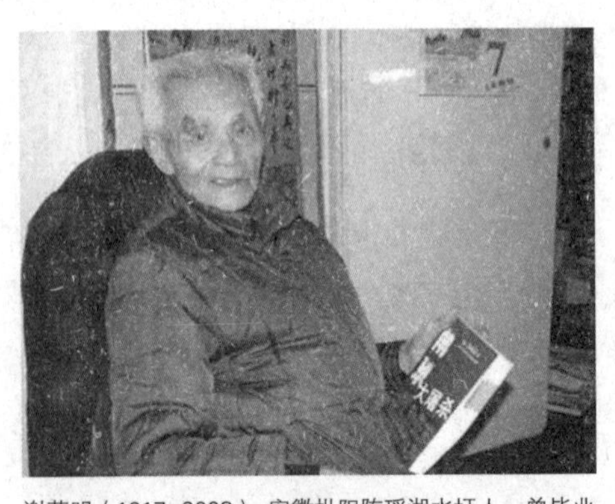

谢蔚明（1917–2008），安徽枞阳陈瑶湖水圩人。曾毕业于黄埔军校第16期，是位军人，又是位报人

此刻，浦熙修即使真成了一个纸袋，也不会将她放过了，因为这个被扩张成某种形状的“纸袋”，在最需要与上面保持一致的时候，正好用来包装满场人们对党的无限忠心和对非党者的无限愤慨……

自然，情人也可以揭发情人——

很快，犹如春天糟了心的萝卜，浦熙修再也挤不出一点心智的活水，任凭自己冰凉的躯壳里吐出一串串阴嗖嗖的话来：

“罗隆基是通过我来控制《文汇报》，改变了它的政治方向。但这种控制是无形的，我不知不觉在两帅之间挂了一帅”；

“据罗隆基说，他床头上的一个小无线收音机，是汉奸特务周佛海的老婆送的，罗隆基和这个特务在解放前的关系，也值得研究”；

“罗隆基反党反人民的本质是一贯的。他常说，共产党员一样是人，凡人就有名利欲望，党内的问题也多得很。他把‘高饶事件’、‘胡风问题’都看成是党内的宗派主义”；

“罗隆基常说，喊共产党万岁、毛主席万岁，是再肉麻不过的事。他还想写一个以梁漱溟为中心人物的悲剧，并且说今天为什么只有工农兵方向呢？在他的剧本写出来后，一定会‘惊天动地’……”

浦熙修终于交出了她十年间所保存的罗隆基给她的所有信件。顿时，人们似蚂蚁附膻一样在这充满情意的芊芊青草的字里行间穿梭着，践踏着，许是罗隆基的“反革命经验”比起胡风来要“老道”，大抵能找来让国人“触目惊心”的话，只有这么一条：

> 你不要以为无枪无弹就不能逼宫，错综复杂之势，可变化无穷。假使你读历史，就知道王莽取得帝位，并未费一兵一卒。他手中亦无一兵一卒。到了瓦解之势已成，乱者一呼，天下响应。

于是，罗隆基这条写于1948年上半年、针对李宗仁竞选副总统而说的话，被演绎成他“想做王莽”，并决心与章伯钧一起，在中国策划、制造出“匈牙利事件”！

就在7月1日社论出来后的次日，罗隆基还给浦熙修来过一个电话。

无疑，在这天崩地陷的时候，他想尽可能地给她以力量，也更期待从她那里获得力量。哪怕全中国都像口黑锅扣在他们的身上，可只要有彼此的扶持与信任，彼此就有一点清亮的所在，那点清亮里透出的是来自伊甸园的星光，和诺亚方舟掠起的轻风。只要有这星光、轻风，他们便不会被窒息而死，就能维持生存下去的起码的呼吸……

罗隆基绝没有料到，浦熙修以背叛结束了他们既充满了深刻的幸福又充满了深刻痛苦的十年情谊，从而堵死了他眼里的最后一点清亮。

在这场中国知识分子大规模的相互攻讦、相互诬陷中，精致得能表现人心灵的每一丝战栗、天籁的每一痕流韵的汉语，优美得似龙飞凤舞、剑走鹤飞、乃至在世界的所有语种中唯一能成为一门书法艺术的汉语，也陡然间变得青面獠牙了。只要翻开反右运动期间中国所有的大小报纸，这类触目惊心的语言垃圾比比皆是：

“蠢驴”、“野猪”、“国家放火犯”、“狼扮外婆”、“三窟的狡兔”；

“罗隆基、浦熙修皆中山狼也。是狼，是吃人的狼，我们应该打死它们”；

“章伯钧、罗隆基、费孝通这三条毒蛇曾经怀着吞象的野心，想改写人类的历史……”

四十年后，人们只记得“黑七类”、“狗崽子”、“火烧”、“油炸”、“砸烂狗头”等一类红卫兵的语言，而早遗忘了这一类语言。在写于1989年春天的一本书《中国的眸子》里，我引用过智者的这样一段话——

> 早在红卫兵学会糊大字报以前，大字报的语言不就已由他们的前辈准备好了吗？区别在于红卫兵使用这类语言，是由他们的教育决定的，而前一代开创这类语言，则是由更为可悲的劣根性决定的。红卫兵从学会读报的那天起，接受的就是这种语言教育。他们只有这一种语言，没有人教他们第二种语言。灾难过后，他们当然要低头忏悔，但他们至少还可以说一句：“我们的罪过是无知，而不是虚伪！”一代文化巨擘，还有这个“家”、那个“权威”却不一样了，他们是说着另一种语言长大的。他们中的绝大多数曾经亲履西土，受过系统的民主教育，起码是文明教育。他们应该知道使用这种语言远远超出了他们所接受的教育规范，这不是文明人的语言。谁使用这种语言，谁首先就剥夺了他自己的内在尊严……
>
> ——（朱学勤：《我们需要一场灵魂拷问》）

正是在维持人的尊严上，1957年无须一兵一卒，却将中国的知识分子打败了！

晨星寥落，只有极少数的例外——

在毛泽东亲自钦定“章罗联盟”的两个多月之后，罗隆基仍秉笔直书，致函给民盟中央主席沈钧儒先生，内称：

> 在9月11日发表的《中国民主同盟当前的严重的政治任务》一文中，我公以民盟主席身份，正式采用“章罗联盟”这个名称，并且说章罗联盟事实上成为全国反共、反人民、反社会主义的最高司令部，这对我来说，是十分严重的指控。“章罗联盟”这个名词的来源和事实根据是什么，我直到今天还不知道。经过三个月的反省后，我的良心告诉我，“章罗联盟”这个罪案对我来说，绝对没有事实根据，是极大的冤枉。这个冤案的真相，今天不能明白，将来总会明白；我生前不能明白，死后总会明白……

在那些浓稠得几近墨汁的夜晚，罗隆基无须再用理智的目光去引导笔杆了，而任凭自己一颗破碎、怨恨的心，在稿纸上簌簌地颤抖。还在7月间，他在给多年好友郭沫若的一封信里，写下了这样一段话：

> 现在整风座谈会中，揭露与事实相距愈来愈远，是非就愈来愈混淆不清。我举一个极小而极可笑的例子来说：浦熙修揭露“罗隆基是个地主寡妇抚养成的，是地主身份。”实则先父于1924年去世时，我已在美国留学，八十岁的庶母今天还健住北京。我家从来没有被划成地主。然而这是浦熙修揭发的，谁肯不信？浦熙修尚且如此，别人揭发的事就更离奇古怪了，我就成了凶恶残暴、死有余辜的恶魔了……

真可谓病急乱投医了。在这良知被剁得烂碎，并被做成炒肝在前门大街上贱卖时，浦熙修尚且如此，郭沫若先生焉不如此？罗隆基多半还不知道，在1956年1月，周恩来做了关于知识分子问题的报告后，如沐春风的民盟中央深受鼓舞，一连就“双百”方针的贯彻、科学研究规划、教育改革等方面的问题，成立了四个专门委员会，并就调研出来的结果写出材料上报给党中央。反右斗争一开始，正是郭沫若先生首先在大会上指控，这些材料实际上是“章罗联盟”的“反党反社会主义的黑纲领”……

不清楚罗隆基是什么时候终于明白，他的几近喋血的一切辩解，除了给那扇巨大风车的轴承上添加更多的润滑油外，实在不会有任何结果；

清楚的只是，反右斗争以后，罗隆基和浦熙修依然住得相距不远，可如同有过正式的割袍断交，两人间再无任何来往。

六 并不太遥远的过去

在《文汇报》，有徐铸成、浦熙修等六名编委，以及谢蔚明、杨重野、刘光华、梅朵等十五名记者、编辑、职员被划为右派分子。在该报驻京办事处的十人里，就有七人被打成右派。此外，还有钦本立等党员干部受到党内处分。

浦熙修深知自己这个右派的分量。

《文汇报》社长兼总编辑徐铸成（右一）在1957年7月1日全国人民代表大会第四次会议的小组会上作检讨

7月间，她去上海时，担任上海市委书记兼宣传部长的石西民来见过她，告诉了她一个可谓是“通天”的消息。回到北京后，她又去见了妹夫彭德怀，彭老总认真看完她写的一份检查后，面对她一脸的惶恐，连声说：我看写得不错，认识了就好，没事，没事……但她还是被最高层钦定为右派，这便意味着她是个在政治上永远不得翻身的右派。

与此颇为相悖的是，她以为自己全国政协委员一职定被撤去。岂料下一次全国政协开会时，她仍然接到了赴会的通知。一天开会时，她在休息厅里看到了周恩来，正想将自己的身影藏匿进人群里，周恩来也一眼看到了她，并向她招呼道：

“熙修，熙修，你过来呀……”

口气未变，神情也未变，眉宇间溢出的还是往日的那份亲切。她不得不走了过去，叫了一声“总理”。周恩来问道：

“现在情况怎么样啊？”

想起过去在他身边的无拘无束，海阔天空，眼下她千言万语堵在喉头，一时不知如何开口。他似乎清楚她的境遇，自己接着说了：

“有错误也没有关系嘛，人活一辈子，哪能不犯一点错误呢？我就犯过错误。你得鼓起勇气，从哪里跌倒就从哪里爬起来……”

事后，浦熙修了解到，自己这个政协委员没有给拿掉，是周恩来的意见。不久，周恩来又将她安排进了全国政协文史资料委员会，当了一个小组的副组长。她曾感慨地对人说，新闻记者当不成了，就安心当旧闻记者吧。

1959年10月，作为第一批“确实已改造好的右派分子”之一，浦熙修被摘掉了右派帽子。

在六十年代，中国现代逻辑的开山鼻祖金岳霖先生，已经七十多岁了，仍积极参加民盟组织的有关学习。李文宜先生回忆道：

金岳霖（1895–1984）中国哲学家、逻辑学家。浙江诸暨人士

金老在学习期间与同组的名记者浦熙修女士过从甚密，常约请她到家用餐。因为金老家的一位高手厨师做得一手好菜，无论中西餐都让金老满意，也得到浦熙修的赏识。不久，他们便相爱了，并准备结婚。这确是一件出人意料的喜讯。不巧的是，此时金老因病住院，浦熙修也确诊患了癌症。当时正批判彭德怀的右倾机会主义，同时得知浦熙修的女儿恰好又是彭德怀爱侄的未婚妻。(胡注：浦熙修之女袁冬林先生指出此事有误。她只是认识彭德怀的侄子，却并无来往。)在当时的历史条件下，我考虑到这两个人的婚姻可能为政治问题所牵连，并且金老是党员，又很单纯，不一定了解这些情况的复杂性。于是，我在去医院探望金老时，婉转地劝他“不要急于结婚，再考虑一下”，并将浦熙修的病情和她女儿与彭德怀侄子的关系告诉他，供他参考。他听后立刻严肃地说“这是件大事情”。他出院后便去看望浦熙修，这时，由于病情发展很快，她已经卧床不起了。金老终于没有结婚，这件事至今回想起来仍感到遗憾……

1968年11月，浦熙修靠在病床上写了一份自传，里面如是回忆道：

1965年国庆节后，我就病倒了，12月进医院才知道是直肠癌。1966年1月动手术，后来又到疗养院休养，直到6月7日才出院。那时无产阶级文化大革命已经开始了。不料当年11月，直肠癌手术后复发。12月我还到民盟学习，直到1967年3月，我实在走不动才告假。我病已三年，我住医院的时候，民盟、政协的人还来看我，第二年就很少有人来看我，今年好像与世隔绝，连家人都不来了。我知道我的生命快结束，我努力完成我的自传，供政协大联委总部审查。我无法响应毛主席的广大干部下放劳动的最新指示，但我一息尚存，我就要学习毛主席的著作，改造自己……

大概不是家人不想来，而是来不了，一子一女均被运动给牵扯进去。有病而又未住上医院的日子里，原《新民报》的老板陈铭德、邓季惺伉俪，这时已是六七十岁的老人，他们不顾年老体衰，不怕受牵

《新民报》的三位创始人—刘正华、陈铭德、吴竹似（吴敬琏的父亲）

连，一个早早去医院替浦熙修挂号，一个去将她接来，看完病后又送她回家。但家徒有虚名，多数时候仍茕茕只影，与世隔绝。还有“文革”时旧账重提的批斗，以及妹夫彭德怀的不白之冤……好似一场场鹅毛大雪，压向了她的鬓发，压弯了她的身子。正如浦熙修自己所料，此后她只活了一年半，1970 年 4 月 28 日，她撒手人寰，享年 60 岁。

似乎还得提及浦熙修两个姐妹的遭遇：

浦家是一个在 20 世纪中国政治的大海里，犹如巨大海藻一样饱吸了那喧嚣不定的海水、颇能体现这政治的特色也颇具某种悲壮性的家庭。

浦熙修的妹妹安修，上高中时已是共产党领导的“中华民族解放先锋队”的成员，一进大学就加入了共产党。卢沟桥头残阳如血，即经山西去延安，一别八年再重逢重庆时，身边已带来一位脸膛黧黑、好似留住了多少战役烽烟的丈夫。解放后，先在轻工业部工作，又在中央党校学习一段，后任北师大党委书记。受彭德怀冤案牵连，“文革”中关进监狱，屡遭批斗，饱经磨难。三姐妹里唯一默默演绎着在中国平安便是福这条真理的，是离政治有遥遥距离的大姐洁修，北师大化学系毕业后，与未婚

晚年浦洁修

夫同去德国深造五年。解放后丈夫在工业皮革研究所工作，她曾被推举为北京市工商联主任，在八十年代当选为北京市人大常委会副主任。

似乎比浦熙修要幸运，划右以后所有职务均被撤去、唯剩下一个全国政协委员的罗隆基，整日呆坐乃兹府12号那院旷房冷的家中，却像是看见了在红漆斑驳的大门外，一团团将陷中国于日月失色、地黑天昏的大劫难的乌云，正在地平线上急遽地积聚、升腾，他是在这场大劫难的前夜——1965年12月7日因心脏病突发而离去的，享年69岁。得悉这一噩耗的章伯钧，几天前刚读完姚文元的大作《评新编历史剧〈海瑞罢官〉》，他沉默良久，眉头紧锁，最后向女儿掏出了两句话：

"老罗他，这个时候走了也自在……"

"中国历史上最黑暗的年代，马上就要开始了！"

曾是情人终又成了陌路之人的两人，人生的结局竟是如此不谋而合，弥留时都是孤寂凄凉，没有一个亲人在旁……

鸟之将死，其鸣也哀；人之将死，其言也善。在人生最后的时刻，他们是否因想起了彼此十年间不是伉俪、却胜似伉俪的情谊，而摆脱去怨恨，弹压下歉疚，两对昏花老眼穿越了时空的阻隔，在终于相视凝望的那一刻，彼此都漫过哀婉凄恻的莹然光影，并在无边的黑暗似大片的雾气袭来的瞬间，一缕依稀却依然有力的思绪，像一串艳亮的火星，划过这越来越浓稠并要吞没去自己的黑暗，那便是——倘若还有来世，彼此不要再做什么政治家、社会活动家，总想大笔如椽、探骊得珠的名记者。他们就做个小人物，哪怕是做贩夫走卒、村姑桑妇，应了一句老话：贫贱夫妻百事哀，可他们终能平平安安，相厮相守……

也许如此。也许去了黄泉，他们一旦相遇仍是形同路人。但可以肯定的是，在这生命之舟沉没前的最后一刻，无论是浦熙修，还是罗隆基，两人的目光都是蠕蠕抖动的，不忍离去的，渐渐暗下来的光泽，浑如愈来愈黑黢黢的浪头，一定泛卷有滔滔的忧愤……

1981年3月19日，北京全国政协礼堂。

在浦熙修含冤去世整整十年后，全国政协、中央统战部、民盟中央的领导及新闻出版界人士共数百人，怀着沉痛、肃穆的心情，伫立

浦熙修追悼会上全国政协副主席康克清、史良向浦熙修的儿女致意

于浦熙修的遗像前。

全国政协副主席康克清主持追悼会，民盟中央副主席萨空了致悼词。悼词里称浦熙修：

> ……具有一个优秀新闻记者的品德和才华。她富有正义感，为人正直。她新闻敏感性强，文笔质朴犀利。她工作勤奋，忠诚于自己的职责。她疾恶如仇……她不仅用墨水，而且是用鲜血写新闻……她是我们党的忠实朋友，对党无比信赖……

在这天的追悼会上，浦熙修的亲属收到了两封亲笔道歉信。

一封是陆定一写来的。从 1966 年 5 月 8 日至 1978 年 12 月 2 日，

陆定一在接受胡思升的采访

他被囚禁了近十三年，其中多是用“68164”的囚号，作为一名特等囚犯，关在北京秦城监狱。现在他病残之躯仍未康复，在北京医院治疗休养。

眼下，多少老干部在轰轰烈烈、声泪俱下地控诉林彪、“四人帮”的迫害，恍如受尽了人类一千年来的苦难。这时，陆定一却想起要写这样一封信。日后，谢蔚明来医院看他，问道：浦熙修被打成右派，与你并没有什么关系，你怎么想起要写致歉信？他回答说：当时我是中宣部长，全国有那么多知识分子被打成右派分子，我应该承担道义上的责任，我应该向浦熙修的亲属致以歉意。

另一封是著名漫画家华君武写来的。在反右斗争时，他画了幅浦熙修的漫画，发表在《人民日报》上，题为《犹抱琵琶半遮面》，意

华君武的漫画

中国美术家协会

浦熙修委员治丧办公室：

我因有会议，不能去参加追悼会。但有一事请向她的家属转告：五七年反右时，我曾画过一幅漫画讽刺过她，这张漫画现在证明是错误的，也是不应当的。此事久压心头，趁此机会，正好向她的家属表示道歉了。

此致

敬礼

华君武 10/3

1981 年召开浦熙修的追悼会时，华君武先生寄来的信

指她欲承认不承认，欲揭发未揭发，内心世界还挂在“章罗联盟”的犄角上没有下来。在建国近三十年里，每一个运动都要制造的千百万吨笔墨的垃圾中，在缺乏原罪意识的东方文化里，现实只有野草般的控诉在增长，难见忏悔的黑玫瑰在开放，华君武先生怎么还能在二十四年后勾索起当年的那一块豆腐干般大的漫画呢？

1986 年 10 月 24 日，即罗隆基 90 岁冥寿之日，在中央一级“只摘帽子，维持右派原案，不予改正”的五个人之一的他，却享受到一

个由民盟中央主办、专为缅怀他一个人而开的座谈会。时任中央统战部部长的阎明复，在会上做了讲话，他说：

> 今天中国民主同盟中央在这里举行座谈会，纪念中国民主同盟的创建人和领导人之一、著名的爱国民主战士和政治活动家罗隆基先生诞辰90周年。我代表中共中央统战部，向今天座谈会的主办者——中国民主同盟致意，并向罗隆基先生的亲属表示亲切问候……纵观罗隆基先生的全部历史和全部工作，总的来说他是爱国的，进步的，为我们民族和国家做了好事，是值得我们纪念的……

又是十几载红花绽春，黄叶铺秋，尚有后人的浦熙修，其坟不该榛莽丛生，墓木已拱；没有后人的罗隆基，本遗有几把冷灰，但“文革”里一个偌大的中国，竟难容一个尺把长的骨灰盒，早散去了太虚世界……

全国政协副主席张梅颖参观罗隆基故居

无论有坟的，还是无坟的，都会让知道了这一切的后人凝神屏气，沉头肃立，不胜扼腕，不胜唏嘘。

人们将会有怎样纷纶的思索呢？

我想，至少会有这样一条——

今天，才华可以在事业的大街上昂首阔步，热情能在人生之巅喷薄如锦，爱情用不着诡诡秘秘，乃至生离死别，爱者与被爱者白天似亮堂堂的太阳，晚上似醉倒银河的星辰……

但仅仅在并不太遥远的过去，在这块土地上，最容易似草芥一样遭践踏、被摧毁的，正是才华、热情与爱情。

1994 年初草
1997 年 1 月改定
2011 年 8 月再校